Kelly Killoren
und Maia Rossini

Das Rezept unserer Freundschaft

Roman

Aus dem Amerikanischen
von Marie Rahn

Ullstein

Besuchen Sie uns im Internet:
www.ullstein-buchverlage.de

MIX
Papier
FSC® C083411

Deutsche Erstausgabe im Ullstein Taschenbuch
1. Auflage Juli 2019

Die amerikanische Originalausgabe erschien 2017 unter
dem Titel *The Second Course* (Gallery Books).
Umschlaggestaltung: Favoritbuero, München
Titelabbildung: © Sea Wave / shutterstock (Kuchen);
© Thasneem / shutterstock (Heidelbeeren); © TimUR (Minze)
Satz: LVD GmbH, Berlin
Gesetzt aus der Minion Pro
Druck und Bindearbeiten: CPI books GmbH, Leck
ISBN 978-3-548-29108-6

Manche sagen, man soll die Vergangenheit hinter sich lassen; ich sage, nehmt sie mit euch. Für meine Prachtmädchen, die mich gelehrt haben, bedingungslos zu lieben. Für meine Feinschmecker, die mich gelehrt haben, zu essen, zu lieben und immer wieder Würze hinzuzugeben. Schließlich für meine vier Freundinnen Lucy, Billy, Sarah und Lotta, die mich mit ihrem unermüdlichen Einsatz für unsere Freundschaft ständig neu überraschen.

Zuerst einmal essen wir, alles andere kommt danach.

M. F. K. Fischer

Kapitel 1

East Hampton, N. Y.
Tag der Hochzeit von Lotta Eklund

Ich kostete einen Klacks Kaviar, ließ ihn mir im Mund zergehen und genoss die salzig mineralische Frische, als die winzigen Eier in meinem Mund explodierten.

Pop Rocks für die Reichen, dachte ich, nicht zum ersten Mal.

»Findest du nicht«, flüsterte ich Sarah ins Ohr, »dass das langsam ein bisschen lächerlich wird?«

Sarah nippte an ihrem Negroni und legte den Kopf schräg. »Nein, ich finde es irgendwie süß.«

Ich gönnte mir einen zweiten Klacks Kaviar und folgte ihrem Blick quer durch den Raum. »Es ist, als wäre ihr Leben ein einziger Liebesroman. Warte ab, irgendwann werden sie sich in einer einzigen Pfütze aus Champagner, Rosenblättern und leeren Tiffany-Schachteln auflösen.«

Wir beobachteten unsere gute Freundin Lucy, die auf dem Schoß ihres Mannes Titus saß. Sie hatte lose die Arme um den Nacken ihres Mannes geschlungen, der ihr mit unverhülltem Verlangen in die Augen blickte.

»Und vielleicht gebrauchte Kondome. Die kommen auch noch in die Pfütze.«

Sarah zog die Nase kraus. »Iih, Billy, eklig.«

Ich gönnte ihnen ihr Glück. In letzter Zeit hatten sie einige Probleme gehabt, und wir waren alle erleichtert, dass sie die Krise überstanden hatten. Andererseits wurde es langsam nervig, dass die beiden nach fast zwanzig Jahren Ehe immer noch aneinander klebten wie zwei Teenager, die gerade Trockensex entdeckt hatten.

Wir waren hier, um Lotta zu helfen, sich für ihren großen Tag vorzubereiten. In zwanzig Minuten sollte sie vor dem Altar stehen, aber Titus, Legende der Kunstwelt und hoffnungslos liebestrunkener Ehemann, war mit einem Tablett voller Champagner und Kaviar in die Hochzeitssuite gerauscht und hatte ein paar Toasts ausgebracht.

»Mit besten Grüßen vom Bräutigam«, hatte er gesagt, doch ich hegte den Verdacht, dass er das nur erfunden hatte, um seine Frau zu sehen.

Mein Verdacht erhärtete sich, als er sie auf seinen Schoß zog, kaum dass er sie in ihrem durchscheinenden Schlauchkleid sah.

»Das steht dir ausgezeichnet«, murmelte er. »Von welchem Designer?«

»Von Lotta«, antwortete Lucy. »Ist es nicht umwerfend?«

»Ach, wisst ihr«, sagte Lotta mit ihrem kehligen schwedischen Akzent, »Zac Posen hat mir geholfen. Ich hab ihm nur erklärt, was ich mir so vorstelle, dann haben wir es gemeinsam kreiert.«

»Tja, in dem Fall gilt meine Hochachtung dir und Zac«, erwiderte Titus.

»Danke. Aber jetzt geh bitte, bevor du meine Brautjungfer noch mehr zerknitterst.«

Titus raubte noch einen letzten Kuss von Lucy, bevor er sich erhob. »Ihr alle seid wunderschön«, erklärte er und schenkte uns ein herzliches Lächeln. »Aber vor allem natürlich die Braut.«

Lotta erwiderte sein Lächeln und machte dann mit ihrer perfekt manikürten Hand eine gebieterische Geste Richtung Tür. Sie sah wirklich wunderschön aus.

Wir Brautjungfern trugen hauchdünnes weißes Leinen, Lotta hingegen blaue Seide. Bei der kleinsten Bewegung wechselte sie vom sanften Azur eines Sommerhimmels zum rauchigen Indigo eines heranziehenden Sturms.

»Schließlich ist das nicht mein erstes Rodeo«, hatte sie erklärt, als sie uns ihr Kleid präsentierte, »und ich fände es lächerlich, als errötende Jungfrau zu gehen. Ihr könnt gerne an meiner Stelle Weiß tragen – ich will lieber eine Farbe, die einem wirklich schmeichelt.«

Natürlich hätte Lotta mit ihren taillenlangen platinblonden Haaren, den nordischen Augen mit den schweren Lidern und mit hundertachtzig Zentimetern Kurven, die einer Brigitte Bardot würdig waren, in jeder Farbe spektakulär ausgesehen – aber Blau war ihr Markenzeichen, und sie hatte nicht vor, sich in das typische Brautschema pressen zu lassen.

Die Hochzeit war ganz schlicht. Was nicht gleichbedeutend war mit billig. Sie fand im Sommerhaus des Bräutigams statt, und *Haus* hieß in diesem Fall ein zehntausend Quadratmeter großes Anwesen mit eigenem Strand in den Hamptons. Man feierte im engsten Kreis – was hieß, nur mit zweihundertfünfzig vertrauten Freunden und Verwandten. Und das Motto lautete *Beach casual*, was in diesem Fall bedeutete: barfuß.

»Barfuß? Ist das wirklich dein Ernst, Lotta?«, fragte Sarah und warf einen sehnsüchtigen Blick zu einer Schuhschachtel am Boden. »Dann kann ich ja gar nicht meine hübschen Riemchensandalen von Gucci tragen.«

»Wie ich bereits sagte«, entgegnete Lotta, »beim Empfang kannst du anziehen, was du willst. Aber am Strand sind wir alle barfuß. Ich habe eine Vision!«

»Na, dann!«, sagte Lucy, sprang auf und rieb sich imaginären Staub von den Händen. »Bringen wir diese Vision in Gang! Eine Viertelstunde bleibt uns noch! Sarah, prüf noch mal die Frisur. Ich kümmere mich ums Make-up, und Billy, du setzt den Kopfschmuck auf.«

Wir schritten zur Tat. Selbstverständlich hatte bereits ein Aufgebot von Profis die Vorarbeiten geleistet: Die Zuständigen für Frisur und Kosmetik, die Fotografen und die Floristen wimmelten um die Hochzeitsplanerin herum wie die Küken um ihre Glucke. Lotta hatte sie machen lassen und danach weggeschickt, um vor der Trauung noch einen Moment mit uns allein zu haben.

Vorsichtig hob ich das zarte Haarnetz aus Platinkettchen hoch, das Lotta statt eines Schleiers tragen würde. Es verschwand in Lottas silberblonden Haaren, sodass man nur noch die unzähligen winzigen Saphirsplitter sehen würde, die wirkten wie der teuerste Sternenstaub der Welt. Sarah strich ein paar lose Strähnen zurück. Lucy tupfte Lottas Kinn und Nase noch einmal mit einem Hauch Puder ab.

»Das reicht«, sagte Lotta. »Jetzt will ich einen Toast ausbringen.«

Die Brautjungfern nahmen ihre Gläser mit Negroni, die

Braut ihres mit Mineralwasser. Lotta war bereits seit fast sechs Monaten zu achtundneunzig Prozent trocken.

Als sie aus der Entziehungskur kam, war sie hundertprozentig trocken gewesen und hatte sich strikt an das übliche Zwölf-Schritte-Programm gehalten. Wir waren wie auf Zehenspitzen um sie herum geschlichen und hatten uns nur gemeinsame Unternehmungen ausgedacht, die sich nicht um Alkohol oder noch schlimmere verbotene Substanzen drehten. Zum Beispiel hatten wir unsere ohnehin schon herausfordernden Workouts verdoppelt. Sahen uns eine Menge Filme an. Gingen viel spazieren. Tranken noch mehr Kaffee. Schwelgten ausgiebig in Fernsehserien. Irgendwann hatten wir sogar angefangen zu stricken – sehr zu meinem Entsetzen. Doch jedes Mal, wenn wir eine angemessene Zeit nüchtern miteinander verbracht hatten, verabschiedeten wir uns von Lotta und schlichen uns zur nächstgelegenen Bar.

Das hatte nach knapp sechs Monaten ein Ende. Dann kam Lotta mit einer großen Flasche Tequila in Lucys Stadthaus gerauscht und legte zu dieser Flasche einen Joint auf den Küchentisch.

»Neuer Plan«, verkündete sie. »Ich bin euch wirklich dankbar, dass ihr mich so unterstützt. Ehrlich. Aber ich will keinen einzigen verdammten Abend mehr mit *Scandal*-Wiederholungen und höflicher Konversation über mich ergehen lassen.«

Alarmiert sahen wir uns an. Lotta hatte sich ziemlich lange in den Fängen einer ausgewachsenen Drogensucht befunden, bevor sie sich endlich Hilfe suchte. Keine von uns wollte das noch mal durchmachen.

»Der hier«, sagte sie und hob den Joint in die Höhe, »ist für mich. Und die hier« – sie schob die Flasche in unsere Richtung – »ist für euch. Ihr Mädels werdet jetzt schön feiern, und ich rauche diesen Joint, damit ihr sehen könnt, dass ich nicht aus Zucker bin. Ich werde weder schmelzen noch anbrennen, wenn ihr ein bisschen Spaß habt.«

Wir starrten sie an. »Aber Lotta …«, sagte Lucy.

»Nein«, unterbrach Lotta sie. »Von nun an werde ich achtundneunzigprozentig nüchtern sein. Ich werde nicht wieder mit Kokain anfangen, bloß weil ich ein bisschen Pot rauche, aber ich breche zusammen, wenn ich noch eine Sekunde länger aushalten muss, wie verfickt langweilig wir geworden sind. Jetzt trinkt. Bitte. Ich flehe euch an. Trinkt. Ich halte das schon aus.«

Danach wurde alles mehr oder weniger normal. Wir reduzierten den Kaffee und gingen abends wieder zusammen essen und feiern. Wir besuchten unsere alten Lieblingsbars und -restaurants und tranken alle unsere Lieblingsdrinks. Allerdings versuchten wir, es nicht zu übertreiben. Lotta hielt sich an ihrem Glas Tonic mit Limette fest und ging danach nach Hause, um ihren täglichen kleinen Ausflug in den Rausch zu genießen.

Das schien zu funktionieren. Als ich sie einmal fragte, ob es denn nicht hart für sie sei, antwortete sie achselzuckend: »Es war hart, fast zu sterben. Der Entzug war hart. Aber das hier … ist nur Instandhaltung.«

Ich hatte den Eindruck, dass sie meinte, was sie sagte. Ich hoffte es. Dennoch verspürte ich einen Anflug von schlechtem Gewissen, als ich mein Glas mit Gin, Wermut und Campari hob, um es gegen ihres mit langweiligem Mineralwasser zu stoßen.

Lotta hielt einen Moment inne und sah uns an. Dann stellte sie ihr Glas ab.

»Jetzt sagt mal ganz ehrlich. Ist es eine verrückte Idee von mir zu heiraten?«

Ich glaube, da mussten wir uns alle auf die Zunge beißen.

Es lag nicht daran, dass wir ihren Zukünftigen nicht mochten. Denn wir mochten ihn. Es gab fast nichts an Omari Scott, das man nicht mögen musste. Hätte man Lenny Kravitz mit Jay-Z und dem jungen Quincy Jones zu einer Person zusammengeschmolzen, wäre Omari dabei herausgekommen. Er hatte als Rapper und Neosoul-Musiker angefangen, was schon cool genug war, aber dann hatte er begonnen, selber zu produzieren, und jetzt besaß er sein eigenes unglaublich erfolgreiches Label. Er war brillant, talentiert, reich, nett und sexy, und er liebte Lotta über alles.

Aber Lottas Entzug lag nicht mal ein Jahr zurück. Und sie kannte Omari erst seit vier Monaten. Außerdem hatte Omari eine Tochter im College-Alter, die nach allem, was wir wussten, Lotta aus tiefster Seele hasste.

Selbstverständlich war es da verrückt, an Heirat zu denken. Seit dem Tag, als sie ihre Verlobung verkündete, hatten wir uns nonstop hinter ihrem Rücken darüber unterhalten.

Aber bevor auch nur eine von uns den Mut aufbringen konnte, etwas zu sagen, griff Lotta lachend nach ihrem Glas.

»Scheiß drauf«, sagte sie grinsend. »Dann antwortet ihr eben nicht. Ist auch egal. Auf meine Hochzeit!«

Und so hoben wir gemeinsam die Gläser und wünschten ihr nur das Allerbeste.

Kapitel 2

Ganz sicher boten wir ein schönes Bild, als wir uns am Altar aufstellten, unsere Silhouetten sich vor dem Meer erhoben und unsere Röcke sich im Wind bauschten: die dunkelhaarige, schmale Sarah mit den ausdrucksstarken, aristokratischen Gesichtszügen und der Porzellanhaut; Lucy mit ihrer Modelschönheit, Modelgröße und Modelperfektion; und ich, die ich mir alle Mühe gab, irgendwie mitzuhalten – das hässliche rothaarige Entlein unserer kleinen eingeschworenen Gemeinschaft –, und nur froh war, dass wir alle dasselbe trugen und ich mir dieses Mal nichts von den Designerklamotten der anderen leihen musste. Wir strahlten, umklammerten unsere riesigen Sträuße aus Lavendel und Hortensien und taten so, als wäre diese Hochzeit nicht der Auftakt zu einer nahenden Katastrophe.

Zugegeben, mir kamen fast die Tränen, als Lotta sich zu Omaris Tochter Sage wandte, einer hinreißenden Neunzehnjährigen, die ihre Haare zu Bantu-Knoten frisiert und ihre Augen wie Adele geschminkt hatte. Mit rührender Offenheit sagte sie zu ihr, sie heirate nicht nur Omari, sondern auch seine wundervolle Tochter und damit eine *Familie*.

Ich wusste, was ihr das bedeutete. Die Liebe einer Familie hatte Lotta fast ihr ganzes Leben lang vermissen müssen. Ich brach nur deshalb nicht schluchzend zusammen, weil Sage leicht säuerlich das Gesicht verzog und es gerade noch hinbekam, nicht ihre großen, braunen Augen zu verdrehen.

Der Empfang fand im Ballsaal statt (ja, das Sommerhaus hatte einen Ballsaal, der unglaublich weiträumig war und unzählige Flügeltüren hatte, die sich auf eine Riesenterrasse mit Blick auf das Meer öffneten).

Lotta hatte uns am Familientisch der Braut platziert, direkt neben dem des Brautpaars, denn bis zu diesem Tag waren wir im Grunde ihre einzige Familie gewesen. Zwischen ihr und ihren Eltern herrschte schon seit Jahren Funkstille, und mit ihrem Ex-Mann hatte sie zwar noch Kontakt, aber doch nicht so, dass sie ihn zur Hochzeit eingeladen hätte.

Also blieben ich und mein Begleiter (oder Freund?) Brett Walker (*Brett. Brett. Konnte ich mich wirklich in jemanden namens Brett verlieben?)*; Lucy und Titus, die sich wahrscheinlich den ganzen Abend mit in Schokolade getauchten Erdbeeren füttern würden; und Sarah und ihr Verlobter Brian.

Sarah hatte schlechte Laune, was sie bei den Vorbereitungen der Braut zwar hatte verbergen können, jetzt aber ziemlich heraushängen ließ. Sie war sauer, weil Lotta und Omari keine Kameras aus ihrer Realityshow *Hinter den Kulissen* duldeten. Die erste Staffel war ein durchschlagender Erfolg gewesen, und nun stand sie mächtig unter Druck, das zu toppen. Ursprünglich war geplant gewesen, die zweite Staffel rund um ihre eigene Hochzeit herum aufzubauen, aber nun hatte sie das Gefühl, Lotta hätte ihr die Show gestohlen.

»Ich kann doch jetzt nicht heiraten«, sagte sie und wies auf den Ballsaal. »Nach all den Planungen für diese Hochzeit? Das wäre todlangweilig.«

Stirnrunzelnd steckte Brian die Nase in sein Glas. Er war bekannt für seinen Langmut, aber manchmal fragte ich mich doch, ob seine Geduld nicht Grenzen hatte, die schon in unmittelbare Nähe gerückt waren.

»Also muss ich zuerst ein Baby bekommen«, fuhr Sarah fort. »Allerdings werde ich noch keine Eier auftauen. Mein Arzt will erst mal abwarten, ob wir es nicht auf die altmodische Art schaffen. Und ich finde, je länger wir die Spannung aufbauen, desto besser für die Show, also sind wir bereit, es zu versuchen, nicht wahr, Brian?« Sie schenkte ihrem Verlobten ein Lächeln.

Er räusperte sich, bevor er ihr Lächeln erwiderte. »Natürlich«, sagte er.

»Allerdings müssen wir uns während des Versuchs noch einen Plan B ausdenken. Hab ich schon erzählt, dass Penelope Hanover dieses Jahr mit Krebs um die Ecke kommt? Dabei ist es doch nur ein Melanom, Herrgott noch mal! Nicht mal richtiger Krebs, aber sie wird es bis zum Gehtnichtmehr ausschlachten.«

Ich lachte. »Herrgott, Sarah, ist das nicht ein bisschen herzlos?«

Das ignorierte sie. »Also dachte ich mir, ich könnte meine Wohnung verkaufen und eine neue, kinderfreundlichere in Brooklyn suchen. Die Jagd nach einem Haus: Auf Immobilienporno stehen alle.«

Lucys Kopf fuhr herum. »Was? Brooklyn? Wovon genau redest du?«

Sarah wedelte leichthin mit der Hand. »Prospect Park. Brooklyn Heights. Hey, meinst du, deine Mutter würde mir helfen?

Überleg mal, wie toll Cheri im Fernsehen kommen würde! Sie ist die angesagteste Immobilienmaklerin von ganz New York und kann bestimmt mit viel Klatsch und Tratsch aufwarten.«

»Du willst Manhattan verlassen? Aber warum denn?« Lucy klang, als würde sie diese Vorstellung geradezu verstörend finden.

»Weißt du nicht, dass Matt Damon gerade nach Brooklyn gezogen ist, weil es da die besseren Schulen gibt? Es wäre das Vernünftigste für meine Familie, Lucy.«

»Tja, wenn Matt Damon das findet …«, meldete sich Brett.

Ich lachte.

Sarah wandte sich zu mir. »Du solltest das auch mal in Betracht ziehen, Billy. Natürlich nicht Brooklyn Heigths oder Prospect Park, aber irgendwas Billigeres. Ich weiß gar nicht, wie du dir die Miete für deine Wohnung leisten kannst.«

»Ich bekomme immer noch Tantiemen aus meinem Buch«, sagte ich verletzt.

Zweifelnd zog Sarah eine Augenbraue in die Höhe und zeigte mir damit, was sie davon hielt.

Übrigens hatte sie recht. Ich konnte mir meine Wohnung gar nicht leisten. Zumindest nicht mehr. Zwar hatte ich immer noch etwas vom ursprünglichen Honorar für mein Buch, aber das schwand rasch dahin, und die Tantiemen waren ziemlich spärlich. Offenbar brauchten weniger Menschen ein Buch über ausgefallene Cocktails, als ich gedacht hatte.

Es war peinlich. Schon bevor Sarah mit ihrer TV-Show ziemlich bekannt wurde und viel Geld scheffelte, war Brian bereits ein extrem erfolgreicher Hedgefonds-Manager gewesen. Titus hatte einen Haufen Geld, wie es sich für einen weltberühmten Künstler gehörte, und Lucy lebte immer noch von den Ersparnissen aus ihrer Zeit als Model für *Vogue* und Marc Jacobs. Früher war Lotta noch meine Gefährtin am Rande des Existenzminimums gewesen – wir hatten immer gewitzelt, wir würden gemeinsam in einer Einzimmerwohnung in Queens enden –, aber jetzt war sie mit dem gottverfluchten Omari verheiratet, der wahrscheinlich mehr Geld hatte als wir alle zusammen. Und Brett? Nun, Brett hatte bei Instagram – und vielen anderen erfolgreichen Unternehmen – investiert und brauchte sich wegen Finanzen keine Gedanken zu machen. Daher kam ich mir jetzt, in diesem Kreis, wegen meiner drohenden Pleite noch erbärmlicher vor als sonst.

Brett ergriff meine Hand. »Hey«, sagte er leise, »solltest du je Hilfe brauchen …«

Ich entriss sie ihm. »Kein Bedarf, danke«, zischte ich.

Sofort bekam ich ein schlechtes Gewissen. Ich wusste doch, dass er nur nett sein wollte.

»Was ich sagen will: Danke, aber nein danke.«

Er lachte. Gott, er sah so gut aus! Wie ein Filmstar von früher – Richard Burton oder Steve McQueen. In seinen Augen glitzerte respektloser Schalk. Mit seinem Humor kriegte er mich jedes Mal. »Gott bewahre, dass Billy Sitwell jemals zugibt, Hilfe zu brauchen.«

Ich wechselte das Thema. »Wann kommt eigentlich der Kellner? Lotta hat mir versprochen, das Essen würde sensationell werden. Sie sagte, sie hätte den Koch bei einem privaten Dinner von John Legend und Chrissy Teigen entdeckt. Angeblich sollen seine Gerichte anders sein als alles, was ich je geschmeckt habe.«

Brett schüttelte den Kopf. »Das kann ich mir kaum vorstellen, B.«, bemerkte er.

Und wieder hatte er recht. Ehrlich gesagt, machte es mich schon ein bisschen nervös, dass er mich so gut zu kennen schien, aber er hatte recht: Ich konnte mir ebenfalls nicht vorstellen, dass es irgendetwas unter der Sonne geben sollte, das ich noch nicht gekostet hatte.

Als ich sechs Jahre alt war und meine Mutter starb, wurde Essen zum Dreh- und Angelpunkt meines Lebens. Sie brachte sich um, geschlagen von einer Depression, die man heutzutage wahrscheinlich mit ein paar Zolofts und einer glutenfreien Diät unter Kontrolle gebracht hätte. Aber im Jahr 1982 hatte man eigentlich nur die Wahl, entweder zum Lithium-Zombie zu mutieren oder sich einer Elektroschock-Therapie zu unterziehen. Also wählte sie den Ausweg, den ich im Laufe der Jahre als den vernünftigsten akzeptiert hatte.

Mein Vater war daraufhin in vielerlei Hinsicht aufgeschmissen, aber am deutlichsten zeigte sich das am Kochen. Also erfand er eine sich niemals verändernde Menüfolge, die im Wesentlichen auf Hackfleisch basierte. Montags gab's Burger, dienstags Tacos, mittwochs Spaghetti, donnerstags Tiefkühlpizza, freitags Grillkäse und samstags Frühstück zum Abendessen. Und sonntags gingen wir in ein Fastfood-Restaurant. Er gab sein Bestes, aber es war einfach immer dasselbe.

Ich fing ganz klein an – änderte oder verbesserte nur hier und da eine Kleinigkeit. Gab eine Scheibe Schweizer Käse zu den Burgern, ein paar Spritzer Tabascosauce zu den Tacos und machte zu den Spaghetti einen Eisbergsalat. Aber da ich schon sehr früh gut lesen konnte, pflügte ich mich durch die Kochbücher, die meine Mutter uns hinterlassen hatte (angefangen mit *Freude am Kochen*, der Bibel jeder Mom aus dem Mittleren Westen).

Ich werde nie vergessen, wie ich das erste Mal eine richtige, vollständige Mahlzeit für meinen Vater kochte: Hauptgericht, Gemüsebeilage und Nachtisch. Es war ganz schlicht. Blanchierte grüne Bohnen, aufgeschnittene Tomaten aus dem Garten der Nachbarin und Steak. Und zum Nachtisch gab es selbst gemachten Schokoladenpudding. Alles gelang. Die Bohnen waren zart und knackig, die Tomaten reif und gut gewürzt, das Steak saftig und innen rosa, genau, wie wir es mochten. Und sogar der Schokoladenpudding – bei dem ich mir wirklich alle Mühe geben musste – war seidig und köstlich.

Damals war ich neun. Und mein Vater weinte, nachdem er aufgegessen hatte.

»Schatz, das war so gut wie alles, was deine Mutter je gemacht hat«, sagte er und lächelte unter Tränen.

Seitdem bin ich mein ganzes Leben diesem überwältigenden Stolz und Glück nachgejagt, das ich damals empfand.

Ich schloss die Highschool ab und folgte Lucy, die seit der Grundschule meine beste Freundin war, nach Manhattan. Als ich dort ankam, war sie bereits fest in der Modewelt etabliert. Sie war jedermanns Lieblingsmodel und versicherte mir, ich könnte das auch schaffen.

Ich hielt sie für verrückt. Ich hatte krause rote Haare, viel zu große Titten und einen Hintern wie ein Flugzeugträger. Aber ich hatte auch nichts zu verlieren. Entweder das oder ein unterbezahlter, langweiliger Job im Mittleren Westen. Gerechterweise muss ich zugeben, dass Lucy mich in jeglicher Hinsicht unterstützte. Ich durfte auf ihrer Couch schlafen und mir ihre Klamotten leihen. Sie stellte mich jedem aus ihrem Bekanntenkreis vor und zog an allen möglichen Strippen, um mir ein paar kleine Aufträge zu besorgen. Aber als Model war ich eine Vollkatastrophe. Die Visagisten hatten Stunden damit zu tun, meine Sommersprossen zu überschminken. Stylisten mussten Kleider an den Nähten auftrennen und mit Stecknadeln zusammenhalten, damit ich hineinpasste. Ein Hairstylist beschied mir fröhlich, ich hätte das perfekte Gesicht fürs Radio (ich ergehe mich immer noch in Fantasien, wie ich ihm ein Knie in die Eier ramme). Trotz Lucys Fürsprache war ich weder groß noch dünn noch schön genug, um es weit zu bringen. Und es liegen Welten zwischen dem Cover der Pariser *Vogue* (das Lucy zweimal zierte) und einem Katalog von Chico's (in den ich es einmal schaffte. Es war der Höhepunkt meiner Karriere, und ich wurde nie wieder angefordert).

Aber mir blieb immer noch das Essen. Vielleicht würde ich nicht eine Kochschule besuchen können, wie ich einst geträumt hatte, aber während der Highschool hatte ich als Servierin gearbeitet, und ich war mehr als bereit, am Ende der Nahrungskette in Manhattan anzufangen.

Ich räumte Tische ab. Ich servierte. Ich stand hinter der Bar und arbeitete in Minirock und Netzstrümpfen als Cocktailkellnerin. Wann immer ich konnte, ging ich in die Küche (was mir nicht sehr oft gelang, da eine Frau in der Küche damals als reines Gift angesehen wurde). In meiner Freizeit las ich alle Bücher über Kochen und Essen, die ich in die Finger kriegen konnte. Ich las Calvin Trillin und Ruth Reichel und M. F. K. Fisher und Laurie Colwin. Ich las Jeffrey Steingarten und Julia

Child und James Beard und Madhur Jaffrey. Ich las und kaufte ein: auf Bauernmärkten, bei Käsehändlern im Village, in italienischen Metzgereien und in Fischläden in Chinatown. Ich kochte in meiner winzigen Küche mit zwei Kochplatten und einem unzuverlässigen Backofen und produzierte Mahlzeit um Mahlzeit, Gericht um Gericht.

Und was noch wichtiger war: Ich aß. Wenn man Hunger hat, gibt es keinen besseren Ort als New York. Und ich hatte immer Hunger.

Ich schlug kein Date aus, bei dem es Essen gab. Selbst wenn der Mann den IQ eines Toastbrots hatte und nach Schweißfüßen roch, war ich dabei, wenn er mich in ein Restaurant einlud, das ich mir nicht leisten konnte. Ich schlug eine Schneise durch die kulinarische Welt von New York und aß so oft auswärts, wie es mein Budget erlaubte. Und eines Tages ging ich zufällig mit dem Richtigen aus – einem Mann, der mir zusah, wie ich sieben Gänge verputzte und dabei ununterbrochen alles kommentierte, was ich mir in den Mund schob. Denn dieser Mann war zufällig der Herausgeber einer aufstrebenden kleinen Zeitschrift, die zufällig einen Gastronomiekritiker brauchte.

Goldene Zeiten brachen an. Ein Spesenkonto und freien Zutritt zu allen Restaurants der Stadt. Zuerst bemühte ich mich, anonym zu bleiben, aber die Kunde verbreitete sich schnell, und es war recht schwer, im kultivierten New York meinen flammenden Rotschopf und mein Mädchen-vom-Lande-Gesicht zu verbergen. Also kapitulierte ich, ließ mir das Beste vom Besten auftischen und schrieb darüber meine Kritiken.

Aber es wurde mir schnell langweilig, und zwar vielleicht genau deshalb, weil ich ständig nur vom Besten aß. Es war alles so überkandidelt. Die üppigen Saucen und die immer neuen Fleischmoden, die winzigen, juwelengroßen Gemüsestückchen und die artifiziell architektonische Präsentation des Ganzen ... Man verausgabte sich geradezu, um mich zu beeindrucken, und nach einer Weile beeindruckte mich gar nichts mehr.

Also kündigte ich. Ich hatte eine Idee für ein Buch, gab meine Stelle bei der Zeitschrift auf und verdiente meinen Lebensunterhalt mit Guerilla-Diners in meiner Wohnung, während ich schrieb. Die Diners waren sorgfältig choreografierte Spektakel, und ich hasste sie. Jeden Abend kochte ich für reiche Gourmets und Schaulustige, deren Gaumen genauso verwöhnt und gelangweilt waren wie meiner. Eigentlich war es ihnen egal, ob etwas wirklich gut schmeckte: Hauptsache, es war neu und exotisch und man konnte später damit prahlen. Ich schwöre, hätte ich in eine Schüssel gepisst und es als Knochenbrühe deklariert, hätten die Arschlöcher es ausgeschleckt und um Nachschlag gebeten.

Als mein Buch erschien, dachte ich, ich könnte all das hinter mir lassen. Ich dachte, ich hätte endlich mit meinen Freundinnen gleichgezogen – zumindest ansatzweise. Doch letzten Endes scheiterte ich hiermit wohl ebenso wie mit allem anderen, was ich je angefangen hatte. Es gab nicht mal eine zweite Auflage.

Und jetzt war ich wieder ganz am Anfang und musste mich neu erfinden. Nur, dass ich mittlerweile schon über vierzig war. Und müde, erschöpft und zermürbt.

Ehrlich gesagt, war ich nicht mal mehr besonders hungrig.

Der Kellner stellte einen Teller Suppe vor mir ab.

Sie war hellgrün, fast weiß. In der Mitte befand sich ein

kleiner, zitternder Gelatinewürfel in leuchtenderem Grün. Ich hielt meinen Finger an den dunkelblauen Teller. Eiskalt. Ich verdrehte die Augen. *Vichyssoise.* Kalte Suppe aus Lauch und Kartoffeln. Keine Vollkatastrophe, aber gewiss auch nichts Neues.

So viel zum sensationellen Essen, dachte ich, als ich meinen Löffel hineintauchte und kostete.

Es war keine Vichyssoise.

Es war … cremig und kalt, aber gleichzeitig süßlich und würzig. Fruchtig – ich war mir fast sicher, dass Melone dabei war, nur wollte ich verdammt sein, wenn ich wusste, welche Melone genau. Ich kostete ein zweites Mal. Gurke? Gemahlene Mandeln? Also eine weiße Gazpacho? Nein. Gazpacho war das auch nicht. Ich schob den Löffel unter den grünen Würfel, der sofort schmolz, als meine Lippen ihn berührten, und meinen ganzen Mund mit intensivem, durchdringendem Geschmack nach Kräutern erfüllte. Auf jeden Fall Basilikum. Und Minze. Du lieber Gott: War das etwa Liebstöckel? Nach dem nächsten Löffel bemerkte ich, dass der grüne Würfel den gesamten Geschmack der Suppe verändert hatte. Jetzt überwog das Würzige das Süßliche, und ich schmeckte eindeutig Apfel heraus, nicht Melone. Es war wie in der Szene in *Charlie und die Schokoladenfabrik,* als Violet das Kaugummi kaut und zuerst Tomatensuppe schmeckt, dann Roast Beef und dann Blaubeerkuchen. Ich kratzte den Boden des Tellers leer und konnte mich gerade noch bezwingen, ihn nicht auszulecken. Dann stand ich auf.

»Wo ist die Küche?«, rief ich zu Lotta.

Sie grinste mich an. »Hab ich's nicht gesagt?«

»Wo ist die Küche?«, beharrte ich.

Omari zeigte auf einen der Flure. »Links«, sagte er.

Daraufhin drehte ich mich auf dem Absatz um und marschierte aus dem Saal.

»Hey, Billy!«, rief Omari mir lachend nach. »Bitte richte Ethan aus, dass wir die Suppe sehr genossen haben!«

Kapitel 3

Ich folgte dem Strom der Kellner den Flur hinunter und war mir ziemlich sicher, dass ich die zweite Küche ansteuerte: die Arbeitsküche mit allem Schnickschnack, die einige Reiche für Fremdköche und Partys hatten und die so ganz anders war als ihre Hauptküche: das sonnendurchflutete Präsentationszimmer mit dem hübschen kleinen AGA, den sie nur nutzten, um jeden Morgen den Wasserkessel für den Tee aufzusetzen.

Als ich den höhlenartigen Gewölberaum betrat, sah ich sofort die beiden Vulcan-Herde mit den zehn Flammen; die riesige Spülmaschine, in die eine Küchenhilfe mit weißer Schürze geschickt schmutzige Gläser einräumte; die Doppelspülen, in denen man bei Bedarf ein halbwüchsiges Kind hätte abduschen können. Die Kühlschrankwand aus Edelstahl. Die Arbeitsflächen mit allen nötigen Utensilien. Das helle Neonlicht an der Decke. Den praktischen Fliesenboden zum Abbrausen. Ja. Eindeutig die Arbeitsküche.

Einen Moment blieb ich im Hintergrund und genoss den Krach, den Geruch, die Hitze und die Choreografie einer Restaurantküche, denn nichts anderes befand sich vor mir. Ich war so lange Teil des Publikums gewesen, dass es mir vorkam, mein letzter Besuch backstage läge eine Ewigkeit zurück.

Diese Mannschaft stammte nicht aus der Cateringfirma

einer gelangweilten Hausfrau, die ihr Hobby zum Beruf gemacht hatte. Sie bewegte sich mit Anmut und Präzision. Messer flogen, glühend heiße Töpfe wirbelten durch die Luft, und die Köche bewegten sich duckend und ausweichend umeinander herum und umgingen mit dem eingebauten Sonar von langjährigen Profis jegliche Kollision.

Ich versuchte, den Küchenchef auszumachen. Normalerweise war das leicht: Man musste nur nach dem korpulenten älteren Kerl Ausschau halten (denn in neun von zehn Fällen war es ein Kerl), der von Station zu Station ging und dabei kostete, zeigte, Befehle bellte und serviles Nicken erntete. Normalerweise benahm sich dieser Kerl, als hätte er einen fünfzig Zentimeter langen Schwanz und melonengroße Eier. Meiner Erfahrung nach gab es keinen größeren Macho als einen Küchenchef in seiner eigenen Küche. Aber so einen entdeckte ich nicht, wie sehr ich auch suchte.

Im Gegenteil: Es waren sogar einige Frauen da. Ich wusste, mittlerweile gab es das häufiger als zu meiner Zeit hinter den Kulissen, dennoch war ich überrascht, dass fast die Hälfte des Personals hier weiblich war.

Und jung. Alle waren ausgesprochen jung. Was noch merkwürdiger war. Abgesehen davon, dass Restaurantküchen Männerdomänen waren, war das Personal normalerweise ziemlich bunt gemischt. Man hörte immer viele verschiedene Sprachen und sah eine große Bandbreite verschiedener Kulturen – denn jede menschliche Gemeinschaft auf der Welt brachte Köche hervor. Es gab auch unterschiedliche Altersgruppen: Teenager und junge Erwachsene, die als Spüler, Kellner und Küchenhilfen fungierten, welche sauber machten, verteilten und Berge von Zwiebeln schnitten. Dann gab es die Köche auf dem Höhepunkt ihres Schaffens: den Sous-Chef, den Pâtissier und den Küchenchef höchstpersönlich. Und normalerweise wimmelten auch immer noch ein paar Oldtimer herum, die ihr ganzes Leben in einer Küche verbracht und nichts anderes gelernt hatten. Die hatten verschiedene Aufgaben, wurden aber oft nur aus Sentimentalität behalten, weil Kochen, ehrlich gesagt, dem Körper sehr zusetzt und einen kaputtmacht, wenn man zu lange dabeibleibt.

Aber in dieser Küchenmannschaft waren alle jung. Keiner über fünfunddreißig, schätzte ich. Und da war noch etwas: Jeder arbeitete vollkommen selbstständig, als Experte in seinem Metier, und brauchte keinerlei Anweisungen.

Plötzlich erkannte ich, in dieser Küche herrschte keine *Angst.*

»Kann ich Ihnen helfen?«, hörte ich eine leise Stimme hinter mir.

Ich drehte mich um. Vor mir stand eine Hilfskraft, zumindest nahm ich das an. Der Junge war etwa fünfundzwanzig, groß und schlank, mit längeren glatten dunklen Haaren; riesige, scharf geschnittene Nase, dunkle Augen unter buschigen Augenbrauen; und glatte, goldbraune Haut. Merkwürdigerweise hatte er die Arme voller rosa Rosen. Er trug Jeans, ein fleckenlos weißes T-Shirt und eine Schürze und lächelte mich höflich an, während er gleichzeitig über meine Schulter hinweg die ganze Küche im Blick behielt.

Seine beiden sehnigen Arme waren mit großen Tattoos bedeckt. Um den linken Arm wand sich ein bunter Vogel, der wie ein Phönix aussah, und auf dem anderen prangte ein fotorealistisches großes Küchenmesser in Schwarzweiß.

Ich erschrak, als mich ein Anflug von Wollust durchzuckte. Normalerweise waren Tattoos gar nicht mein Ding.

»Ich suche den Küchenchef«, sagte ich. »Ich glaube, sein Name ist Ethan Sowieso?«

»Ethan Rahimi, ja, das bin ich.«

Das ist nicht fair, stöhnte ich innerlich. *Der Typ ist ja noch ein Kind.*

»Sie sind doch viel zu jung!«, platzte es aus mir heraus.

Er zog die Augenbrauen hoch. »Wofür?«, fragte er.

Ich schüttelte den Kopf. »Mist, tut mir leid. Das war unhöflich. Ich hätte nur nicht gedacht … Egal. Ich bin Billy Sitwell und wollte –«

»Chef! Chef!« Eine kleine, rundliche Frau mit blauem Irokesen drängte sich an mir vorbei. »Sind das meine Rosen?«

Er drückte ihr den Strauß in die Arme. »Direkt aus dem Garten, Marta.«

Sie tauchte ihr Gesicht hinein, schnupperte daran und blickte zu ihm auf. »Wurde auch Zeit«, fauchte sie und eilte zurück an ihren Arbeitsplatz.

Er verdrehte die Augen. »Trotz meines kindlichen Aussehens«, bemerkte er mit ausdrucksloser Miene, »genieße ich offensichtlich den vollen Respekt meiner Angestellten.«

»Weißt du, wie lang es dauert, Rosengelee zu machen?«, rief Marta quer durch die Küche, während sie hektisch die Blütenblätter abzupfte. »Wenn wir Glück haben, kriegen die Gäste ihr Dessert noch vor Mitternacht!«

»Ich bin sicher, du schaffst das«, erwiderte er. Dann sah er wieder zu mir. »Küchenkonditoren. Immer so temperamentvoll.«

»Ach, fick dich doch, Chef!«, rief Marta lächelnd.

»Wie auch immer«, sagte er und trat an mir vorbei. »Wenn Sie mich jetzt entschuldigen wollen, ich sollte mich wirklich um meine Küche kümmern. Ich habe gerade fünfzehn Minuten damit verbracht, Omaris Rosengarten zu plündern.« Er warf einen Blick zurück. »Verraten Sie mich nicht.«

»Moment«, hielt ich ihn auf. »Ihre Suppe. Was …«

Er nickte. Nicht überrascht. »Melone. Persische Melone.«

»Aber«, wandte ich ein, »persische Melone hab ich schon mal gegessen, aber die war nie …«

»Entschuldigung«, sagte er, nahm einen Löffel und steuerte einen Herd an, »ich würde mich gerne ein andermal darüber unterhalten, aber jetzt muss ich mich wirklich wieder an die Arbeit machen.«

»Selbstverständlich.« Ich wusste, dass er schon sehr geduldig gewesen war.

»Die hat anders geschmeckt, weil er sie selbst gezogen hat«, erklärte der dicke Kerl neben mir, der gerade Walnüsse hackte. »Er hat sie gekreuzt: persische Melone und irgendeine japanische Honigmelone, die er aus Tokio eingeschmuggelt hat. Er hat sein eigenes verdammtes Gewächshaus. In dieser Küche gibt es nichts, womit er nicht unmittelbar zu tun hätte. Wir nennen ihn auch den Futterfundamentalisten.« Er kicherte.

Fasziniert starrte ich auf den Rücken von Ethan, der am Herd irgendwas rührte und kostete.

Als spürte er meinen Blick, sah er mich über die Schulter hinweg an. »Hey, Moment mal«, sagte er. »Sind Sie die Billy Sitwell, die früher Kritiken für die *Gastro Eat* geschrieben hat?«

»Ja«, erwiderte ich.

»Ich habe ein Restaurant in Kingston – Sie wissen schon, im Ulster County. Es heißt *Huma*. Sie könnten es sich mal ansehen.«

Ich zog die Nase kraus. *Kingston? Ulster County? Was zum Teufel …*

»Das werde ich«, sagte ich.

Und erkannte verblüfft, dass ich das wirklich ernst meinte.

Kapitel 4

Manhattan

Schon seit unserer Kindheit hatte Lucy mich ohne Probleme zu etwas überreden können.

»Das wird super aussehen«, versicherte sie mir, als ich naserümpfend auf die grellrosa Paste starrte, die James, der Hairstylist, vor mir anrührte.

»Es sieht aus wie die Kotze eines Flamingos, der einen Krabbencocktail gegessen hat«, bemerkte ich.

James legte seine Fingerspitzen auf meine Schläfen und drehte meinen Kopf nach links und rechts. »Keine Angst, das wird unglaublich subtil.«

»Wie heißt die Farbe noch? Sombrero?«

»Ha ha«, erwiderte Lucy trocken. »Nein, sie heißt ›Sombre‹ und ist eine sanftere Version von ›Ombre‹.«

»Nur, dass sie pink ist.«

»Weil deine Haare rot sind und es entsprechende Farbabstufungen geben muss.«

»Wie wäre es, wenn wir sie nicht färben?«, fragte ich leicht verzagt. »Wir könnten sie doch nur schneiden.«

»Billy«, sagte James streng und fuhr mir mit den Fingern durchs Haar, »weißt du eigentlich, wie viel ich koste?«

Das wusste ich, ehrlich gesagt, nicht, weil Lucy bezahlte. »Als ein verspätetes Geburtstagsgeschenk«, hatte sie behauptet. Und als ich sie an das überaus hübsche Armband erinnerte, das sie mir zum Geburtstag gekauft hatte, meinte sie nur: »Okay, dann eben als verfrühtes Weihnachtsgeschenk. Aber wir müssen irgendwas mit deinen Haaren unternehmen.«

»Nein, das weiß ich nicht«, sagte ich zu James, »und ich glaube, das will ich auch gar nicht wissen.«

»Viel. Ich bekomme sehr viel.«

»Geradezu lächerlich viel«, nickte Lucy.

»Und weißt du, warum ich so lächerlich viel bekomme?«

Weil du unglaublich heiß bist und einsame Damen der Gesellschaft sich gerne vorstellen, du würdest sie auf dem Friseurstuhl nehmen?, dachte ich.

Laut sagte ich: »Weil du so gut bist?«

»Weil ich der Beste bin«, versicherte er mir. »Also lehn dich zurück und lass mich mal machen.«

»Sorg nur dafür, dass ich nicht aussehe wie ein Erdbeertörtchen«, grummelte ich, als er meinen Kopf zurückkippte und anfing, die Farbe aufzutragen.

»Es sieht viel zu hip aus«, sagte ich danach, während ich mich im Spiegel hinter der Bar anstarrte. »Und ultrapink!«

Lucy schüttelte den Kopf und trank einen Schluck von ihrem Martini. »Es ist nur ganz leicht rosé und sieht total raffiniert aus.«

»Ja, genau. Es sieht bemüht aus, wie bei einem hirnlosen, zweiundzwanzigjährigen Modepüppchen.«

Lucy reichte mir die Speisekarte. »Willst du was essen?«, fragte sie. »Was ist denn gut hier?«

»Versuch nicht, das Thema zu wechseln. Ich durchschaue dich.« Dennoch neigte ich den Kopf und studierte die Karte.

Geräucherte Gänseleberpastete an Auberginenschaum und –

Ich knallte die Karte auf die Theke. »Das alles ist Mist!«

Lucy sah mich mit hochgezogener Augenbraue an.

»Rosa Haare, gottverdammter Auberginenschaum! Diese Stadt treibt mich in den Wahnsinn!«

Lucy nippte erneut an ihrem Drink. »Wärst du lieber wieder im Mittleren Westen?«

»Nein, ich wäre lieber an einem Ort, der mich hin und wieder mal überraschen würde. Ich hab das Gefühl, ständig auf die gleiche Speisekarte zu blicken. Fusion hier und Schaum da. Teegeräucherter Scheiß! Aufgeblähte Molekularquaderchen. So viel Essen, und nichts davon will ich!«

Ich musste an Lottas Hochzeit denken. Die lag zwei Wochen zurück, und über das Essen dort – und den Küchenchef, der es kreiert hatte – hatte ich öfter nachgedacht, als ich zählen konnte.

Jetzt schob ich die Speisekarte weg. »Komm, besorgen wir uns Pizza.«

Da meldete sich Lucys Handy. Sie warf einen raschen Blick drauf und schüttelte den Kopf. »Geht leider nicht. Ich muss nach Hause. Titus braucht mich.«

»Ach, komm schon«, sagte ich, weil ich plötzlich ein schlechtes Gewissen bekam. »Ich benehme mich auch, versprochen. Tut mir leid, dass ich ständig nur jammere und meckere.«

Lucy lachte. »Das ist allerdings wahr«, nickte sie. »Aber ich muss wirklich gehen.«

Sofort hatte ich wieder schlechte Laune. »Na super«, ätzte ich. »Er muss nur rufen, da kommst du schon angelaufen. Dann geh doch zu deinem Loverboy. Ich bleib hier und esse einen Lollipop aus Octopus oder was auch immer es hier gibt!«

Lächelnd packte Lucy ihre Sachen zusammen. »Deine Frisur sieht wirklich fantastisch aus, Bill«, sagte sie.

Ich winkte ihr nach und griff mir erneut die Speisekarte.

Aprikosengelee auf Medaillons vom -

Stöhnend trank ich meinen Drink auf ex, warf etwas Geld auf die Theke und ging.

Auf dem Heimweg fing es an zu regnen. Ein typischer spätsommerlicher Wolkenbruch, der aus dem Nichts kam und einen sofort vollkommen durchnässte. Es war mir egal. Ich ging einfach weiter und ließ mich vollregnen. Zum Teufel mit den Haaren. Mir war heiß, ich war gereizt, und trotz der großen, fettigen Pepperoni-Pizza, die ich verschlungen hatte, fühlte ich mich immer noch hungrig und unzufrieden.

Aus einem Impuls heraus winkte ich ein Taxi heran, wies den Fahrer an, nach Uptown zu fahren, und ignorierte seinen missbilligenden Blick, als ich den Rücksitz volltropfte.

Bist du da?, simste ich.

Ja, kam es sofort zurück.

Ich komme ... jetzt.

Da habe ich aber Glück.

Brett lächelte, als er die Tür aufzog und mich tropfnass auf seiner Schwelle stehen sah.

»Du bist ja völlig durchweicht, Sitwell«, bemerkte er. Dann kniff er leicht die Augen zusammen. »Sind deine Haare rosa?«

»Halt die Klappe und mach mir einen Drink«, befahl ich und stolzierte an ihm vorbei.

Lachend wandte er sich zur Küche.

»Hast du ein Handtuch für mich?«, rief ich.

»Im Flurschrank«, rief er zurück.

Als ich den Schrank öffnete, musste ich lächeln. Vor mir türmten sich Stapel voller dicker, weicher Handtücher aus ägyptischer Baumwolle und blütenreine, perfekt gefaltete Laken. Ich schnappte mir ein großes, durstiges Badetuch und seufzte glücklich, als ich es mir um die Haare wickelte. Brett mochte nicht perfekt sein, aber er war der einzige Mann, den ich kannte, der solche Ordnung bei seiner Wäsche hielt.

»Hier«, sagte er und reichte mir einen Whisky Soda, als ich in die Küche kam.

Gierig trank ich einen großen Schluck und schloss genüsslich die Augen, als die weiche Flüssigkeit mir die Kehle hinunterrann und mich von innen wärmte.

»Fühlst du dich jetzt besser?«, fragte er.

Argwöhnisch beäugte ich ihn. »Wer sagt denn, dass ich mich schlecht gefühlt habe?«

Wieder lachte er. »Als du hier reinmarschiert bist, sahst du aus, als wärst du sogar bereit, einen Welpen zu treten.«

Unwillkürlich musste ich lächeln. Dann trank ich noch einen Schluck.

»Komm«, sagte er und legte mir den Arm um die Schultern. »Gehen wir auf die Couch.«

»Nein, ich habe eine bessere Idee«, erwiderte ich und schmiegte mich an ihn. »Gehen wir ins Bett.«

»Weißt du, was mit dir nicht stimmt, Sitwell?«, fragte Brett, als er sich in seinem Bett räkelte. Das Laken hatte er gerade hoch genug gezogen, um keinen Anstoß zu erregen. »Du hast es immer so eilig, von hier wegzukommen.«

Ich warf ihm einen Blick zu, während ich in meine immer noch nassen Jeans stieg. »Ich hab dir doch gesagt, dass ich wohin muss.«

Als er die Hände hinter dem Kopf verschränkte, verrutschte das Laken. Ups. Nun erregte er Anstoß.

»Du hast doch gar nichts, wohin du musst.«

Ich wich seinem Blick aus und zog mich weiter an. Da hatte er recht, aber es gefiel mir ganz und gar nicht, dass er das wusste. »Doch, habe ich.«

Er schüttelte den Kopf. »Ich habe nichts dagegen, für Sex benutzt zu werden. Verdammt, du weißt genau, dass ich es *liebe*, derart benutzt zu werden. Aber dir ist doch schon klar, dass es noch mehr gibt, oder?«

Ich hielt inne. »Was meinst du damit?«

Er grinste mich an. »Was meinst du damit?«, äffte er mich mit übertrieben unschuldiger Stimme nach.

»Soll das etwa ich sein? So höre ich mich aber nicht an.«

Er setzte sich auf. »Du weißt, dass ich schon mit vielen Frauen zusammen war.«

Ich schnaubte. »Na, da gratuliere ich aber.«

»Und ich hätte keiner Beziehung mehr als einen Monat gegeben. Ich meine, ich war zwar bereit, ein Wochenende auf dem Land zu planen oder jemanden zu einer Hochzeit zu begleiten, aber ich habe nie gedacht: *Was wird sie wohl in zehn Jahren machen?* Außer bei dir. Bei dir denke ich ständig so was.«

Ich erstarrte. »Wirklich?«, sagte ich mit betont neutraler Stimme.

»Mir ist schon klar, dass du nicht so empfindest. Genauer gesagt, ist mir klar, dass du das gerne glauben würdest. Ich weiß aber auch, dass du so empfinden wirst. Eines Tages.«

»Ach ja?«, sagte ich und kämpfte gegen den Drang, fluchtartig seine Wohnung zu verlassen.

»Ja, ja. Ich warte nur darauf, dass du zur Vernunft kommst und ein Zehntel deiner Leidenschaft, die du für Essen und deine Arbeit aufbringst, mir zugestehst. Wenn das erst passiert, gibt es ein gottverdammtes Feuerwerk.«

Krampfhaft schaute ich mich um. »Meine Tasche. Weißt du, wo meine Tasche ist?«

Er lachte. »In der Küche.«

Ich wandte mich zur Tür.

»Es macht mir nichts aus zu warten, Sitwell!«, rief er, als ich in den Flur flüchtete. »Und ich habe alle Zeit der Welt!«

Kaum war ich an diesem Abend wieder in meiner Wohnung, kaufte ich mir ein Busticket nach Kingston.

Kapitel 5

River House
Kingston, N. Y.

Ich stand in der Küche meiner Träume.

Die Küche meiner Träume war nicht aus Granit, poliertem Kirschholz und voller hochmoderner Edelstahlutensilien. Auch war sie kein kaltes, wissenschaftliches, industrielles Labor. Die Küche meiner Träume hatte eine Geschichte, hatte Vergangenheit und Seele. Die Küche meiner Träume verströmte Charme und Behaglichkeit. Die Küche meiner Träume hatte eine Aussicht.

Mit dem kleinen, niedlichen *Magic Chef*-Herd, dem gedrungenen Kühlschrank und der großen Farmhausspüle aus Emaille hätte man hier nie bequem für zweihundert Personen kochen können. Aber diese Küche war warm, offensichtlich viel genutzt und mindestens fünfmal größer als meine winzige Kombüse in Manhattan. Sie hatte breite Bodendielen aus Weymouthskiefer, die hier und da mit unterschiedlich großen Kupferplatten geflickt worden waren; die geräumigen Arbeitsflächen bestanden ebenfalls aus verschrammtem Echtholz, und ein riesiger versiegelter Block Blaustein bildete die Kücheninsel. Als ich die kühle Oberfläche berührte, tauchten vor meinem inneren Auge Generationen von Frauen auf, die den perfekten Pie-Teig ausrollten und eiskalte Butter in einen köstlichen Blätterteig einarbeiteten.

Sarah hätte die Nase gerümpft, dachte ich, und Lotta hatte nicht das geringste Interesse an Küchen. Aber Lucy hätte sie gefallen. Sie hätte sie wiedererkannt. Sie fühlte sich an wie die Küchen unserer Kindheit.

Die Nachmittagssonne schien durch ein riesiges Fenster und wurde von den Glasschränken reflektiert. Es gab einen Kamin, in den ich mich aufrecht hätte hineinstellen können, dessen Sims aus einem alten, narbigen Holzbalken bestand. Ich ging zur Spüle und blickte hinaus zu den buschigen Baumkronen. Von hier aus konnte ich den Hudson sehen, der sich weiter unten wie eine Riesenschlange durchs Tal wand.

Ich drehte mich um. »Verzeihen Sie die Ausdrucksweise, aber es ist verflucht schön hier.«

Die Eigentümerin dieser Küche, ein wackliges Mütterchen namens Portia, grinste mich an und strich sich geschmeichelt ihre flusigen Haare zurecht. »Kennen Sie jemanden, der sie langfristig mieten will?«, fragte sie. Ihre Stimme klang eingerostet, als würde sie sie nicht häufig benutzen. »Da die Sommersaison fast vorbei ist, hätte ich gerne einen Dauermieter. Sobald das Wetter umschlägt, gibt es keine Ferienbuchungen mehr.«

Bedauernd schüttelte ich den Kopf. »Nein, leider. Ich bin auch nur fürs Wochenende hier. Aber aus reiner Neugier gefragt: Wie viel wollen Sie dafür?«

Sie nannte eine Summe, die ein Drittel der Miete für mein Einzimmerapartment in Manhattan war.

»Pro Woche?«, fragte ich nach.

Sie lachte. »Pro Monat. Offensichtlich haben Sie zu lange in der Stadt gelebt, Schätzchen.«

Ich lächelte zerknirscht. »Eindeutig. Jedenfalls sage ich Ihnen Bescheid, wenn mir jemand einfällt. Gibt es sonst noch was, das Sie mir zeigen müssten?«

Sie hatte mich bereits durchs gesamte Haus geführt. Vier Schlafzimmer im oberen Stock. Zwei Bäder, eins oben, eins unten. Zwei Wohnzimmer nach vorne hinaus, nur getrennt von einem breiten Flur. In einem stand ein Holzofen in fröhlichem Rot, im anderen ein kleiner Kamin. Und neben der Küche befand sich ein richtiges Esszimmer mit eingebauten Anrichten und einem runden Tisch mit Klauenfüßen, an dem bequem zehn Personen Platz hatten.

Portia erklärte, dass es unten am Fluss einen kleinen Anleger gab und sogar ein Kanu, das ich benutzen dürfte, wenn ich mit einem Boot umgehen könnte.

Zwar war das nicht der Fall, aber ich fragte mich, ob ich es vielleicht lernen konnte.

Kennen Sie das: Manchmal sieht man ein Haus, das einem sofort vertraut vorkommt, als hätte es nur auf einen gewartet? So war dieses Haus. Selbst der Geruch, der sich aus einer Mischung von Flussdünsten, süßem Holzrauch und zitroniger Möbelpolitur zusammensetzte, gab mir das Gefühl, endlich einmal genau am richtigen Ort zu sein.

»Ich glaube, das wär alles«, sagte Portia. »Aber wenn Sie mich brauchen, finden Sie mich in meinem Haus im Ort.«

»Wohnen Sie dort ständig?«, fragte ich.

Sie nickte. »Ja, seit mein Mann vor zehn Jahren starb. Dies hier war als Heim für eine Familie gedacht. Es fühlte sich einfach nicht richtig an, allein hier zu wohnen. Also zog ich in ein kleines Cottage im Ort und fing an, dieses Haus hier zu vermieten.«

Sie ließ mich mit dem Schlüssel und einer Liste von Hinweisen zurück.

Ich fing an, die Lebensmittel auszupacken, die ich aus der Stadt mitgebracht hatte. Da ich nicht wusste, was es hier gab, war ich vor der Abreise auf den Markt am Union Square gegangen und hatte eine Flasche Vollmilch von Ronnybrook Farm besorgt, in der sich das Fett oben abgesetzt hatte, ein Stück weichen Ziegenkäse, ein halbes Dutzend Enteneier, ein paar frühe Äpfel und einen schönen Laib Sauerteigbrot. Dann holte ich eine Flasche Rosé aus meiner Tasche und zögerte, weil ich wusste, er würde besser schmecken, wenn ich geduldig abwartete, bis er kalt war. Dennoch schenkte ich mir ein Gläschen ein, bewunderte die wunderschöne apricotrosa Farbe und den leicht blumigen Duft und stellte den Rest der Flasche in den Kühlschrank.

Ich nahm mein Glas mit hinaus auf die umlaufende Veranda und setzte mich auf einen alten Korbstuhl. Der Fluss strömte dahin und reflektierte golden glitzernd und funkelnd die sinkende Sonne. Zwar war es immer noch Sommer, aber das sirupweiche Licht kündete schon vom kommenden Herbst. Um mich herum raschelten die leuchtend grünen Laubbäume in der leichten Brise. Etwas weiter den Fluss hinauf sah ich auf einer winzigen Insel einen kleinen, weißen Leuchtturm.

Ein Vogel – *nein, Achtung!* Ich erschauerte. *Eine verdammte Fledermaus* schwirrte direkt vor mir durch den Garten.

Ich kippte den Wein hinunter und ging wieder ins Haus.

Als ich am Abend das *Huma* betrat, schaltete ich auf Kritikermodus. Ich hatte geplant, inkognito zu kommen, zu essen und wieder zu verschwinden. Dazu trug ich meine übliche Berufskleidung: dunkle Jeans mit schwarzem Body und Stiefeletten. Ich wollte mich nur im Hintergrund halten und das Essen genießen, tastete jetzt aber verlegen über meine Haare. Die verdammten *goldrosa-sombre Highlights* waren immer noch viel zu pink. Ich fühlte mich wie *von hinten Lyzeum, von vorne Museum*.

Außerdem war es mir etwas peinlich, dass ich den Koch hier so schnell beim Wort genommen hatte. Seit Lottas Hochzeit waren erst drei Wochen vergangen. Der arme Kerl würde vermutlich denken, er hätte es mit einer Stalkerin zu tun. Aber ich musste unbedingt raus aus der Stadt. Schon bevor Brett mir einen Riesenschreck mit seinem Gerede von einer Zukunft eingejagt hatte, war mir nach einer Pause gewesen. Außerdem wollte mir das Hochzeitsessen einfach nicht mehr aus dem Kopf. Seitdem hatte ich mich fast jede Nacht mit Erinnerungen an jeden einzelnen, köstlichen Bissen in den Schlaf getröstet (obwohl das auch mit dem Bild von Ethans muskulösen, braunen und tätowierten Unterarmen ging, aber das war eine ganz andere Art von Trost).

Es war schon spät, fast neun Uhr, aber im Restaurant wimmelte es noch vor Gästen. Es war recht klein, hatte höchstens Plätze für zwei Dutzend Personen, und die Inneneinrichtung verbuchte ich sofort unter dem Begriff Industrial-Country. Es gab Holztische, die aussahen, als hätte sie jemand auf dem Hof zusammengezimmert, und Stühle und Bänke aus neon-orangefarbenem Metall. Gläser und Besteck waren bewusst zusammengewürfelt, und als ich auf jedem Vierertisch den unvermeidlichen blauen Keramikkrug mit Wildblumen entdeckte, hätte ich fast gelacht.

»Sind Sie allein, Ma'am?«, fragte die Empfangsdame. Sie war groß, dunkelhaarig, wunderschön und hatte Ohrtunnel, durch die eine Babyfaust gepasst hätte.

Ich nickte, worauf sie mich zu einem kleinen Ecktisch führte. Er lag halb im Schatten, was mir mehr als recht war.

Ich fuhr mit der Hand über die raue Tischplatte und dachte dabei kopfschüttelnd: *Splitteralarm.* So was kannte ich schon. Manche Restaurants nahmen das ganze ›Roh, echt und authentisch‹ einfach zu wörtlich. Wenn man sich dabei Tetanus einfangen konnte, sollte man besser noch mal über das Dekor nachdenken.

Ich sah mir die Speisekarte an. Sie war handgeschrieben, und zwar von jemandem, dessen Stärke nicht gerade Schönschrift war. Außerdem wirkte sie eher wie eine Erzählung. Im dämmrigen Kerzenlicht kniff ich leicht die Augen zusammen: »*An dem Abend, als mein Vater mir das Rasieren beibrachte …*«

Halt, was? Das konnte doch nicht stimmen. Dann dachte ich: »Was soll's, achtet sowieso niemand auf mich«, und wühlte in der Tasche nach meiner Lesebrille.

Die hatte ich mir vor knapp einem Jahr zugelegt. Ohne es den Mädels zu verraten. Ich meine: Wenn's ums Alter ging, konnte man einiges gut kontrollieren. Meinen Körper bearbeitete ich gnadenlos und stundenlang im Fitnessstudio und auf den Laufstrecken im Central Park, um die biologische Uhr zurückzudrehen. Seit Ende zwanzig färbte ich mir regelmäßig die Haare, daher wusste ich nicht mal, ob sie schon grau wurden. Und meine typischen runden Wangen aus dem Mittleren Westen hatten sich als wahres Plus erwiesen, je älter ich wurde. Erst letzten Monat noch war ich um einen Nachweis meiner Volljährigkeit gebeten worden. Dennoch fielen mir immer mehr Dinge auf, die sich veränderten: ein kleines Zwicken in meinem Knie, eine gewisse, kaum merkliche Schlaffheit der Haut an meinen Ellbogen; und mein Optiker hatte mir beim letzten Sehtest ins Gesicht gelacht, als es ums Kleingedruckte ging. Also trug ich seitdem immer eine Brille für Notfälle wie diesen mit mir herum.

»Möchten Sie einen Aperitif?«

Ich ließ die Speisekarte sinken. Der Kellner, ein muskulöser Mitzwanziger mit strahlendem Lächeln, war aus dem Nichts aufgetaucht. Ich riss mir die Brille von der Nase und schob sie unter meinen Oberschenkel. »Äh, ja. Was können Sie empfehlen?«

Sein Lächeln wurde noch breiter. »Einen ›Kingston‹, den Cocktail des Hauses. Eine eigene Erfindung: Rosmarin-Wodka mit Triple Sec und frisch gepresstem Saft aus Meyerzitronen. Die stammen aus dem Gewächshaus des Küchenchefs, und der Rosmarin kommt aus dem Garten des Küchenchefs.«

Ich lachte. »Ach ja! Na, dann fange ich wohl besser damit an.«

Er strahlte mich an. »Ausgezeichnete Wahl.«

Kaum drehte er mir den Rücken zu, zog ich meine Brille wieder hervor, stellte aber fest, dass ein Glas zerbrochen war. Missmutig schüttelte ich den Kopf. Das war die Strafe für meine verdammte Eitelkeit. Ich steckte die kaputte Brille wieder in meine Tasche, holte mein Handy hervor und scrollte durch die Liste. Fünf unbeantwortete SMS von Lucy.

Der Kellner kehrte mit meinem Drink zurück. Da ich keinesfalls zugeben wollte, dass meine Augen zu schlecht waren, um die gottverdammte, wahrscheinlich selbst gemachte und selbst geschriebene Speisekarte aus Hanfpapier zu lesen, zog ich mein As aus dem Ärmel und sagte: »Ich überlasse dem Küchenchef die Entscheidung.«

Daraufhin leuchtete sein Gesicht auf wie das eines frisch zum Glauben Bekehrten. »Oh«, sagte er atemlos. »Oh, das ist ja wunderbar. Sie werden es nicht bereuen, Ma'am.«

Noch während ich den Kopf schüttelte, weil ich zum zweiten Mal an diesem Abend als ›Ma'am‹ bezeichnet worden war, eilte er fort.

Ich trank gerade meinen zweiten Kingston Cocktail und fühlte mich ziemlich gut, als Küchenchef Ethan Rahimi sich an meinen Tisch setzte.

Zwinkernd blinzelte ich ihn an und war nur erleichtert, dass meine Brille nicht hatte notdürftig repariert werden können. Mit einem verwirrten Lächeln erwiderte er meinen Blick.

Da erkannte ich mit einem leisen Stich, dass er mich nicht wiedererkannte.

»Billy Sitwell?«, sagte ich. »Von Lottas und Omaris Hochzeit? Ich war in Ihrer Küche.«

Sofort entspannte er sich. »Ah ja. Ihre Haare sind anders.«

Verlegen zupfte ich an einer rosa Locke. »Das Ergebnis eines übereifrigen Hairstylisten«, entschuldigte ich mich.

Er neigte den Kopf zur Seite und sah mich prüfend an. »Mir gefällt's. Es ist cool.«

Freude durchzuckte mich, dicht gefolgt von Selbstverachtung. *Wieso interessierte es mich, was dieses Jüngelchen cool fand?*

»Wie auch immer«, sagte er, »was führt Sie her?«

Ganz kurz erwog ich, ihn anzulügen, doch dann dachte ich: *Wieso denn?* »Sie haben mich eingeladen«, erinnerte ich ihn. »Und ich hatte Hunger.«

Da breitete sich langsam ein sexy Lächeln über sein Gesicht. Mann, diese Unterlippe war so heiß! Voll und prall. Am liebsten hätte ich hineingebissen.

Lass den Quatsch, Oma!, hörte ich Lucys Stimme in meinem Kopf. *Der ist doch noch ein Kind!*

Ich war schon oft mit jüngeren Männern ausgegangen. Ehrlich gesagt, hatte es vor nicht allzu langer Zeit eine Phase gegeben, in der ich *nur* mit jüngeren Männern ausging. Es gab viele Gründe dafür. Ich liebte sie wegen ihrer freudigen Bereitschaft zum Sex, ihres Durchhaltevermögens und ihrer praktisch nicht vorhandenen Erholungszeit. Ein paar der Männer erinnerten mich mit ihrer Ausdauer an die Zauberer, die endlos Tücher aus ihrem Ärmel ziehen. Mir gefiel auch, dass keiner von ihnen Ex-Frauen oder halbwüchsige Kinder hatte, und ich war zutiefst dankbar, dass sie noch nicht die Möglichkeit gehabt hatten, im Laufe der Jahre schlechte Junggesellengewohnheiten zu entwickeln, die immer mehr zu rigiden, unangenehmen Schrullen und Obsessionen gerieten. Am tollsten jedoch fand ich das schlichte Gemütsleben eines jüngeren Mannes, die fast hundertprozentige Sicherheit, dass ich eine schöne Zeit erleben würde, mit viel Spaß, und dass ich glücklich verschwinden konnte, weil ich mich niemals verliebte.

Allerdings waren die Gründe, weswegen ich mich nie in diese jungen Männer verliebte, genau die, die mich schließlich davon abhielten, überhaupt mit ihnen auszugehen. Jüngere Männer waren anhänglich, orientierungslos und auf eine niedliche Art selbstbezogen – wie hinreißende Welpen, die noch nicht stubenrein waren. Und ich wollte auf gar keinen Fall diejenige sein, die mit Leckerli in der Tasche herumlief und sie jedes Mal belohnte, wenn sie es schafften, draußen ihr Geschäft zu erledigen. Nachdem mein letzter jüngerer Mann (der auch noch Feuerwehrmann war!) eine Woche lang schmollte, weil ich mich geweigert hatte, ihn zu pflegen, als er mit einer Erkältung im Bett lag (ich hatte einen wichtigen Abgabetermin, wollte mich nicht anstecken, und es war nur eine verdammte *Erkältung* und kein *Krebs*), beschloss ich, damit aufzuhören. Ich war keine Mommy und wollte es auch dabei belassen.

Aber dieser hier … mit den dunklen Glutaugen, seiner Genialität in Sachen Essen, mit den Brandnarben auf den Händen und dem sexy Lächeln …

»Ich wollte die Frau sehen, die dem Küchenchef die Entscheidung überlässt«, erklärte er. »Ich unterhalte mich gern mit meinen Gästen, bevor ich für sie koche.« Er lehnte sich zurück und neigte den Kopf zur Seite. »Aber wissen Sie was? Ich habe eine bessere Idee. Wir schließen in etwa einer halben Stunde. Können Sie so lange warten? Ich werde Sie schon füttern, versprochen. Aber zuerst will ich Ihnen etwas zeigen.«

Ich zuckte die Achseln und versuchte zu verbergen, dass mir bei seinem *Ich werde Sie schon füttern, versprochen* der Atem gestockt hatte. »Ja, ich kann ja noch was trinken«, räumte ich ein.

Daraufhin drückte er mir kurz mein Handgelenk und stand auf. »Schön, schön. Sie werden es nicht bereuen.«

Selbstverständlich musste ich viel, viel länger als nur eine halbe Stunde warten. Die letzten Gäste, ein Pärchen Ende zwanzig mit identischen Hornbrillen und Holzfällerhemden, ließ sich bei Kaffee und geteiltem Dessert ziemlich Zeit (eine Art Pfirsich-Mandel-Baiser, das ich neidisch von meinem Tisch aus beäugte). Die Angestellten bliesen die Kerzen aus, wischten alle Tische ab und stapelten die Stühle darauf. Ich nippte an meinem Drink, sah mit wachsendem Unbehagen zu und fühlte mich zunehmend genötigt zu erklären, dass ich auf Ethan wartete.

Ich fragte mich, was wohl die Mädels denken würden, wenn sie sähen, wie ich wie ein Feinschmeckergroupie in diesem komischen kleinen Provinzrestaurant wartete.

Sie würden lachen, dachte ich, *und mich gnadenlos aufziehen.*

Ich beschloss, zu gehen. Es war einfach lächerlich. Es ging auf elf Uhr zu, ich verhungerte fast, war angetrunken, und dieser Junge hatte sich nicht mal die Mühe gemacht, sich für die lange Wartezeit zu entschuldigen. Ich warf ein paar Scheine auf den Tisch, marschierte hinter die Theke und steckte den Kopf durch die Küchentür.

»Hey, Chef«, rief ich. »Ich glaube, ich gehe jetzt.«

Ethan riss den Kopf herum. Er hatte sich am Herd über einen Topf gebeugt, in dem er rührte. Blinzelnd, als wäre er gerade erst aufgewacht, sah er mich an. »Oh, Mist, Billy«, sagte er. »Gott, das tut mir leid. Ich hab völlig die Zeit vergessen. Es ist albern, einer meiner Köche hat seine Sauce verdorben … aber für den Brunch morgen brauchen wir jede Menge davon … ich wollte sie nur kurz retten, bevor wir schließen.«

Als ich zu ihm ging, bemerkte ich, dass seine Küche viel kleiner und schlechter ausgestattet war als Omaris zweite Küche. Ein halbes Dutzend Angestellte drängten sich um die Arbeitsflächen, räumten sie auf und packten die Reste ein.

»Was ist es denn?«, fragte ich und reckte den Kopf, um in den großen Saucentopf aus Edelstahl zu spähen.

»Ach, nur eine einfache Buttersauce«, antwortete er. »Die kann ich schnell mit geschlagenem Eigelb retten, aber es ist ziemlich mühsam, weil man die warme Sauce Löffel für Löffel zu dem Eigelb geben muss.«

Ich rümpfte die Nase. »Warum wird die nicht einfach neu gekocht?«

Darauf wurde er rot und zuckte die Achseln. »Wieso sollte man vier Pfund Butter verschwenden?«

Ich zog die Augenbrauen hoch. In den meisten Küchen, wo ich gearbeitet hatte, wäre eine Sauce bedenkenlos weggekippt worden. »Gibt es noch eine Schüssel?«, fragte ich, worauf er mir eine Kupferschüssel, einen Quirl und drei Eier reichte.

Eine halbe Stunde standen wir einträchtig nebeneinander und fügten die warme Sauce Tropfen für Tropfen zu dem geschlagenen Eigelb, verquirlten alles, achteten darauf, dass das Ei nicht stockte, und fügten dann wieder etwas Sauce hinzu. Wir sprachen kaum, sondern konzentrierten uns auf unsere Aufgabe, aber mir machte das nichts aus. Ich mochte zeitraubende, eintönige Aufgaben wie Risotto rühren, Erbsen pulen und Kirschen entsteinen. Es entspannte mich. Das war meine Art von Meditation.

Schließlich hatten wir einen ganzen Topf voller prachtvoll cremiger, sonnengelber Sauce.

Ethan tauchte einen Löffel hinein. »Hier, kosten Sie mal.«

Ich schloss die Augen und probierte.

Vielleicht lag es an meinem Bärenhunger, aber die Sauce war etwas ganz Besonderes. Glatt und geschmeidig, mit genau dem richtigen Hauch Säure im Nachgang. Ich konnte sie mir bei einer ganzen Auswahl von Gerichten vorstellen, sowohl süßen als auch herzhaften: auf Apfelpfannkuchen oder, statt einer Hollandaise, auf Eiern Benedikt, über gebratenem Spargel oder verstrichen auf noch warmem Gebäck ... Ich kostete ein weiteres Mal und beschloss, mich einfach hinzusetzen und eine ganze Schüssel davon zu essen.

»Salz fehlt«, sagte ich, um meine grenzenlose Bewunderung zu verbergen.

Ethan kostete selbst und lachte. »Auf gar keinen Fall«, sagte er.

Ich verdrehte die Augen. »Na gut, stimmt. Sie ist perfekt.«

»Super«, sagte er. »Hey, Kai?«

Eine große, hübsche Blondine mit einem glitzernden Nasenpiercing drehte sich von der hinteren Wand, wo sie gerade Gläser eingeräumt hatte, zu ihm um. »*Oui,* Chef?«, erwiderte sie.

»Dies hier ist Billy. Billy, das ist Kai. Sie ist unsere Barkeeperin und Weinexpertin.«

Ich nickte ihr zu. Sie nickte ebenfalls, aber ihre Miene war kühl, und ich spürte, wie sie mich mit ihren großen, blauen Augen neugierig musterte.

»Wie auch immer, Kai, könntest du solange warten, bis die Sauce Zimmertemperatur hat, und sie dann wegräumen?«

»*Oui,* Chef.«

Schnaubend schüttelte er den Kopf. »Kai hat eine Weile in Europa gearbeitet«, erklärte er. Dann sagte er lauter: »Du musst nicht immer *oui* sagen, Kai.«

Sie grinste und wandte ihm den Rücken zu. »*Oui,* Chef.«

Wir sahen uns an. In seinen Augen glitzerte ein Lächeln. »Okay?«, fragte er.

Ich nickte und folgte ihm aus der Küche.

Kapitel 6

Ich bin ja so blöd, dachte ich, als wir eine dunkle Bergstraße hinaufrasten, Nebelbänke durchschnitten und an jeder Kurve hupten. Ethan traktierte seinen Dodge Ram wie ein Teenager, der den Wagen seiner Eltern geklaut hat. Ich war mir ziemlich sicher, dass ich den nächsten Morgen nicht mehr erleben würde.

»Wildwechsel! Verdammt! Wildwechsel!«, schrie ich, als ein Reh und zwei Kitze vor uns über die Straße flitzten.

Völlig unbeeindruckt kurvte Ethan um sie herum.

»Also gut«, sagte ich mit hämmerndem Herzen. »Möglicherweise habe ich Ihre Fahrkünste unterschätzt, aber ich bin mir ziemlich sicher, dass Sie mich irgendwo hinbringen, um mich zu zerstückeln und mich dann an Ihre Vormittagsgäste zu verfüttern. Wohin zum Teufel fahren wir?«

Er lachte. »Abwarten.« Dann warf er einen Blick auf meine Füße. »Können Sie mit den Schuhen gut laufen?«

»Kommt drauf an, wie weit«, sagte ich argwöhnisch.

»Nicht weit. Aber es könnte feucht werden.«

Ich schüttelte den Kopf. »Mann, ich wollte bloß ein Abendessen.«

Er lächelte. »Ich schwöre, das gibt es bald.«

Schließlich hielt er in einer kleinen Einbuchtung und stellte den Motor aus. Soweit ich sehen konnte, war hier nichts als die Straße und dunkler Wald.

Ich hörte Lucys Stimme in meinem Kopf.

Bist du völlig verrückt geworden, Billy?

»Äh«, sagte ich.

Mit gekrauster Nase spähte er in die Dunkelheit jenseits des Wagenfensters. »Okay, ich verstehe, warum Sie befürchten, ich wollte Sie in kleine Stücke hacken.«

Ich musterte ihn. »Ich habe den braunen Gürtel in Krav Maga und kann Gewichte stemmen.«

Er hob abwehrend die Hände. »Und ich wurde als Kind aus der Fußballmannschaft geschmissen, weil ich mich einfach auf den Boden setzte und nicht mehr mitspielen wollte.«

Ich lachte und drückte die quietschende Autotür auf. »Na gut. Dann wollen wir mal sehen, wer von uns beiden überlebt.«

In der kühlen Herbstluft bekam ich eine Gänsehaut. Ich reckte die Arme und legte den Kopf in den Nacken. Noch nie hatte ich einen so schönen Nachthimmel gesehen. Der Mond war nur eine ganz schmale Sichel, halb verdeckt von hauchzarten Wolkenfetzen. Abgesehen davon war der Himmel ganz klar und so dicht mit winzigen, funkelnden Sternen übersät, dass ich den Eindruck hatte, das Universum hänge wie eine Lage Glitzerstoff über uns. Ich war den Himmel in New York City gewohnt, wo man nur die hellsten Sterne sah. Von diesem Anblick hier wurde mir schwindelig.

»Wow«, sagte ich.

»Allerdings«, nickte Ethan. »Wir haben hier oben einen guten Himmel.«

»Und wo genau ist hier oben?«, fragte ich. »Sind wir noch in Kingston?«

»Nein, hier sind wir in den Shawangunk Mountains.«

Ich sah ihn an. »Im Ernst?«

»Man sagt, wenn man einmal im Schatten der ›Gunks‹ stand«, erklärte er, »wird man immer zu ihnen heimkehren.«

»Wer zum Teufel ist denn ›man‹?«, fragte ich.

Er warf mir einen Blick zu und lachte. Dann schnappte er sich eine Papiertüte aus dem Führerhaus seines Trucks, holte sein Handy hervor und schaltete die Taschenlampe ein. »Okay. Sind Sie bereit? Haben Sie genug Vertrauen, um einen kleinen Spaziergang im Wald zu unternehmen?«

Ich schüttelte den Kopf. »Nicht vergessen, Chef, beim leisesten Versuch werfe ich Sie nieder.«

Der Wald war so feucht, wie er vorhergesagt hatte. Er roch grün und süß. Ich sank ständig mit den Schuhen in dem weichen Boden ein, und ohne die Taschenlampe hätte ich nicht die Hand vor Augen sehen können.

»Wahrscheinlich sollte ich Ihnen eine Augenbinde anlegen«, sagte Ethan. »Aber da Sie hier nicht wohnen, kann ich Sie wohl in mein Geheimnis einweihen.«

»Wa …«, setzte ich an, doch das Wort erstarb mir auf den Lippen, als der Schein seiner Taschenlampe über etwas hinweghuschte, das aussah wie ein orangefarbenes Meer. »Oh mein Gott«, sagte ich stattdessen. »Sind das etwa Pfifferlinge?«

Mit einem breiten Grinsen drehte Ethan sich zu mir um.

»Das war es doch wert, oder nicht?«

»Das müssen Hunderte sein!« Mir wurde ganz schwindelig

bei der Vorstellung, wie viel diese Pilze auf einem Markt in Manhattan einbringen würden.

»Das ist mein Geheimplatz«, sagte Ethan. Er holte ein Küchenmesser aus seiner Tasche und gab es mir. »Haben Sie schon mal welche gesammelt?«

Ich schüttelte den Kopf. »Aber Sie sind schon sicher, dass die essbar sind, oder?«

»Ganz sicher. Keine Angst. Schneiden Sie sie ganz dicht über dem Boden ab, und geben Sie sie vorsichtig in die Tüte.« Er holte ein weiteres Messer hervor, ging in die Hocke und stellte das Handy so auf, dass wir Licht hatten.

Ich kniete mich neben ihn. »Aber warum muss das alles mitten in der Nacht stattfinden?«, fragte ich flüsternd, während wir die Pilze schnitten.

»Weil das mein Geheimplatz ist«, erklärte er. »Wenn ich hier tagsüber parken würde, wären die anderen Pilzsucher sofort da.«

»Dann sollten wir sie alle einsammeln«, riet ich begeistert und ließ einen faustgroßen Pilz in die Tüte fallen.

Ethan schüttelte den Kopf. »Das wäre nicht fair. Wir nehmen nur mit, was wir heute Abend essen können.« Er hielt kurz inne. »Und vielleicht noch ein bisschen für das Restaurant morgen.«

Schweigend bahnten wir uns unseren Weg durch den winzigen Wald aus orangefarbenen Pilzen. Nachdem sich meine Augen an die Dunkelheit gewöhnt hatten, sah ich immer mehr Einzelheiten um mich herum: zerzauste Farne, kleine lila Asternsterne am Wegesrand. Mit leicht zusammengekniffenen Augen starrte ich die Bäume hinauf: Offenbar waren es größtenteils Eichen, aber hier und da konnte ich die gespenstisch grauweiße Rinde einiger Wasserbirken erkennen.

Als leichter Wind durch die Blätter raschelte, hörte ich in der Ferne ein wehmütiges Rufen.

»O mein Gott«, zischte ich und packte Ethans Arm. »Was war das?«

Auch er kniff die Augen zusammen und lauschte. »Ich glaube, ein Virginia-Uhu.«

»Ehrlich? Den können Sie allein am Ruf erkennen? Wie lange leben Sie denn schon hier?«

Er zuckte die Achseln. »Aufgewachsen bin ich in L. A., kam aber zur Ausbildung her, ins Culinary Institute of America.«

Wo sonst, dachte ich und nahm mutlos die Hand von seinem Arm.

Plötzlich kam ich mir klein und nichtswürdig vor. Als ich nach New York kam, hatte ich davon geträumt, einen Platz an einer Kochschule zu bekommen. Wenn nicht im CIA, die die beste war, dann zumindest in einer der anderen in Manhattan. Zwar hatte ich hier und da ein paar Grundlagenkurse über Messer und Saucen besucht, jedoch weder die Zeit noch das Geld für eine komplette Ausbildung gehabt. Stattdessen lernte ich im Job (oder besser gesagt: in den Jobs). Aber ehrlich gesagt, störte es mich, dass meine Ausbildung mit der Highschool ihr Ende gefunden hatte.

Nachdem Lucy geheiratet und mit dem Modeln aufgehört hatte, wurde ihr langweilig, und sie machte ihren MFA (oder Master of the Fucking Arts, wie sie es gern nannte) an der Universität von New York – finanziert selbstverständlich von ihrem Ehemann. Zwar ließ sie es nicht im Mindesten raushängen, aber wenn ich zu lange darüber nachdachte, spürte ich doch so etwas wie Neid in mir nagen.

»Wie fanden Sie es dort?«, fragte ich. Für mich wäre es das Paradies gewesen.

Ethan legte den Kopf schräg und dachte darüber nach. »Gut«, sagte er schließlich. »Ja, doch, echt gut. Ich habe viel gelernt, und im Grunde besteht meine gesamte Küchenmannschaft aus Leuten, die ich dort kennengelernt habe. Und die sind wie eine Familie für mich.«

Ah, dachte ich, *deshalb sind all deine Angestellten so verdammt jung.*

»Aber manchmal«, fuhr er fort, »hatte ich das Gefühl, nur Zeit und Geld zu verschwenden. Dass ich das Schulgeld besser dafür hätte nehmen sollen, um herumzureisen. Dass ich genauso viel, wenn nicht gar mehr gelernt hätte, wenn ich in ein paar großartigen Restaurants gearbeitet hätte.«

Ich lächelte kläglich. »Komischerweise habe ich mich gerade selbst bemitleidet, weil ich genau so lernen musste. Also, herumgereist bin ich zwar nicht, aber ich habe in tausend verschiedenen Jobs in Manhattan gearbeitet.«

Ethan schnitt einen weiteren Pilz ab und ließ ihn in die Tüte fallen. »Ich glaube, wir haben jetzt so viele, wie wir tragen können«, erklärte er. »Haben Sie Hunger?«

»Was denn, setzen wir uns jetzt einfach ins Laub und essen sie roh?«, fragte ich.

»Fänden Sie es komisch, wenn ich bei mir zu Hause für Sie kochen würde?« Er klemmte sich die Tüte unters Kinn und legte die Arme hinter den Rücken. »Ich verspreche, meine Hände bei mir zu behalten. Nur Kochen, sonst nichts.«

Zu schade, dachte ich.

Billy!, hörte ich Lucys Stimme. *Was ist mit Brett?*

Wir haben nie gesagt, dass wir fest zusammen sind, widersprach ich im Stillen.

»Das Risiko gehe ich ein«, sagte ich zu Ethan. »Los.«

Wie Ethan die Pilze schnitt, war reinste Poesie.

Ich konnte meine Blicke nicht von ihm abwenden, und das nicht nur, weil seine Hände stark und elegant waren und sein Lächeln süß und verschmitzt. Sondern weil die Pilzscheiben alle genau die gleiche Dicke hatten und er sich dazu nicht mal Mühe geben musste. Währendessen unterhielt er sich mit mir, nippte von einem Gläschen eisgekühlten Wermut und schaute nicht mal auf seine Hände. Und als er dann eine Knoblauchzehe nahm und sie in perfekte, winzige Würfel hackte, ohne den Blickkontakt mit mir abzubrechen, stand wirklich und wahrhaftig mein ganzer Körper in Flammen.

Allerdings verblasste mein Verlangen nach Sex mit ihm, kaum dass er mir einen Teller mit Tagliatelle und sautierten Pfifferlingen in Knochblauchsahnesauce reichte, die mit frischer Petersilie garniert war. Keine Frage: Ich wollte immer noch Sex mit ihm, aber erst nach dem Essen!

»O mein Gott«, stöhnte ich zwischen zwei Bissen. Die Pilze waren perfekt: erdig, leicht würzig und fast fruchtig, mit einem Hauch von Aprikose. Außen waren sie knackig und innen zart. Sie schmeckten wie Waldboden – auf die bestmögliche Art. Noch nie hatten Pilze geradezu *wild* geschmeckt.

Ich hatte Ethan bei jeder seiner Bewegungen genauestens beobachtet und dabei jede Zutat, jede Technik gespeichert, dennoch war das Gesamtergebnis so überraschend unerwartet, so aufregend, dass ich das Gefühl hatte, etwas vollkommen *Neues* zu schmecken.

Nach meinem Umzug nach New York war nicht ein Tag ohne das Vergnügen vergangen, etwas zu probieren, das ich noch nicht kannte. Ich war in einem Vorort im Mittleren Westen aufgewachsen. Mein Heimatort war hübsch, sicher und vollkommen homogen. Es gab einen mickrigen kleinen Chinesen, ein paar deutsche Restaurants, die sich auf Würste verlegt hatten, und alle Fast-Food-Restaurants, die man sich nur wünschen konnte. Mexikanisches Essen schmeckte nach Taco Bell, Pizza kam nur von Pizza Hut, und es gab weder Sushi oder Falafel noch Thai und schon gar nicht Ramen oder Teigtaschen in Brühe. Italienisches Essen hieß Spaghetti mit Bolognese aus dem Glas. Daher geriet meine ganze Welt aus den Fugen, als ich in Manhattan erkannte, dass es einen Kosmos voll mit wunderbarem Essen gab, das noch nie über meine Lippen gekommen war. Es war das Geschenk des *Neuen*, etwas, das ich in letzter Zeit schmerzlich vermisst hatte.

»Das verstehe ich nicht«, sagte ich, wieder zwischen zwei Bissen. »Eigentlich hast du doch gar nichts Besonderes gemacht.« (Wir waren inzwischen zum Du übergegangen.) »Aber es schmeckt so …« Mir fehlten die Worte, also schob ich mir gierig eine weitere Gabel in den Mund.

Er lächelte. »Vielleicht liegt es an den Umständen.«

Ich zog die Augenbrauen in die Höhe. »Na klar. Mich erst zwei Stunden hungern lassen und mir dann das Gefühl zu vermitteln, im Wald ermordet zu werden, hat dem Ganzen sicherlich eine gewisse Würze verliehen.«

Aber ganz unrecht hatte er nicht. Die Speisen, die den tiefsten Eindruck bei mir hinterlassen hatten, gehörten nicht zu einem extravaganten Zehn-Gänge-Menü mit Trüffelschaum und Gänseleberpastete. Woran ich mich mit dem größten Entzücken erinnerte, waren zum Beispiel Tee, Toast und perfekte rot leuchtende Himbeermarmelade an einem verregneten Morgen im Bett, oder Maisfladen mit würziger Paste aus schwarzen Bohnen und Cotija-Käse in einem kleinen Restaurant im East Village, wo ich die älteren Frauen im hinteren Teil miteinander auf Spanisch schwatzen hörte, während sie jeden Fladen von Hand ausrollten und buken.

Ethan aß einen Bissen und kaute nachdenklich. »Knoblauch und Petersilie sind aus meinem eigenen Garten. Die Sahne stammt von einer nahe gelegenen Farm. Und die Pilze haben wir direkt aus dem Wald geholt.«

»Also geht's bei dir vor allem um lokales Essen, wie? Das ist der Dreh- und Angelpunkt in deinem Restaurant?«

Er zog die Nase kraus. »Jeder weiß doch, dass eine sonnengereifte Tomate aus dem eigenen Garten immer besser schmecken wird als eine, die halbreif quer durch die Welt geflogen und dann noch in einem Kühllaster transportiert wird. Ein Schwein aus der Gegend, das sein ganzes Leben draußen nach Eicheln wühlen durfte, wird besseres Fleisch abgeben als eine arme Kreatur aus der Massentierhaltung, die nie die Sonne gesehen hat. Das Hudson Valley ist die Speisekammer von New York. Hier gibt es alles, was man sich nur wünschen könnte.«

»Schon klar«, nickte ich. »Aber was ist mit Parmigiano Reggiano? Mit Jamón Iberico? Und mit einer richtig guten vietnamesischen Fischsauce? Verzichtest du etwa darauf?«

Er schüttelte den Kopf. »Möglich wäre es. Auch ohne irgendwas zu importieren, gibt es viel zu essen.«

Prüfend musterte ich die Nudeln in seinem Teller. »Stammt die Pasta auch von hier?«

Er verzog ironisch den Mund. »Also gut, du hast mich ertappt. Ein paar Ausnahmen mache ich schon. Hier in der Gegend gibt es niemanden, der getrocknete Pasta so gut macht wie die Italiener. Jedenfalls noch nicht.«

Lächelnd aß ich einen weiteren Bissen. Langsam war ich satt, und doch hätte ich am liebsten noch zehn Teller davon gehabt.

»Dein Restaurant hat mir gefallen, obwohl ich dort gar nichts gegessen habe.«

Forschend sah er mich an. »Ehrlich? Gibt es nichts, was du ändern würdest?«

Ich tauchte meine Gabel wieder in den Teller und zögerte. »Tja, was ich so mitbekommen habe, sah dein Essen super aus, aber ...«

Er hob abwehrend die Hand. »Die Einrichtung. Das Design. Ich weiß. Wir arbeiten noch dran.«

Erleichtert nickte ich, weil ich nicht weiter ins Detail gehen musste. Ich konnte mir gut vorstellen, was meine Freundinnen zu dem Restaurant sagen würden. Lottas sexy Stimme fragte in meinem Kopf: *Im Ernst, Billy. Was soll das sein: Amateur Hour?*

»Ich musste mich zwischen perfektem Essen und Interieur entscheiden«, sagte er und leerte sein Glas. »Also entschied ich mich fürs Essen.« Er seufzte. »Ehrlich, es bringt mich um. Ich habe so viele Ideen – aber das Budget ist einfach zu knapp.«

»Mussten wir deshalb eine Stunde damit zubringen, die verdorbene Sauce zu retten?«

Er nickte. »Ich kann es mir einfach nicht leisten, irgendwas zu verschwenden. Jeder Penny zählt. Als wir die Räumlichkeiten anmieteten, hatte ich eine Vision, nicht nur von dem einen Restaurant, sondern von einer ganzen Reihe. Ich will mich vergrößern. Ich will expandieren. Obwohl ich mir momentan noch nichts Richtiges leisten kann, habe ich doch das Gefühl, es müsste noch mehr kommen, weißt du?«

Ich dachte darüber nach. »Wie lange habt ihr schon geöffnet?«

»Zwei Jahre.«

Ich lachte. »Dann hab ein bisschen Geduld! Euch bleibt noch jede Menge Zeit. Schreibt ihr schon schwarze Zahlen?«

Er wurde rot. »Ich glaube, dieses Jahr landen wir noch bei null«, murmelte er.

Ich nickte. »Das ist besser als bei den meisten Restaurants.«

Er zuckte die Achseln, stellte seinen Teller ab und nahm eine Flasche Wein von der Anrichte. »Willst du ein Glas?«

»Keine Ahnung. Was ist das?«

Er lachte. »Ach, bist du ein Weinsnob?«

Ich legte den Kopf schräg. »Du etwa nicht? Im *Huma* hast du eine ziemlich beeindruckende Weinkarte.«

Wieder zuckte er die Achseln. »Dafür ist größtenteils Kai verantwortlich. Sie ist meine Weinexpertin.«

Er öffnete die Flasche und schenkte mir ein Glas ein. Ich kostete. Ein gefälliger Pinot Noir. Genau richtig zur Sahnesauce. »Mmhm«, sagte ich. »Entweder hattest du Glück, oder du bist nicht so unbedarft, wie du behauptest.«

Er neigte sich zu mir. »Ich betrachte mich gern als Glückspilz«, erwiderte er vielsagend.

Ich lehnte mich zurück und betrachtete ihn eine Weile. Er war umwerfend, mit langen Wimpern, glatter, karamellfarbener Haut und starken, geschickten Händen. Mein Blick verweilte auf seinen Tattoos.

»Was ist das hier?«, fragte ich und zog mit dem Finger den phönixartigen Vogel auf seinem linken Arm nach.

Er schaute auf die Stelle, wo ich ihn berührt hatte. »Ein Huma«, antwortete er.

Ich nickte. »Der Name deines Restaurants.«

»Es ist der persische Glücksvogel. Wie ein Phönix, aber immer in der Luft. Da er weder Füße noch Beine hat, befindet er sich ständig im Flug. Man hat außerordentliches Glück, wenn man einen sieht, aber sollte man tatsächlich einen fangen können, wird er sterben. Ein Huma kann nicht in Gefangenschaft leben.«

»Bist du Iraner?«

»Nur zur Hälfte. Mein Vater ist nach dem Sturz des Schahs in die Vereinigten Staaten ausgewandert.« Er stand auf und brachte die Teller zur Spüle. »Hast du Lust auf Nachtisch?«, fragte er und drehte den Hahn auf. »Ich hab noch ein paar späte Pfirsiche da.«

Ich konnte mich nicht erinnern, wann jemand so für mich Essen zubereitet hatte – und seien es nur Grillkäse, ein Sandwich oder Eier. Ich sah ihn an, wie er dort an der Spüle stand: breite Schultern, schmale Taille, die Jeans gerade eng genug. Wie er wohl roch? Nach süßer Sahne, frischen Kräutern und einer Zukunft, die verheißungsvoll vor ihm lag.

Ich stand auf, um zu ihm zu gehen, ihn auf den Nacken zu küssen, langsam meine Hände über seine Brust gleiten zu lassen …

Da hörte ich, wie die Haustür aufging und eine Frauenstimme rief: »E? Bist du noch auf?«

Peinlich berührt nahm ich wieder Platz.

Ethan drehte sich um. »In der Küche«, rief er.

Kai – die Blondine mit Nasenring aus dem Restaurant – kam herein. Sie hatte ihre weiße Küchenkluft ausgezogen und trug nun ein enges T-Shirt und Jeans, die mir wieder einmal zeigten, wie jung die ganze Mannschaft war.

»Hey, Billy«, sagte Ethan, »du erinnerst dich doch an Kai, oder? Meine Barkeeperin?«

Ich nickte steif, als Kai mir einen giftigen Blick zuwarf.

»Hey«, sagte sie.

»Kai ist gerade erst aus dem Ausland zurück, daher wohnt sie in meinem Gästezimmer, bis sie was auf dieser Seite des Flusses findet.«

Ich seufzte im Stillen. *Also ist er kein völliges Arschloch. Nur … fünfundzwanzig … mit einer Wohnungsgenossin … mit einem Körper wie Rihanna … die eindeutig in ihn verschossen ist.*

»Es ist schon spät«, sagte ich. »Ich sollte jetzt wohl besser nach Hause.«

Kai blinzelte unschuldig. »Ach, aber nicht meinetwegen. Ich wollte nur noch ein Gläschen Wein trinken und dann ins Bett gehen.« Sie spähte in die Pfanne auf dem Herd. »Oh, sind das etwa Pfifferlinge?«

»Ja, willst du welche?«, fragte Ethan und drehte sich zu ihr um.

Heftige Besitzansprüche überkamen mich – ob auf die Pfifferlinge oder Ethan, wusste ich nicht, aber mir war durchaus klar, dass ich dazu keinerlei Recht hatte.

»Also dann«, sagte ich. »Ich muss jetzt wirklich zurück. Kann ich mir hier ein Taxi rufen?«

Ethan gab Kai einen Teller mit Essen und wandte sich zu mir. »Sei nicht albern«, erwiderte er. »Ich fahre dich.«

Kapitel 7

West Village, Manhatten
Brockton Dinnerparty

»Also hast du ihn nicht mal geküsst?«, fragte Lucy.

Sie stand in ihrer Küche und trug ein leuchtend grünes Vintage-Wickelkleid von Diane von Fürstenberg und nudefarbene Peeptoes von Dior, in denen ihre Beine unendlich lang wirkten.

»Nein, ich habe ihn nicht geküsst«, erwiderte ich und arrangierte eine Platte mit frittierten Kalbsbriesbällchen. Ich selbst trug mein bewährtes kleines Schwarzes von American Apparel und vernünftige Schuhe und machte etwas, dem ich schon mehrfach abgeschworen hatte: Ich kochte privat für eine Gesellschaft.

Lucy hatte mich überredet. Sie und Titus gaben ein Essen, und zwar anlässlich einer Biografie über seine frühen Jahre in der New Yorker Kunstszene, die gerade erschienen war. Seine Gästeliste war praktisch das Who is who der Kunstwelt in Manhattan, und aus irgendeinem Grund hatte sich Titus darauf versteift, nicht wie üblich alle in einem Luxusrestaurant zu bewirten, wo Bilder von ihm an der Wand hingen und die Kellner wussten, was er trank, sondern er wollte bei sich zu Hause feiern.

Lucy brachte höchstens Frühstück zustande, und da Titus in der Küche nie auch nur einen Finger rührte, hatte sie sich an mich gewandt und skrupellos zur Sprache gebracht, dass ich das Geld brauchte.

Was den Tatsachen entsprach. Aber das machte es auch nicht besser, dass ich wieder mal in einer fremden Küche stand und versuchte, ein paar übersättigte Manhattaner zu beeindrucken, die in meinen kunstvoll zubereiteten Gerichten wahrscheinlich nur herumstochern würden, während sie sich unterhielten und immer betrunkener wurden.

»Nicht mal auf die Wange?«, erkundigte sich Lucy. Misstrauisch stupste sie das Kalbsbries an. »Was ist das? Sieht aus wie Chicken Nuggets.«

»Probier mal«, sagte ich, tauchte eins in die grüne Kräutersauce und schob es ihr in den Mund. Sie kaute und verdrehte vor lauter Entzücken die Augen. »Und nein, auch nicht auf die Wange. Es gab nicht mal einen kurzen Blowjob im Wagen.«

Lucy schluckte und wollte sich noch ein Häppchen schnappen, aber ich schlug ihre Hand weg.

»Gut«, sagte sie. »Das freut mich. Sonst hätte es noch Ärger mit Brett gegeben.«

Ich verzog angenervt das Gesicht. »Brett«, sagte ich. »Bei Brett bin ich mir ohnehin nicht sicher.«

Lucy sah mich strafend an. »Und was genau ist an Brett auszusetzen? Er sieht gut aus, hat Humor und Geld und betet dich an. Er ist einfach perfekt.«

Ich zuckte die Achseln und bemühte mich, locker zu bleiben. »Ja, er ist schon toll. Aber hatte ich nicht bereits fünfzig Versionen von ihm? Ehrlich gesagt, hab ich mir überlegt, ein neues

Fotos fürs Online-Dating von mir machen zu lassen. Irgendwas Jüngeres, Kantigeres. Gegen Photoshop hätte ich auch nichts. Könntest du mich vielleicht mit einem von deinen Fotografenfreunden zusammenbringen?«

Lucy runzelte die Stirn. »Willst du dir das wirklich antun? Wenn dich jemand aufgrund eines retuschierten und total unrealistischen Fotos aussucht, wird er bei eurem ersten Treffen zutiefst enttäuscht sein.«

Ich verteilte die Sauce über dem Kalbsbries. »Nun, dafür sind ja die dunklen Ecken in Bars da. Camouflage.« Ich schob die Platte zu ihr. »Hier. Bring die raus, bevor sie kalt werden.«

Lucy schüttelte den Kopf. »Du sabotierst dich schon wieder selbst, Bill. Ich mag Brett. Und ich glaube, du magst ihn auch.«

Ich zog die Nase kraus. »Er ist Finanzmanager.«

»Na und? Einen Finanzmanager kannst du gut gebrauchen. Außerdem weißt du, dass er noch viel mehr ist als das.«

Ich zuckte die Achseln. »Kann sein.«

»Jedenfalls ist er besser als ein halbwüchsiger Hipsterkoch in der tiefsten Provinz.«

»Kingston ist nicht tiefste Provinz, sondern ein kleines cooles Städtchen. Ethan hat mir erzählt, es sei für aufstrebende Künstler einer der besten Orte in ganz Amerika. Und übrigens ist er nicht nur Koch, sondern Restaurantchef.«

Sie wedelte abschätzig die Hände. »Chef. Koch. Chefkoch, was auch immer. Du hast einen Abend mit diesem Typen verbracht und Pasta gegessen, aber nicht mal mit ihm geschlafen, wahrscheinlich wirst du ihn nie mehr wiedersehen, und dann kommst du nach Hause und beschließt, allem Guten in deinem Leben ein Ende zu machen. Siehst du das nicht? Das machst du jedes Mal. Du hast Angst, dass es mit Brett ernst wird, also suchst du dir einen Vorwand, es zu beenden, bevor es auch nur angefangen hat. Sei nicht dumm, Bill. Dieses eine Mal besteht eine reelle Chance auf etwas, das sicher ist und zu dir passt.«

Damit steckte sie sich noch ein Briesbällchen in den Mund, nahm die Platte und klackerte auf ihren High Heels aus der Küche.

Ich atmete geräuschvoll aus und fing an, erbittert die Endivien klein zu hacken. Das machte Lucy schon, seit wir Kinder waren: Sie tat so, als würde sie mich besser kennen als ich mich selbst. Entweder umhätschelte sie mich, oder sie schimpfte mit mir und kommandierte mich herum. Wahrscheinlich brauchte ich das auch. Ich hatte keinen Vater und noch viel länger keine Mutter mehr. Außer Lucy war mir keinerlei Familie geblieben.

Aber … was war, wenn sie falschlag? Ich hatte Lucy jahrelang für mich entscheiden lassen – und wohin hatte mich das gebracht? Sie hatte gut reden, sie alle hatten gut reden: Lotta mit ihren endlos langen Flitterwochen auf Bali; Sarah mit ihrem Gefolge aus Kameramännern und Paparazzi und schließlich Lucy in ihrem Brownstone-Haus im West Village, mit ihrem weltberühmten Mann, umschwärmt von der Elite der Elite, in ihren Sechshundert-Dollar-Schuhen von Dior, die mein Essen als ihres ausgab. Während ich hingegen mich in meinem alten, zerschlissenen Billigmarkenkleid in der Küche versteckte und in einem Job schuftete, der mir das Gefühl gab, auf der Stelle zu treten.

Ich warf ein Viertel des Endivienkopfes in eine Schüssel, fügte ein bisschen Wasser, Butter, Zucker, Weißweinessig, Salz und Pfeffer hinzu und schob ihn zum Schmoren in den Backofen.

Einen Augenblick stand ich reglos da und dachte daran, wie das Licht der Taschenlampe über die goldenen Pfifferlinge im schwarzen Wald gehuscht war. Erinnerte mich an Ethans Blick, als er mich vor dem Ferienhaus absetzte.

Danke, hatte er gesagt. *Für einen geradezu magischen Abend.*

So abgedroschen! Und doch hatte ich, als ich mir am nächsten Morgen mein Frühstück in dieser kleinen Traumküche gemacht hatte, bei dem Gedanken daran lächeln müssen. Als ich draußen auf der Veranda aß, lächelte ich immer noch. Rührei aus Enteneiern auf Sauerteigtoast mit Ziegenkäse und in Scheibchen geschnittenem, knackigem, rotbackigem Apfel, der nach Herbst schmeckte. Dazu einen Becher heißen Kaffee mit Sahne. Der Morgen war kühl und strahlend gewesen. Die Luft roch nach Holzrauch und späten Rosen. Und ich hatte mich gleichzeitig hungrig und satt gefühlt …

»Billy?«

Mein Kopf fuhr hoch. Lucy war wieder in der Küche und starrte mich mit gerunzelter Stirn besorgt an.

»Was gibt es als Nächstes?«, fragte sie.

Und einen Moment lang wusste ich nicht mal mehr das.

Wir liefen den West Side Highway hinunter Richtung Battery Park. Es war Dienstag, unser Mädelsabend, und obwohl alle anderen direkt in die Apothéke in Chinatown wollten, eine hippe Bar, in der alles mit Pflanzenzutaten gemacht wurde, hatte ich sie überreden können, vorher noch eine kurze Joggingrunde zu drehen.

Jetzt wandte ich mich entnervt um. Zwar waren wir gemeinsam losgelaufen, aber dann endete es immer gleich. Lucy war die Einzige, die ansatzweise mit mir mithalten konnte. Sie war etwa fünf Schritte hinter mir. Einen halben Block hinter ihr folgte Lotta, aber Sarah hatte es weit abgeschlagen. Sie ging, die Hand in die Taille gekrallt, als hätte sie Seitenstiche.

Ich verdrehte die Augen. Deshalb bestimmten wir immer vorher schon ein Ziel. Normalerweise trabte ich die letzte Viertelstunde jeder Joggingrunde auf der Stelle und wartete auf die anderen.

Seit meiner Teenagerzeit betrieb ich exzessiv Sport. Machte Leichtathletik in der Schule, stemmte Gewichte und boxte, noch bevor es für Mädchen cool wurde, fuhr überallhin nur mit dem Rad, schwamm beim YMCA und stürzte mich auf meine Langlaufskier, sobald zu viel Schnee zum Joggen lag. Alles, um in Bewegung zu bleiben. Jetzt besuchte ich mehrfach die Woche Kurse (SoulCycle, Barre-Training und Hot Yoga) und ging täglich zwei Stunden laufen oder schwimmen.

Meine Freundinnen dachten, ich würde das alles nur machen, um meine Kleidergröße 36 zu behalten (selbst als ich anderthalb Monate Pfeiffersches Drüsenfieber hatte und meine Mahlzeiten nur durch einen Strohhalm einnehmen konnte, kam ich nie unter 34. Ich stammte aus einem soliden bäuerlichen Stall, das bewiesen mein Po und meine Hüften deutlich). Aber ich hatte noch andere Gründe für meinen exzessiven Bewegungsdrang.

Erstens wollte ich ohne Schuldgefühle essen. Ich wollte nicht ein einziges Mal einen Happen Essen ablehnen müssen, bloß weil ich mir Sorgen wegen der Kalorien machte.

Also lautete mein Motto: Wenn du essen willst wie ein Marathonläufer, dann beweg dich auch so. Ich dachte mir, wenn ich mich immer in Topform hielt, konnte ich auch immer ein warmes Beignet genießen, ein knuspriges, goldenes Stück Baguette, ein dampfend duftendes Risotto, ein zweites Glas Cabernet. Verdammt, ich liebte Kohlehydrate und hätte eine Ode auf Gluten schreiben können. Zucker war wie mein böser, lustiger, unwiderstehlicher Geliebter, und ich wollte all das essen und trinken können, ohne das Gefühl, mich entschuldigen zu müssen.

Zweitens konnte ich in meinem Beruf kaum richtig gut werden, wenn ich nichts aß. Ein guter Koch kostet normalerweise, was er zubereitet, aber ich hatte genug Küchenangestellte kennengelernt, die Essstörungen hatten. Ehrlich gesagt, kannte ich haufenweise Köche mit Magersucht, Bulimie, Fresssucht oder der zwanghaften Fixierung auf gesundes Essen … Restaurantküchen zogen so etwas an wie Scheiße die Fliegen. Aber man merkt es, wenn ein Koch nicht kostet, was er zubereitet, weil es dann nicht schmeckt. Garantiert nicht. Und so eine Köchin wollte ich nie werden.

Doch mein Hauptgrund, so viel Sport zu treiben, war der Gedanke daran, von meinem persönlichen bösen Geist verfolgt zu werden. Meine Mutter war buchstäblich vor Verzweiflung gestorben, und ich wusste, dass ich ihre Veranlagung zur Depression geerbt hatte. Also kämpfte ich in jeglicher Hinsicht dagegen an: mit Therapie, einem schönen, zuverlässigen Antidepressivum wenn nötig, einer täglichen Ration frischer Luft und Sonnenlicht, ausreichend Schlaf und meiner eigenen Variante von Meditation. Aber meine beste und beständigste

Methode, den Teufel in Schach zu halten, war Bewegung. Ich wollte diesem Dämon buchstäblich davonlaufen und hatte nicht die Absicht aufzugeben. Ich würde mich nicht, wie einst meine Mutter, geschlagen geben. Und wenn ich mir Löcher in die Schuhe laufen musste, um gesund und am Leben zu bleiben, dann würde ich das eben tun.

»Billy«, flehte Lucy, »lauf um Gottes willen langsamer!« Sie keuchte und war hochrot im Gesicht.

Ich schüttelte den Kopf. »Ich wollte noch ein Stück sprinten«, sagte ich. »Wir treffen uns wie geplant an der Brücke.«

»Argh! Du bist so gemein, du verdammte Hexe!«, schrie sie, als ich losspurtete.

Zwar empfand ich leichte Gewissensbisse, aber ich hatte es dringend nötig, mich zu verausgaben. Seit meiner Rückkehr aus Kingston spürte ich meinen Dämon im Nacken. Ich machte mir über alles Sorgen. Mir ging das Geld aus – ich hatte nur noch zwanzigtausend, inklusive der Summe, die Lucy und Titus mir für das Dinner gezahlt hatten. Früher waren mir zwanzigtausend wie ein kleines Vermögen vorgekommen, aber das war, bevor ich in Manhattan lebte. Jetzt reichten zwanzigtausend etwa vier Monate, höchstens fünf, wenn ich sehr, sehr sorgsam war. Und langsam musste ich mich mit der Tatsache abfinden, dass es mir sehr, sehr schwerfiel, sehr, sehr sorgsam mit Geld umzugehen.

Außerdem war mir kürzlich mitgeteilt worden, dass meine Miete wieder steigen sollte, es war keinerlei Job in Sicht, mein Agent nahm meine Anrufe nicht mehr entgegen, weil mein Verleger jede meiner Ideen für ein neues Buch abgelehnt hatte, und obwohl ich wusste, dass mir alle helfen würden, wenn ich sie fragte, wollte ich mich auf gar keinen Fall meinen Freundinnen – oder gar Brett – durch ein Darlehen verpflichtet fühlen.

Ich rannte noch schneller, um der schrecklichen Beklemmung zu entkommen, die sich in meiner Brust breitmachte.

Was will ich?, fragte ich mich, während ich über den Bürgersteig raste und die Kapazitäten meiner Lunge ausreizte.

Ich wollte … arbeiten, weil ich es liebte, und nicht, weil ich es musste. Ich wollte *einmal* das Gefühl haben, einen Vorsprung zu haben, und nicht, ständig zu kämpfen, um mithalten zu können. Ich wollte nicht mehr morgens um drei Uhr aufwachen, weil ich mühsam und schmerzlich nach Luft schnappen musste und mein Magen sich vor lauter Angst anfühlte wie mit Blei gefüllt. Ich wollte die ganze Nacht durchschlafen wie ein erschöpftes Kind.

Wann war mir das zum letzten Mal gelungen?

Die Antwort wusste ich, ohne auch nur darüber nachzudenken.

In jener Nacht in dem Haus in Kingston, nachdem ich den Abend mit Ethan verbracht hatte. Ich war eingeschlafen, kaum dass mein Kopf das Kissen berührte, und hatte mich nicht mehr geregt, bis ich acht Stunden später frisch und munter aufgewacht war und hinaus auf den glitzernd blauen Fluss blicken konnte.

Als ich die Brücke erreichte, beugte ich mich vor und schnappte keuchend nach Luft. So blieb ich eine Weile, bis mein Atem sich beruhigte; dann richtete ich mich auf und kniff leicht die Augen zusammen. Die Mädels konnte ich kaum erkennen, so weit hatte ich sie hinter mir gelassen.

Kapitel 8

Apothéke
Doyers Street 9, Chinatown

»Die Flitterwochen waren herrlich«, verkündete Lotta und räkelte sich, breit lächelnd wie eine Grinsekatze, an die rotsamtene Lehne der Bank. »Wir haben gegessen, gevögelt, geschlafen, und dann wieder gevögelt und gegessen. Die erste Woche haben wir nicht mal die Villa verlassen. Ich hatte ja keine Ahnung, Mädels, keine Ahnung, dass nüchterner Sex so gut sein kann.«

Ich schnaubte. »Ich schätze mal, dass dein nüchterner Sex nur so gut war, weil er mit dem göttergleichen Omari Scott stattfand. Schließlich wurde er gerade mal vor knapp sechs Monaten zum *Sexiest Man Alive* gewählt.«

Lotta schnalzte missbilligend mit der Zunge und schüttelte den Kopf. »Das war ihm so peinlich! Aber sein Pressesprecher hatte mit Kündigung gedroht, wenn er die Wahl nicht annähme.« Sie trank einen Schluck von ihrem grell grünen Cocktail.

Die Apothéke pries sich selbst als ›Cocktail Apotheke‹ an und war eine Kreuzung aus Absinthhöhle und exklusiver Saftbar. Lotta trank die alkoholfreie Version eines sogenannten

›Spa Day‹: pürierte Gurke, Aloe, Rosenwasser, Limone und Agavensirup. Sie behauptete, es schmecke wie die Essenz des Spätsommers.

»Der einzige Wermutstropfen«, fuhr sie fort, »war seine Ex-Frau, die anrief und über Sages Probleme in der Schule lamentierte. Sie meinte, sie stünde kurz vor dem Rausschmiss, aber Omari glaubt, dass sie übertreibt.«

Mit hochgezogenen Augenbrauen sah ich Sarah und Lucy an. »Hört ihr das?«, fragte ich. »Lotta hat Stieftochterprobleme. Sarah? Lu?«

Sarah blickte von ihrem Handy auf. »Tut mir leid«, sagte sie mürrisch, »aber ich warte auf eine SMS meines Produzenten. Er hat dem Sender heute die Schwangerschaftsgeschichte vorgestellt. Wenn der nicht zustimmt, ist sie gelaufen. Dann muss ich meine PR-Firma BWR anrufen und kann wieder ganz von vorn anfangen.«

»Ich höre zu«, murmelte Lucy. Dabei hatte sie ins Leere gestarrt, und ich wusste genau, dass sie kein Wort von Lotta mitbekommen hatte.

Lotta sah Sarah stirnrunzelnd an. »Aber du wirst doch trotzdem ein Kind bekommen, oder? Die Entscheidung, Mutter zu werden, machst du doch nicht an den Sperenzchen einer Realityshow fest, oder?«

Sarah verdrehte die Augen. »Natürlich nicht. Die Entscheidung hängt ganz davon ab, wann ein Baby am besten in meine Karriere passt.«

Ich lachte. »Und was hält Brian davon?«

Sarah zuckte die Achseln. »Er ist mit allem einverstanden, was ich will.«

Ich tauchte mein Gesicht ins Glas, um meine ungläubige Miene zu verbergen.

Mein Drink hieß ›Suzuki Method‹ und bestand unter anderem aus Schokolade und geräucherten Artischockenblättern, aber ich schmeckte vor allem Roggenwhisky und Campari heraus. Der Drink war ziemlich hochprozentig. Ich fühlte mich schon angenehm beschwipst.

Ich stupste Lucy an. »Wo warst du denn mit deinen Gedanken?«, fragte ich.

Sie lächelte matt. »Die ganze Zeit hier«, antwortete sie. »Ich sitze hier mit meinen Mädels und trinke meinen Tokyo Drift.« Sie hob ihr Glas, bevor sie einen großen Schluck von ihrem schaumigen Cocktail trank.

Ich trank ebenfalls, um Mut zu sammeln, und räusperte mich. »Also, ihr Lieben«, sagte ich rasch, bevor ich es mir anders überlegen konnte. »Ich denke über eine größere Veränderung in meinem Leben nach.«

Lucy sah mich blinzelnd an. »Was soll das heißen?«

»Ihr wisst doch, dass ich letzte Woche in Kingston war, oder? Um mir dieses Restaurant anzusehen?«

»Ja, ja«, winkte Lotta ab. »Und du hast nicht mal mit meinem niedlichen Koch geschlafen.«

»Tja«, sagte ich. »Ich hab mir gedacht, dass ich vielleicht noch mal hinfahre. Und eine Weile bleibe.«

Sarah rümpfte die Nase. »In Kingston?«, fragte sie ungläubig. »Wieso in aller Welt denn das?«

»Wie lange genau?«, erkundigte sich Lucy.

»Weiß ich nicht«, gestand ich. »Ein paar Monate? Oder länger?«

Lotta schürzte die Lippen. »Dann willst du deine Wohnung aufgeben?«

Ich zuckte die Achseln. »Dass muss ich wahrscheinlich sowieso. Die Miete wird schon wieder erhöht.«

»Sie ergreift die Flucht vor Brett«, erklärte Lucy. Sie klang wütend. »Sie hat Angst, es könnte mit ihm funktionieren, also haut sie ab.«

Ich schüttelte den Kopf. »Herrgott, Lulu, ich wollte eigentlich nur ein paar Kurse im Culinary Institute of America besuchen und vielleicht einen Job in einem guten Restaurant suchen. In Kingston ist alles so billig. Ich könnte mir mehr Zeit nehmen. Meine Ersparnisse würden mindestens viermal so lang reichen.«

Lucys Miene hellte sich auf. »Also geht es nur ums Geld? Na, dann musst du nicht weg. Wir können dir immer aushelfen.«

»Aber ich will mir kein Geld leihen.«

»Dann schenke ich dir einfach was«, winkte Lotta fröhlich ab. »Ich hab mehr, als ich ausgeben kann. Omari hätte sicher nichts dagegen.«

Ich seufzte entnervt. »Aber *ich* hätte was dagegen.«

»Es geht um den Jungen, oder?«, fragte Lucy. »Diesen Koch?«

»Chefkoch«, korrigierte ich sie. »Und nein, es geht nicht um ihn. Also zumindest nicht, wie du glaubst. Allerdings überlege ich tatsächlich, mit ihm zusammenzuarbeiten.«

Sarah griff nach ihrem Drink. »Du willst für einen Vierundzwanzigjährigen arbeiten?«

»Er ist fünfundzwanzig.«

Daraufhin zog sie die Augenbrauen hoch, vergrub ihre Nase aber im Glas.

»Also, du hast doch als Erste mit einem Umzug nach Brooklyn angefangen«, verteidigte ich mich.

»Auch das ist meiner Meinung nach keine gute Idee!«, platzte es aus Lucy heraus.

Ich sah sie an. »Wieso bist du so komisch? In Brooklyn ist man schneller als in Uptown.«

Lucy stellte ihr Glas ab und stand auf. »Ich besorge mir noch einen Drink.«

»Aber du hast deinen doch noch gar nicht ausgetrunken«, protestierte ich.

Sie ignorierte mich. »Will sonst noch jemand was?«

Wir schüttelten den Kopf, worauf sie davonstolzierte.

Sarahs Handy klingelte.

»Ach, Mist, das ist Nelson«, sagte sie. Sie erhob sich ebenfalls. »Da muss ich drangehen.«

Ich sah Lotta an, die amüsiert meinen Blick erwiderte. »Wahrscheinlich solltest du dir auch noch einen Cocktail holen.« Sie streckte den Arm aus und griff nach meinem. »Weil ich den jetzt austrinken werde.«

Von meinen Umzugsplänen erzählte ich Brett erst nach dem Sex. Seitdem er gesagt hatte, er würde auf mich warten, hatten wir uns ein paarmal getroffen, und er schien begriffen zu haben, dass ich keine weiteren Gespräche über unsere Zukunft wünschte. Also hatte ich mich ein bisschen entspannt. Allerdings hatte ich doch ein bisschen Angst davor, ihm von meinen Plänen zu erzählen, und hoffte, wenn ich ihn vorher mit etwas Vergnüglicherem ablenkte, würde er nicht sentimental werden. Außerdem war der Sex mit ihm immer großartig, und das wollte ich ein letztes Mal genießen, bevor ich abgesägt wurde. Denn ich konnte mir nicht vorstellen, dass Brett die neunzig Minuten dauernde Busfahrt auf sich nehmen würde, wenn ich nach Sex verlangte.

Wir waren im Bett, nackt, schlürften Suppe und tranken Whisky Sour. Zwar konnte Brett nicht kochen, war aber sehr gut im Bestellen, und ganz in der Nähe seiner Wohnung gab es ein ausgezeichnetes vietnamesisches Restaurant, dem wir in letzter Zeit zu besseren Umsätzen verholfen hatten.

Ich liebte Pho, die vietnamesische Suppe. Den warmen, tröstlichen Geruch von Fleischbrühe mit Zimt, Nelken und Sternanis; das befriedigend Glitschige der Reisnudeln; das weiche Fleisch und Gekröse; das Würzige von gebratener Zwiebel und Ingwer. Da Brett immer eine Flasche Sriracha-Sauce da hatte, konnte ich die Suppe noch schärfer machen. Wir tropften das ganze Bett mit Suppe voll, aber damit hatte Brett kein Problem. Zwar schlief ich nicht oft bei ihm, aber wenn, dann nahm er einfach ein neues Set (selbstverständlich wirklich toller) Bettwäsche und bezog das Bett neu, damit wir uns nicht die ganze Nacht in Limonensaft und Bohnensprossen wälzen mussten.

»Das«, sagte ich zufrieden, nachdem ich den letzten Löffel verschlungen hatte, »war eine großartige Nudelsuppe.«

Er lachte. »Das sagst du immer.« Dabei streckte er die Hand aus und wischte mir beiläufig ein Korianderblättchen von der Brust.

Ich warf mich zurück in die Kissen und seufzte. »Weil es einfach stimmt. Ein Teller gut gemachter Pho ist mein Ideal von einer Suppe.«

»Hmm«, erwiderte er, ließ sich neben mich sinken und

stellte das Glas auf seinem Bauch ab. »Ich weiß nicht. Was ist mit einer richtig guten französischen Zwiebelsuppe? Oder erinnerst du dich noch an den Borschtsch mit Rindfleisch, den wir auf Coney Island gegessen haben? Weißt du noch? Das war doch das Nirwana in Suppenform.«

»Ja, die sind schon gut«, räumte ich ein, »aber überleg mal, was ihnen fehlt. Sie sind weder so würzig noch so scharf noch so süßsauer wie Pho.«

Er dachte eine Weile nach. »Aber französische Zwiebelsuppe hat Käse«, entgegnete er. »Ich meine, komm schon: geschmolzener Käse?« Er fischte die Kirsche aus seinem Getränk, fasste sie am Stengel und bot sie mir an.

Gierig nahm ich sie. Meine eigene Kirsche hatte ich längst aufgegessen.

»Nein«, sagte ich dann, »du liegst falsch. Selbst Käse kann es nicht mit einer guten Pho aufnehmen. Meine Suppe gewinnt. Ende der Diskussion.«

Lachend schüttelte er den Kopf. »Na gut. Mal wieder gewinnt Vietnam. Ich hab irgendwie das Gefühl, wir hätten letzte Woche das gleiche Gespräch über Banh-Mi-Sandwichs geführt.«

»Ach komm schon, du hast selbst gesagt, Banh-Mis wären eindeutig der Sieger. Wir mussten nicht mal darüber diskutieren.«

Lächelnd warf er einen Blick auf die Uhr. »Es ist noch früh. Hast du Lust auf Kino oder so etwas?«

Ich schüttelte den Kopf. »Nein, draußen ist es zu kalt.«

»Ach wirklich?«, fragte er und warf mir einen vielsagenden Blick zu. »Dann willst du einfach nur im Bett bleiben?«

Ich spürte, wie mein Magen einen kleinen Purzelbaum schlug. *Das wäre eine Möglichkeit,* dachte ich.

»Nein, ich muss dir was sagen«, rang ich mir stattdessen ab.

Er strich mir eine Locke aus der Stirn und rutschte näher zu mir: Offensichtlich hatte er die Idee mit dem Bett noch nicht aufgegeben. »Na gut«, sagte er. »Worum geht's?«

Ich biss mir auf die Lippe und wandte kurz den Blick ab; dann schaute ich ihn wieder an.

»O-oh«, sagte er, als er meinen Ausdruck sah. »Aber du wirst jetzt nicht mit mir Schluss machen und mir damit die Pho für alle Zeiten verderben? Denn das wäre einfach zu grausam.«

»Wie können wir denn Schluss machen?«, fragte ich. »Wir sind doch gar nicht richtig zusammen.«

Er runzelte die Stirn. »Sind wir nicht?«

»Also«, sagte ich und zog das Laken über meine Brust. »Nicht offiziell jedenfalls.«

»Ach«, erwiderte er. »Na dann. Also machst du inoffiziell mit mir Schluss?«

»Nein«, sagte ich. »Ich mache nicht mit dir Schluss. Aber … ich möchte umziehen. Ins Hinterland.«

Seine Miene entspannte sich. »Ach so. Na, das ist doch nicht schlimm. Ich meine: wie weit denn ins Hinterland?«

»Nach Kingston.«

»Pfff, das ist doch kein Hinterland. Das ist doch nur Hudson Valley.«

»Ja«, nickte ich erfreut. »Woher weißt du das?«

»Meine Familie hat ein Ferienhaus im echten Hinterland – in den Adirondacks«, erklärte er. »Wir sind jedes Jahr auf dem Weg dorthin durch Kingston gefahren.«

»Ehrlich? Wieso hast du mir das nie erzählt?«

Er lächelte. »Es gibt eine Menge, wovon ich dir noch nicht erzählt habe, Sitwell.«

Wieder biss ich mir auf die Lippe. »Tja, dann schätze ich, werde ich davon wohl nie erfahren.«

Er legte den Kopf zur Seite. »Wieso?«

»Weil ... wenn ich erst mal umgezogen bin –«

»Dann komm ich dich besuchen«, beendete er den Satz für mich. »Was ist der Witz dabei, sein eigener Boss zu sein, wenn man nicht ab und zu frei nehmen kann, um seine Freundin zu besuchen?«

Ich erstarrte. »Ich bin nicht deine Freundin«, sagte ich.

Er lachte. »Gott, du bist echt die Schlimmste. Also gut, wenn ich dich nicht als meine Freundin bezeichne, dir aber Pho mitbringe, darf ich dich dann besuchen?«

Ich sah ihn aus dem Augenwinkel an. »Und manchmal auch den Borschtsch?«

»Aha!«, rief er, umfasste meine Taille und zog mich auf sich. »Wusste ich's doch, dass du den Borschtsch mochtest!«

Kapitel 9

Ditmas Park, Brooklyn
Auf Haussuche

»O mein Gott, ich liebe es«, hauchte Sarah. »Es ist zwar teurer als mein Apartment in Manhattan, aber auch ungefähr dreimal so groß!«

»Und«, fügte Lucys Mutter Cheri hinzu, »guck dir mal den Garten an.«

Es war ein prachtvoller Garten. Durch eine Flügeltür gelangte man direkt durch die Küche dorthin. Er wurde von einer Backsteinmauer umgeben, die mit leuchtend rotem Efeu bewachsen war. Es gab Hochbeete mit Eichblatthortensien und riesigen Straußenfarnen, und in der Mauer plätscherte ein Springbrunnen munter in ein kleines, glitzerndes Becken.

Das war unser dritter Besichtigungstermin an diesem Tag. Sarah hatte uns alle zu ihrer Häusersuche in Brooklyn mitgeschleppt, und überraschenderweise hatten die anderen keinen Einspruch erhoben. Cheri amüsierte sich offensichtlich königlich. Sie hatte gerade erst ihre Immobilienvermittlung auf Brooklyn ausgedehnt und war begierig, alle Möglichkeiten zu erkunden. Bislang hatten wir ein Brownstone-Haus mit fünf Schlafzimmern in Cobble Hill und ein riesiges Loft in Williamsburg gesehen. Jetzt besichtigten wir ein frei stehendes Blockhaus in Ditmas Park.

»Ich weiß nicht.« Lucy rümpfte die Nase und fuhr über die Küchentheke. »Fliesen? Die sind immer so schwer sauber zu halten.«

Ich schnaubte. »Als würde eine von euch je ihre Küche selbst sauber machen«, sagte ich.

Lucy stellte ihre Tasche auf einen Hocker und prüfte den Gasherd. Ich sah sie mir genauer an. »Was ist das denn?«

Sie nahm sie wieder an sich. »Eine Hermès. Aus der neuen ›Zero-Waste-Reihe‹. Sie wurde aus Birkin-Resten genäht.«

Ich zog die Nase kraus. »Wie nobel. Sieht aus wie Frankensteins Handtasche.«

Lucy verdrehte die Augen. »Alles der Umwelt zuliebe.«

»Wisst ihr, wer sich in diesem Viertel gerade was gekauft hat?«, unterbrach uns Sarah aufgeregt. »Michelle Williams.«

»Ja!«, rief Cheri. »Acht Schlafzimmer. Zweieinhalb Millionen. Ich habe gehört, die Umbauten werden spektakulär.« Eifrig wandte sie sich zu Sarah. »Überleg doch mal, was für großartige Nachbarn sie wären, sie und ihre kleine Mattison.«

»Matilda«, berichtigte Lotta sie. Sie lag lässig auf einer Chaiselongue, und ihr kurzer Jeansoverall betonte ihre langen, gebräunten Beine perfekt.

Cheri verdrehte ihre üppig getuschten Augen. »Immer diese altmodischen Namen«, bemerkte sie. »Was ist an Jennifer oder Emily auszusetzen?«

»Wie viele Schlafzimmer waren es noch mal?«, erkundigte sich Sarah.

»Moment.« Cheri suchte in ihrer Tasche nach der Brille.

Ich wandte mich ab, weil ich Angst hatte, man würde sehen, wie ich rot wurde, als sie sie aufsetzte. Nur um das klarzustellen: Wenn ich mit sechzig noch so gut aussehen würde wie Cheri, konnte ich mich glücklich schätzen, aber bis dato war die Brille in meiner Tasche mein schmutziges kleines Geheimnis.

»So, also«, sagte sie und starrte auf ihren Ausdruck. »Sieht so aus, als wären es drei. Aber das große Schlafzimmer geht über eine ganze Etage.«

Sarah runzelte die Stirn. »Nur drei?«

Ich lachte. »Oh, aber wo soll denn dann das Hausmädchen schlafen?«

Sarah ignorierte mich. »Glaubst du, die Eigentümer hätten was dagegen, wenn ich noch mal mit einem Kamerateam herkäme? Seht euch doch mal das Licht im Garten an. So schmeichelnd!«

Cheri holte ihr Handy hervor. »Ich frag mal direkt nach.«

Ich ließ mich auf einem Hocker an der Kücheninsel nieder. »Was kommt als Nächstes?«, fragte ich Sarah.

Die bedachte mich mit einem merkwürdigen Lächeln und warf Lucy einen Blick zu. »Wirst schon sehen.«

»Ach komm schon. Wie lange willst du uns noch durch die Gegend schleifen? Ich sterbe vor Hunger.«

Sie zog die Augenbrauen hoch. »Nur noch eins, dann kannst du essen.«

»Weißt du was? Das ist zu spät. Ich falle gleich in Ohnmacht.« Damit stand ich auf und marschierte zum Kühlschrank.

»Billy!«, zischte Lucy geschockt.

»Was wohnen denn hier für kranke Leute?«, bemerkte ich und spähte in den Sub-Zero. »Nur Mayonnaise, Marmelade und Cranberrysaft.«

»Wahrscheinlich, weil irgendeine irre Kaufinteressentin schon alles weggegessen hat«, rief Lotta von ihrer Chaiselongue.

Ich neigte mich vor und blickte genauer hinein. »Ach, da haben wir ja was«, sagte ich. »Volltreffer.« Ich holte eine weiße Take-away-Box heraus, die nach Sesamhuhn roch, und wollte sie öffnen.

»Billy Ann Sitwell«, bellte Cheri, die aus dem Garten zurückkam. »Was genau machst du da?«

Fast hätte ich die Box fallen gelassen. Cheri war alles andere als eine perfekte Mutter gewesen – zu nachlässig, zu schrill und zu inkonsequent – doch seit der vierten Klasse war sie im Grunde die einzige Mutter gewesen, mit der ich zu tun hatte. Einmal kam sie etwas früher von einer Verabredung zurück und ertappte Lucy und mich kiffend im Keller. Als sie jetzt mit strafendem Blick die Take-away-Box in meiner Hand musterte, empfand ich genau dieselbe Mischung aus Panik und Schuldgefühlen wie damals als Vierzehnjährige, als ich den selbst gebastelten Apfelbong umklammerte.

»Stell das sofort wieder zurück!«, befahl sie.

»Ich habe Hunger«, jammerte ich, gehorchte aber kleinlaut.

Sie wedelte tatsächlich mit dem Zeigefinger. »Das ist keine Entschuldigung.« Dann wandte sie sich wieder strahlend an Sarah. »Die Eigentümer sind ganz begeistert, in deine Show zu kommen.«

Sarah nickte. »Natürlich. Wer wäre das nicht?«

Ich entdeckte den Airstream, als wir in Red Hook eine Straße entlangschlenderten.

Mir war schleierhaft, wieso Cheri Sarah überhaupt dieses Viertel zeigte. Es passte nicht im Geringsten zu ihr, da es auf Künstlerviertel machte, aber eigentlich zu schäbig war und erst in den Anfängen der Gentrifizierung steckte. Es verströmte einen starken, eigentümlichen Geruch nach Industrieabfällen – nicht besonders unangenehm, aber ich schmeckte ihn auf der Zunge und konnte förmlich spüren, wie er mir in die Kleider und in die Haare drang. Hier mischten sich Hipster Mitte zwanzig mit kunstvoll zerrissenen Jeans und ironischen Sprüchen auf den T-Shirts mit Arbeiterfamilien, die offensichtlich schon seit Generationen in dieser Gegend wohnten. Es war ein Viertel, in dem heruntergekommene Sozialbauten neben sanierten Häusern junger Pärchen standen, die im Garten Hühner und auf dem Dach Bienen hielten. Um nach Manhattan zu kommen, musste man ein Wassertaxi nehmen.

Die Chancen, dass Sarah hier jemals wohnen würde, standen bei null.

Aber gerade, als ich das äußern wollte, entdeckte ich den Airstream, der wie eine riesige, silbern schimmernde Kugel am Flussufer stand und nach Schmelzkäse und Zimt roch.

Auf dem Schild stand *Tammy's*.

Ich bog ab und steuerte den Wohnwagen an.

»Billy!«, rief Lucy. »Wo willst du hin?«

Ich ignorierte sie und las die Karte, die auf der Theke stand. *Ja. Perfekt.* Gegrillte Käsesandwiches (wahlweise mit Apfelscheiben, extra pikantem, lange gereiftem Cheddar, Feigenchutney und Gruyère, Gouda, gebratenen Waldpilzen oder karamellisierten Zwiebeln), dazu frische Apfelcidre-Donuts.

»Was können Sie empfehlen?«, fragte ich die junge asiatisch aussehende Frau hinter der Theke. Ihr Kopf war kahl rasiert, und ein Tattoo aus Noten wand sich um ihren Hals und verschwand hinter dem Ohr.

»Oh, die gebratene grüne Tomate mit roter Paprika«, sagte sie, ohne zu zögern. »Außerdem könnte ich einen noch warmen Donut aufschneiden und daraus ein Eiscreme-Sandwich machen, das sie vor lauter Glück zum Weinen brächte.«

»Ja und ja«, nickte ich und lehnte mich weiter vor, um einen Blick ins Innere zu werfen. Es war so ordentlich und durchdacht wie eine Kombüse: Einbauschränke aus Holz, eine Spüle und ein Herd mit sechs Platten.

Ganz kurz musste ich an Ethan denken. Wie das Messer unter seinen Händen tanzte, als er ein Häufchen Petersilie klein hackte. An den sauberen, grasigen Geruch der Kräuter. Sein Grinsen, als er mich beim Zuschauen ertappte …

»Billy«, sagte Sarah, als sie sich zu mir gesellte, »kann das nicht warten? Ich hab dir doch gesagt, dass wir noch etwas vorhaben.«

»Nein«, erwiderte ich und verdrängte die Erinnerung. »Ich hab nicht gefrühstückt.« Dann wandte ich mich wieder zur Theke. »Also, bist du Tammy?«

Das Mädchen schüttelte den Kopf. »Nein, ich heiße Mei Fang, aber aus einem Airstream mit der Aufschrift *Mei Fang's* wollte niemand Grillkäse kaufen.«

Ich lachte. »Das Ding ist wirklich cool«, sagte ich.

Sie zuckte die Achseln. »Imbisswagen sind irgendwie out.

Ich überlege, ob ich ihn verkaufe und stattdessen ein Pop-up-Restaurant mache.«

»Ehrlich?«, fragte Lucy, als sie sich neben mich zwängte. »Keine Imbisswagen mehr?«

Ich sah sie an.

»Was denn? Ich schreibe einen Artikel für *Grub Street.*«

»Über Essen?«

Sie nickte. »Ich hab den Herausgeber auf einer Party kennengelernt, und wir haben das vereinbart. Er will fünfzehnhundert Wörter über einen neuen Essens-Trend. Das Ende der Imbisswagen könnte genau das Richtige sein.«

Ich bemühte mich um eine neutrale Miene, war innerlich aber angenervt. Lucy hatte nicht die geringste Ahnung von Essen. Kunst, Mode, Popkultur – ja, das war ihr Ding. Aber dass sie über Essen schrieb, war in etwa so, als würde ich über Autos schreiben. Sie wusste, wie man aß, und ich wusste, wie man fuhr, aber mehr auch nicht.

Sie und Mei Fang unterhielten sich bereits angeregt über Mobiles Essen.

»Wie viel?«, unterbrach ich sie. »Wie viel willst du für den Airstream?«

Mei Fang schürzte die Lippen. »Zehntausend. Zwölftausend mit meinem Kia zum Ziehen.«

Ganz kurz zog ich in Erwägung, es einfach zu machen. Über die Hälfte meiner Ersparnisse zu investieren, den Airstream im Battery Park aufzustellen und für den Rest meines Lebens raffinierte Käsesandwiches zu verkaufen. Vielleicht würde das all meine Probleme lösen. Vielleicht war das genau das, wonach ich suchte.

Oder du könntest dir nicht mal die Gebühren leisten, ihn bis nach Manhattan zu bringen und dort aufzustellen, du Idiotin.

»Denkst du ernsthaft darüber nach, ihn zu kaufen?«, fragte Lucy. Etwas wie Hoffnung schwang in ihrer Stimme mit.

»Sei doch nicht albern«, entgegnete ich. »Ich kaufe mir nur ein Sandwich.«

Kapitel 10

Lucys Hand auf meinen Augen fühlte sich kühl an. Es roch nach Bienenwachs und Nag-Champa-Räucherstäbchen. Unter meinen Füßen meinte ich, Teppich zu spüren.

»Überraschung!«, rief Lucy und nahm ihre Hand weg. »Das hier gehört alles dir!«

Blinzelnd sah ich mich um. »Moment mal«, sagte ich verwirrt. »Hast du mir etwa eine Wohnung gekauft?«

Alle lachten.

»Nur für eine Nacht«, erklärte Lucy. »Über Airbnb, damit du die Chance hast, Brooklyn kennenzulernen.«

»Aber wieso denn?«

Lucy lächelte. »Ich möchte nur, dass du wirklich alle Möglichkeiten in Erwägung ziehst. Na los – guck's dir an.«

Ich schlenderte durch die Wohnung. Sie war hinreißend. Zwei Schlafzimmer und ein Wintergarten nach vorne hinaus; Hartholzboden mit alten Perserteppichen; eine riesige, luftige Küche mit einem kleinen Balkon zum Garten hin …

»Schön«, sagte ich. »Aber …«

»Hey, überlegt mal: Wir können uns heute Abend besaufen, ohne uns nach Manhattan zurückschleppen zu müssen«, unterbrach mich Sarah. »Nur du nicht, Lotta. Du bleibst natürlich nüchtern.«

Lotta bedachte sie mit einem schiefen Lächeln. »Na, da freu ich mich aber.«

»Also übernachtet ihr heute auch hier?«, fragte ich.

Sarah schüttelte den Kopf. »Nein, nicht hier. Wir kommen im Wythe unter. Dann hast du die Wohnung ganz für dich.«

»Und ich habe für heute Abend andere Pläne, ihr Süßen, also fahre ich jetzt nach Hause«, meldete Cheri und gab jeder von uns zum Abschied ein Küsschen. »Aber ich wünsche euch einen tollen Abend!«

»Äh, ihr wisst doch alle, dass ich schon mal in Brooklyn war, oder?«, fragte ich, nachdem Cheri weg war. »Schon vergessen, wie ich mich in Vinegar Hill verlaufen habe, nach dem Date mit dem kiffenden Typen, der ständig erzählte, wie sehr ich seiner Schwester ähnelte? Und erst letzten Monat war ich wegen dieser Vintage-Show in Carroll Gardens hier, und es regnete, alles roch nach nasser Wolle, und ich habe mir den kleinen Karokilt gekauft?«

»Der Rock ist großartig«, warf Lotta ein. »So originell.«

»Und noch was: Ist Airbnb in der Innenstadt neuerdings nicht illegal?«

»Hör mal«, sagte Lucy, ohne auf meine Fragen einzugehen. »Ich erlaube einfach nicht, dass du aus der Stadt ziehst. Mir ist schon klar, dass Manhattan momentan vielleicht etwas zu teuer für dich ist. Aber das heißt doch noch lange nicht, dass du alle Brücken hinter dir abbrechen und nach Hudson ziehen musst.«

»Kingston«, berichtigte ich sie.

»Noch schlimmer«, warf Sarah ein.

Lucy wies auf die Wohnung. »Es gibt noch viele andere Möglichkeiten, und ich finde einfach, du solltest ein paar davon in Erwägung ziehen.«

Ich blinzelte. »Aber hast du nicht erst letzte Woche gemeckert, weil Sarah nach Brooklyn ziehen will?«

Sie zuckte die Achseln. »Das ist was anderes. Sarah *muss* nicht nach Brooklyn ziehen.«

»Doch, wegen der Show«, erwiderte Sarah. »Mann!«

Ich schüttelte den Kopf. »Also war das ganze Theater hier nicht für Sarah?«

»Doch«, nickte Sarah, »das war für mich. Aber zufällig passte es gut zu Lucys Plänen mit dir. Zwei Fliegen mit einer Klappe.«

»Billy, du kannst alles haben, was du willst, ohne New York City zu verlassen«, erklärte Lucy. »Eine billige Wohnung, ein cooles Viertel …«

»Großartige Restaurants«, warf Sarah ein.

»Heiße, junge Lumbersexuelle«, fügte Lotta hinzu. »Hier wimmelt es geradezu von hippen männlichen Singles, und ich weiß doch, wie sehr du auf buschige Bärte stehst, Billy.«

Ich lachte. »Ach, ihr Süßen, das ist wirklich nett von euch, aber …«

»Schsch«, machte Lucy. »Gib der Sache einfach eine Chance.« Sie reichte mir eine Tasche. »Ich hab dir alles eingepackt, was du brauchst. Aber jetzt wollen wir uns ausgehfertig machen.«

Die Klamotten in der Tasche gehörten nicht mir. Das war nichts Ungewöhnliches. Ich lieh mir ständig Kleider von meinen Freundinnen, vor allem wenn wir alle zusammen ausgingen. Denn sonst musste ich mich für eins der wenigen guten Stücke entscheiden, die ich im Laufe der Jahre gesammelt hatte (und die alle schon tausend und abertausend Mal gesehen hatten), oder irgendwas von einer Billigmarke anziehen und hoffen, dass ich das Ganze mit Accessoires und meiner erstklassigen Persönlichkeit aufpeppen konnte.

Zwar rannte nicht jeder im meinem Umfeld zu hundert Prozent in Markenklamotten herum. Es gab viele Frauen, die ständig den High-and-Low-Fashion-Trick abzogen. Ein T-Shirt von Target für sechs Dollar mit Frye-Stiefeln für achthundert Dollar. Ein Cardigan von Lalo zu einem Schlauchkleid von Old Navy. Solange die Frisur stimmte, die Haut strahlte, der Bauch fest war oder fest verpackt in Spanx-Unterwäsche und (das war das Problematische) zumindest eines der Kleidungsstücke so teuer war wie die Miete von Normalsterblichen, funktionierte es.

Aber in letzter Zeit konnte ich mir nur noch Low Fashion leisten. Die wenigen schönen Sachen, die ich hatte – und die ich geschenkt bekommen, geschnorrt, geliehen oder schlicht eingesteckt hatte, wenn niemand hinsah, oder mir einfach gekauft hatte, als ich noch leichtsinniger mit Geld um mich warf als heute – zeigten langsam Verschleißerscheinungen. Der alte Blazer von Burberry, das Minikleid von Prada, die Stiefeletten von Valentino. Eigentlich hätten sie mit säurefreiem Seidenpapier geschützt und nur zu seltenen Gelegenheiten getragen werden sollen, anstatt bei jeder Wochenend-Sauftour strapaziert zu werden.

Mir ist schon klar, dass ich mich anhöre wie ein arrogantes Arschloch. Ehrlich. Ich weiß, dass viele über mein albernes

Modedilemma nur gelacht und mir erklärt hätten, ich sollte einfach ein paar Jeggins von Gap anziehen und dankbar sein. Aber solche Leute gehörten eben nicht zu meinem Freundeskreis. Meine Freundinnen kauften sich Taschen von Fendi für zehntausend Dollar, ohne mit der Wimper zu zucken, und das nicht nur einmal, sondern wann immer es ihnen einfiel. Für meine Freundinnen war Mode so etwas wie Religion, und ich kann nicht leugnen, dass etwas davon im Laufe der Jahre auch auf mich abgefärbt hatte.

Also war diese Tasche voller Superklamotten für mich wie die Büchse der Pandora: Einerseits war ich dankbar, weil ich schöne, gut gemachte Kleider liebte, weil ich ihre Raffinesse schätzte und mich gut darin fühlte. Auf der anderen Seite empfand ich deswegen Groll wie ein Teenager, der noch von seiner Mutter angezogen wird, weil die Kleider eben *einfach nicht meine waren.*

Ich zog ein cremfarbenes Bandage-Kleid heraus, dazu eine taillierte Jacke aus schwarzem Leder und ein paar klobige Motorradstiefel. Ein T-Shirt für sechs Dollar war nirgendwo zu sehen.

»Lotta?«, rief ich. »Sind die von dir?«

»Nein, von mir«, ertönte Lucys Stimme. »Brandneu! Viel Spaß damit.«

Ich schüttelte den Kopf. Mir war klar, dass ich in dem Outfit spektakulär aussehen würde. Lucy war immer schon die Beste, um mich einzukleiden. Aber manchmal fühlte ich mich von meinen Freundinnen irgendwie missbraucht. Wie eine Katze, die man in Puppenkleidchen zwingt und mit dem Kinderwagen spazieren fährt. Dazu kam, dass ich mir diese geliehenen Klamotten in einer geliehenen Wohnung anzog (die ich mir, ehrlich gesagt, auch nicht leisten konnte), und zwar in einem Viertel, das meine Freundinnen kollektiv als mein zukünftiges Wohnumfeld bestimmt hatten. Sie planten mein Leben. Schon wieder.

Aber sie meinten es nur gut. Das dachte ich, als ich in mein Kleid glitt und bewundernd sah, wie es meine Kurven betonte. Und nur, weil ich mir von ihnen Kleider lieh, hieß das noch lange nicht, dass ich mir auch etwas von ihnen vorschreiben lassen musste. Mode war die eine Sache, aber mein Leben war eine andere. Das gehörte ganz allein mir, nicht wahr?

Ich streifte die Jacke über. Verdammt, sah ich gut aus!

Zugegeben: Red Hook war cool. Wir befanden uns im *Bait and Tackle* – einer schäbig-chicen Bar, deren Deko im Wesentlichen aus ausgestopften Tieren bestand. An der Bar hockte ein Affe, unter einem Tisch wedelten drei (noch lebende) Pit Bulls mit den Schwänzen, und der Barkeeper schien ein Meister seines Fachs zu sein. Ich trank ein Guinness und bewunderte den Anblick zweier junger Männer mit engen Jeans und Beanies, die Darts spielten.

»Was zum Teufel …«, murmelte Sarah. Ihr Gesicht wurde vom bläulich fahlen Schein ihres Handys beleuchtet. »Brian ist so komisch geworden.«

»Inwiefern?«, erkundigte sich Lotta. Mit ihren dicken, geflochtenen Zöpfen wirkte sie wie eine Pornoversion von Heidi auf der Alm.

»Ich hab ihm gerade gesimst, dass der Sender endlich sein Okay für die Babystory gegeben hat, sodass wir die Pille wegschmeißen und loslegen können. Und er lässt sich mit der Antwort eine ganze Viertelstunde Zeit und antwortet nur mit einem Emoji. Daumen hoch!«

Ich lachte. »Wow.«

Sie verdrehte die Augen. »Ich glaube, er hat Probleme auf der Arbeit. In letzter Zeit ist er nicht mehr er selbst.«

»Oder«, entgegnete ich, »es gefällt ihm nicht, dass sein Liebesleben von ein paar Fernsehproduzenten gesteuert wird.«

Sarah stand auf. »Ich hole mir noch einen Drink. Will sonst noch jemand was?«

»Bring eine Runde Tequila mit«, befahl Lucy. »Wir müssen Billy doch zeigen, wie viel Spaß man in Brooklyn haben kann.«

»Das weiß ich längst«, protestierte ich. »Was ich nicht weiß, ist, ob ich mir das leisten kann.«

»Soll das ein Witz sein?«, fragte Lotta. »Dies ist das Land des Sechs-Dollar-Shots und Zwei-Dollar-Biers!«

»Wäre schön, wenn ich mir nur um mein Sprit-Budget Gedanken machen müsste«, erwiderte ich. »Aber wie läuft es eigentlich mit deiner neuen Stieftochter, Lo?«

Lotta zuckte die Achseln. »Nicht so gut. Die Ex hat doch nicht übertrieben. Im Gegenteil, Sage fliegt tatsächlich von der Schule. Und dann wird sie wohl bei Omari landen.«

»Wie alt ist sie noch mal?«

»Neunzehn.«

»Wo liegt dann das Problem?«, fragte Lucy. »Gebt ihr einfach eine eigene Wohnung. Mit neunzehn kann man locker schon allein leben. Denkt doch mal dran, was wir schon mit neunzehn gemacht haben!«

Ich schüttelte den Kopf. »Äh, soweit ich mich erinnere, hast du da noch bei deiner Mutter gewohnt.«

Wegwerfend schnippte Lucy ihr Haar zurück. »Nur zwischen zwei Model-Jobs.«

»Wie auch immer«, setzte Lotta wieder an, »natürlich haben wir genügend Platz, darum geht's doch gar nicht. Und ich will sie auch wirklich besser kennenlernen. Aber Omari und ich sind gerade so glücklich, versteht ihr?« Sie lächelte verhalten. »Ehrlich, ihr Süßen, ich hätte nie gedacht, dass es so schön sein könnte.«

Ich hatte einen kleinen Kloß im Hals, als ich sie ansah. *Ich* hätte nie gedacht, dass ausgerechnet unsere wilde Lotta sich mit Haut und Haaren verlieben würde.

»Alles klahar«, trällerte Sarah, die mit einem Tablett voller Schnapsgläser und einer Flasche Tequila zurückkehrte. »Ich hab die ganze Flasche gekauft. Stellt die Gläser auf!«

Als wir im Brooklyn Crab landeten, waren wir bereits betrunken. Selbst Lotta hatte ein, zwei Shots gekippt, und wir anderen hatten die ganze Flasche geleert.

Ich fand, dass Brooklyn einfach *super* war.

Mir wollte partout nicht mehr in den Kopf, wieso ich je nach Kingston hatte ziehen wollen, oder an einen anderen Ort außer Red Hook. In Red Hook gab es süße Jungs, billige Drinks und laute Musik. In Red Hook bekam man *eimerweise* köstliche Krabben mit Pommes, und während man an einer Margarita schlürfte, die einem geradezu in einem Goldfischglas serviert wurde, hatte man Aussicht auf die Freiheitsstatue.

In unserer Sitznische saßen Lucy und Sarah mir gegenüber

und kicherten haltlos, während sie sich eine riesige Pina Colada teilten und Muscheln schlürften. Lotta saß neben mir, klaute Fritten von meinem Teller und wirkte nicht besonders glücklich.

»Ach, Brooklyn ist das Beste, ihr Lieben!«, rief ich aus. »Hier gibt es alles!«

»Hab ich dir doch gesagt«, antwortete Lucy nuschelnd. »Und jetzt musst du mich nicht mehr allein in der Stadt zurücklassen.«

»Brooklyn hat Hipster und Bodegas und köstliche Grillkäse-Sandwiches. Es gibt sogar Süßwarenläden – habt ihr den fantastischen Süßigkeitenladen gesehen, an dem wir vorbeigekommen sind?« Ich redete wie ein Wasserfall, aber das war mir egal. »Und es gibt mindestens zwölftausend Tattoo-Studios. Vielleicht sollten wir uns tätowieren lassen?«

»Superidee!«, krähte Sarah und versuchte mühsam aufzustehen.

Lotta packte Sarah am Handgelenk und zog sie wieder auf den Sitz. »Bleib, wo du bist«, fauchte sie. »Wag es ja nicht!«

»Hier gibt's sogar ein Ikea. Ist das nicht großartig? In Manhattan gibt es nicht einen einzigen Laden mit billigen schwedischen Möbeln. Ich frage mich, wie lange er wohl geöffnet hat? Wenn ich hier wohnen soll, brauche ich wahrscheinlich einen Poäng-Sessel.«

»Okay«, sagte Lotta und schlug mit beiden Händen auf den Tisch. »Das reicht für heute mit dem Spaß. Ich glaube, wir beenden den Abend. Bestellen wir uns ein Taxi, bringen Billy in ihre Wohnung und dann …«

»O mein Gott, Mädels!«, quiekte ich. »Ratet mal, was es in Brooklyn noch gibt? Na los! Ratet!«

»Was denn?«, giggelte Sarah.

»Meinen Ex-Freund Marcus.« Ich zeigte auf den gedrungenen, dunkelhaarigen Mann, der sich rasch unserem Tisch näherte. »Ihr erinnert euch doch noch an Marcus?«

»Ich ja, allerdings«, nickte Lucy und hickste. »Er war gut im Bett. Das hast du gesagt, das weiß ich noch. Und er war sehr bedürftig.«

»Hi, Billy«, sagte Marcus.

»Hi, Marcus. Du warst sehr bedürftig«, nuschelte Sarah und nickte ernst.

»Aber gut im Bett«, soufflierte Lucy.

Dann lehnten sie und Sarah sich aneinander und gackerten drauflos, während Marcus mich mit einem verwirrten Lächeln ansah.

Marcus war ein Fehler gewesen, den ich viel zu lange mit mir herumgeschleppt hatte. Er war ein mäßig erfolgreicher Musiker, den ich über ein Dating-Portal kennengelernt hatte. Und es stimmte: Er war sowohl gut im Bett als auch unglaublich bedürftig. Das letzte Mal hatte ich vor zwei Jahren von ihm gehört und seitdem, ehrlich gesagt, nicht ein einziges Mal an ihn gedacht.

»Hi, Marcus. Wie geht's Daisy?«, fragte ich und bemühte mich um eine ernste Miene. Daisy war sein winzig kleiner Hund, der regelmäßig in meine Wohnung gepinkelt hatte.

Sein Lächeln schwand. »Sie wurde vor einem halben Jahr überfahren«, sagte er und schüttelte den Kopf.

»O neeeeein!«, rief ich. »Das ist ja schrecklich. Es tut mir leid.« Plötzlich hatte ich furchtbar Mitleid mit dem armen Marcus. »Willst du dich zu uns setzen?«

Lotta stieß mich heftig in die Seite, aber das ignorierte ich.

»Cool«, meinte Marcus und glitt neben mir auf die Sitzbank.

»Krabbe?« Ich bot ihm eine an.

Lotta seufzte laut, als Marcus sie annahm. »Aber gern«, sagte er glücklich.

»Also«, setzte ich an und trank noch einen Schluck von meiner Margarita. »Wohnst du noch in Queens?«

»Nein«, antwortete er, »genau gesagt, wohne ich fünf Minuten von hier entfernt.«

»Und hast du immer noch vier Mitbewohner?«, erkundigte sich Lotta (ziemlich gemein von ihr, fand ich).

Marcus lächelte. »Nein. Nur noch drei.«

»Siehst du?«, wandte ich mich triumphierend an Lotta. »Siehst du! Er kommt auch voran!«

Marcus lachte und rutschte näher zu mir. Ich erhaschte etwas von seinem vertrauten Geruch: orangefarbene Tic Tacs und Nelkenzigaretten.

»Und spielst du immer noch Schlagzeug?«, fragte Sarah.

»Bass«, korrigierte er sie stirnrunzelnd.

»In dieser Band – Booty Patrol?«, meldete sich Lucy.

»Boogie Patrol«, kicherte ich. »Boogie! Nicht Booty!« Lachend lehnte ich mich an Marcus. Dann drehte ich den Kopf, und er war … direkt vor mir, also küsste ich ihn. Und nach dem ersten Schreck erwiderte er meinen Kuss.

»Ach, verdammt noch mal, Billy!«, fauchte Lotta, stand auf und riss mich mit hoch. »Kommt jetzt, Mädels. Wir gehen!« Sie neigte sich drohend über Marcus. »Beweg dich«, befahl sie.

»Aber …«, protestierte er.

»Kein Aber! Setz dich in Bewegung!« Sie schubste mich so

heftig gegen Marcus, dass er aus der Nische rutschte und zu Boden fiel.

»Hey«, japste er und versuchte, wieder aufzustehen.

Aber Lotta schob ihn mit dem Fuß einfach aus dem Weg und zerrte mich hinter sich her. Sarah und Lucy stützten sich gegenseitig, als sie mühsam aufstanden, und kriegten sich nicht mehr ein vor Lachen.

Lucy brachte mich ins Bett, während Lotta und Sarah im Nebenraum warteten.

»Du hast fünf Minuten, Lucy!«, brüllte Lotta durch die Tür. »Ich will euch im Hotel haben, bevor eine anfängt zu kotzen.«

»Wieso bleibt ihr nicht alle hier?«, fragte ich nuschelnd und schmiegte mich ans Kissen. »Wir können uns das Bett teilen. Wie bei den Übernachtungspartys in den guten alten Zeiten.«

Lucy setzte sich neben mir aufs Bett. »Nein, ich möchte, dass du hier aufwachst und siehst, wie friedlich es hier sein wird, wenn du hier lebst. Du sollst es dir nicht wieder anders überlegen.«

Mir fielen schon die Augen zu. »Oh, wow, ich weiß, ich habe gesagt, ich wollte hier leben, Luce, aber …«

»Schsch«, machte sie wieder. »Wir müssen jetzt nicht darüber reden. Ich möchte nur, dass du Brooklyn eine Chance gibst, ja? Tu so, als gehörte die Wohnung dir. Stell dir vor, was du hier alles machen könntest.« Sie strich mir das Haar aus der Stirn. »Weil ich dich wirklich in meiner Nähe brauche, okay? Du darfst nicht weggehen.«

»Aber wieso denn?«, fragte ich.

Sie wich meinem Blick aus und schüttelte den Kopf. »Egal.

Vergiss, was ich gesagt habe. Nur – schlaf gut, und morgen treffen wir uns zum Frühstück in der Good Fork, ja?«

»Ist gut«, sagte ich, und meine Lider wurden immer schwerer. »Danke, Lulu.«

Und noch bevor sie aus dem Zimmer war, schlief ich schon.

Kapitel 11

Zwei Stunden später schrak ich hoch, weil jemand an die Tür hämmerte.

»O Gott. Verdammt noch mal«, murmelte ich und schoss aus dem Bett. Mein Herz raste, und vor meinen Augen drehte sich alles. Ich schnappte mir das einzig ansatzweise Waffentaugliche – einen geliehenen Motorradstiefel – und schlich zur Wohnungstür.

»Wer ist da?«, brüllte ich, als es immer weiter klopfte.

»Billy Sitwell?« Eine Frauenstimme. »Ich bin Jenny Kadinsky! Das ist meine Wohnung!«

Ich zögerte. »Woher soll ich wissen, ob das stimmt?«

»Lucy Brockton hat sie von mir gemietet.«

Ich stieß einen Seufzer der Erleichterung aus, ließ den Stiefel fallen und entriegelte die Tür.

Vor mir stand eine kleine Frau mit dunklen, zerzausten Haaren und starrte blinzelnd zu mir hoch. Es sah so aus, als hätte sie noch einen Pyjama an, und auf ihrer Wange prangten ein paar Kleckse Aknecreme. »Sie müssen sofort hier raus«, sagte sie, drängte sich an mir vorbei und schlug die Wohnungstür hinter sich zu. Ich war fassungslos. Das konnte doch nicht wahr sein.

Ich folgte ihr. »Was? Wieso?«

»Weil die Besitzerin dieser Wohnung jeden Moment zurückkommen wird.«

»Aber ich dachte, die Wohnung gehörte Ihnen?«

»Ich hüte sie nur. Eigentlich sollte sie in Kalifornien sein, aber offenbar hatte sie einen Riesenkrach mit ihrem Freund und hat den Nachtflug hierher erwischt. Ich habe gerade ihre SMS bekommen.«

»Aber Sie haben mir die Wohnung vermietet.«

»Ich brauchte das Geld. Eigentlich wollte sie erst nächste Woche heimkommen. Und wenn sie das rausfindet, bringt sie mich um. Wahrscheinlich ruft sie sogar die Polizei, dann sind wir beide dran. Also müssen Sie sofort verschwinden.«

»Es ist vier Uhr morgens, verdammt noch mal!«

Sie schüttelte den Kopf. »Weiß ich. Tut mir leid. Bitte, ich schicke Ihnen auch Ihr Geld, sogar mit einer Zulage für den Ärger. Aber jetzt müssen Sie verschwinden.«

Ich atmete geräuschvoll aus. »Okay. Moment. Ich will mich nur kurz anziehen.« Ich trug eine Jogginghose und ein T-Shirt in Übergröße, die Lucy mir zum Schlafen eingepackt hatte.

Wieder schüttelte die Frau den Kopf. »Keine Zeit. Schnappen Sie sich Ihre Sachen und hauen Sie ab.«

»Scheiße!«, fluchte ich, eilte zurück ins Schlafzimmer, stieg in Lucys Motorradstiefel, warf mir die Lederjacke über und stopfte meine restlichen Sachen in die Tasche, die Lucy mir mitgegeben hatte.

»Beeilung!«, rief Jenny. »O nein«, stöhnte sie, als sie ins Zimmer stürmte. »Ich höre sie schon im Treppenhaus. Sie müssen über die Feuertreppe raus.«

Ich erstarrte. »Was?«

Sie riss bereits das Schlafzimmerfenster auf. »Das ist kein Problem. Habe ich schon öfter gemacht. Klettern Sie einfach runter, und die letzten zwei Meter können Sie springen.«

»Zwei Meter?«, krächzte ich.

Da klopfte es an der Tür. Vor lauter Angst quollen Jenny die Augen aus dem Kopf.

»Los! Abmarsch!«, zischte sie.

Also warf ich meine Tasche aus dem Fenster und kletterte hinterher.

Ein Hoch auf Nachtcafés. Ich saß in Jim's 24 Hour Eat Shop, nippte an einem Kaffee, bemitleidete mich wegen des verknacksten Knöchels (denn die zwei Meter waren eher drei gewesen) und war stocksauer.

Zwar hatte ich vor meiner Flucht noch das Handy eingesteckt, aber die Brieftasche hatte ich vergessen. Jetzt blieben mir nur noch die vier Dollar Wechselgeld, die ich am Abend zuvor nach dem Bezahlen meines ersten Biers in die Jackentasche gestopft hatte.

Ich hatte nicht genügend Geld, um nach Manhattan zurückzufahren. Es reichte nicht mal für den Weg nach Williamsburg, wo meine Freundinnen übernachteten, weil in Red Hook keine Züge fuhren. Ich saß fest.

Nonstop versuchte ich, Lucy, Lotta und Sarah per Anruf oder SMS zu erreichen, aber keine meldete sich.

Das ist so typisch Lucy, dachte ich. *Versucht mein Leben zu kontrollieren und macht damit alles nur noch viel schlimmer.*

So war es schon seit unserer Kindheit. Und zwar ab Tag eins in der vierten Klasse, als sie geradewegs auf mich zugekommen war und gefragt hatte, ob ich Matt Henderson mochte. Es hatte mir so geschmeichelt, dass dieses hübsche und offensichtlich coole Mädchen mit mir redete, dass ich ihr mein Herz ausgeschüttet und gestanden hatte, ich hätte das Gefühl, in ihn *verliebt* zu sein.

Sie hatte wissend genickt. »Das habe ich gemerkt. Daran, wie du ihn beim Kickball beobachtet hast.«

»Was soll ich jetzt machen?«, hatte ich gewispert und schämte mich zutiefst, mein größtes Geheimnis laut ausgesprochen zu haben.

»Du solltest es ihm sagen«, hatte sie ohne zu zögern geantwortet. »Du solltest ihm sagen, dass du ihn liebst, und abwarten, wie er reagiert.«

Allein bei der Vorstellung flatterte mein kleines, präpubertäres Herz vor Panik. Ich hatte eigentlich noch nie mit Matt geredet. Nur einmal hatte ich den Mut aufgebracht, ihn zu fragen, wann die Hausaufgaben fällig waren, und danach war ich wahrhaftig eine Woche krank gewesen.

»Das kann ich nicht«, flüsterte ich entsetzt. »Das bringe ich nicht fertig.«

»Dann mach ich das«, erwiderte Lucy, und zu meinem Schrecken marschierte sie schnurstracks los.

»Schlechte Neuigkeiten«, meldete sie, als sie zurückkam.

Die wahrhaft schlechten Neuigkeiten, dachte ich, *sind, dass ich dir gleich auf die Schuhe kotze.*

»Er sagt, er mag keine Rothaarigen.«

Es brach mir das Herz. Ich wandte mich ab, um meine Tränen zu verbergen. Aber da spürte ich, wie sich ein dünner Arm unter meinen schob.

»Der ist doch ein Riesenidiot«, erklärte Lucy. »Ich finde deine Haare superschön. Außerdem roch sein Atem irgendwie nach Thunfisch. Ist doch ekelhaft, oder?«

Die Kellnerin ging an mir vorbei, ohne mich zu fragen, ob ich noch Kaffee wollte. Das konnte ich ihr nicht verübeln. Sicher sah ich aus wie eine Irre. Ich war als Erstes zur Damentoilette gegangen, wo ich sah, dass meine Mascara vom Vorabend mir über das halbe Gesicht verlaufen war. Zwar schrubbte ich sie so gut wie möglich ab, aber da blieben ja noch eine Riesenjogginghose und ein T-Shirt unter einer teuren Lederjacke, und meine Haare standen so wüst ab, dass sie fast an Joan Collins Frisur in *Denver Clan* erinnerten.

Zu dieser nachtschlafenen Zeit war Red Hook längst nicht mehr so cool. Was mir in alkoholisiertem Zustand und in Gesellschaft meiner Freundinnen zwar etwas schäbig, aber spaßig und offen vorgekommen war, erschien mir jetzt ziemlich bedrohlich. Es regnete. Die Straßen waren menschenleer. Die Schatten wirkten dunkler. Die Kellnerin warf mir immer bösere Blicke zu, weil ich hier bereits knapp zwei Stunden mit einer einzigen Nachfülltasse Kaffee hockte. Aber ich war mir ziemlich sicher, dass ich gemeuchelt würde, sobald ich mich auf die Straße wagte. Also klebte ich an meinem Hocker an der Theke.

Mein Handy piepte. Mist. Kein Akku mehr. Ich winkte die Kellnerin zu mir. »Verzeihung«, sagte ich, »gibt es hier irgendwo eine Steckdose für mein Handy?«

Sie schüttelte den Kopf und zeigte auf ein Schild an der Wand, auf dem stand: *Aus Rücksicht auf die anderen Gäste sind Handys auszuschalten.*

»Im Ernst?«, fragte ich. »Aber außer uns beiden ist doch niemand hier.«

Sie zuckte die Achseln. »So sind die Regeln.«

Tja, das war's dann mit deinen 25 Cent Trinkgeld!, dachte ich rachsüchtig.

Genau in diesem Augenblick platzten Lucy, Sarah und Lotta herein und schüttelten den Regen ab.

»Billy! Oh, Gott sei Dank!«, hauchte Lucy. »Wir haben deine Nachrichten gekriegt und sind sofort gekommen.«

»Was war denn los?«, erkundigte sich Sarah.

Ich starrte Lucy finster an. »Offenbar war die Vermietung illegal«, sagte ich steif.

Lotta runzelte die Stirn. »Was?«

»Jenny Kadinsky tauchte um vier Uhr morgens auf und hat mich aus der Wohnung geschmissen. Die ihr nicht mal gehört. Ich musste über die Feuertreppe flüchten.«

Lucy brach in Gelächter aus. »O mein Gott!«, keuchte sie zwischen zwei Lachanfällen.

»Das ist nicht lustig!«, rief ich empört. »Ich hab mir den Knöchel verstaucht und meine Brieftasche in der Wohnung vergessen. Jetzt sitze ich hier seit zwei Stunden über einer Tasse Kaffee, und die Kellnerin hasst mich, verdammt noch mal!«

Nun lachten alle drei.

»Wieso bist du nicht einfach zum Hotel gekommen?«, fragte Lucy. »Wir hätten doch das Taxi bezahlt.«

Ich spürte, wie mein Gesicht heiß wurde. Selbstverständlich hatte ich daran gedacht, aber was wäre gewesen, wenn ich sie aus irgendeinem Grund nicht gefunden hätte, oder wenn sie nicht die Tür aufgemacht hätten? Dann wäre ich einem wütenden Taxifahrer ausgeliefert gewesen und hätte ihn nicht bezahlen können. Als ich noch jünger war, hatte es diese Situation öfter gegeben, und eine derartige Demütigung wollte ich nie mehr erleben. Es war dasselbe Gefühl, wie wenn ich im Supermarkt meine Kreditkarte zückte und diese nicht angenommen wurde. Oder wenn wir uns im Restaurant die Rechnung teilten, und ich wusste, dass ich deswegen wieder einmal erst verspätet die Miete zahlen konnte.

Aber das würden diese Frauen einfach nicht nachvollziehen können. Ich war mir ganz sicher, dass keine von ihnen je in so einer Lage gewesen war.

»Vergesst es«, sagte ich. »Ich gehe zurück zur Wohnung dieser Jenny, hole meine Brieftasche und nehme das Ikeaboot zurück.«

»Aber was ist mit Frühstück?«, fragte Lucy. »Hast du denn keinen Hunger? Unsere Zeit in Brooklyn ist noch nicht vorbei.«

Ich wandte mich zu ihr. »Was mich betrifft schon, Luce. Ich meine –« Ich bemühte mich, neutral zu klingen, »danke, dass du das Ganze arrangiert hast. Gestern Abend war echt lustig –«

»Es war mehr als das!«, rief sie. »Du hast gesagt, du wolltest hierherziehen!«

Entnervt schüttelte ich den Kopf. »Was glaubst du eigentlich, wie viel Miete ich für so eine Wohnung hinlegen müsste? Dies hier ist Brooklyn und nicht Iowa. Ich kann es mir nicht leisten, hierherzuziehen. Und selbst wenn, was sollte ich dann hier? Bloß weil es nicht Manhattan ist, ändert sich doch nicht alles. Ich muss immer noch arbeiten.«

»Du könntest doch ganz sicher Dinnerpartys …«

»Ich will keine Dinnerpartys für andere mehr geben«, zischte ich. »Ich dachte, das hätte ich mehr als deutlich gemacht, als ich die für dich gegeben habe.«

Gekränkt blinzelte sie mich an. »Oh, na dann, Verzeihung, dass ich dich angeheuert habe.«

Ich spürte, wie sich vor Zorn meine Nasenlöcher blähten. »Du weißt doch, was ich meine. Ich arbeite nicht mehr in der Branche, sondern habe euch nur einen Gefallen getan.«

»Ach so. Also Bill, Titus ist ein enger Freund von Jean-Georges Vongerichten. Wenn es so eine Zumutung war, hätten wir wahrscheinlich auch jemand anderen finden können.«

»Lucy«, sagte Lotta. In ihrer Stimme lag ein warnender Unterton.

Lucy warf die Hände in die Höhe. »Nein, ich versteh nicht, warum wir immer auf Zehenspitzen um sie herumschleichen müssen. Das ist doch nicht das erste Mal. Ständig trifft sie unüberlegte Entscheidungen, und dann müssen wir sie raushauen, und sie ist noch nicht mal dankbar dafür!«

Ich spürte erneut, wie mir das Blut in die Wangen schoss. »Herrgott, Lucy! Ich bin kein Kind mehr. Du musst mich nicht beschützen.«

»Doch, genau das muss ich«, konterte sie. »Von dem Tag an, als du in New York aufgetaucht bist, musste ich dir auf Schritt und Tritt folgen und die Scherben aufsammeln.«

»Du hast doch wohl eher versucht, mein Leben zu kontrollieren. Dabei habe ich dich nie darum gebeten.«

»Ohne mich wärst du doch auf der Straße gelandet, unter irgendeiner Brücke! Was immer noch nicht ausgeschlossen ist! Ich möchte doch nur, dass du hin und wieder auch mal eine vernünftige Entscheidung triffst, Billy. Nicht so leichtsinnig bist. Versuchst, dich mal wie eine Erwachsene zu benehmen.«

Da explodierte ich. »Soll das ein Witz sein, verdammte Scheiße? Was genau weißt du denn vom Erwachsensein? Du bist mit deiner Mutter hergezogen! Du warst noch vor deinem zwanzigsten Lebensjahr auf dem Cover der Pariser *Vogue!*«

»Dafür habe ich hart gearbeitet!«, warf sie ein.

Ich lachte. »Äh, nein? Vergiss nicht, ich war dabei, Lucy. Du hast das Cover bekommen, weil du Helmut Newton erlaubt hast, in der Toilette vom Limelight an deinen Titten zu saugen. Die Geschichte kennen wir doch alle!«

»So ist es nicht gewesen!«

Ich wütete weiter. »Dann hast du Titus kennengelernt. Der reich war und berühmt und mächtig und dich behandelt hat, als wärst du sein persönlicher Hauptgewinn. Und so bist du direkt von der Obhut deiner Mutter in die deines Mannes gewechselt und hast seitdem als ausgehaltene Frau in seinem gottverdammten Stadthaus im West Village gelebt. Du hast nicht eine Sekunde deines Lebens auf eigenen Füßen gestanden. Du musstest nie auch nur für eine einzige Scheißsache in deinem Scheißleben arbeiten. Du hattest einfach Glück. Glück, dass dir auf deinem Weg alles von anderen abgenommen wurde.«

»Das stimmt nicht!«, sagte Lucy. Sie war hochrot im Gesicht.

Vor lauter Wut atmete ich schwer, und meine Stimme zitterte. »Du kapierst es einfach nicht. Du kapierst nicht, wie hart diese Stadt sein kann. Du hast nie gespürt, wie sie dich zermürbt. Weil dir einfach alles immer nachgeworfen wurde. Alles ist dir in den Schoß gefallen, nur wegen deines Aussehens. Du musstest nicht mal darum bitten. Bloß wegen eines aberwitzigen genetischen Zufallstreffers reißen sich die Leute darum, dir alles zu geben, noch bevor du auch nur weißt, dass du es haben willst. Du bist so geboren – du musstest nie für irgendwas arbeiten.«

Lucy zuckte zusammen, als hätte ich sie geohrfeigt.

»Billy!«, flüsterte Sarah schockiert.

Kaum war das aus mir herausgeplatzt, wusste ich, dass ich zu weit gegangen war. Das wussten wir alle. Denn wenn Lucy einen wunden Punkt hatte, dann die Überzeugung, dass sie nur ihre Schönheit zu bieten hatte. Sie hatte Angst, niemand würde hinter ihre Fassade schauen und alle würden sie für eine leere Hülle halten. Das wusste ich. Dennoch hatte ich ihr ihre schlimmste Angst um die Ohren gehauen.

»Luce«, setzte ich mit bemüht gefasster Stimme an, doch sie schnitt mir das Wort ab.

»Weißt du was, Billy? Fick dich doch! Hau einfach ab und zieh in eine gottverdammte Kleinstadt am Arsch der Welt, um einem Teeny nachzujagen und für Trinkgeld zu arbeiten, und lass mich dann wissen, wie es läuft!«

Sie stand auf, sammelte ihre Sachen zusammen und ging zur Tür. Ich folgte ihr und hielt sie am Arm fest.

»Lucy …«, sagte ich.

Sie schüttelte mich ab. »Nein. Mir reicht's. Ich habe genug davon, mich um dich zu kümmern, und ich habe auch genug davon, mir Sorgen um dich zu machen. Ich hab den Scheiß nicht nötig. Weil ich nämlich ganz andere Sorgen habe. Hau einfach ab, Billy. Ein schönes Leben noch.«

Und damit marschierte sie hinaus und verschwand.

Erstarrt stand ich da.

Natürlich hatten wir im Lauf der Jahre auch mal gestritten, aber nie so schlimm wie jetzt.

»Verdammt«, hauchte Sarah und sprach aus, was ich dachte.

»Billy«, setzte Lotta mit gequälter Stimme an.

Ich schüttelte den Kopf. »Ich – ich muss jetzt los, Mädels.«

Und folgte Lucy ins Freie.

Im Nieselregen stand ich da und wartete. Obwohl es ein warmer Spätsommerregen war, fror ich.

Schließlich tauchte sie auf, stieg aus ihrem Wagen und hievte ein paar schwere, abgedeckte Backbleche aus dem Kofferraum, bevor sie sich umdrehte und mich stirnrunzelnd ansah.

»Kann ich Ihnen helfen?«, fragte sie und musterte mich vorsichtig.

Ich trat einen Schritt auf sie zu.

»Mei Fang?«, sagte ich. »Wir haben uns gestern kennengelernt, erinnerst du dich? Ich wollte mit dir über den Airstream reden.«

Kapitel 12

Auf dem Weg nach Kingston

Fast hätte ich die Ausfahrt nach Kingston verpasst, und als ich das Lenkrad herumriss und mit quietschenden Reifen quer über zwei Fahrspuren driftete, hatte ich das Gefühl, der Airstream würde durchs Rückfenster meines Wagens krachen.

»Scheiße! Scheiße! SCHEISSE!«, schrie ich, als ich auf den Seitenstreifen schoss, weil ich das Lenkrad zu heftig auf die andere Seite gedreht hatte. Mit wütendem Hupen schossen andere Wagen an mir vorbei.

Schließlich bekam ich alles wieder unter Kontrolle, fuhr vorsichtig zurück auf die Fahrbahn und hielt wenig später, um die Maut zu bezahlen.

Was machte ich nur? Ich hatte das Gefühl, vollkommen die Kontrolle verloren zu haben, und zwar nicht nur über den Wagen. Erst vor drei Tagen hatte ich meine Ersparnisse um die Hälfte reduziert, den Airstream samt Kia gekauft, Portia angerufen, um sie zu fragen, ob das Haus noch zu mieten war, meinem geldgierigen Vermieter gekündigt und alles zusammengepackt, was ich für einen Aufenthalt in Kingston für notwendig hielt. Den Rest meiner Habseligkeiten hatte ich an den

Straßenrand gestellt. Ich hatte nichts, woran mein Herz besonders hing, und das Haus in Kingston war möbliert.

Ohne die Möbel kam mir mein winziges Apartment plötzlich riesig vor. Man sah jetzt deutlicher, wie verschrammt der Dielenboden war; die unzugänglichen Stellen, die ich nie geputzt hatte, starrten vor Staub und Dreck. Ich fuhr mit der Hand über die Schlafzimmerwand und dachte daran, wie Lucy mir geholfen hatte, sie in diesem sanften Taubengrau zu streichen. Ich war mir wegen der Farbe nicht sicher gewesen und hatte mir eigentlich etwas Fröhlicheres gewünscht, aber sie hatte darauf bestanden, fürs Schlafzimmer etwas Ruhiges zu nehmen.

Seit Brooklyn hatte ich nicht mehr mit Lucy geredet. So lange hatten wir noch nie Funkstille gehabt. In unserer Kindheit und Jugend hatten wir fast alles zusammen unternommen, und selbst wenn wir getrennt waren, hatten wir stundenlang telefoniert, unsere Hausaufgaben verglichen, über Jungs gesprochen und alle Einzelheiten des Tages durchgekaut, den wir doch gemeinsam verbracht hatten. Seit es SMS gab, hatte ich von Lucy manchmal stündlich gehört.

Der Kontaktstopp war komisch und machte mich traurig, aber irgendwie fühlte ich mich auch befreit. Natürlich hatten Lotta und Sarah sich immer mal wieder bei mir gemeldet und sich Sorgen über das Zerwürfnis zwischen uns gemacht. Sie hatten auch angeboten, mir beim Zusammenpacken und Umziehen zu helfen, aber ich hatte abgelehnt mit der Begründung, wir würden uns sicher schon bald wiedersehen.

Ich wollte das allein schaffen.

Von Brett hatte ich mich persönlich verabschiedet. Mit einem letzten Quickie für den Weg. Er war bemerkenswert fröhlich gewesen und hatte nur bemerkt, er hätte nicht so früh mit meinem Umzug gerechnet, würde mich aber besuchen kommen, sobald ich Lust dazu hätte.

Ich fühlte kaum etwas, als ich mein Apartment verließ, doch ich muss zugeben, dass es mir einen Stich versetzte, als Bretts Wohnungstür hinter mir ins Schloss fiel. Ein winziger Teil in mir hätte am liebsten kehrtgemacht und wäre wieder zu ihm ins Bett gekrochen.

Aber jetzt war ich hier. Wagte einen Neustart, und zwar ganz allein, genau wie ich es geplant hatte. Eigentlich hatte ich direkt zum River House fahren und auspacken wollen, doch stattdessen ertappte ich mich dabei, wie ich zittrig vor Aufregung zum *Huma* fuhr. Ich musste diesen Teil des Plans klären, bevor ich irgendetwas anderes anfing.

Teile von Kingston erinnerten mich an (darf ich das sagen?) Brooklyn. Es gab ein Flussufer, über dem viktorianische Villen in fröhlichen Farben emporragten, und hier und da sah man die spitzen Türme einiger entweihter Kirchen über einem kleinen, aber lebhaften Geschäftsviertel.

Es gab auch einen Außenbezirk, der sich von Block zu Block veränderte. Enge und schäbige Reihenhäuser wichen riesigen Herrenhäusern, bis man in einem historischen Stadtkern landete, in dem es Restaurants, Weinbars und kleine, ausgefallene Läden gab. Ein Schwulen- und Lesbenzentrum befand sich direkt zwischen einem exklusiven Brautmodengeschäft und einem Café, das seine eigenen Bohnen röstete. Ich sah einen geschäftigen Wochenmarkt und merkte ihn mir für später.

Es war keines der pittoresken, perfekt gepflegten Städtchen

im Hudson Valley, in dem es vor allem Antiquitätengeschäfte und vornehme Restaurants gab. Es war ein bisschen schäbiger, rustikaler, auch künstlerischer, aber dennoch unverkennbar alt. Es gab historische Steinkirchen mit Friedhöfen voller schiefer Grabsteine, Denkmalplaketten an einigen Gebäuden und mehr als einen Hinweis mit der Aufschrift *Hier hat George Washington übernachtet.* Die Bevölkerung war eine Mischung aus Alteingesessenen, Künstlern und Hipstern, Wochenendgästen aus Manhattan und alten Hippies und Farmern, die einträchtig nebeneinanderher lebten.

Ich fuhr auf den Parkplatz hinter dem *Huma*. Es war ein später Sonntagnachmittag, und Ethan werkelte sicher schon in seiner Küche, doch ich blieb einen Augenblick im Wagen sitzen, weil ich mich so hoffnungsfroh und gleichzeitig so albern fühlte wie kaum jemals zuvor. Ich hatte mich nicht angemeldet – genauer gesagt, hatte ich mich seit meinem letzten Besuch hier überhaupt nicht mehr gemeldet. Stattdessen hatte ich mir eingeredet, ich würde mit diesem großen Schritt mehr Eindruck machen, sodass er, wenn er mich erst in Fleisch und Blut vor sich sähe, mein Ansinnen nicht ablehnen konnte. Aber jetzt war ich mir nicht mehr so sicher.

Die Hintertür zum Restaurant sprang auf. Marta, die junge Küchenkonditorin mit den blauen Haaren, zerrte einen Müllsack heraus, der fast so groß war wie sie, und hievte ihn in den Abfallcontainer.

Sie warf mir einen neugierigen Blick zu, und wir starrten uns an.

Jetzt oder nie.

»Hey«, sagte ich und stieg aus dem Wagen. Verlegen entfernte ich die Krümel von dem Burger, den ich unterwegs bei einem Drive-In besorgt hatte. »Ist Ethan da?«

Marta zog die Augenbrauen hoch, nickte aber. »Im Keller«, sagte sie und wies auf eine nach unten führende Treppe neben dem Hintereingang. Sie warf einen Blick auf den Airstream. »Schönes Teil«, bemerkte sie und wandte sich zum Gehen.

»Danke!«, rief ich ihr nach.

Sobald sie die Tür hinter sich geschlossen hatte, stieg ich zurück in den Wagen, holte mein Kosmetiktäschchen heraus und justierte den Rückspiegel. Doch nachdem ich ein bisschen Lippenstift aufgetragen hatte, erbleichte ich, denn er hatte fast dieselbe Farbe wie meine immer noch grellpinken Haare.

Also gut, dachte ich, stieg wieder aus und schnüffelte kurz an meinem T-Shirt. Es roch nach Lufterfrischer Duftrichtung Pina Colada und ganz leicht nach Marihuana. Ein Vermächtnis der Vorbesitzerin dieses Wagens.

»Billy?«

Ich riss den Kopf hoch, peinlich berührt, dabei ertappt worden zu sein, wie ich mich selbst beschnupperte. Ethan stand in seiner weißen Kochuniform auf der obersten Stufe und hielt einen Eimer Zucchini in Händen.

»Billy! Was machst du denn hier?« Mit einem breiten Grinsen marschierte er auf mich zu. Unwillkürlich musste ich auch lächeln.

Okay, Sitwell, dachte ich, *Showtime.*

»Hey, Ethan.« Ich kam ihm entgegen und wollte ihm beiläufig ein Küsschen auf die Wange geben, aber der Eimer Zucchini stand zwischen uns.

»Moment«, sagte er, stellte den Eimer ab und küsste mich

auf die Wange. Dabei verweilten seine Lippen einen Tick zu lange auf meiner Haut.

Ich spürte, wie mir das Blut ins Gesicht schoss, zwang mich aber zu sagen: »Ich möchte dir einen geschäftlichen Vorschlag machen.«

Er legte den Kopf schräg und grinste noch breiter. »Ach ja?«

»Weißt du noch, wie du gesagt hast, du wolltest expandieren?«

Seine Mundwinkel sanken ganz leicht. »Ja?«

»Und erinnerst du dich noch an die Buttersauce? Wie du gesagt hast, du wolltest auf keinen Fall etwas verschwenden?«

»Ja …«

»Voilà!« Ich trat einen Schritt zurück und zeigte auf den Airstream.

Verwirrt sah er mich an. »Ein … Wohnwagen?«

»Nein, nicht nur ein Wohnwagen, sondern ein Airstream-Imbisswagen.«

»Oh!« Ich sah aufkeimendes Interesse in seinen Augen, als er sich zum Airstream wandte. »Und du hast gedacht, ich könnte – was genau? Ihn kaufen?«

Ich schüttelte den Kopf. »Nein. Das ist ja das Schöne daran. Ich möchte nicht, dass du Geld ausgeben musst. Stattdessen biete ich dir eine Partnerschaft an, bei der du expandieren könntest.«

Wieder sah er mich verwirrt an. »Und wie genau?«

»Wir könnten es *Leftovers* nennen«, erklärte ich. »Es wäre ein mobiler Außenposten deines Restaurants, in dem Lunch verkauft wird. Du weißt doch, dass Verschwendung in kommerziellen Küchen unvermeidlich ist. Gekochtes Fleisch, zu reife Früchte, Tagesangebote, die übrig geblieben sind, und so weiter. Genauso weißt du aber auch, dass vieles am nächsten Tag noch besser schmeckt, oder? Das kennst du doch: Wenn man in den Kühlschrank guckt und erkennt, dass das Dinner vom Vorabend aufgewärmt als Lunch noch viel besser werden wird. Daraus könnten wir Kapital schlagen und außerdem damit werben, dass wir ein Restaurant sind, in dem nachhaltig gewirtschaftet wird. Von dem, was am Vorabend in deiner Küche übrig geblieben ist, könnte man Frittatas und Suppen, Sandwichs und Salate machen.«

Er wedelte abwehrend mit den Händen. »Warte, das geht mir zu schnell. Ich hab's noch nicht ganz kapiert. Außerdem habe ich keine Zeit, mich um einen Imbisswagen zu kümmern.«

Ich fasste ihn am Arm. »Aber ich, begreifst du?«

Von seinem Gesichtsausdruck zu schließen hielt er mich wohl für verrückt. »Äh, versteh mich nicht falsch, Billy, aber kannst du überhaupt kochen?«

Ich lachte und zupfte an seinem Ärmel. »Komm, ich zeig's dir«, sagte ich und setzte mich in Bewegung.

Man könnte meinen, wenn ein Profikoch für einen anderen kocht, würde er alle Register ziehen. Man könnte sich vorstellen, er würde die kompliziertesten Rezepte mit den erlesensten Zutaten verwenden und Trüffel, Gänseleberpastete, Fugu und essbares Blattgold auf einen Teller häufen und diese Kreation präsentieren wie ein gottverdammtes Kunstwerk. Man könnte glauben, Profiköche wollten, und das mehr als alles andere, beeindrucken, ihr Können zur Schau stellen, *gewinnen.*

Aber das wäre ein Irrtum. Die Köche, die ich kannte, zumindest die ganz großen, waren dazu viel zu cool und auch zu weise. Sie wussten, dass sich kein guter Koch von Glanz und Glamour blenden ließ. Ihnen war klar, dass jeder große Koch sich im Innersten seines Herzens nach etwas ganz Einfachem sehnte.

Die perfekte Suppe (und meine hatte ich bereits gefunden), der perfekte Burger, die perfekten Nudeln (und ich hatte bereits Ethans gegessen), ein großartiger Caffè Latte mit genau der richtigen Menge aus heißem, cremigem Milchschaum: Dies waren die Dinge, die ein Koch dem anderen vorsetzte und dann lächelnd die Arme verschränkte, als wollte er sagen: »Na los, probier mal. Du wirst es nicht bereuen!«

Ich hatte gewusst, dass der Moment der Wahrheit kommen und ich für Ethan kochen würde, um zu zeigen, was in mir steckte. Und ich will auch nicht leugnen, dass ich eine volle halbe Stunde bei Fairway gestanden und überlegt hatte, ob ich von meinen mageren übrig gebliebenen Ersparnissen ein Wagyu-Steak für fünfhundert Dollar kaufen und es als Rest vom Vortag ausgeben sollte.

Aber letzten Endes war ich doch zur Vernunft gekommen und hatte mich an die Personalessen erinnert, die ich im Laufe der Jahre in verschiedenen Restaurants erlebt hatte. Eintöpfe und Suppen, schlichte Salate und Pfannengerichte, Pasta und ausländische Spezialitäten wie Posole oder Kutteln, die nie auf der Karte erschienen, die wir aber gierig verschlangen, weil wir ihrem köstlichen Geschmack einfach nicht widerstehen konnten.

Halte es ganz einfach, Sitwell, ermahnte ich mich.

Daher baute ich unter dem neugierigen Blick von Ethan,

der neben mir an der Arbeitsfläche lehnte, einen Laib knuspriges Weißbrot, eine Knoblauchknolle, eine süße Zwiebel, ein Glas mit dicker, zitroniger, selbst gemachter Mayonnaise und zwei schwere, makellose, blutrote Ochsenherztomaten vor mir auf.

Die Tomaten hatte ich mit besonderer Sorgfalt auf dem Markt am Union Square ausgesucht, hatte sie gedrückt und an ihnen gerochen wie ein pubertärer Junge, der zum ersten Mal Brüste anfassen darf. Zwar hatte ich an exotischere Tomaten wie Green Zebra oder Mortgage Lifters gedacht, doch als ich die konventionelleren Ochsenherztomaten sah, wusste ich: Die sollten es werden.

Ethans Mundwinkel zuckten. »Schöne Tomaten«, bemerkte er mit unbewegter Miene.

Ich schaltete den Grill ein, schälte die Zwiebel und warf sie direkt in die Glut.

»So, und jetzt stell dir vor, dies alles wäre vom Vorabend übrig geblieben«, sagte ich, schnitt das Brot und die Tomaten in dicke Scheiben und legte das Brot zum Toasten auf den Grill. »Die Tomaten zum Beispiel gehörten zu einem Caprese Special, die Zwiebeln waren schon geschnitten, das Brot wurde langsam weich …«

Ethan krauste die Nase. »Ja, das kann vorkommen …« Er sah sich im Airstream um. »Wie lange hast du das Ding schon?«

»Ach, eine ganze Weile«, erwiderte ich vage und hoffte nur, er würde nicht nachhaken. Ich nahm das schön gebräunte Brot und rieb beide Seiten mit einer halben Knochlauchzehe ein, bis sie mit der Kruste des Brots verschmolz. Dann rieb ich mit einer Scheibe Tomate darüber und drückte sie dabei so fest, dass Fleisch, Saft und Samen vollkommen vom Brot aufgesaugt wurden und ich nur noch die Schale in der Hand hielt.

»Ah!«, sagte Ethan, der mich aufmerksam beobachtete. »Die Variante habe noch nie gesehen.«

Ich hob einen Finger. »Moment noch.«

Großzügig strich ich Mayonnaise über die gequetschte Tomate.

Ethan tauchte seinen Finger ins Glas und kostete die Mayo. »Lecker«, sagte er und probierte ein zweites Mal. »Deine eigene, nehme ich an?«

Ich nickte, nahm die Zwiebel, die bereits schwarz war und Blasen geworfen hatte, aus der Glut und schnitt sie hauchdünn, wie Fäden, die ich dann in kleinen Häufchen aufs Brot legte. Darauf kamen noch drei dicke Scheiben saftige, rubinrote Tomate, gewürzt mit Salz und Pfeffer. Das Ganze deckte ich mit einer weiteren Scheibe Brot zu, wickelte es zur Hälfte sauber in Wachspapier und reichte das riesige, tropfende Ding Ethan.

»Iss es über der Spüle«, riet ich ihm, »anders geht's nicht.«

Er sah sich das Sandwich an. »Das sieht richtig gut aus«, sagte er, dann beugte er sich über das Spülbecken und biss einen großen Happen ab.

Während er kaute, schloss er langsam die Augen, und ein glückliches Grinsen breitete sich über sein Gesicht. »O mein Gott, köstlich!«, sagte er mit vollem Mund.

Ich verneigte mich leicht. »Et voilà! Das perfekte Tomatensandwich aus Resten vom Vorabend.«

Er biss ein weiteres Stück ab und nickte langsam. »Okay, vielleicht ist der Plan doch nicht so irre, wie ich dachte …«

»Ich hätte auch Panzanella oder toskanische Brotsuppe machen können«, sagte ich. »Es gibt unbegrenzte Möglichkeiten.«

»Schsch«, murmelte er, immer noch kauend. »Ich will erst aufessen.«

Ich sah ihm beim Essen zu und spürte, wie mich bei jedem seiner Bissen kleine Glücksblitze durchzuckten. Verdammt, ich *liebte* es einfach, Menschen zu beköstigen. Nein, besser gesagt: Ich liebte es, *hungrige* Menschen zu beköstigen, und Ethan machte sich über das Sandwich her, als stünde er kurz vor dem Verhungern. Als er fertig war, wusste ich ehrlich nicht, ob ich ihn lieber küssen oder ihm noch einen Nachtisch machen wollte.

Er schluckte den letzten Bissen, zerknüllte das Wachspapier mit einer Hand und seufzte. »Okay, jetzt bin ich überzeugt, du kannst kochen. Aber nun erzähl mir noch mal deinen Plan, und zwar von Anfang an und bis in alle Einzelheiten.«

Als ich an jenem Abend in mein neues Bett stieg, stieg mir der frische, leicht süßliche Geruch der Bettwäsche in die Nase (»Ich häng sie zum Trocknen nach draußen, Liebes«, hatte Portia gesagt, als sie mir die Schlüssel aushändigte). Ich lächelte und dachte, dass ich seit meiner Kindheit nicht mehr in Wäsche geschlafen hatte, die an der Sonne getrocknet wurde.

Ich sollte Lucy anrufen, dachte ich schläfrig und schmiegte mich in die Kissen. *Sie würde sonnengetrocknete Wäsche auch mögen.*

Und dann durchzuckte mich ein Stich aus Wut und Wehmut, weil mir wieder einfiel, dass ich sie nicht anrufen konnte, denn wir redeten immer noch nicht miteinander.

Ich hob den Kopf und blickte hinaus auf den Mond über dem Hudson. Es war ein Halbmond, über den graue Wolkenschleier zogen. In der Ferne hörte ich den Pfiff eines Zuges.

Das ist doch albern, ich sollte das Kriegsbeil begraben, dachte ich. So lange hatten wir noch nie gestritten. Ich nahm mir das Handy vom Nachttisch und schrieb: *Noch wach?* Das leise Signal verriet mir, dass die SMS ihr Ziel erreicht hatte.

…

…

…

Aber es kam keinerlei Reaktion.

Kapitel 13

Rad- und Wanderweg
Kingston

»Ich bin sicher, ich komme hier draußen um«, keuchte ich ins Handy, während ich auf dem Weg kräftig durchgerüttelt wurde.

Das alte, rote Dreigänge-Rad, das ich im Keller vom River House gefunden hatte, klapperte laut. Als ich in die Pedale stieg, um meinen Puls in die Höhe zu treiben, fühlte es sich an, als würde es jeden Moment unter mir zusammenbrechen.

Lotta lachte mir vom Display des Handys entgegen, das ich in den Fahrradkorb gelegt hatte. »Ist mal was anderes als SoulCycling, oder, Schatz?«

Mein Blick huschte den menschenleeren Weg entlang. Überall nur Bäume, Mauern und ein Dickicht aus Wildrosen. »Es ist … einfach … niemand hier«, erwiderte ich. »Viel zu still und friedlich. Mit Sicherheit springt gleich irgendein Typ mit Clownsmaske aus dem Unterholz und bringt mich mit seiner Axt zur Strecke.«

Lotta verdrehte die Augen. »Du befindest dich auf dem Land, Billy. Ich glaube nicht, dass da außer dir sonst noch jemand ist.«

»Das ist unnatürlich«, ächzte ich, immer noch im Sattel stehend, um meine Oberschenkel noch mehr zu trainieren. »In New York würden sich Millionen Jogger auf so einem Weg drängeln.«

»Wie auch immer«, erwiderte sie. »Ich hielt es für eine großartige Idee, im Herbst in die Hamptons zu fahren. Nachsaison, weißt du? Irgendwie hatte ich das Gefühl, das Omari und ich in der Stadt viel zu viel zu tun hätten. All die Partys, die ständigen Einladungen, die Leute, die ihn auf der Straße erkennen. Ich wollte ihn einfach noch ein bisschen länger für mich allein haben.«

»Mmm-mmm«, sagte ich, abgelenkt von etwas kleinem Braunem, das vor mir mitten auf dem Weg hockte.

»Aber dann waren wir gerade mal zwei Tage hier, und wer steht vor der Tür? Sage. Eigentlich sollte sie mit ihrer Mutter nach Amsterdam fahren, aber offenbar haben sie sich gestritten, also zieht sie jetzt wieder zu uns. Ach, Billy, du kannst dir nicht vorstellen, wie sehr mich dieses Mädchen hasst!«

Ich nickte, den Blick fest auf das Pelztierchen gerichtet, das schnell näher kam.

»An ihrem ersten Abend weigerte sie sich, überhaupt mit mir zu reden. Ich hab mir sogar die Mühe gemacht, ihr ein schönes Abendessen zu bereiten, aber sie tat so, als wäre ich Luft. Plauderte die ganze Zeit mit ihrem Vater und ignorierte alles, was ich sagte.«

»Halt«, sagte ich und löste kurz meinen Blick vom Weg. »*Du* hast gekocht?«

»Nein.« Sie rümpfte die Nase. »Aber etwas bestellt. In einem sehr netten Restaurant.«

Ich fuhr langsamer. Alles klar, es war ein Häschen. Ein niedliches kleines, braunes Häschen saß mitten auf dem Weg und weigerte sich, Platz zu machen.

»Aber Omari war so süß: Er bemühte sich wirklich, sie dazu zu bringen, höflich zu mir zu sein. Doch sie wollte nicht. Am Ende stand sie auf, knallte ihren Teller in die Spüle und stampfte wütend in ihr Zimmer, als wäre sie neun und nicht neunzehn.«

Langsam hielt ich an und stieg vom Rad.

Das Häschen verfolgte mit seinen schwarzen Knopfaugen meine Bewegungen. Seine Nase zuckte. »Hallo, kleines Häschen«, sagte ich.

»Was?«, fragte Lotta.

»Was machst du denn – Aaaaah! Scheeeeeiße!«, kreischte ich, als das Häschen plötzlich in die Luft sprang und direkt auf mich zuflog. Ich zuckte zurück und lag plötzlich platt auf dem Rücken, mit dem Rad auf mir, während das Häschen blitzartig zwischen den Bäumen verschwand.

»BILLY? BILLY?«, schrie Lotta irgendwo unter mir. »IST DA EIN CLOWN?«

Ich starrte hinauf in die Bäume und versuchte, wieder zu Atem zu kommen. Das Fahrrad lag umgekippt auf mir, und das Vorderrad drehte sich langsam; ich hatte eine Schramme am Bein, und mein Po und meine Haare waren völlig mit Schlamm bedeckt. Ich schloss die Augen und lachte leise.

Ethan war bereit gewesen, sich auf einen Probelauf mit dem Airstream einzulassen, und zwar auf dem Smorgasburg Food Market am kommenden Wochenende.

Er war immer noch nicht ganz überzeugt. Was, ehrlich gesagt, nachzuvollziehen war. Denn im Grunde war ich wie eine

Verrückte, die nach nur einem Date schon im Hochzeitskleid vor seiner Tür stand. Aber ich sah, dass er vom Airstream begeistert war, und das Angebot war wirklich sehr verlockend. Ich hatte versprochen, im Voraus für alles zu bezahlen, was ich zusätzlich brauchte, und dafür hatte er mir die Reste der ganzen Woche gegeben und ein, zwei seiner Angestellten, die mir helfen sollten. Bei etwaigen Gewinnen würden wir halbe-halbe machen.

Der Smorgasburg-Markt war Kingstons Antwort auf den Brooklyn Flea in Williamsburg. Etwa einhundert Händler bauten auf dem zehn Hektar großen Gelände einer alten Fabrik am Ufer von Kingston ihre Stände mit Essen und kunsthandwerklichen Produkten auf. Vom Frühjahr bis in den Herbst hinein kamen Tausende Besucher, um hier zu essen und einzukaufen. Die Marktbetreiber hatten Ethan schon öfter eingeladen, doch weil er weder die Zeit noch das Personal hatte, bot ich mit meinem Airstream eine elegante Lösung.

Da mir bis zu unserem Start nur noch ein Tag blieb, hatte ich beschlossen, den Wohnwagen gründlich, wenn nötig mit einer Zahnbürste zu putzen, nachzuprüfen, dass wir wirklich alles hatten, was wir brauchten, und mich mit allem vertraut zu machen.

Ethan und ich waren durchgegangen, was er mir aus seiner Küche geben konnte, und hatten auf dieser Grundlage eine ganz einfache Karte erstellt, um der Idee hinter dem Ganzen treu zu bleiben: Sandwiches (ich war rot geworden vor Freude, als er darauf bestand, mein Tomatensandwich ganz oben auf die Liste zu setzen. Allerdings hatte er auch darauf bestanden, es noch mit hiesigem Schinken zu belegen, was ich für übertrieben hielt), ein paar Salate und ein Dessert, das Marta festlegen sollte, wahrscheinlich irgendwas mit Pflaumen oder Birnen, da Ethan davon im Überfluss hatte.

Als ich ihm sagte, ich würde heute den Airstream auf Vordermann bringen, hatte er versprochen, später vorbeizukommen, die Zutaten mitzubringen und vielleicht sogar zu helfen, je nachdem wie viele Gäste zum Lunch kamen.

Zugegeben, sein angekündigter Besuch trieb mich dazu, eine schmeichelhaftere Jeans anzuziehen und das schmutzige Sweatshirt zu wechseln, in dem ich die letzten beiden Tage praktisch gewohnt hatte. Ich nutzte gerade die Edelstahloberfläche des Herds als Spiegel und trug Lippenstift auf, als ich es an der Wohnwagentür klopfen hörte.

»Komm rein!«, rief ich und steckte den Lippenstift zurück in meine Tasche.

»Hallo«, sagte Ethan, als die Tür aufschwang. Er trug einen Pappkarton voller Lebensmittel und hatte einen Kapuzenpulli, darunter ein rotes Karohemd und eine Skinny Jeans an. Fast hätte ich gelacht, als ich sah, dass die Schnürsenkel seiner weißen Converses rote Herzchen und goldene Sterne hatten. Genau so ein Paar hatte ich mit zehn ebenfalls gehabt.

Sag ich doch, ertönte Lucys Stimme in meinem Kopf, *er ist noch ein Kind.*

»Hey«, antwortete ich und bemühte mich, meine Freude über sein Kommen nicht allzu deutlich zu zeigen. Ganz kurz fragte ich mich, ob ich ihn zur Begrüßung küssen sollte.

»Ich kann nicht lange bleiben, habe aber Kai und Marta zum Helfen mitgebracht«, kündigte er an und wich ein Stück zurück.

Kai, mit einem zweiten Karton und leicht angewiderter

Miene, kletterte in den Airstream, dicht gefolgt von Marta, die mehrere übervolle Tüten trug.

»Oh«, sagte ich und verdrehte insgeheim die Augen. »Großartig!«

»Das ist ja super!«, rief Marta begeistert, stellte die Tüten ab und riss alle Schränke auf. Sie trug einen viel zu großen Overall und hatte, wie ich bemerkte, ein hinreißendes Lächeln. »Oooh, jaaa«, sagte sie und klopfte auf die kleine Marmorfläche, die in die Arbeitstheke eingelassen war. »Hier kann ich den Teig kneten.«

Kai fuhr mit dem Finger über den Herd und rümpfte die Nase. »Wann wurde hier denn zum letzten Mal sauber gemacht?«

Ich zuckte die Achseln. »Ist schon 'ne Weile her. Aber das kann ich allein machen.«

»Andererseits«, sagte Kai gedehnt und sah mich unter halb geschlossenen Lidern gelangweilt an, »sind wir jetzt schon mal hier.«

»Wie auch immer«, verkündete Ethan, öffnete die Tür des Edelstahlkühlschranks und fing an, den Karton auszupacken, »dies ist deine Küchenmannschaft. Kai kann bei den Vorbereitungen und allen Salaten geradezu zaubern, und Marta ist natürlich ein Genie bei den Desserts. Ich dachte mir, es wäre ganz gut, wenn ihr zusammen ein bisschen Zeit in der Küche verbringt, bevor es richtig losgeht.«

»Großartig«, wiederholte ich und versuchte, erfreut zu klingen. Ich wusste, ich sollte dankbar für die Hilfe sein, aber irgendwie hatte ich mir vorgestellt, mit Ethan Seite an Seite zu kochen, und nicht mit zwei seiner Mitarbeiterinnen.

Brrr, Mädel, ermahnte ich mich, *hier geht's ums Essen und nicht um den Typen.*

»Also gut, alles klar«, sagte Ethan, nachdem er ausgepackt hatte. »Ich muss wieder ins Restaurant. Wir sehen uns später.« Er blickte zu mir herüber. »Billy? Vielleicht können wir bald mal was zusammen trinken?«

»Klar«, sagte ich und hoffte nur, ich wäre nicht so knallrot, wie ich mich plötzlich fühlte. Dann sah ich, wie Kai Ethan einen scharfen Blick zuwarf, und meine Selbstzufriedenheit schwand.

»Also, wo sollen wir anfangen?«, fragte Marta. Sie sichtete immer noch die Schränke. »Hey, wie alt ist die Flasche Malibu hier? Ich sehe einen Silberstreifen am Horizont.«

Ich wandte den Blick von Kai ab. »Ach, ich weiß nicht, aber eigentlich ist es noch ziemlich früh, oder?«

»Schenk ein«, sagte Kai und hielt Marta einen Becher vor die Nase. »Und zwar nicht zu knapp.«

Zum ersten Mal in meinem Leben fühlte ich mich wie eine Mutter. Und das nicht, weil ich vor Stolz platzte.

»O mein Goooott«, kicherte Marta, die auf dem Boden des Wohnwagens hockte. »Was wollte ich noch mal hier unten? Was musste ich machen? Ich kann mich nicht mehr erinnern.«

»Du solltest das Linoleum wienern«, erklärte Kai feierlich, »und zwar mit deinem Arsch.« Dann brach sie in schallendes Gelächter aus.

Mit jedem Schluck Rum waren die Mädchen alberner geworden, hatten grässliche Witze gerissen, die Schränke geplündert und mir kein bisschen beim Saubermachen geholfen. Ich hingegen war stocknüchtern und mehr als stocksauer.

»Du solltest dich um die Gewürze kümmern«, fauchte ich Marta an. »Und die sind hier oben und nicht da unten. Mach einfach.«

Marta blinzelte mich an wie eine Eule und hickste. »Aber warum genau sollte ich mich um die Gewürze kümmern?«

Fast hätte ich ihr einen Tritt versetzt. »Weil morgen Smorgasburg ist und wir uns darauf vorbereiten müssen.«

»Mmmm, Smorgasburg«, sagte sie und rutschte ganz auf den Boden. »Letzte Woche hatte ich dort die beste Waffel der Welt. Mit gerösteten Pistazien, Karamell, Kardamomeis und kandiertem Rosmarin.« Sie schloss die Augen. »Ich hätte jetzt unheimlich gern eine Waffel.«

»Ich hasse Waffeln«, verkündete Kai. »Und Eis auch.«

»Ach, Schätzchen«, nuschelte Marta, »du hasst alles, was süß ist.«

Kai dachte kurz darüber nach. »Also. Nicht alles. Zum Beispiel hasse ich Ethan nicht.«

Marta kicherte. »Ja, da hast du recht. Ethan ist süß.«

»O mein Gott!«, explodierte ich. »Ihr seid vollkommen nutzlos! Ehrlich gesagt, seid ihr noch schlimmer als nutzlos, denn anstatt mir zu helfen, schafft ihr nur noch mehr Chaos.«

»Marta ist die chaotische«, widersprach Kai spröde. »Ich bin sehr ordentlich.«

»Aber du hast das ganze Glas Oregano auf dem Fußboden verteilt«, erwiderte ich.

»Ach jaaa!«, rief Marta. »Deswegen bin ich ja hier unten.«

»Um es mit deinem Arsch sauber zu wienern«, erinnerte Kai sie.

»Also gut«, sagte ich. »Das war's. Wir sind hier fertig. Ihr zwei geht jetzt einfach zu mir ins Haus und schlaft euren Rausch aus. Ich halte das nicht mehr aus.«

»Ich glaub, ich muss kotzen«, meldete Kai, und ihr hinreißendes Gesicht wurde blassgrün.

»Aber nicht hier drinnen!«, brüllte ich alarmiert.

Ich packte Kai am Arm, riss die Wohnwagentür auf – und sah Brett vor mir.

»Billy?«, setzte er an, doch da ließ sich Kai auf ihn fallen und kotzte ihm aufs Hemd.

Während Brett die beiden volltrunkenen Mädchen zurück in das Höllenloch brachte, aus dem sie gekrochen waren, versuchte ich, das Chaos zu beseitigen, das sie hinterlassen hatten. So viel zum Thema, alles mit einer Zahnbürste blank zu schrubben. Ich konnte von Glück sagen, wenn ich es vor unserer Abfahrt schaffte, den Airstream halbwegs auf Vordermann zu bringen.

Ich ging in die Hocke, um das Oregano zusammenzufegen, und entdeckte die Flasche Rum, die mit zugedrehtem Verschluss auf der Seite lag. Als ich sie schüttelte, war wundersamerweise sogar noch etwas drin. Ich schraubte den Verschluss auf und schnüffelte daran.

Uff! Kokosrum.

Das katapultierte mich sofort zurück in eine Zeit, als Lucy und ich Anfang zwanzig waren. Damals war sie fuchsteufelswild zu mir gekommen, weil der Hund ihrer Mutter, ein superbuckliger Boston Terrier namens Mr. Sprinkles, ihr Diaphragma gefunden und gründlich zerkaut hatte.

»Das war's!«, hatte Lucy verkündet. »Ich ziehe aus! Cheri

liebt diesen Hund mehr als mich.« Mit berechnendem Blick sah sie sich in meiner winzigen Bude um. »Könnte ich nicht hier einziehen?«

Ich fand die Idee brillant (vor allem, weil ich keine Ahnung hatte, wie ich in jenem Monat die Miete aufbringen sollte) und machte zur Feier des Tages Sun Breezes – Malibu plus Grapefruitsaft. Im Laufe des Abends betranken wir uns immer mehr und planten unser neues fantastisches gemeinsames Leben ohne Cheri und Mr. Sprinkles.

Selbstverständlich kam Lucy am nächsten Morgen kleinlaut in die Wohnung ihrer Mutter zurückgekrochen – denn selbst das Leben mit einem Verhütungsmittel fressenden Hund war besser, als sich Nacht für Nacht ein aufklappbares Futon mit mir teilen zu müssen. Aber wir hatten immer voller Nostalgie auf unsere einzige Nacht als Wohnungsgenossinnen zurückgeblickt.

Betrübt schnüffelte ich am Malibu, hob die Flasche zu einem Toast in die Höhe und trank einen Schluck. *Gottverdammt, wie ich Lucy vermisste!*

Als Brett zurückkam, befand sich das Oregano immer noch am Boden, genau wie ich. Ich hatte den ganzen Tag noch nichts gegessen, und offenbar war Kokosrum hochprozentiger, als ich in Erinnerung hatte.

»Das soll doch wohl ein Witz sein«, murmelte er vor sich hin, als er in die Knie ging, um mir aufzuhelfen.

Mit trübem Blick sah ich ihn an. Er war so süß. »Du bist so süß, Brett«, nuschelte ich. »Und so nett. Ich mag dich sehr gern. Ich mag deine Haare, und deinen Arsch mag ich auch.«

Er bedachte mich mit einem schiefen Lächeln. »Ach ja, die

betrunkene Billy – die liebevolle, überschwängliche, unartige Version der normalen Billy.«

»Ich vermisse Lucy«, sagte ich hicksend, als er meine Hand fasste.

»Dann ruf sie an«, erwiderte er und legte meinen Arm über seine Schulter.

»Haaaabe ich ja!«, rief ich entrüstet und zeigte ihm die Liste meiner unbeantworteten Anrufe. »Sie meldet sich nicht.«

»Das wird sie schon noch«, tröstete er mich. »Vor dir kann man sich einfach nicht lange fernhalten.«

»Ich glaube, ich muss ein Nickerchen machen«, erklärte ich ihm.

»Genau, Schatz, wir sind schon auf dem Weg«, sagte er, führte mich ins Haus und die Treppe zum Schlafzimmer hinauf.

Er half mir, mich bis auf die Unterwäsche auszuziehen, und steckte mich ins Bett. Kaum schloss ich die Augen, driftete ich schon weg, spürte aber noch, wie er sich neben mich setzte und mir die Haare aus der Stirn strich.

»Mmm«, murmelte ich, »das ist schön. Du bist so nett, Brett.«

Er lachte leise. »Das höre ich immer wieder von dir.« Seufzend zog er seine Hand weg. »So habe ich mir das nicht vorgestellt, als ich beschloss, dich mit einem Besuch zu überraschen, Sitwell. Aber ich sag dir was: Mit dir wird es nie langweilig.«

Ich wollte mich schon entschuldigen, schlief aber ein, bevor ich auch nur ein Wort herausbrachte.

Mitten in der Nacht wachte ich verkatert und voller Panik auf, weil ich erkannte, dass ich nicht im Geringsten auf den nächsten Tag vorbereitet war. Ich stolperte aus dem Bett, stieg in meine Stiefel und stakste hinaus zum Airstream. Blitzblank stand er vor mir. Er sah aus, als hätte er eine professionelle Reinigung hinter sich. Ich schüttelte meinen dröhnenden Schädel und lehnte mich gegen die Arbeitsfläche; dann taumelte ich zurück ins Haus.

Brett schlief auf der Couch im Wohnzimmer. Ich flüsterte laut seinen Namen.

»Hast du den Wohnwagen sauber gemacht?«, fragte ich, als er die Augen aufschlug und mich ansah.

Verwirrt blinzelte er. »Äh. Ja?«

Wut durchzuckte mich. »Wieso? Ich hab dich nicht drum gebeten!«

Er setzte sich auf und rieb sich die Augen. »Du warst nicht in der Lage, es selbst zu tun, und hattest mir erklärt, wie wichtig es für dich ist.«

»Also hast du einfach selber sauber gemacht?«

Gähnend fuhr er sich mit der Hand durchs Haar. »Ich glaube, der Satz, den du suchst, lautet: Danke, Brett, das war wirklich nett von dir.«

Finster starrte ich ihn an. »Dies ist mein Projekt. Ich wollte das ganz allein schaffen.«

Er kniff leicht die Augen zusammen. »Moment mal, bist du etwa wütend, weil du dich betrunken hast und ich deinen Wohnwagen sauber gemacht habe?«

Ich hörte selbst, wie absurd das klang. Ehrlich. Und ich wusste, dass ich mich völlig daneben benahm. Aber ich wusste auch, wenn ich einen Rückzieher machte und mich bei ihm bedankte, hätte ich seinen Gefallen angenommen und schuldete ihm etwas. Und in seiner Schuld stehen wollte ich auf gar keinen Fall. »Es hat dich niemand um deine Hilfe gebeten«, erklärte ich steif.

Daraufhin sah er mich eine ganze Weile nur schweigend an. Dann schüttelte er den Kopf und stand auf. »Alles klar. Ich fahr nach Hause«, sagte er. »Viel Glück morgen.«

Als er seine Sachen zusammensuchte, hätte ich fast noch etwas gesagt. Fast hätte ich mich entschuldigt, als er sich die Schuhe anzog und zur Tür ging, aber ich brachte es einfach nicht über mich.

Du bist ja so blöd, sagte die Lucy in meinem Kopf, während ich zusah, wie er davonfuhr. *Du hast diesen Mann gar nicht verdient. Und solltest du ihn jemals wiedersehen, musst du sofort vor ihm in die Knie gehen und ihm den besten Blowjob aller Zeiten verpassen und zwar als Entschuldigung und Dank zugleich.*

Zugegeben, die Sache mit dem Blowjob klang eher nach Lotta – aber ich stimmte beiden zu.

Als ich am nächsten Tag frühmorgens auf dem Smorgasburg-Markt auf den uns zugewiesenen Platz fuhr, warteten Marta und Kai schon. Offensichtlich hatten sie weiter getrunken, nachdem sie am Vortag zu Hause abgesetzt worden waren, und erinnerten vom Aussehen und Geruch her stark an zwei verkaterte Alkoholiker. Sie hatten noch mehr Vorräte dabei, die Ethan ihnen mitgegeben hatte, und machten sich sofort an die Vorbereitungen, doch bewegten sie sich höchstens halb so schnell wie nötig, und Marta hielt ständig inne, um an ihrer E-Zigarette zu ziehen.

»Was ist das?«, fragte ich naserümpfend. »Aromatisierter Tabak?«

Sie schüttelte den Kopf und hielt die Luft an. »Pot«, sagte sie und atmete zischend aus.

Ich blinzelte ein paarmal und widerstand meinem Drang, ihr die E-Zigarette zu entreißen und in den Fluss zu schleudern. »Was? Wieso?«

»Ohne das kotze ich auf die Törtchen«, erklärte sie und zog erneut daran. »Vertrau mir.« Ganz kurz wirkte sie verlegen. »Übrigens tut mir das mit gestern echt leid, Billy«, sagte sie. »Ich schätze, der Rum war ein bisschen stärker, als wir dachten.«

»Aber du scheinst ja den Airstream trotzdem sauber bekommen zu haben«, schaltete Kai sich ein, die Weißkohl in einem derartigen Schneckentempo klein hackte, dass ich hätte schreien mögen. »Du hast uns wohl gar nicht gebraucht.«

»Stimmt«, nickte ich rasch, »war schon komisch, wie schnell das ging.«

»Dieser Brett war ja supersüß«, meinte Marta, als sie sich erneut daranmachte, Birnen in Streifen zu schneiden.

»Er war super alt«, fügte Kai achselzuckend hinzu, »aber ganz okay. Hat ziemlich cool reagiert, als ich ihm aufs Hemd gekotzt hab.«

»Ist er dein Freund?«

Ich zögerte kurz, dann sagte ich. »Nein. Kai, könntest du bitte ein bisschen schneller machen? Wir öffnen in nicht mal einer halben Stunde.«

Kai verdrehte die Augen und erhöhte kaum merklich ihr Tempo.

Marta spießte ein Stück Birne aus der Schüssel auf, die sie gerade vorbereitete, und reichte sie mir mit der Spitze ihres Messers. »Was meinst du?«

Ich kostete. Es war eine rote Anjou mit Zucker, Zimt und Kardamom.

»Gut«, sagte ich, »aber es könnte noch ein bisschen Pfeffer dazu?«

Marta öffnete schon den Mund, um zu protestieren, klappte ihn aber wieder zu. »Verdammt«, sagte sie, »du hast recht.« Sie griff nach der Pfeffermühle.

»Äh, Mädels?«, meldete sich Kai. Sie stand vor dem Kühlschrank. »Wir haben ein Problem.«

Ich wandte mich zu ihr und kniff leicht die Augen zusammen. Sie hielt ein eingepacktes Stück Käse in der Hand, auf dem Kondenstropfen zu sehen waren.

Ich schüttelte den Kopf. »Moment mal, wieso –« Und dann stürzte ich zum Kühlschrank und steckte den Kopf hinein. »Neeeein«, stöhnte ich. Er war warm.

»Da muss jemand gestern versehentlich das Kabel rausgerissen haben«, bemerkte Kai.

»Nein, nein, nein«, heulte ich und holte einen Tupperware-Behälter nach dem anderen aus dem Kühlschrank: Fleisch und Käse und gekochtes Gemüse und Saucen, die zweifellos alle mittlerweile vor Bakterien nur so wimmelten.

»Scheiße«, stieß Marta hervor. »Oh, Mann. Scheiße!«

Verzweifelt riss ich die Deckel auf. »Irgendwas muss doch noch zu retten sein. Wenigstens eine einzige Sache, oder?« Aber alles war weich und warm und glitschig und vollkommen ruiniert. Viel zu gefährlich.

Langsam ließ ich meine Stirn auf die Arbeitsfläche sinken. Ich wusste nicht mal, wem ich die Schuld daran geben sollte. Es hätten die beiden gewesen sein können, als sie im Vollrausch herumgetaumelt waren. Oder auch ich, genauso betrunken. Es hätte auch Brett mit seinen guten Absichten gewesen sein können. Ich wusste nur, dass all unsere Vorräte unbrauchbar waren, wir in knapp zwanzig Minuten öffnen sollten und absolut nichts hatten, was wir unseren Kunden anbieten konnten.

»Wir könnten nur Getränke verkaufen«, schlug Marta vor. »Limonade und Kaffee?«

Ich schüttelte den Kopf. »Kein Eis. Keine Milch.«

Ausdruckslos starrte Kai mich an. »Pech«, sagte sie und zuckte gleichgültig die Achseln.

»Wir könnten was nachkaufen. Ich könnte kurz bei Adams reinspringen«, schlug Marta vor.

»Keine Zeit. Bis du wieder zurück wärst und wir alles vorbereitet hätten, wäre schon der halbe Tag vorbei.« Ich hob den Kopf. Mir war übel. »Es geht einfach nicht. Wir können einfach nur zusammenpacken.«

Marta blinzelte unglücklich. Kai blickte summend aus dem Fenster.

»Scheiße, scheiße, scheiße!«, fluchte ich laut und trat gegen die Kühlschranktür.

Die Mädchen sahen sich an. »Wer sagt es Ethan?«, quiekte Marta.

Kapitel 14

Manhattan
Spiel der Knicks

»Und?«, fragte Sarah, als wir die Seventh Avenue hinaufeilten, »wer hat es ihm gesagt?«

»Ich«, antwortete ich. »Fast hätte ich es Marta überlassen, aber im letzten Moment habe ich mich zusammengerissen. Schließlich muss ich für meine Fehler selbst geradestehen.«

Nach dem ganzen Debakel wollte ich natürlich am liebsten Lucy anrufen, aber das verbot sich von selbst. Ich hatte versucht, Lotta eine SMS zu schreiben, aber offenbar hatte sie gerade irgendwelche Probleme mit ihrer Stieftochter und antwortete nur, sie würde sich später melden. Brett rief ich natürlich auch nicht an. Also kapitulierte ich schließlich und wandte mich an Sarah.

Sarah und ich waren von uns vieren wahrscheinlich die beiden, die am wenigsten miteinander anfangen konnten. Ich hatte sie über Lucy kennengelernt, nachdem Sarahs erster Mann ein kleines Bild von Titus gekauft hatte. Sarah und Lucy hatten sich sofort verstanden – und ich muss gestehen, dass Sarah damals noch nicht die ruhmsüchtige Manikerin mit den Extensions gewesen war, zu der sie sich in letzter Zeit entwickelt hatte. Damals war sie nur eine gelangweilte, etwas unsichere junge Frau Typ Gossip Girl mit einem schrägen Sinn für Humor und ausgesprochenem Stilempfinden.

Fairerweise muss ich sagen, dass sie sich wirklich viel Zeit für mich genommen hatte. Sie hatte sich ohne jeden überflüssigen Kommentar angehört, wie ich ihr am Telefon die Ohren vollheulte, was ich für eine Versagerin sei, bis ich mich endlich beruhigte. Dann befahl sie mir, in den Bus zu steigen und nach Manhattan zu kommen. Sie wollte mit mir ausgehen.

»Und wie hat es der Küchenjüngling aufgenommen?«, erkundigte sie sich und wandte sich zu einer weißen Metalltür mit der Aufschrift *The Floating Fire.*

»Er war nicht begeistert, milde ausgedrückt. Aber wenigstens hat er nicht zusätzlich Geld verloren, da die meisten Lebensmittel ohnehin Reste waren und ich für alle zusätzlichen Vorräte bezahlt hatte.« Wir gingen durch einen Gang, in dem unsere Schritte widerhallten. »Sarah, wo zum Teufel sind wir hier? Was ist das?«

Grinsend drehte sie sich zu mir. »Überraschung! Ich dachte, wir könnten vor dem Spiel der Knicks eine Darmspülung machen!«

Ich blieb stehen. »Darmspülung? Was? Wir sollen uns Wasser in den Arsch spritzen lassen?«

Sie packte mich am Arm und fing an, mich zur Treppe zu ziehen. »Ach, das ist doch noch nicht alles! Es ist einfach super. Klar, die Sache selbst ist nicht so toll – aber wie man sich danach fühlt! So sauber und frisch! Außerdem kannst du danach ungefähr eine Woche alles essen, was du willst, ohne zuzulegen!«

»Aber doch nur deshalb, weil dir eine Woche lang alles fünf Minuten, nachdem du es in den Mund gesteckt hast, unten wieder rausgeschossen kommt!«

»Nein, ich meine, ja, aber es ist doch noch viel mehr. Die ganzen bösen Bakterien verschwinden aus deinem Darm.«

»Aber ich dachte, Darmbakterien wären was Gutes.«

Sie zerrte mich durch die Tür. »Du wirst es lieben!«

Eine lächelnde Blondine empfing uns am Eingang. »Willkommen im Floating Fire«, begrüßte sie uns in einer Art Singsang.

»Wir haben einen Termin für zwei«, meldete Sarah.

»Nein«, verbesserte ich sie. »Nur für eine. Ich bleibe gerne im Wartezimmer, während du dein ›Floating Fire‹ erlebst. Das ist nichts für mich.«

»Es ist vollkommen sicher«, leierte die Blondine herunter. »Wir führen einfach einen ganz kleinen Plastikschlauch in Ihren Anus ein und füllen ihn mit warmem Wasser, bis es wieder zurückgeflossen kommt. Eine sehr gesunde Methode, Toxine loszuwerden.«

»Ja, ja, aber ich behalte meine Toxine lieber, vielen Dank.«

»Billy«, quengelte Sarah.

»Nein.« Ich blieb hart.

»Na gut«, gab sie nach. »Aber du weißt nicht, was dir entgeht. Ehrlich.«

Passenderweise sah das ganze Etablissement aus wie ein riesiges, rosa gefliestes Badezimmer. Die Frau geleitete Sarah in einen Nebenraum, wo ich eine medizinisch aussehende Liege sah, und gab Sarah einen Bademantel aus Papier, bevor sie die Tür hinter sich schloss.

Kurz darauf tauchte die Blondine wieder auf und winkte mich zu sich. »Sie hätte gerne Ihre Gesellschaft«, flüsterte sie.

Ich rümpfte die Nase. »Im Ernst? Während der Prozedur?«

»Sie ist vollkommen bedeckt. Sie werden nichts davon mitbekommen.«

Ich hörte Lucys Stimme in meinem Kopf. *Das hast du davon, wenn du versuchst, mich durch Sarah zu ersetzen.*

Als ich in den Raum kam, lag Sarah unter einer flauschigen grünen Decke auf der Seite. Ich sah einen langen, durchsichtigen Plastikschlauch darunter hervorkommen, wandte aber sofort den Blick ab, um nicht zu sehen, wohin er führte.

Ich nahm auf der anderen Seite der Liege Platz.

»Keine Angst«, bemerkte Sarah munter. »Ich schick dich raus, bevor irgendwas passiert.«

Ich verzog das Gesicht und versuchte zu verdrängen, was mit ›irgendwas‹ gemeint war.

»Und, wie läuft es mit der Schwangerschaft?«, erkundigte ich mich, weil ich unbedingt das Thema wechseln wollte.

Sarah runzelte die Stirn. »Bis jetzt nicht so toll. Ich bin sicher, ich wäre mittlerweile schon längst schwanger, aber Brian muss so viel arbeiten, dass wir uns kaum noch sehen. Und wenn er dann nach Hause kommt, schläft er vor lauter Erschöpfung schon fast beim Abendessen ein. Man könnte meinen, er will nicht, dass ich schwanger werde.«

»Hmmm«, machte ich und wich ihrem Blick aus.

»Das treibt die Produzenten in den Wahnsinn. Ich meine, der Witz an der Babysache ist doch der ganze Sex davor, oder?«

»Tja«, wich ich aus, »wahrscheinlich?«

Plötzlich sah mich Sarah mit ernster Miene an. »Und, vermisst du sie?«

»Wen?«, fragte ich, erleichtert über den Themenwechsel, aber eigentlich auch nicht bereit, über das neue Thema zu sprechen.

Sie schüttelte Kopf. »Jetzt stell dich nicht dumm.«

Ich seufzte. »Hast du sie gesehen?«

»Kaum. Nur mal auf einen Kaffee. Ansonsten nur SMS. Sie scheint echt viel zu tun zu haben, aber ich weiß nicht genau, was.«

Ich zuckte die Achseln. »Ihren liebestrunkenen Mann zu vögeln. Und wahrscheinlich den Artikel für *Grub Street* zu schreiben oder so.«

Sie schüttelte den Kopf. »Nein, ich hab das Gefühl, da steckt noch was anderes dahinter. Irgendwie kommt mir das –« Mit einem Mal riss sie die Augen auf. »Oh. Okay. Du solltest jetzt gehen.«

So schnell, wie es meine Würde zuließ, stürzte ich aus dem Zimmer.

Eine Dreiviertelstunde später ging die Tür auf, und Sarah rannte mit wehendem Bademantel und nacktem Hintern in ein anderes Zimmer, das wohl das Bad war.

Weitere fünfzehn Minuten später tauchte sie wieder auf, blass, aber mit einem strahlenden Lächeln. »Alles klar, ich bin fertig. Ich zieh mich nur kurz an, dann können wir gehen.«

Ich zog eine Augenbraue hoch. Auf mich wirkte sie etwas zittrig. »Bist du sicher?«, fragte ich. »Wir können auch auf das Spiel verzichten.«

»Auf gar keinen Fall! Nach einer guten Spülung fühle ich

mich immer so energiegeladen. Wieso also die Karten verfallen lassen?«

Ich schüttelte den Kopf. »Was immer du willst, Schwester.«

»Nicht vergessen!«, rief die Blondine uns nach, als wir gingen, »achtundvierzig Stunden keine Milchprodukte!«

Manchmal vergaß ich, dass Sarah quasi prominent war. Zwar hatte ich schon andere Berühmtheiten kennengelernt. Titus war unglaublich berühmt. Und wenn man mit ihm und Lucy zusammen war, traf man unweigerlich auf andere Illuminati. Selbstverständlich war Omari im Grunde der *Papst* der Illuminati, aber Sarah war im Fernsehen zu sehen, selbst wenn es nur ein Privatsender war, und deshalb bekam sie eine Sonderbehandlung. Was hieß, dass wir vor dem Spiel der Knicks in einem Starbucks in Midtown Autogramme gaben.

»Aber wissen Sie«, sagte ich zu der vollkommen aufgeregten älteren Dame, die Sarah entdeckte, als diese ihren Caffè Latte mit Zimt bestäubte, sie um ihr Autogramm bat und dann auch noch meins auf einer Serviette haben wollte, »ich bin doch gar nicht berühmt.«

Daraufhin drückte mir die Dame nur ihren Stift in die Hand. »Aber Sie kennen sie«, erwiderte sie und zeigte auf Sarah, »also werden Sie vielleicht eines Tages berühmt sein.«

Da ich dem nicht widersprechen konnte, setzte ich meine Unterschrift auf ihre Serviette und folgte Sarah nach draußen.

Ich musterte den Pappbecher, an dem sie gierig nippte. »Ich dachte, keine Milchprodukte?«

Sarah winkte ab. »Ach, das ist kein Problem. Habe ich schon tausendmal gemacht.«

Wir fuhren mit dem Taxi zum Knicks-Eingang für Promis und Gefolge, und noch bevor wir einen Fuß aus dem Wagen hatten, blitzten die Kameras der Paparazzi auf, die dort gelauert hatten. Kaum waren wir aus dem Taxi gestiegen, schienen ein paar von ihnen Sarah zu erkennen und hielten drauf, doch nachdem sie vor mir im Stadium verschwunden war, ließen sie ihre Kameras sinken, weil sie wussten, dass ich ein Niemand war.

Die Sicherheitskräfte kontrollierten unsere Handtaschen, dann fuhren wir mit dem Aufzug zur Suite 200, wo all die Reichen und Berühmten sich trafen und aßen, bevor sie werbewirksam auf die breite Masse losgelassen wurden.

Ich mochte Basketball, und da Sarah irgendwie Plätze in vorderster Reihe ergattert hatte, war ich ganz aufgeregt, weil wir das Spiel von ganz Nahem sehen konnten. Noch aufgeregter war ich allerdings wegen des wahrhaft extravaganten Büffets, das Jean-Georges für die Suite kreiert hatte. Es war geradezu legendär, und ich konnte es kaum erwarten, davon zu kosten.

Eine Gruppe von A-Promis versammelte sich vor dem langen schmalen Tisch und versperrte mir fast die Sicht. Ich war leicht eingeschüchtert, aber dann erhaschte ich einen Blick von der Sushi-Bar und dachte mir, wenn ich mich einfach zwischen Hugh Jackman und jemanden quetschen würde, der von hinten aussah wie Khloé Kardashian, dann könnte ich mir eine der Riesenschneekrabben schnappen, die ich vom Eingang aus erspäht hatte.

»Ich sehe da einen ganzen Berg von Thunfischtatar und habe vor, mein Gesicht hineinzutauchen«, flüsterte ich Sarah zu und wollte mich in Bewegung setzen, aber sie umklammerte meinen Arm.

»Ach, Billy. Mir geht's nicht so gut.«

Ich musterte sie. Sie war noch blasser geworden und schwankte leicht.

»Ich muss mal auf die Toilette, aber mir ist etwas schwindelig, könntest du vielleicht –«

Ich umfasste ihre Schultern und führte sie auf die Toilette, wo sie eilends in einer Kabine verschwand.

»Alles in Ordnung, Süße?«, rief ich durch die Tür.

»Ja«, antwortete sie schwach. »Nur Nachwirkungen der Behandlung.«

Rasch wich ich einen Schritt zurück. »Äh, alles klar, hättest du was dagegen, wenn ich zurück –«

»Könntest du auf mich warten?«, unterbrach sie mich. »Es dauert nicht lang.«

»Klar«, sagte ich, lehnte mich an die Platte mit den eingelassenen Waschbecken und holte mein Handy aus der Tasche.

Sarah hatte eine Darmspülung und sollte danach keine Milchprodukte zu sich nehmen, hat es aber doch getan (NA KLAR) und jetzt scheißt sie sich auf der Toilette der Suite 200 die Eingeweide aus dem Leib, will mich aber nicht reingehen lassen, tippte ich. Ich blickte auf, sah eine Frau, die sich neben mir die Hände wusch, und fügte verstohlen hinzu: *Und neben mir wäscht sich LIZA MINELLI die Hände, IST DAS ZU FASSEN!* Das Ganze schickte ich an Lucy, bevor mir einfiel, dass ich das wohl nicht sollte.

Aber vielleicht war das lustig und spektakulär genug, um eine Reaktion zu provozieren.

…

…

…

Nichts.

Sarah wankte aus der Kabine. »Billy, es tut mir unendlich leid, aber ich muss nach Hause.«

Ich nickte und bemühte mich, nicht genervt zu wirken.

»Du kannst gerne hierbleiben und das Spiel sehen, wenn du willst.« Doch ihr zitterten die Knie, während sie das sagte.

Seufzend tätschelte ich ihr den Arm. »Nein, ist schon gut. Ich bring dich nach Hause, S.«

Sarahs Apartment war nur ein paar Blocks von Bretts Wohnung entfernt. Mir fiel wieder ein, wie mies ich mich bei unserer letzten Begegnung benommen hatte.

Ach, zum Teufel! Jetzt oder nie!

»Könnte ich mal schnell dein Bad benutzen?«, fragte ich, nachdem ich sie mit einer Tasse Kamillentee ins Bett gebracht hatte. »Und mir deinen Trenchcoat ausleihen? Meine Jacke ist nicht warm genug.«

»Klar.« Sie winkte kurz, bereits in die Nachrichten von ihrem Handy vertieft. »Was immer du brauchst.«

Es ist zwar ein Klischee, aber aus gutem Grund, dachte ich, als ich den Trenchcoat über meinem nackten Körper zuknöpfte und wieder in meine Pumps schlüpfte.

»Ich gehe jetzt, Sarah«, sagte ich, als ich meinen Kopf durch ihre Schlafzimmertür steckte. »Kommst du klar?«

Die Tür hielt ich nur einen Spalt geöffnet, als sie erneut kurz winkte. Sie sollte nicht bemerken, dass ich die Jeans ausgezogen und nun nackte Beine hatte.

Draußen war es kalt, daher erwog ich kurz, für die drei

Blocks ein Taxi zu rufen, aber dann dachte ich, wenn ich schnell gehen oder gar rennen würde, würde mir rasch warm.

Ich schlüpfte mit einem anderen Mieter ins Haus, nahm den Aufzug nach oben und klopfte an seine Wohnungstür.

Lächelnd stellte ich mir seinen Gesichtsausdruck vor, wenn er die Tür öffnen würde. Ich dachte mir, wenn wir direkt ins Bett gingen, würde er das Ganze sofort als Entschuldigung begreifen und mich nicht fragen, wie es mit der Jungfernfahrt des Airstream gelaufen war. Oder erwähnen, welch ein erbärmliches, betrunkenes Miststück ich bei unserer letzten Begegnung gewesen war. Eigentlich bestand mein Plan schlichtweg darin, ihn zu überraschen, Wiedergutmachungssex zu haben und zu verschwinden, bevor wir überhaupt dazu kamen, auch nur über irgendwas zu reden.

Brett öffnete in Schlafanzughose und löchrigem T-Shirt die Tür. Seine Augen waren geschwollen, seine Nase leuchtete rot, und er hatte eine Schachtel Kosmetiktücher in der einen und einen Zwanzigdollarschein in der anderen Hand.

»Oh«, sagte er. Seine Stimme war heiser. »Du bist nicht der Thai-Lieferant.«

»Bist du krank?«, fragte ich.

»Wenigstens so krank, dass ich mir vorstellen könnte, du bist nur eine Halluzination«, antwortete er.

Ich zwängte mich an ihm vorbei. »Nein, bin ich nicht.«

Er folgte mir und schloss die Tür hinter sich. »Billy, nicht, dass ich mich nicht freue, dich zu sehen, aber ich habe Angst, dich anzustecken. Mir geht's total schlecht.«

Ich legte ihm die Hand auf die Stirn. Glühend heiß. »Nimmst du irgendwas dagegen?«, erkundigte ich mich.

Er schüttelte den Kopf. »Ich hab was von der Apotheke bestellt, kommt mir aber vor, als wäre das schon eine Ewigkeit her.«

»Alles klar, Cowboy«, sagte ich. »Dann bringen wir dich mal ins Bett.«

Mit leicht zusammengekniffenen Augen sah er mich an. Offenbar merkte er erst jetzt, was ich anhatte. »O mein Gott«, krächzte er. »Bist du echt nackt unter dem Trenchcoat? Erfüllst du mir tatsächlich die Fantasie, die ich schon habe, seit ich vierzehn bin?«

»Kann sein«, erwiderte ich.

»Halt: etwa deswegen, weil du dich bei unserem letzten Treffen so arschig verhalten hast?«

»Ja«, beschied ich knapp.

Er grinste dämlich. »Das ist die beste Entschuldigung, die ich je bekommen habe.«

»Leider«, sagte ich und führte ihn ins Schlafzimmer, »bist du viel zu krank, mein Freund, um was daraus zu machen.«

»Ach was«, widersprach er, lehnte sich an mich und nestelte an meinem obersten Knopf, »um das nicht zu nutzen, müsste ich schon im Sterben liegen.«

Er fummelte noch eine Weile, schloss dann aber stöhnend die Augen. »Ehrlich gesagt«, gestand er, »bin ich ziemlich sicher, dass ich im Sterben liege.«

»Okay, alles klar«, sagte ich und führte ihn zum Bett.

Nachdem ich ihn warm eingepackt hatte, zog ich meine Kleider wieder an und ging Ibuprofen, Wick Medinait und Wick Vaporub kaufen. Ich machte einen kleinen Abstecher im Supermarkt und kaufte Lebensmittel, und am Schluss besorgte ich eine scharfe Rindfleischsuppe bei einem vietnamesischen Restaurant, das wir beide mochten, damit er sofort etwas Kräftigendes bekam.

Bei meiner Rückkehr schlief er, aber ich weckte ihn kurz und verabreichte ihm ein paar Löffel von der Suppe.

Er riss die Augen auf. »Scharf!«, hustete er.

Ich gab ihm noch einen Löffel. »Das macht die Nebenhöhlen frei.«

Nachdem er genug Suppe gegessen hatte, gab ich ihm ein Glas Wasser und einen kleinen Becher Wick Medinait.

»Schmeckt grässlich«, stöhnte er.

»Stell dich nicht so an«, erwiderte ich und rieb seine Brust und seine Füße mit Wick Vaporub ein.

»Danke«, murmelte er kleinlaut, dann schlief er wieder ein.

Ich füllte einen Topf mit Wasser und warf ein ganzes Huhn sowie ein paar zusätzliche Keulen und Flügel hinein; dazu kamen ein paar Karotten, eine ungeschälte Zwiebel, eine halbe Knoblauchknolle mit Haut, ein paar Pfefferkörner, eine kleine Handvoll frischer Thymian und mehrere Lorbeerblätter. Da diese Suppe schneller gekocht werden sollte als eine normale Hühnersuppe, fügte ich noch ein paar Löffel Hühnerbrühe hinzu. Ich brachte alles zum Kochen, schöpfte den Schaum ab, der sich oben gebildet hatte, und ließ es dann köcheln.

Während Brett schlief, vertrieb ich mir die Zeit damit, sein einziges Kochbuch zu lesen: ein signiertes Exemplar von Marcus Samuelssons *New American Table,* das er, soweit ich es beurteilen konnte, nie benutzt hatte.

Nach ein paar Stunden seihte ich die Hühnersuppe ab und zupfte das Fleisch von den Knochen. Dann warf ich die Knochen und das verkochte Gemüse weg, goss den Rest in den Topf zurück, fügte das Fleisch und ein paar frische Scheibchen Möhren und Sellerie hinzu und schmeckte ab.

Als ich ein Geräusch aus dem Schlafzimmer hörte, ging ich nach Brett sehen. »Bist du wach?«, flüsterte ich.

Er öffnete die Augen einen Spalt. »Du bist ja wirklich hier. Ich dachte, du wärst ein Traum. Hast du echt nur einen Trenchcoat und hohe Schuhe angehabt?«

»Nein«, sagte ich. »Das hast du wirklich nur geträumt.« Ich ging zu ihm und legte ihm erneut die Hand auf die Stirn. »Schon besser«, nickte ich. »Ich glaube, das Schlimmste haben wir hinter uns. Wie fühlst du dich?«

Er überlegte einen Moment. »Ehrlich gesagt, besser. Ich habe Hunger.«

Daraufhin brachte ich ihm ein Tablett mit Suppe, ein paar Crackern und Orangensaft. Er setzte sich auf, aß und sah mich dann mit einem verschmitzten Lächeln an.

»Kann ich davon ausgehen, dass du über Nacht bleibst?«

Ich nickte. »So lange, wie du mich brauchst.«

Er rutschte zu mir. »Das Krankenbett kannst du also mit mir teilen?«

Ich lachte und gesellte mich zu ihm. »Du musst jetzt nicht spitzfindig werden.«

Eine Weile lagen wir einfach nur da, ich mit dem Kopf an seiner Schulter. »Und«, fragte er dann, »wirst du in naher Zukunft noch mal deinen Trenchcoat anziehen?«

Ich lachte. »Eigentlich gehört der Sarah.«

»Dann erinnere mich daran, dir einen eigenen zu kaufen.«

»Wie wäre es stattdessen mit noch etwas Wick Medinait?«

Seufzend schloss er die Augen. »Ein ganz schlechter Ersatz, aber ich schätze, ich muss nehmen, was ich kriegen kann.«

Ich füllte ihm noch ein Becherchen, und er schluckte es widerwillig und zog mich danach enger an sich.

»Siehst du, Sitwell«, sagte er mit schläfriger Stimme, »ich wusste doch, dass du nicht durch und durch böse bist.«

Am nächsten Morgen ging es ihm besser. Zwar war er noch ein bisschen schlapp, stand aber auf, um das kleine Frühstück aus Tee und Toast, das ich ihm gemacht hatte, zu sich zu nehmen. Mittags studierte ich den Busplan und bereitete mich darauf vor, nach Kingston zurückzufahren.

Brett griff über den Küchentisch hinweg nach meiner Hand. »Noch mal danke, dass du mir das Leben gerettet hast. Wann sehen wir uns wieder, Kumpel?«

Ich zuckte die Achseln. »Sicher bald.«

Langsam ließ er meine Hand los. »Also gut: bald. Und beim nächsten Mal bin ich wohl kein elendes Bündel aus Fieber, Bazillen und Rotz mehr.«

Ich lachte. »Das bleibt zu hoffen.«

Ich nahm den Mittagsbus nach Kingston. Als wir in den Lincoln Tunnel einbogen, holte ich mein Handy heraus. Ganz kurz schwebte mein Finger über Bretts Nummer, aber dann schickte ich, verstohlen und leicht schuldbewusst, eine SMS an Ethan.

Hätte fast von Jean-Georges Büffet gegessen. Lustige Geschichte.

Er antwortete sofort. *Ach ja? Willst du heute Abend vorbeikommen und sie erzählen?*

Ich dachte kurz nach.

Kai hat Käsekuchen gemacht, fügte er hinzu und schickte mir ein Foto von dem sahnig weißen, mit Brombeeren bedeckten Kuchen.

Ich verzog den Mund. Pfft. Kai.

Sieht gut aus. Aber ich hab keinen Hunger.

Wir müssen nicht unbedingt Käsekuchen essen, schrieb er zurück. *Ich könnte dich auch besuchen.* Lächelnd schickte ich ihm ein Daumen-hoch-Emoji. Das war doch mehr nach meinem Geschmack.

Kapitel 15

River House
Kingston

Ich hatte im Küchenkamin Feuer gemacht. Das war eines der Dinge, die mir an diesem Haus am besten gefielen. Die Aussicht natürlich, aber auch die drei verschiedenen Kamine.

Eine meiner frühesten Erinnerungen bestand darin, dass ich meiner Mutter beim Feuermachen in unserem kleinen, runden Kamin zugesehen hatte. Damals war ich etwa vier, vielleicht auch erst drei, und kam gerade frisch aus der Badewanne. Ich kniete vor dem Kamin und wartete darauf, dass sie die Holzscheite anzündete, um dann mein Handtuch wegzulegen und die Wärme an meiner Haut zu spüren, während sie mir meinen kuscheligen Pyjama anzog.

Ich glaube, niemand hätte meine Mutter als schön bezeichnet. Sie war klein und rundlich, mit dunklen Schatten unter den Augen und glattem, strohigem Haar, das sie in einer vernünftigen Pagenfrisur trug. Aber wenn sie in Stimmung war – in jenen kurzen, gefährdeten Momenten, wenn sie nicht unter der Last ihrer Traurigkeit begraben war –, dann hielt ich sie für den außergewöhnlichsten Menschen der Welt. Sie warmherzig, humorvoll und durchtrieben, und wenn sie mir ihre Aufmerksamkeit schenkte, empfand ich das fast als schmerzhaft, so dankbar war ich für das vorübergehende Tauwetter.

Jetzt fing das Holz Feuer und flammte auf.

Ich öffnete eine Flasche Manzanilla und goss mir ein winziges Glas von dem Sherry ein; dann wühlte ich im Kühlschrank, bis ich einen kleinen Laib Brillat-Savarin-Käse und eine Tüte Marcona-Mandeln fand, die ich dort gehortet hatte. Dazu kamen getrocknete Kirschen und Buttercracker, und fertig war eine schöne Käseplatte.

Es klopfte an der Tür. Als ich mich umwandte, sah ich Ethan, der aus der Dunkelheit hereinschaute. »Komm rein«, rief ich, worauf er die Tür öffnete und einen Schwall kühle Nachtluft hereinließ. Außerdem brachte er die Hälfte von Kais Käsekuchen auf einer Platte mit.

»Hey«, sagte er. Er sah aus, als hätte er frisch geduscht. Seine Haare waren nach hinten gekämmt, sodass seine Stirn freilag.

Wie unglaublich jung er war!

»Hast du Kai ihren Käsekuchen geklaut?«, fragte ich, als er die Platte auf dem Tisch abstellte.

Er zuckte die Achseln. »Sie isst sowieso nie was von dem, was sie backt.« Anerkennend musterte er den Kamin. »Wow, Supersache. Hast du einen Spieß? Ich wette, ich könnte ein ganzes Ferkel da drin braten.«

Ich nickte. »Ich hatte auch schon überlegt, ein paar Bratgestelle dort anzubringen.«

Er streckte sich. »Ich bin so froh, dass es September ist. Endlich kein Grillen mehr und keine kalten Salate. Ich kann es kaum erwarten, zu schmoren, zu braten und zu backen. Wenn es kalt wird, essen auch alle mehr.«

Ich nickte. »Der Herbst ist auch meine Lieblingsjahreszeit. Möchtest du ein Glas Sherry?«

»Klar.« Er setzte sich auf einen der hohen Metallhocker an der Kücheninsel.

Ich schob ihm die Käseplatte zu. »Bedien dich.«

»Nett«, sagte er und schnitt den Savarin an.

Nett, hörte ich Lucy in meinem Kopf spötteln. *Viel Spaß bei der geistreichen Konversation.*

Ich bemerkte eine große, rote Brandwunde an seinem Handrücken. »Neu?«, fragte ich und zeigte darauf.

Er verdrehte die Augen. »Ganz blöde Sache. Ich holte gerade ein Blech mit Lammfleisch aus dem Ofen, da kam Davey, mein Beikoch, und erschreckte mich.«

»Was? Wieso denn das?«

Ethan nippte an seinem Sherry und schüttelte den Kopf. »Wir ärgern uns immer gegenseitig. Das geht schon seit etwa zwei Monaten so.«

Ich lachte ungläubig. »Aber du bist der Chefkoch. Da sollte ihnen klar sein, dass man mit dir so was nicht machen kann. Wenn jemand das bei mir abgezogen hätte, wäre er gefeuert.«

Er lächelte peinlich berührt. »Aber sie sind auch meine Freunde.«

Ich schüttelte den Kopf. »Du machst es dir unnötig schwer. Was tust du denn, wenn du wirklich jemanden feuern musst?«

Er wich meinem Blick aus. »Das kommt nicht vor.«

»Moment mal, hast du etwa noch nie jemanden gefeuert?«

Unvermittelt streckte er die Hand aus und drehte meine um. »Was ist mit dieser hier?«, fragte er und berührte eine lange, gezackte Narbe auf meinem Daumen. »Woher hast du die?«

Ich lachte. »Ach, wechseln wir jetzt das Thema?«

»Ich bin ein guter Chef, Billy.«

»Ein großartiger«, sagte ich mit Nachdruck.

»Also, woher hast du die Narbe?«

»Schön. Gut. Spielen wir also dieses Spiel, wie?«

Jeder, der in einer Küche arbeitete, kannte das Spiel. Die Geschichte von Narben und Verbrennungen.

Er nickte. »Mir zuliebe.«

»Ist gut.« Ich holte tief Luft. »Witzigerweise stammt die nicht vom Kochen, sondern von einem Hund, der mich gebissen hat. Mein Freund von der Highschool und ich haben in seinem Hobbykeller rumgeknutscht. Und das passte offenbar seinem English Springer Spaniel nicht – der biss mir ganz plötzlich in den Daumen. Hat ziemlich wehgetan und viel Blut ist dabei auch gelaufen.«

»Wow. Ein echter Stimmungskiller«, lachte Ethan.

»Genau. Danach haben wir uns getrennt. Ich haben diesen verdammten Hund gehasst. Okay, jetzt bist du dran«, sagte ich. »Was ist mit dieser hier?« Ich zeigte auf eine blasse Linie auf seiner Handfläche.

»Ein alter Bagel. Typischer Anfängerfehler.« Er berührte eine Verbrennung an der Spitze meines rechten Zeigefingers. »Und die hier?«

»Vom Karamellkosten. Ich war dumm und gierig.« Dann zeigte ich nacheinander auf meine Narben und erklärte: »Beim Schneiden eines Butternut-Kürbisses, beim Schneiden eines Baguettes, musste mit drei Stichen genäht werden. Frittieren von Donuts. Frittieren von Austern. O Gott, die hier kommt vom Toffeemachen. Das war echt krass. Das Zeug klebt dermaßen, dass die Haut mit abgerissen wird, wenn man es entfernen will. Und tut höllisch weh.«

Er lachte und zeigte mit seinen langen Fingern auf verschiedene Narben an seinem Unterarm und seiner Hand. »Vom Filetieren eines Lachses, vom Zerlegen eines Schweins. Es gab mal eine Zeit, da dachte ich, ich könnte auch Metzger werden. Frittieren von Twinkies –«

»Moment, was?«

»Ich hab mal eine Weile auf dem Jahrmarkt gearbeitet. Du musst gar nicht die Nase rümpfen, die schmecken echt gut. Karamell. Ich schätze, jeder hat eine Karamellnarbe, oder? Oh, und fühl mal die hier.«

Er nahm meine Hand und legte sie auf eine erhabene, weiße Stelle auf seinem Handgelenk. Ich fuhr mit den Fingerspitzen darüber und krauste die Nase. Unter der Haut war etwas Glattes, Rundes. Als er meine Finger fester auf die Stelle drückte, konnte ich sogar eine Kugel spüren, die sich bewegte.

»Iih. Was ist das denn?«

Er grinste. »Eine Schrotkugel. Zählt nicht, ist aber trotzdem cool, oder? Mein Bruder hat auf mich geschossen, als ich zehn war.«

Ich lachte und versuchte zu verdrängen, dass ich immer noch sein Handgelenk berührte und seine Hand auf meiner lag.

Lucys Stimme.

Verdammt, Billy, lass das!

Ich nahm meine Hand weg. »Hast du Lust auf einen Spaziergang? Abends ist es am Fluss superschön.«

Er nickte. »Na klar, klingt gut.« Rasch trank er seinen Sherry aus und wischte sich mit dem Handrücken über den Mund.

Wir verließen das Haus durch die Hintertür und nahmen den Weg hinunter zum Fluss. Es war windig und kühl; der Mond schien hell und tauchte uns in ein vibrierendes silbriges Licht. Ich ging voran, rutschte ein paar Mal an steileren Stellen aus und bemühte mich angestrengt, mich nicht auf den Po zu setzen. Dann kamen wir an eine morsche Treppe, die zum Anleger führte. Ethan musterte sie argwöhnisch.

»Die sieht ziemlich baufällig aus. Ist die noch sicher?«

Ich zuckte die Achseln. »Wahrscheinlich nicht. Also rette mich, wenn ich durchbreche.« Ich setzte mich in Bewegung.

»Du hast vor nichts Angst, wie?«, rief er und folgte mir.

»Jedenfalls nicht hiervor«, rief ich zurück.

Der Anleger war klein und wackelte, als ich ihn betrat. Als Ethan mir folgte, wurde es noch schlimmer, aber wir gingen bis zum Wasser und setzten uns, weil wir das für sicherer hielten als zu stehen.

Dann blickten wir hinaus auf den Fluss, der schwarzsilberne Streifen hatte und sanft rauschte, als spülten Wellen ans Ufer. Auf der gegenüberliegenden Seite sah man die grellroten Lichter der Bahnstrecke und darüber den warmen goldenen Schein, der aus den Fenstern einiger großer alter Häuser drang, die für das Dutchess County charakteristisch waren.

»Ich glaube, dass der Hudson mein Lieblingsfluss ist«, bemerkte Ethan. »Ich weiß, er ist so schmutzig, dass man wahrscheinlich nicht drin schwimmen kann, und was daraus essen will man auf gar keinen Fall. Aber er hat so was … Lebendiges, verstehst du? Er kommt mir fast vor wie ein fühlendes Wesen.«

Ich nickte. »Ja«, sagte ich. »Tideflüsse sind was Komisches, nicht ganz Fluss, nicht ganz Meer. Eine Menge Mojo fließt darin.«

Ethan lehnte sich zurück und stützte sich auf seine Ellbogen. »Bei meiner allerbesten Verabredung konnten wir auf den Hudson sehen.«

»Ach ja?«, sagte ich.

Halt die Klappe! Ich bin nicht eifersüchtig.

»Ja, kennst du das Bard College? In Annandale-on-Hudson? Es besteht aus einer Ansammlung unglaublicher alter Herrenhäuser, die in Wohnheime und Unterrichtsräume umgebaut wurden, und man kann sich ganz leicht auf den Campus schleichen. Es gibt da ein Gebäude namens Blithewood. Ich glaube, es ist jetzt eine Art Wirtschaftsinstitut oder so, sieht aber aus wie eine dieser irren Plantagen aus dem Süden. Und neben dem Herrenhaus befindet sich ein tiefergelegter eingefriedeter Garten voller Rosen, Kräuter und dieser weichen, silbrig grünen Pflanzen – wie heißen die noch?«

»Eselsohren?«, schlug ich vor.

»Genau. Eselsohren. Wie auch immer: Das Mädchen, das ich schon ziemlich lange zu einer Verabredung hatte bewegen wollen, war endlich bereit, mich dort für ein Picknick um Mitternacht zu treffen. Und ich dachte, wir würden ein paar Bier trinken, Sandwiches essen und im besten Fall ein bisschen rumknutschen. Aber sie hatte einen Korb voller Sachen dabei, deren Zubereitung sie sicher den ganzen Tag gekostet hatte –«

»Das passiert eben, wenn man auf eine Kochschule geht«, bemerkte ich.

»Allerdings«, seufzte er. »Ich werde nie diese winzigen Reibekuchen vergessen. Die bestanden aus gesalzenem Kabeljau und Kassava, und irgendwie hatte sie es geschafft, sie in einem Leintuch warm zu halten, und so saßen wir in diesem unglaublich prächtigen Garten beieinander, blickten auf den Fluss, aßen diese köstlichen Reibekuchen, die mir geradezu im Mund zergingen, und redeten … über alles, weißt du? Wenn eins zum anderen führt und man unendlich viel gemeinsam hat und weiß, dass man wahrscheinlich die ganze Nacht so weiterreden könnte?«

Ich nickte.

»Und genau das taten wir auch: Wir redeten die ganze Nacht. Und kurz bevor der Morgen anbrach, küssten wir uns – es war ein schon fast lächerlich perfekter Kuss, so wie im Kino –, aber dann fiel ihr wieder ein, dass sie in ein, zwei Stunden einen Saucentest hatte, und das war's dann. Ende der Verabredung.«

Eine Weile schwieg ich und lauschte den Wellen, die ans Ufer spülten. »Und dann?«, fragte ich schließlich. »Seid ihr weiter miteinander ausgegangen?«

»Ich wollte«, erwiderte er. »Ich versuchte es. Aber sie wäre fast bei ihrem Saucentest durchgefallen und war darüber so aufgebracht, dass sie meinte, sie müsste sich auf die Ausbildung konzentrieren – in diesem Jahr stand der Abschluss bevor –, und danach arbeiteten wir zusammen, also …«

Kai, dachte ich.

Ich sah ihn an. Er betrachtete mich mit einem sehr niedlichen, gespannten Ausdruck, mit dem er aussah wie ein Fünfzehnjähriger.

Ich war viel zu alt für so einen Scheiß. Also stand ich auf.

»Oh, willst du schon zurück?«, fragte er.

»Ja, es war ein langer Tag, also …«

Mit einem Mal war sein Welpenblick verschwunden, und er wirkte wieder wie ein Mann. Ein Mann, der wusste, dass er es vermasselt hatte. »Na klar. Cool. Das hat Spaß gemacht. Danke. Aber vielleicht sollten wir uns bald mal wieder treffen und bereden, wo wir den Airstream als Nächstes aufstellen.«

Ich nickte. »Sicher doch.«

Er lächelte ironisch und boxte mich sanft gegen den Arm. »Und vielleicht ziehst du dann nicht den Kühlschrankstecker.«

»Ach, halt doch die Klappe.«

Seite an Seite gingen wir wieder den Hügel hinauf.

Kapitel 16

»Bitte sag ja, Billy. Bitte, bitte, bitte!«

Ich ging Richtung Hintertür durch meine Küche. »Das ist eine ziemlich lange Strecke, Lotta«, sagte ich ins Handy. »Ich weiß nicht mal, ob der Kia das schaffen würde.«

»Wenn nicht, kauf ich dir ein neues Auto. Ein besseres.«

Ich verdrehte die Augen, als ich auf die Veranda trat. »Wieso beauftragst du nicht einfach jemanden von dort?«

»Weil ich *dich* will. Ich brauche dein Essen, aber vor allem brauche ich deine Unterstützung. Omari fliegt nach Deutschland, und ich möchte vor seiner Abreise noch etwas ganz Besonderes für ihn veranstalten, denn danach bleiben nur noch ich und die grässliche Sage in den verfluchten, entvölkerten Hamptons, und nur Gott weiß, was ich dann machen soll.«

Ich seufzte. »Okay, dann lass mich erst mal mit Ethan reden, ob er mir ein oder zwei seiner Angestellten ausleihen kann.«

Lotta quiekte auf. »Oh, danke! Vielen Dank! Aber jetzt lass uns über die Speisefolge reden. Ich dachte an –«

Aber mit einem Mal hörte ich ihr nicht mehr zu. Denn aus dem Augenwinkel bemerkte ich etwas Kleines, Weißes, dass blitzschnell über die Wiese huschte. Ich reckte den Kopf. *Noch ein Häschen?*

Nein, es war ein Hund. Ein winziger, hässlicher Hund mit

verfilztem Fell, der zitternd auf dem abfallenden Rasen saß und mich anstarrte.

»Lotta?«, sagte ich. »Ich ruf dich später zurück.«

Dann legte ich auf, bevor sie etwas erwidern konnte.

»Hey«, sagte ich zu dem Hund.

Er zuckte zwar zusammen, rührte sich aber nicht, sondern starrte mich weiterhin an.

»Wo kommst du denn her?«

Er blinzelte. Seine hervorquellenden, tränenden Augen nahmen Dreiviertel seines Gesichts ein. Langsam, ohne den Blickkontakt zu ihm zu lösen, ging ich die Treppe zum Rasen hinunter. »Hey, du kleines Hundchen«, sagte ich. Als ich die letzte Stufe erreicht hatte, erschauerte er, bellte einmal scharf, blieb aber, wo er war. Ich trat einen Schritt auf ihn zu. Dann noch einen. Er blieb, wo er war. Dann, als ich ihm nahe genug war, um ihn fast berühren zu können, streckte ich die Hand aus. Daraufhin jaulte er entsetzt auf und schoss in den kleinen Schuppen am Rand des Gartens.

»Scheiße!«, fluchte ich und rannte ihm nach. Ich steckte den Kopf in die dämmrige Hütte und wartete, bis meine Augen sich ans Zwielicht gewöhnt hatten. Da war er – hockte zitternd in einer Ecke und knurrte leise.

»Komm her, Kleiner«, sagte ich und streckte erneut langsam die Hand aus. »Komm schon …«

Der Hund stand zittrig auf und fletschte die Zähne. Ich riss meine Hand zurück.

»Okay, alles klar«, sagte ich und knallte die Tür hinter mir zu. »Dann bleib doch da drin.«

Ich wartete noch eine Weile vor dem Schuppen und überlegte, was ich jetzt machen sollte. Es war ein prächtiger Herbsttag. Der Himmel war strahlend blau, die Blätter färbten sich langsam rot und gelb, und das goldene Licht fiel in schrägen Strahlen auf die Welt.

Wenn ich die Tür einen Spalt öffne, verschwindet er vielleicht. Soll sich jemand anders darum kümmern.

Ich streckte schon die Hand aus, hielt aber inne, denn ich hörte von drinnen ein Winseln.

Scheiße!

»Na gut! Scheiße! Alles klar!«, brüllte ich und marschierte ins Haus zurück.

Als ich klein war, hatte ich eine Katze. Das war das einzige Thema, über das ich meine Eltern je hatte streiten hören. Normalerweise versuchte mein Vater ständig, meine Mutter, die beunruhigenderweise immer mehr in sich selbst zu verschwinden schien, glücklich zu machen, sie zurück zu uns zu locken, und sagte zu allem Ja und Amen, wenn meine Mutter sich mal etwas wünschte. Er hoffte, dass sich damit die düstere Wolke über ihr wieder zerstreuen würde.

Aber als ich vier Jahre alt war, tauchte eines Tages ein Kätzchen auf unserer Veranda auf. Es war winzig und mager und miaute in einem fort, aber meine Mutter wollte es nicht. Sicher sah sie darin nur noch etwas, worum sie sich nicht kümmern konnte, eine weitere Last auf ihrem ohnehin schon mühsamen Weg durchs Leben. Aber ich sah darin – ein Kätzchen. Und wenn es für eine halb vernachlässigte Vierjährige etwas Verlockenderes gibt als ein kleines Kätzchen, dann fresse ich einen Besen.

Ich sah es zuerst. Ich lag gerade im Wohnzimmer auf dem

Boden und malte, da hörte ich von draußen ein leises Miauen, und sofort hüpfte mir das Herz in der Brust. Denn ich wusste genau, was das bedeutete. Ich rannte zum Fenster: Da war es. Ein Wesen, das nur aus zerzaustem grauen Fell, riesigen spitzen Ohren und großen blauen Augen bestand. Es saß auf der Veranda und starrte mich an.

Als ich mit vor lauter Glück hysterisch schriller Stimme nach meiner Mutter rief, kam sie sofort herbeigestürzt. Doch kaum sah sie, worum es ging, schüttelte sie den Kopf und wich zurück. Nein, sagte sie. Es würde woanders ein Zuhause finden. Wir waren nicht dafür verantwortlich. Sie öffnete nicht mal die Tür und sah sich das kleine Ding an.

Aber zufällig war an jenem Tag mein Vater daheim, und er hatte schon immer eine Schwäche für Tiere. Als meine Mutter in die Küche zurückging, schlich ich mich also in die Garage und erklärte ihm flüsternd, dass ein kleines Kätzchen vor dem Haus auf uns wartete.

Nur wenige Minuten später befand sich das winzige Fellbällchen auf meinem Schoß und drückte glücklich schnurrend seine Pfoten in meinen Bauch. Ich konnte mein Glück kaum fassen.

Meine Eltern stritten sich eine Stunde lang. Es wollte einfach nicht enden. Bis dahin hatte ich noch nie gehört, wie mein Vater seine Stimme gegen meine Mutter erhob. Das jagte mir eine Heidenangst ein, und ich war fast versucht, hineinzugehen und zu sagen, mir läge nicht mehr an dem Kätzchen, aber die andere, stärkere Hälfte, die vielleicht für meinen Selbstschutz zuständig war, klammerte sich an das Tier, als würde sein Verlust mich umbringen.

Nie werde ich die Worte vergessen, die diesen Streit entschieden. Und zwar deshalb nicht, weil sie so grausam, sogar vernichtend waren und absolut wahr.

»Verdammt, Caroline«, hatte mein Vater gebrüllt, »sie braucht etwas, das sie lieben kann und das ihre Liebe auch erwidert!«

In der darauffolgenden Stille durchfuhr mich ein Schauer. Und dann hörte ich, wie mein Vater mit brüchiger Stimme eine Entschuldigung murmelte, aber meine Mutter unterbrach ihn sofort.

»Du hast ja recht«, sagte sie nur und marschierte aus der Küche.

Sie hatte mir zwar den Kopf zugewandt, sah aber an mir vorbei, als würde sie mich gar nicht wahrnehmen. »Du kannst die Katze behalten.«

Dies ist die lange Erklärung dafür, warum ich jetzt vor dem Schuppen stand und einen Hühnchenschenkel, ein Stück Brie und ein Roastbeaf-Sandwich in meinen Händen hielt, das ich vor Lottas Anruf gerade zum Mittag hatte essen wollen.

Vorsichtig öffnete ich die Schuppentür. Der Hund winselte.

»Hey, Kleines«, rief ich mit sanfter Stimme. »Hey, kleiner Kerl, hast du Hunger?«

Ich wedelte mit dem Hühnchenbein in der Luft, damit der Hund den Geruch wahrnahm. Tatsächlich hörte er auf zu winseln. Ich konnte sehen, wie er mich mit seinen vorstehenden schwarzen Augen anstarrte.

»Hey, kleiner Kerl, willst du das? Willst du einen Happen?«

Der Hund reckt die Nase in die Luft und rutschte langsam und schnüffelnd vor. Ich riss etwas von dem Fleisch ab und warf es so, dass es auf halber Strecke zwischen mir und dem hungrigen Hund landete.

Nach kurzem Zögern stürzte er sich darauf, schnappte es sich, wich sofort wieder zurück und verschlang es laut schmatzend.

»Das schmeckt dir, was?«, sagte ich, riss ein weiteres Stück ab und warf es diesmal so, dass es ein bisschen näher bei mir landete. »Willst du noch was?«

Dieses Mal zögerte der kleine Hund nicht mal, sondern raste direkt darauf zu und verschlang es, ohne sich in seine Ecke zurückzuziehen. Da ging ich rückwärts aus dem Schuppen und legte noch ein Stück Huhn direkt vor die Schwelle.

Kurz darauf saß das Hündchen schon zu meinen Füßen, fraß gierig das Hühnchen und sah mich dann hoffnungsvoll an. Ich lächelte ihm zu und überließ ihm das ganze restliche Bein.

Diesmal wedelte der Hund sogar mit dem Schwanz.

Das überraschte mich nicht, schließlich war es ein Freilandhähnchen aus der Gegend und kostete siebzehn Dollar das Pfund. Ich hatte es mit Cipollini-Zwiebeln und Trüffelbutter langsam gebraten.

Übrigens taufte ich mein Kätzchen damals *Mittens* – Fäustling. (Was erwarten Sie? Ich war damals vier.) Und knapp ein Jahr, nachdem es auf unserer Veranda aufgetaucht war, starb meine Mutter.

Aber Mittens wurde neunzehn Jahre alt.

Kapitel 17

Auf der Straße nach Hamptons

»Warum!! Warum nur mussten wir diesen dämlichen Hund mitnehmen?«, jammerte Kai vom Rücksitz des Wagens und hielt sich so weit wie möglich von dem schrill kläffenden (und auf den Namen *Chicken* getauften) Hund entfernt. Offenbar hatte er auf unserer gemächlichen Fahrt Richtung East Hampton etwas durchs Fenster gesehen, das ihm nicht gefiel, und wollte es uns mitteilen.

»Schon gut, schon gut«, sagte ich. »Das reicht jetzt Chicken. Alles okay.«

Meine beruhigende Stimme hatte nicht den geringsten Effekt, also warf ich ihm eine Paranuss vom Studentenfutter zu.

Marta bedachte mich vom Beifahrersitz mit einem zweifelnden Blick. »Nüsse? Darf ein Hund die überhaupt essen?«

»Wenn er daran stirbt, ist er wenigstens still«, bemerkte Kai.

Wir waren bereits seit knapp fünf Stunden unterwegs, weil wir häufige Pinkelpausen für den Hund einlegten (ich versuchte gerade, Chicken stubenrein zu machen, aber offenbar war ihm das Konzept kein bisschen vertraut).

Auf der Fahrt hatten wir in zwei verschiedenen Fast-Food-Restaurants gegessen (Kai weigerte sich, zu Burger King zu gehen, und zwang uns, einen Wendy's zu suchen) und dabei einerseits die Speisefolge für Lottas Dinnerparty perfektioniert und andererseits über den Namen des Foodtrucks debattiert.

Kai meinte, er müsste ebenfalls *Huma* heißen, wir würden uns am Wochenende nicht mal an die Vorgabe mit den Resten halten (Lotta zahlte uns einen Haufen Geld dafür, dass wir tausend Variationen zum Thema Fish and Chips brachten), und dazu kam, dass der Airstream für Ethans Restaurant werben sollte. Warum also hatte er nicht denselben Namen?

Sie verzog angewidert den Mund. »Außerdem ist die Idee mit dem Resteessen total ekelig«, sagte sie. »Dabei komm ich mir vor wie ein Kind, das all die geronnenen, widerwärtigen, langsam vor sich hin schimmelnden Sachen im Kühlschrank essen muss, weil nichts anderes mehr da ist.«

Ich schnaubte ungläubig. »Was soll das denn heißen? Wieso hat dir deine Mutter schimmliges Essen gegeben?«

»Ich hatte keine Mutter«, erwiderte sie beiläufig. »Sie starb, als ich drei war.«

Das brachte mich kurz zum Schweigen. Es verstörte mich, etwas so Wesentliches mit diesem Mädchen gemeinsam zu haben.

»Meine Mutter hat mal was gekocht, das sie Kompostsuppe nannte«, schaltete Marta sich mit piepsiger Stimme ein, weil sie die angespannte Atmosphäre entschärfen wollte. »Es war Ende des Monats, wir waren pleite, also nahm sie alles, was sich noch im Kühlschrank befand, und warf es in einen Topf. Hüttenkäse, Milch, Karottenstückchen, Zitronensaft, und das Schlimmste war, dass sie noch eine Dose rote Beete hatte – also färbte sich das Ganze lilapink.«

»Ekelhaft«, sagte Kai.

»Es schmeckte wie Kotze«, nickte Marta. »Aber zum Nachtisch gab es eine Packung Oreos. Ohne Suppe keine Plätzchen. Also aß ich die Suppe auf.« Sie lachte. »Wahrscheinlich bin ich deshalb Küchenkonditorin geworden. Wegen der verdammten Oreos.«

»Der Airstream heißt *Leftovers*«, sagte ich energisch. »Basta.«

Kai verdrehte die Augen. »Na schön«, erwiderte sie. »Aber dann komm nicht angeheult, wenn all die Hamptoner Reichen unser Essen nicht anrühren wollen, weil sie glauben, es hat das Haltbarkeitsdatum längst überschritten.«

Chicken fing wieder an zu bellen. Nicht mal ein Cashewkern brachte ihn zum Schweigen.

»O Gott sei Dank«, rief Lotta aus, als sie aus ihrem Strandcottage gestürzt kam, um uns zu begrüßen.

Wie immer sah sie besser aus als 99 Prozent der Normalbevölkerung, und ich konnte sehen, wie Marta und Kai die Augen aufrissen, als sie ihre große, kurvige Gestalt in einem lässigen, halb schulterfreien Kaftan musterten, aber ich persönlich fand, dass sich um ihren Mund und ihre Augen eine gewisse Anspannung zeigte. Sie wirkte müde.

Als sie mich umarmte, spürte ich, wie sie ein leichter Schauer durchfuhr. Ich löste mich von ihr. »Lotta? Alles in Ordnung?«

»Ich freu mich nur so, dich zu sehen«, sagte sie mit ihrer kehligen Stimme. Sie umarmte mich noch einmal und lachte. »Ich hab dich vermisst, Billy. Ich hab alle Mädels vermisst.«

Als ich in ihr Lachen einstimmte, sah ich, wie Omari in Jeans und perfekt sitzendem roten T-Shirt die Treppe hinunterkam, gefolgt von seiner Tochter Sage in einem engen, gelben Minikleid.

»Hallo, die Damen«, sagte Omari. Seine Stimme war tief und warm, und er strahlte uns an, als wären wir ihm die liebsten Menschen auf der ganzen Welt. »Ich freue mich sehr, dass ihr es einrichten konntet.«

Kai und Marta kicherten. Zwar waren sie Omari und Lotta schon begegnet, weil sie Ethan beim Catering der Hochzeit geholfen hatten, doch dieses Mal würden sie viel mehr mit ihnen zu tun haben, und ich sah, dass Omaris Ruhm sie leicht nervös machte. Sanft löste ich mich von der immer noch klammernden Lotta.

»Hey, Omari«, sagte ich, worauf er sich vorbeugte, um mich auf die Wange zu küssen. »Erinnerst du dich noch an Kai und Marta?«

»Selbstverständlich«, nickte er und neigte sich vor, um sie ebenfalls auf die Wange zu küssen. Sie wurden rot, und Marta sah sogar so aus, als würde sie gleich in Tränen der Begeisterung ausbrechen.

»Und ihr erinnert euch doch sicher an Sage?«, fragte Lotta.

Sages Blick huschte an mir vorbei und blieb an Kai und Marta hängen. Während sie sie musterte, knabberte sie an ihrer Unterlippe. »Macht ihr auch manchmal Party?«, fragte sie schließlich.

Marta hatte noch den Anstand, mir einen besorgten Blick zuzuwerfen, aber Kai blickte Sage geradewegs in die Augen. »Na klar«, sagte sie.

»Cool«, erwiderte Sage. »Dann folgt mir.«

Ich seufzte, als die drei jungen Frauen gemeinsam ins Haus

schlenderten, sagte aber nichts. Schließlich waren sie keine Kinder mehr, und für die Vorbereitungen brauchten wir nicht die ganzen zwei Tage.

Lotta sah ihnen mit leicht verärgerter Miene nach. »Tut mir leid«, murmelte sie.

Ich zuckte die Achseln. »Hey, solange die beiden in der Lage sind, mir zu gegebener Zeit bei den Vorbereitungen zu helfen, kümmert mich das nicht. Sind ja nicht meine Kinder.«

Omari schüttelte den Kopf. »Leider kann ich das von Sage nicht behaupten.«

Am gleichen Abend lud mich Lotta allein zum Essen ein. Sie meinte, sie habe am nächsten Tag für mich und die Mädchen Großes geplant und wolle vor der Party noch die Gelegenheit nutzen, sich bei mir auf den neuesten Stand zu bringen. Omari versprach, sich um Chicken zu kümmern (der wie so viele andere sofort ein Riesenfan von ihm war und ihm auf Schritt und Tritt folgte) und außerdem um die ›Mädels‹, wie er sie nannte. Aber dem charakteristischen Geruch nach zu urteilen, der aus Sages Zimmer drang, ging ich davon aus, dass wir die drei erst am nächsten Morgen wiedersehen würden – außer sie mussten vorher den Kühlschrank plündern.

Wir gingen in ein französisches Restaurant namens *Pierre's*, das selbst in der Nebensaison nie leer war. Lotta und ich machten es uns auf einer roten Lederbank gemütlich und bestellten beide ›La Mer‹: gedünstete Muscheln mit Pommes frites und hausgemachter Mayonnaise.

»Stört es dich, wenn ich ein Glas Wein trinke?«, fragte ich Lotta, weil ich respektieren wollte, dass sie nichts trank.

Sie seufzte. »Ich würde mich dir sogar anschließen, allerdings habe ich mir heute Morgen eine kleine Pille gegönnt.«

Ich zog eine Augenbraue hoch.

»Nur eine halbe Diazepam«, erklärte sie und riss unschuldig die Augen auf. »Du kannst mir glauben, ich hab sie wirklich gebraucht.«

»Lotta«, sagte ich, »was ist los?«

»O Billy.« Sie trank einen Schluck Wasser. »Wo soll ich anfangen?«

»Ist mit dir und Omari alles in Ordnung?«

»Oh«, erwiderte sie lächelnd, »ja. Ich meine, abgesehen davon, dass er für diese Aufnahmen nach Deutschland muss. Aber ansonsten geht es uns großartig. Er ist so … so ein toller Kerl, Billy. Ich hätte nie gedacht, dass jemand so toll sein kann.«

Mit leichten Schuldgefühlen musste ich an Brett denken. Seit meinem letzten Besuch in New York City hatten wir kaum Kontakt gehabt. Ich wusste, er wartete darauf, dass ich den nächsten Schritt machte, aber ich war zu beschäftigt, um zu überlegen, was genau der nächste Schritt sein sollte.

»Aber ich muss dir was beichten«, sagte Lotta und stippte eine Fritte in die knoblauchlastige Mayo. »Einer der Gründe für meine Entscheidung, hierherzukommen, war, dass es in der City zu schwer für mich war, nüchtern zu bleiben.«

»Wirklich?« Mit schlechtem Gewissen beäugte ich das Glas Rosé, das der Kellner gerade vor mir abgestellt hatte.

Sie schüttelte den Kopf. »Dieses eine Glas Wein ist nicht das Problem. Es war nur – also, Omari ist sehr gefragt und muss ein bestimmtes Image wahren, verstehst du? Er muss seine Musiker und das Label promoten und möchte, dass wir das zusammen machen. Er ist stolz auf mich und will mich ein bisschen herumzeigen.«

Ich nahm mir eine Muschel und nickte.

»Bei all den vielen Veranstaltungen, und dann noch die Abende mit euch …«

Ich sah sie an. »Also liegt es an uns?«

Sie zuckte die Achseln. »Das letzte Mal – in Brooklyn –, da ist es außer Kontrolle geraten, Billy. Du und dein dämlicher Ex, und dann du und Lucy … Hast du übrigens schon mit ihr geredet?«

»Sie geht nicht dran«, sagte ich. »Aber ich versuch's weiter.«

Sie runzelte die Stirn. »Tja, ehrlich gesagt, hab ich in letzter Zeit auch Probleme, sie ans Telefon zu kriegen. Komisch …« Sie spielte mit ihrem Verlobungsring und ließ ihren riesigen Saphir immer wieder um den Finger kreisen. »Jedenfalls sind wir hierhergekommen – so fiel es Omari leichter, nur zu den wichtigsten Events zu gehen, verstehst du? Und ich stand nicht so unter Druck, ihn zu begleiten. Am Anfang war alles ganz wundervoll. Du weißt doch, wie es hier nach dem Sommer wird. Friedlich und still.«

»Eher ziemlich tot«, entgegnete ich.

»Stimmt, aber genau das brauche ich momentan. Oder zumindest dachte ich das. Aber dann tauchte Sage auf. Ach, Billy.«

»Ist sie so schlimm?«

Sie lachte. »Sie ist genau wie ich. Ich meine, wie ich vor zwanzig Jahren war, oder zehn oder auch nur zwei. Sie ist klug und schön und vollkommen verloren. Sie hat alles – Geld, Beziehungen und Talent –, hält es aber höchstens eine Minute mit sich allein aus.« Lotta schüttelte den Kopf. »Das alles ist mir so vertraut. Und ich könnte ihr helfen. Das ist das Verrückte bei der Sache. Ich könnte ihr wirklich helfen. Aber« – sie wedelte mit einer Fritte in der Luft – »sie hasst mich. Sie will kein einziges Wort von mir hören.«

Ich nippte an meinem Wein. »Was sagt Omari dazu?«

Wieder schüttelte Lotta den Kopf. »Ach, der hat ein schlechtes Gewissen. Meint, sie hätte als kleines Mädchen zu viel Verantwortung gehabt. Seine Ex wäre labil, und er hätte Sage vielleicht nicht so viel mit ihr allein lassen dürfen. Er hat das Gefühl, Fehler gemacht zu haben, also ist er nachsichtig mit ihr. Lässt ihr alles durchgehen, verstehst du? Allerdings weiß ich, ehrlich gesagt, nicht, ob es was bringen würde, wenn er strenger wäre. Schließlich hat mein Vater mich schon als Teenager aus dem Haus geschmissen, und ich brauchte noch mal dreißig Jahre, um mit mir selbst ins Reine zu kommen.« Sie seufzte. »Vielleicht können wir das einfach nicht lösen. Aber ich mache mir solche Sorgen.«

Ich grinste sie an.

»Was denn?«, fragte sie.

»Ich fasse es nicht, wie mütterlich du bist. Wer hätte das gedacht?«

Sie lachte und winkte ab. »Okay, das reicht. Aber jetzt erzähl mir mal, wie du an diesen jämmerlichen kleinen Köter gekommen bist.«

Am nächsten Morgen frühstückten wir auf der Terrasse. Es war ein kühler Herbsttag, und vom Meer wehte eine frische Brise, aber wir packten uns dick ein und wärmten unsere Hände an riesigen Schalen mit schaumigem Milchkaffee und heißen Croissants. Außerdem gab es irisches Porridge, Beerenkompott und einen Haufen glitzernden, mit Ahornsirup karamellisierten Bacon für alle, die etwas Gehaltvolleres brauchten.

Kai und Sage wirkten blass und verkatert und stocherten in ihrem Essen herum, aber Marta aß munter den ganzen Teller leer.

»Ach, essen kann ich immer«, erklärte sie, als sie meine Blicke bemerkte.

»Selbst wenn das Ende der Welt kommt, wirst du mich wahrscheinlich immer noch dabei ertappen, wie ich mir ein Sandwich mit Erdnussbutter mache.«

Omari entschuldigte sich mit der Bemerkung, er hätte noch zu tun, würde uns aber zum Abendessen sehen. Dann klatschte Lotta in die Hände.

»Also«, verkündete sie strahlend, »ich habe einen Plan. Heute werden wir mein Pferd besuchen.«

Ich verschluckte mich fast an meinem Croissant. »Dein was?«

Sage verdrehte die Augen. »Lotta hat sich ein Pferd gekauft. Obwohl sie überhaupt nicht reiten kann. Aber sie hat sich für zweihunderttausend Dollar eins gekauft.«

Ich musste noch heftiger husten. »Was? Was hast du?«

»Ich werde Reitstunden nehmen«, entgegnete Lotta, die nicht im Geringsten verlegen wirkte. »Außerdem habe ich immer gehört, dass ein Reiter nur so gut sein kann wie sein Pferd. Also habe ich mir ein gutes gekauft.«

»Aber wieso?«, fragte ich. »Wieso hast du nicht einfach eins geliehen, zum Beispiel aus dem Reitstall?«

»Weil ich nicht muss«, erklärte Lotta entschieden. Dann stand sie auf. »Ich ziehe mich zum Reiten um. Seid bitte alle in zwanzig Minuten abfahrbereit.«

OMG OMG simste ich hektisch vom Rücksitz des Range Rovers, als Lotta uns zum Reitstall fuhr, wo ihr Pferd untergebracht war. *Lotta kam mir zuerst ganz stabil vor, aber dann erfuhr ich, dass sie für 200 000 Dollar ein Pferd gekauft hat. Dabei kann sie nicht mal reiten. Jetzt besuchen wir es, und sie trägt eine komplette Reitkluft – Samtjacke, Reiterhosen und glänzende kniehohe Stiefel, als wollte sie zu einer Parade – weißt du noch, wie die 4-H-Kids miteinander im Reitstil konkurrierten? Gott, ich wünschte, du könntest das hier jetzt sehen. Ich wünschte, du wärest hier ... Du fehlst mir.*

Dann drückte ich auf Senden. Das machte ich in letzter Zeit oft. Lucy einfach Nachrichten schicken, obwohl ich wusste, sie würde nicht darauf antworten. Ich verstand es nicht. Zwar war unser Streit wirklich schlimm gewesen, aber ich hatte mich tausendmal entschuldigt: per SMS, auf ihrem Anrufbeantworter – sowohl nüchtern, als auch betrunken –, aber die Reaktion war gleich null.

Nachdem wir beim Reitstall angekommen und aus dem Wagen gestiegen waren, schoss ich einige Fotos von Lotta, die zu ihrer Reitlehrerin auf die Weide ging. Und die schickte ich Lucy natürlich auch.

»Es ist, als würde man sehen, wie ein Riesenkleinkind auf seinem Pony im Kreis geführt wird«, bemerkte Sage, als wir im Casino saßen und Lotta auf dem Reitplatz beobachteten.

Ich hatte Mühe, mir das Lachen zu verkneifen. Sage hatte recht. Lotta, die in nahezu jeder Situation sexy und anmutig wirkte, sah jetzt aus wie ein überdimensionales Kind, das hilflos durchgerüttelt wurde und sich verzweifelt an ein unglaublich schönes schwarzes Pferd klammerte, das seinerseits beleidigt schien, eine solche Amateurin tragen zu müssen.

Ihre Reitlehrerin, deren lässiger Aufzug aus T-Shirt, Reithose und kurzen Stiefeln die Lächerlichkeit von Lottas formeller Kluft noch betonte, hielt die Longe straff, während Ross und Reiterin langsam im Kreis gingen. Ich fragte mich, wie viel Lotta ihr zahlte, damit sie nicht lachte.

Als sie an uns vorbeikamen, hob Lotta fröhlich die Hand, um uns zuzuwinken, ließ sie jedoch sofort wieder sinken und klammerte sich an der Mähne des Pferds fest, das sie wie ein jämmerliches kleines Boot auf stürmischer See hin und her schaukeln ließ.

»Zwei. Hundert. Tausend. Dollar«, bemerkte Sage.

»Vielleicht wird sie ja noch besser?«, sagte Marta.

»Wahrscheinlich wird es ihr eher langweilig«, prophezeite Kai.

Lottas Chancen, dass Sage ihr zuhörte, würden sich hierdurch wohl nicht vergrößern.

Die Millennials machen sich gnadenlos über sie lustig, simste ich Lucy. *Wenn du bloß hier wärst!*

Zum Mittagessen gingen wir ins *World Pie* in Bridgehampton. Im Sommer wimmelte es dort von leicht bekleideten, sexy jungen Menschen, die draußen saßen, Wein tranken und riesige Holzofen-Pizzen aßen. Aber außerhalb der Saison war nichts los. Es gab nur ein paar unerschütterliche Dauergäste, die die Wärme und Gemütlichkeit des Speisesaals im Lokal genossen.

Wir bestellten Antipasti, frittierte Calamari und drei Pizzen mit Muscheln, Ente und *Carciofi*, dazu zwei Flaschen Malbec. Als alles serviert wurde, sah ich, wie Sage ihr Weinglas zwar bis zum Rand füllte, aber im Essen auf ihrem Teller nur herumstocherte, ohne wirklich etwas zu sich zu nehmen.

Auch Marta und Kai entging das nicht.

»Wieso isst du nichts?«, fragte Kai sie unverblümt. »Es ist gut.«

»Und teuer«, ergänzte Marta und ließ sich einen Tintenfischring in den Mund fallen.

»Ich hab ziemlich viele Unverträglichkeiten«, erwiderte Sage leichthin. »Außerdem –«, sie warf Lotta einen giftigen Blick zu, »mag ich keine Pizza.«

»Wer mag denn keine Pizza?«, fragte Marta. »Echt abgefahren.«

Kai kniff leicht die Augen zusammen. »Meinst du mit Unverträglichkeiten etwa Allergien? Die ein Arzt diagnostiziert hat?«

Sage zuckte die Achseln. »Ja, so in etwa.«

»Oder gehörst du zu den Typen, die in jedem Restaurant nur gut durchgebratene Burger bestellen und nicht mal das Brötchen essen?«

»Ich lebe strikt auf Diät«, verteidigte sich Sage. »Und vertrage kein Gluten.«

»Weißt du, dass die meisten Köche den Gästen ins Essen spucken, wenn sie so was hören?«, schaltete Marta sich fröhlich ein. »Und außerdem noch extraviel Mehl hinzufügen?« Sie klimperte mit den Augenlidern. »Selbstverständlich würden *wir* das nie tun. Aber andere Köche schon.«

Kai neigte sich näher zu Sage. »Du bist genau der Gast, den Köche hassen.«

»Aber, aber, Mädels«, ging Lotta eilig dazwischen. »Sage hat wirklich echte Unverträglichkeiten. Ich habe selbst gesehen, wie sie Ausschlag bekommen hat.«

Sage warf Lotta einen Blick zu, der fast dankbar wirkte. »Ja, genau, wenn ich was Falsches esse, fängt meine Haut an zu blühen«, nickte sie.

Lotta, die eine Gelegenheit zu nutzen wusste, legte Sage die Hand auf die Schulter und schüttelte mitfühlend den Kopf. »Große, juckende Quaddeln. Es ist ziemlich schrecklich.«

Sage wehrte sie ab. »So schlimm ist es auch nicht«, zischte sie. »Gott!«

Auf Lottas Miene zeigte sich Enttäuschung und Resignation. Da kam ein großer, blonder Typ mit Bart, lässig zerrissener Jeans und Farbe an den Händen an unseren Tisch.

»Lolo!«, sagte er mit gestelztem britischem Akzent. »Du kannst dir nicht vorstellen, wie sehr es mich freut, dich zu sehen. Ich dachte schon, alle interessanten Leute wären nach der Saison verschwunden.«

»Ah, Martin. Billy, kennst du schon Martin?«

Ich schüttelte den Kopf. »Ich glaube nicht.«

»Also, ihr alle: Dies ist Martin DiSantorino, ein ausgezeichneter Maler. Er hatte gerade erst eine Ausstellung in der Keszler-Galerie.«

Der Maler machte sich nicht mal die Mühe, seinen Blick von Lotta zu lösen. »Wann sitzt du mal wieder für mich Modell, meine Liebe? Ich würde dich sehr gerne malen, so wie du jetzt bist, in deiner Reitkluft. Oder was ist mit dem Aktbild, was wir immer mal machen wollten?«

Lotta lachte. »Ich bin jetzt eine alte, verheiratete Frau, Martin, und ich fürchte, meine Tage als Aktmodell sind vorbei.«

»Dann mach ich's«, meldete sich Sage.

Martin musterte sie neugierig, und als er sah, wie hinreißend die junge Frau war, breitete sich ein Lächeln hinter seinem struppigen Bart aus. Sage trug einen dunkelroten Pulli mit V-Ausschnitt und einen kurzen Jeansrock zu kniehohen Stiefeln, die ihren biegsamen Körper betonten. Sie hatte ihre Haare zu langen, raffinierten Zöpfen geflochten, und ihre vollen Lippen glänzten durch farbiges Lipgloss so, als hätte sie gerade eine besonders köstliche Pflaume gegessen.

»Ach, was für eine reizende Idee. Und wer genau bist du?«, fragte Martin, und seine Augen glühten geradezu vor Gier.

Lotta schüttelte den Kopf. »Nein, Martin, du wirst meine Tochter nicht malen.«

»Stieftochter«, korrigierte Sage sie. »Und wer zum Teufel bist du eigentlich, dass du mir sagst, was ich darf und was nicht, Lotta?«

Lotta bedachte sie mit einem kühlen Blick. »Na schön. Als ich das letzte Mal für Martin Modell saß, hing die Hälfte der Zeit sein Schwanz aus der Hose, und die andere Hälfte jagte er mich durchs Atelier, um mir an die Wäsche zu gehen. Wenn du das haben willst, dann nur zu!«

Martin wurde dunkelrot. »Ich muss doch sehr bitten! So war es ganz und gar nicht –«

»Ach, halt doch die Klappe, Martin. Du bist ein gieriges

Frettchen, und das weißt du auch. Ich würde dich nicht mal in Spuckweite von Sage lassen. Und glaub mir, wenn ich dir sage, dass du von Glück reden kannst, wenn dein schlaffes kleines Würstchen noch dran ist, nachdem ich ihrem Vater etwas von dieser Unterhaltung erzählt habe.«

Einen Moment stand Martin mit offenem Mund da und suchte nach einer Erwiderung, dann aber bemerkte er wohl, dass alle in Hörweite verstummt waren und lauschten. Er öffnete und schloss den Mund wie ein nach Sauerstoff schnappender Fisch, grunzte schließlich protestierend, machte auf dem Absatz kehrt und marschierte aus dem Restaurant. Die Mädchen am Tisch, Sage eingeschlossen, wandten sich mit weit aufgerissenen Augen zu Lotta, die in aller Ruhe einen Schluck Wasser trank.

»Er ist einfach nur widerlich«, erklärte sie Sage, »und als ich ihn als großartigen Künstler bezeichnet habe, war das gelogen. Wenn du wirklich als Aktmodell arbeiten willst, dann suche ich dir einen richtigen Maler, der etwas davon versteht und seinen Schwanz in der Hose lässt, außer man lädt ihn ausdrücklich dazu ein, ihn herauszuholen.«

Beim Essen am selben Abend schien sich zwischen Lotta und Sage etwas verändert zu haben. Sie saßen nebeneinander, und obwohl Sage Lotta größtenteils ignorierte und mit Marta und Kai redete, wirkte ihre Gleichgültigkeit wesentlich wohlwollender und weniger feindselig. Sie verhielten sich nun wie Mutter und Tochter, die sich leicht entfremdet hatten, und nicht mehr wie Erzfeinde aus einem Comic.

Zuerst schien Omari verwirrt von diesem Wandel und blickte

immer wieder nervös zwischen den beiden Frauen hin und her, als könnte er seinen Augen nicht trauen und rechnete jeden Moment mit einem Eklat. Doch dann bat Lotta Sage, ihr den Wasserkrug zu reichen, was Sage tat. Auf Lottas höflichen Dank hin sagte sie sogar: »Gern geschehen.«

Aufgeregt packte Omari mich am Arm.

»Hast du das gesehen?«, flüsterte er. Seine Stimme klang erstickt, seine Augen glänzten unnatürlich.

Ich tätschelte seine Hand. »Allerdings habe ich das«, nickte ich.

Glücklich seufzend ließ er meinen Arm los und lehnte sich zurück. Er sah aus wie ein Mann, dem eine große Last von den Schultern genommen worden war.

»Dieser Salat ist eine Wucht«, flüsterte Marta mir von der anderen Seite her zu. Offenbar bekam sie nichts von dem Familiendrama mit. »Ich hätte nie gedacht, dass rote Beete so gut zu Pflaumen passen. Das muss ich gleich Ethan simsen.«

Wahrscheinlich gehörte ich zu den wenigen Menschen auf der Welt, die das Rauschen des Meeres nicht besonders beruhigend fanden. Der Hudson ging noch, weil ich wirklich die Ohren spitzen musste, um ihn zu hören, und ihn jederzeit ausblenden konnte, aber das Meer war, als würde mir ein Riese direkt ins Ohr atmen.

Das Gästezimmer, in dem ich schlief, war selbstverständlich exquisit und mit allem Komfort ausgestattet. Ich bin sicher, hätte ich nur lange genug gesucht, hätte ich sicher eine Einschlafhilfe mit weißem Rauschen, eine Schlafmaske aus Satin, ein Lavendelsäckchen und eine riesige Packung Schlafmittel gefunden, die den Überreichen süße Träume garantieren, aber ich rollte mich nur aus dem Bett und ging nach unten in die Küche.

Dort war Licht, und ich hörte, wie leise John Coltranes *My Favorite Things* gespielt wurde. Omari saß am Küchentisch, mit einem Stift in der Hand, und hatte Papier und eine Schachtel Schokodonuts um sich herum ausgebreitet.

»Oh, tut mir leid«, sagte ich. »Du hast zu tun, dann gehe ich wieder rauf.«

Er sah mich lächelnd an und schob seine Unterlagen beiseite, um mir Platz am Tisch zu machen. »Jetzt hast du mein schmutziges kleines Geheimnis entdeckt«, bemerkte er und zeigte auf die Donuts. »Dann kannst du dir auch einen genehmigen.«

Ich setzte mich und griff nach einem Donut. »Ich liebe die Glasur«, erklärte ich und biss ein Stück ab. »Als hätte man Wachs und Schokolade gemischt, aber auf gute Art.«

Er lachte. »Willst du warme Milch zu deinem Wachs?«

Ich nickte. »Das war auch die Lösung meines Vaters für alles. Warme Milch. Er behauptete, es gäbe nichts, was man nicht damit kurieren könnte.«

Omari stand auf und holte einen Kupfertopf vom Regal. »Klingt für mich wie das Wunschdenken eines alleinerziehenden Vaters. Wozu mit der zehnjährigen Tochter über Verhütungsmittel reden, wenn es doch warme Milch gibt, oder?«

Ich lachte. »Wie lang warst du denn alleinerziehender Vater?«

Er goss etwas Milch in den Topf und fügte Honig hinzu. »Sieben Jahre. Sage war zwölf, als ihre Mutter und ich uns trennten. Das war eine harte Zeit. Ich war ständig unterwegs und versuchte, meine Karriere in Gang zu bringen. Sages Mom ging es nicht gut genug, um sich anständig um sie zu kümmern. Und meine Tochter war ein echt wildes Ding. Ich kann dir gar nicht sagen, wie wohltuend es ist, mit Lotta neuerdings eine zweite Meinung in Erziehungsfragen zu bekommen.«

Ich nahm mir noch einen Donut. »Sie kann erstaunlich gut mit Kindern umgehen, weißt du? Ich erinnere mich, dass Sarah mal eine sechsjährige Nichte übers ganze Wochenende zu Besuch hatte und ihr schon innerhalb einer Stunde die Ideen ausgingen. Da kam Lotta und nahm die Kleine erst zu FAO Schwarz mit, dann zu Serendipity und dann ins Naturkundemuseum. Und sie schien das auch noch zu genießen.«

Omari rührte die Milch mit einem Schneebesen. »Hast du da jemals die Eisschokolade gehabt? Die ist doch Genuss pur!«

»Vielleicht könnte Lotta ja auch mit Sage zu Serendipity gehen«, sagte ich lachend.

Er gluckste. »O Mann, kannst du dir das vorstellen? Das würde nicht gut gehen.«

Er verteilte die Milch auf zwei Becher und stellte einen vor mir ab. Ich nippte daran und schloss die Augen. Warm. Cremig. Süß.

»Genau wie die von meinem Dad«, sagte ich.

Er schüttelte den Kopf. »Wenigstens etwas, das ich richtig mache.«

Die Party fand am Strand statt. Es war ein kalter, windiger Tag, aber Lotta hatte für ein riesiges Lagerfeuer gesorgt und darauf geachtet, dass für alle Gäste Schals und Schultertücher aus Kaschmir zur Verfügung standen. (»Ach, behalte ihn doch einfach, meine Liebe«, hatte ich sie mehr als einmal sagen hören. »Was soll ich denn mit fünfzig Pashmina-Schals?«)

Wir fuhren den Airstream an den Strand und bauten dort unsere Imbissbude auf. Zwar war ich ein bisschen enttäuscht, dass wir bei unserem allerersten Essen nicht unserem Motto treu bleiben konnten, aber hier hatten wir natürlich keine Möglichkeit, an die Reste aus Ethans Küche zu kommen. Außerdem hatte Lotta wie üblich ihre ganz eigenen Vorstellungen. Sie wollte raffinierte Versionen vom Strandessen in den Hamptons, und ich hatte die Absicht, traditionelle Speisen aufzupeppen, in unserem Fall Lobster Rolls, eigentlich Brötchen mit Hummer, mit Seeigel und Kaviar, und Fish and Chips mit Thunfisch und Königslachs. Die Mädchen hatten ein bisschen gejammert, da Cheeseburger mit Hummer nicht gerade die hohe Kunst des Kochens erforderte, die sie von Ethan gewöhnt waren, aber Lotta war von meinen Ideen begeistert gewesen.

Ich versuchte, mich wenigstens ein bisschen darüber zu freuen, dass es endlich mit dem Foodtruck losging (der Kühlschrank funktionierte, das hatte ich mindestens ein Dutzend Mal überprüft), doch als ich mir die teuren Zutaten und die elitären Gäste ansah, bekam ich den Eindruck, doch wieder nur eine meiner alten Dinnerpartys zu geben, und das dämpfte meine Laune.

Alles wie gehabt, flüsterte Lucy mir ins Ohr, als ich anfing, kleine Gläschen mit Krabbensuppe zu füllen, sie mit Schnittlauchblüten zu garnieren und an Kai zu reichen, die sie durch das breite Fenster des Airstreams verteilte.

Und sie hatte recht, dachte ich. Zwar befand ich mich in meinem eigenen Airstream und nicht in einer fremden Küche im West Village, aber alles andere kam mir ziemlich bekannt vor. Ich machte einfach nichts Neues. Ganz kurz warf ich einen Blick durchs Fenster. Allerdings unterschieden sich die Gäste doch ein wenig von denen bei Lucy und Titus. Sie waren jünger, hipper, unterschiedlicher und lässiger, aber dennoch standen sie alle für Geld, Macht und Überfluss. Mir sank das Herz, als ich Lotta in ihrem coolen Outfit aus Acne-Jeans und Yeezy-Bomberjacke vorbeitänzeln sah. All die Hoffnung und freudige Erregung, die ich seit meiner Ankunft in Kingston empfunden hatte, schienen zu schwinden.

Ich beobachtete die Menschen um uns herum. Ihre Haare blähten sich wild im Wind, und die Frauen mit ihren geschenkten Schals neigten sich zu den Männern und unterhielten sich lachend und gestikulierend. Fast alle hielten mein Essen in Händen: die kleinen Gläschen mit der Krabbensuppe; die knusprigen heißen Shrimpsküchlein; die teuren Fish and Chips in einer clever gefalteten Zeitungstüte. Sie alle lachten und redeten, tanzten und flirteten … und aßen mechanisch. Das Essen war absolute Nebensache.

»Sieht aus, als hätten sie Spaß«, bemerkte Marta, die mir auf Zehenspitzen über die Schulter blickte. Sie klang ein bisschen wehmütig.

»Nein, sieht aus wie ein Haufen reicher Idioten, die auch Hundescheiße essen würden, wenn wir sie ihnen auf einem Zedernbrettchen servieren würden«, meldete Kai von ihrem Platz an der Durchreiche. »Ich habe gerade gesehen, wie ein alter Sack einen ganzen Hummerschwanz in höchstens dreißig Sekunden verschlungen hat. Es sah aus, als hätte er seinen Kiefer ausgeklinkt und das Ganze einfach inhaliert.«

Ich seufzte. »Es ist nicht ihre Schuld, sondern meine. Es liegt am Essen.«

Als mich die beiden betroffen ansahen, erklärte ich hastig: »Nein, ich meine, das Essen ist gut. Wirklich. Aber es liegt nicht daran, dass es ein Haufen reicher Idioten ist. Sondern daran, dass wir nichts Neues anbieten.«

»Geh nicht«, versuchte Lotta mich zu überreden, als ich sie zum Abschied umarmte. »Du könntest doch bleiben und unsere Leibköchin sein.«

»Ihr habt schon einen Leibkoch«, entgegnete ich, als ich mich aus ihrem Klammergriff löste. »Sein Name ist José, und er ist sehr gut.«

»Na gut, dann kann er für dich kochen, und du kochst für uns.«

Ich wusste, sie scherzte nur, aber irgendwie klang es doch nicht ganz so.

»Hey«, sagte ich, »wenigstens läuft es mit Sage etwas besser, oder?«

Sie lachte und schüttelte leicht betrübt den Kopf. »O ja, aber dieser Waffenstillstand dauerte nur dreißig Sekunden. Heute Morgen fiel ihr wieder ein, wie sehr sie mich hasst. Sie bezeichnete mich als Fotze, weil ich sie bat, ihre Flipflops vom Esszimmertisch zu nehmen.«

Ich zog die Augenbrauen in die Höhe. »Vielleicht hättest du sie doch Martin DiSantorino überlassen sollen.«

Wieder lachte sie. »Da habe ich offensichtlich eine einmalige Gelegenheit verpasst.«

»Billy!«, brüllte Kai aus dem Wagen. »Ethan braucht uns

zum Abendansturm. Wir müssen jetzt los, verdammt noch mal!«

Ich lächelte entschuldigend. »Danke für die tolle Zeit, Süße. Und für den Job.«

Lotta runzelte die Stirn. »Pass wegen dieser Kai auf, Billy. Sie besteht nur aus Ecken, Kanten und rostigen Nägeln.«

Ich lachte. »Glaubst du?« Ich wandte mich zu Omari, der uns von der vorderen Veranda zuwinkte. »Noch mal danke, Oh! Komm schon, Chicken!«

Mein Hund zögerte kurz und blickte flehentlich hinauf zu Omari, der offenbar sein neuer Lieblingsmensch war.

»Geh schon, Junge«, lachte Omari, und nachdem Chicken noch einen Augenblick verzweifelt versucht hatte, seine wahre Liebe mit Blicken zu verzehren, trottete er schließlich widerstrebend die Treppe hinunter und kletterte durch die Tür in den Wagen, die Marta ihm aufhielt.

»Verräter«, sagte ich, als ich ihm in den Wagen folgte. »Es war nicht Omari, der dich aus dem Schuppen gerettet hat.«

»Ja, aber du hast nicht Rihannas letztes Album produziert«, entgegnete Marta, als wir losfuhren.

Kapitel 18

New Paltz, N. Y.

»Kingston ist nicht einfach nur Kingston, weißt du«, sagte Ethan. »Zwar ist es der größte Ort hier in der Gegend, aber es gehören noch eine ganze Reihe anderer kleiner Dörfer und Städtchen dazu.«

Wir befanden uns auf dem Weg zu einem Metzger in New Paltz, einem kleinen Collegestädtchen etwa fünfzehn Minuten von Kingston entfernt, weil Ethan auf der Suche nach Kalbfleisch aus biologischer Haltung war.

»Jeder dieser kleinen Orte hat etwas Eigenes«, erzählte er, als wir über die Brücke fuhren, die den Rondout Creek überspannte. »Da ist erst mal Woodstock – also Woodstock kennt natürlich jeder. In die Jahre gekommene Hippies, Künstler, Touristen und Promis, die ihre Wochenendhäuser hier haben statt in den Hamptons. Dann ist da Rosendale: vier oder fünf Straßen mit viktorianischen Villen, ein paar hübsche, kleine Läden und eine Gruppe exzentrischer Künstler und politischer Aktivisten. Ulster Park dagegen hat den touristischen Boom verpasst: Es ist ein leicht deprimierendes Arbeiterstädtchen, hat aber einen prächtigen Park am Flussufer, den keiner kennt. In High Falls gibt es eine großartige Lebensmittelkooperative und eine tolle Floristin, und bemerkenswerterweise hat Marc Chagall dort in den 1940ern gewohnt. Stone Ridge ist groß, hat teure historische Häuser, richtige Farmen und ein ziemlich gutes Lebensmittelgeschäft. Und in New Paltz gibt es ein College, mehr Bars als nötig, jede Menge Klettertouristen, und ein paar wirklich großartige Restaurants und Läden, die schon lokal und saisonal orientiert waren, als das noch nicht in Mode war.«

Ich lehnte mich auf meinem Sitz zurück und betrachtete die vorbeifliegende Landschaft, während Ethan mir noch die Orte auf der anderen Seite des Hudson beschrieb. Die Orte reihten sich aneinander wie Perlen an einer Kette. Dazwischen lagen Äcker, Felder und Wälder, die Shawangunk Mountains und mehr Flüsse und Bäche, als ich je gesehen hatte. Ich schwöre, jedes Mal wenn ich um eine Ecke bog, gab es einen Bach, eine malerisch baufällige Scheune, ein Wäldchen in leuchtenden Herbstfarben oder einen Stand, an dem alte Apfelsorten oder Gläser mit Honig aus der Gegend verkauft wurden.

Wir parkten auf der Main Street und gingen zu einer Metzgerei namens Jack's. Von außen sah sie aus wie ein ganz normaler Gemischtwarenladen, aber drinnen empfing uns ein starker, strenger, fast mineralischer Geruch. Wir bahnten uns unseren Weg durch Zeitungs- und Postkartenständer und Regale mit Konserven. Im hinteren Teil befand sich eine lange Glastheke mit prachtvollem Fleisch aus der Region. Dicke, rotweiß marmorierte Scheiben Rib-Eye- oder Porterhouse-Steak; kleine, rundliche Hühnchen, die, eins neben dem anderen, ihre Beine in die Höhe streckten wie geflügelte Revuegirls. Es gab Bruststücke und Rippen, Spare Ribs und Braten, massige Schweineschultern und Bauchfleisch. Mein Blick blieb an den

Schweinefilets hängen, die ordentlich verschnürt geradezu darum bettelten, mitgenommen, mit Rosmarin und Thymian gewürzt und auf einem Bett aus Äpfeln, Zwiebeln, Karotten und Fenchel gebraten zu werden. Jedes Stück Fleisch war mit einem Etikett versehen, das nicht nur über Sorte und Preis, sondern auch über die Herkunftsfarm Auskunft gab: Thunderhill und Veritas, Four Winds und Movable Beast, Fox Hill, Full Moon und Brookside …

»Alle schwärmen ständig von Fleishers Metzgerei in New York City«, bemerkte Ethan und begutachtete die Auslage, »und versteh mich nicht falsch, die ist auch großartig. Aber Jack's gab es als Erstes, und er hat alle anderen überdauert. Habe ich recht, Abdul?«

Der Mann hinter der Theke wandte Ethan den Blick zu. »Klar, mein Freund. Aber auch wenn du mir schmeichelst, wird das Fleisch nicht billiger, nur, dass du es weißt.«

Ethan hob lachend die Hände. »Ich bin nur wegen des Kalbfleischs hier, Mann. Was hast du denn heute da?«

Nachdem Ethan und Abdul über die Unterschiede zwischen zwei Farmen und ihrer Tierhaltung diskutiert hatten, gab Ethan eine Bestellung auf, die am nächsten Tag abgeholt werden sollte, und verließ dann mit mir den Laden.

»Hast du Hunger?«, erkundigte er sich.

»Immer«, antwortete ich.

Daraufhin ging er mit mir in den Village Tea Room auf der gegenüberliegenden Straßenseite. Dieser befand sich in einem gemütlichen, roten, einstöckigen Cottage, das ein Stück von der Straße zurückgesetzt stand und von einem weißen Holzzaun mit spät blühenden Kletterrosen umgeben war. Das Innere war wie ein europäischer Teesalon gehalten – mit tiefen Fensternischen und einer Glastheke voller herrlicher Kuchen und Pasteten. Das war kein Wunder, da die Inhaberin, wie Ethan mir erzählte, ursprünglich aus Irland stammte.

»Sie lebt schon über zehn Jahre hier«, sagte er, nachdem wir eine Brotzeit für zwei und zwei Flaschen Mothers Milk Stout bestellt hatten. »Sie hat von Anfang an Produkte aus der Region angeboten. Bevor ich das *Huma* eröffnet habe, bin ich hierhergekommen, habe eine Truthahnpastete bestellt und einfach nur beobachtet, wie sie den Laden führt. Und jetzt, wenn ich Probleme habe, etwas für meinen eigenen Laden aufzutreiben, frage ich einfach Agnes. Sie kennt die besten Quellen.«

Als unser Essen kam, musterte ich anerkennend die großzügig bemessenen Stücke bröckligen Cheddars, die dicken Scheiben Bauernbrot, die geviertelten Äpfel und Pflaumen, die goldenen Pastetchen mit Lammhackfleisch, den Steinguttopf mit heißem, körnigem Senf und das niedliche Häufchen Essiggurken. Ich bestrich eine Scheibe Brot dick mit Senf, legte ein Stück brüchigen, weißen Käse und ein Apfelstück darauf und biss hinein.

»O Mann, das ist so gut«, stöhnte ich. »Genau das habe ich in den Hamptons falsch gemacht, verstehst du? Wenn ich wirklich schlichtes Strandessen gemacht hätte, dann hätte ich einfach das Übliche nehmen sollen – und davon das Beste. Keinen Thunfisch für 150 Dollar das Pfund, sondern den besten, frischesten Kabeljau, damit die Gäste das Gefühl gehabt hätten, zum ersten Mal in ihrem Leben Kabeljau zu essen. Ich meine: Das hier ist auch nur Käse, Apfel und Brot – aber es schmeckt nach so viel mehr, oder? Der Apfel schmeckt wie der beste

Apfel aller Zeiten. Der Käse ist umwerfend. Und das Brot ist genau das Brot, das ich für den Rest meines Lebens zum Frühstück essen will.«

»Genau«, nickte Ethan und biss in ein Stück Pastete. »Sie weiß eben, was sie tut. Es ist alles so natürlich, und es fühlt sich an, als würden wir in ihrer Küche sitzen.«

Ich spülte das Essen mit einem Schluck cremigem, bitteren Stout herunter.

Es war kein besonders schickes Lokal. Die Gäste trugen Jeans und Pullis. Einer der Gäste aß allein in einer Ecke und las dabei ein Buch. Das Essen war schlicht und herzhaft: ohne Schäumchen, ohne Dekonstruktion oder irgendeinen anderen Trick, der einen glauben machte, man würde etwas essen, das es in Wirklichkeit etwas völlig anderes war. Das Personal war jung, freundlich und zugewandt, aber nicht übereifrig.

Das könnte ewig so weitergehen, dachte ich im Stillen. *Dieses Essen. Dieser Ort. Dieser Mann.*

»Also«, setzte Ethan an, »wie kommt es, dass du keine Kinder hast?«

Ich blinzelte und merkte, wie das Essen in meinem Mund zu Asche zerbröselte. »Was?«

Er biss noch ein Stück von seiner Pastete ab. »Ich dachte nur, die meisten Frauen in deinem Alter, die ich kenne, haben schon Kinder. Ich finde es irgendwie cool, dass du da nicht mitgemacht hast, aber ist die Entscheidung endgültig? Willst du einfach keine?«

Ich stellte mein Bier ab. »Äh, ich versuche gerade, mein eigenes Unternehmen zu gründen, und habe, ehrlich gesagt, noch nicht darüber nachgedacht.«

Lügnerin!, zischte mir Lucy ins Ohr.

Dies war eines der auffallendsten Merkmale an uns vier Frauen, und eines, das uns am meisten verband: Wir alle hatten die Vierzig schon überschritten, doch keine von uns hatte Kinder. Lucy behauptete, Titus würde ihre gesamte Aufmerksamkeit und Energie in Anspruch nehmen, da bliebe nichts mehr für ein Kind. Lotta hatte nach ihrer Scheidung allen ernsthaften Beziehungen entsagt und sich stattdessen Partys und Drogen hingegeben. Mittlerweile war sie zwar clean und verheiratet, aber sie war auch achtundvierzig. Der Zug war abgefahren. Sarah hingegen hatte ihre Eizellen schon vor langer Zeit eingefroren und meinte seitdem, sie hätte alle Zeit der Welt.

Und ich? Wie konnte ich an Kinder denken, wenn ich ständig von der Hand in den Mund lebte? Wenn mein eigenes Leben ein einziges elendes Chaos war? Wie konnte ich an Kinder denken, wenn ich dabei immer den Gesichtsausdruck meiner Mutter vor Augen hatte, die Qual und Panik, wenn sie sich tatsächlich mal die Mühe machte, mir ihre Aufmerksamkeit zu schenken?

»Willst du denn Kinder?«, drehte ich den Spieß um.

Ethan trank einen Schluck von seinem Bier und dachte kurz darüber nach. »Weiß ich nicht. Die Köche mit Kindern, die ich kenne, scheinen aus anderen Gründen als ich zu arbeiten. Momentan trage ich für niemanden Verantwortung. Ich kann die ganze Zeit mit Arbeiten und Lernen verbringen. Wenn ich will, kann ich auch einen ganzen Tag verschlafen, ohne ein schlechtes Gewissen haben zu müssen. Aber all meine Bekannten mit Kindern sind ständig hin- und hergerissen zwischen Arbeit und Familie. Sie sind bei keinem von beidem mit ganzem Herzen dabei. Mein Zuhause ist das *Huma*. Aber sie müssen arbeiten, um ihre Kinder zu ernähren. Ich arbeite, weil ich meine Arbeit liebe. Basta.«

Ich zuckte die Achseln. »Ich glaube nicht, dass das einander ausschließt.«

Er nickte. »Ja, schon klar. Und mir gefällt auch die Vorstellung, wie meine Kinder im Restaurant herumrennen, wie ich ihnen etwas in der Küche beibringe, sie mit zu den Farmen nehme und ihnen zeige, wo und wie alles wächst. Aber ehrlich gesagt, bin ich davon noch weit entfernt. Außerdem muss ich natürlich die richtige Frau dafür finden. Und gleichzeitig das Restaurant weiter nach vorn bringen. Und irgendwie scheinen sich diese Dinge eben doch auszuschließen. Ich bemühe mich nicht ernsthaft um eine Beziehung, weil das Restaurant meine ganze Zeit in Anspruch nimmt. Es gibt nicht viele Frauen, die sich für einen Typen begeistern können, der abends nie freihat, den halben Tag schläft und ständig nach Knoblauch und Wein riecht.«

Klingt verlockend.

Ich schaffte es, lässig mit den Schultern zu zucken. »Dann musst du mit jemandem ausgehen, der dieselben Arbeitszeiten hat wie du. Der das versteht. Mit jemandem aus derselben Branche.«

»Stimmt, aber dann wird es kompliziert. Schließlich bin ich der Boss, weißt du?«

Aber nicht meiner.

Das hätte ich fast laut ausgesprochen. Stattdessen wandte ich die Augen von seinem ernsten Blick, nahm ein Stück Pflaume, biss hinein und zwang mich, an den dunklen, süßen Saft in meinem Mund zu denken, mich auf das Fruchtfleisch zu konzentrieren, dessen Konsistenz und Geschmack …

Braves Mädchen, sagte die Lucy in meinem Kopf.

Ach, lass mich doch in Ruhe, verdammt noch mal!, entgegnete ich in Gedanken und fragte mich für den Bruchteil einer Sekunde, was wohl passieren würde, wenn ich mich einfach über den Tisch beugen, diesen Mann küssen und mit ihm den Geschmack der unverfälschten, honigsüßen Frucht in meinem Mund teilen würde.

Dann aber schluckte ich die Pflaume hinunter und hörte doch auf Lucy.

»Also, jetzt lass uns mal übers Halloween-Festival reden«, sagte ich. »Was kannst du mir für den Airstream mitgeben?«

Am Abend rief ich Brett an.

Geplant hatte ich das nicht. Aber ich war allein in meinem großen, leeren Haus, und es regnete. Das Prasseln des Regens auf dem Metalldach, der Fluss, der draußen in der Dunkelheit verschwand, Chickens Weigerung, unter der Sofadecke hervorzukommen, in die er sich gekuschelt hatte, und ja, zugegeben, vielleicht auch die Flasche Amarone, die ich allein fast ganz geleert hatte, führten dazu, dass ich mich einsam und skrupellos genug fühlte, um zum Hörer zu greifen.

Er meldete sich nach dem erste Klingeln. »Hey, Fremde«, sagte er.

Seine Stimme war tief, rauchig und tröstlich. Ich rollte mich auf der Couch zusammen und fühlte mich sofort besser.

»Hi«, sagte ich. »Ich bin etwas angeschickert.«

Er lachte. »Ich auch.«

Ich lächelte. »Was machst du gerade?«

»Ich sitze am Fenster und beobachte den Regen.«

»Hier regnet es auch. Was trinkst du?«

»Whisky, pur. Ich leere endlich die Flasche Macallan, die du mir geschenkt hast.«

Ich wurde rot, weil ich mich erinnerte, wie er mir einmal genau diesen Whisky auf die nackte Haut gegossen und dann langsam wieder abgeleckt hatte. »Ich dachte, wir hätten die Flasche geleert«, erwiderte ich etwas atemlos.

Er gluckste. »Es war noch ein Rest drin. Wie ich mich erinnere, wurden wir abgelenkt.«

Ich schloss kurz die Augen und gab mich der Erinnerung hin.

»Bist du noch da, Sitwell?«

»Ja. Bin ich.«

»Gut.«

»Brett, kann ich dich mal was fragen?«

»Alles.«

»Willst du Kinder?«

Schweigen. Dann: »Äh, diese Unterhaltung nimmt eine andere Richtung, als ich erwartet hatte.«

Ich schüttelte den Kopf. »Tut mir leid. Ich … ich musste nur daran denken.«

»Mit dir hätte ich sehr gerne Kinder, Sitwell.«

Abrupt richtete ich mich auf und verschüttete dabei fast meinen Wein. »Oh. Oh. Das meinte ich jetzt nicht. Ich … ich habe aus reiner Neugier gefragt und wollte nicht –«

»Ganz ruhig. Ich werde nicht sofort kommen und dich schwängern. Du hast gefragt, und ich habe geantwortet.«

Ich biss mir auf die Unterlippe. Mir fiel einfach nichts ein, was ich darauf sagen sollte.

»Billy?«

»Ja?«, quäkte ich.

»Wieso jage ich dir solche Angst ein?«

Sofort ging ich in die Defensive. »Du – du jagst mir doch keine Angst ein!«

»Doch, ich glaube schon. Und ich glaube, das weißt du auch.«

»Mach dich nicht lächerlich!«

»Ich mag dich, Sitwell. Ich mag dich richtig, richtig gern. Ich könnte dich sogar lieben. Und ich bin bereit, mir von dir allen möglichen Scheiß bieten zu lassen, weil ich weiß, dass du ziemlich kaputt bist. Genauso weiß ich aber, dass du mich, ganz tief in deinem Innern, ebenfalls liebst. Und ich habe die Vorstellung, dass du eines Tages, wenn ich nur geduldig bin, den ganzen Scheiß einfach aufgibst und mich nicht mehr auf Armeslänge von dir fernhältst, sondern zulässt, dass sich zwischen uns etwas entwickelt. Doch ganz ehrlich, Billy, manchmal machst du es mir verflucht schwer.«

Ich schluckte. »Aber – ich hab doch nie gesagt, dass ich dich liebe.«

Er lachte, und dieses Mal klang sein Lachen bitter und müde. »Habe ich auch nie behauptet.«

Und dann legte er einfach auf, und ich lauschte auf die drückende Stille, den Regen, der aufs Dach prasselte, und auf das leise Rauschen des Flusses, der immer noch da war, dort draußen in der Dunkelheit einer verregneten Nacht.

Kapitel 19

Violet Hill Estate
Kingston

Wir ernteten schwarze Walnüsse in Ethans Garten. Ethan, Kai, Marta und ich sammelten die duftenden, leuchtend grünen Kugeln von der Erde auf.

»Die riechen nach Teebaumöl«, sagte ich und atmete den stechenden Geruch der Schale ein.

»Oder nach Bergamotte«, nickte Marta.

»Und sie sauen alles ein«, bemerkte Kai und rubbelte an einem lilaschwärzlichen Fleck auf ihrer Hand.

Ethan wohnte in einem umgebauten Teehaus auf einem alten Grundstück in Ulster County. Von außen sah es aus wie ein Lebkuchenhaus, und drinnen war es pittoresk und gemütlich: nur zwei kleine Schlafzimmer unter dem Dach, ein Bad und das Erdgeschoss offen mit Küche, Esszimmer und Wohnzimmer in einem Raum. Im ganzen Haus gab es versteckte Alkoven, Zierleisten und Stuck, und damit wirkte es eher wie ein Museum. Auf der anderen Seite des Grundstücks wohnten in dem etwas heruntergekommenen Herrenhaus noch die letzten Abkömmlinge der früheren Besitzer, eine ältere vornehme Dame und ihre Schwester. Ich wusste, dass Ethan irgendwann eine eigene Farm haben wollte, wo er alles, was sein Restaurant benötigte, anpflanzen und züchten wollte. Aber bis dahin waren die Damen des Herrenhauses gerne bereit, ihrem gut aussehenden jungen Mieter einen kleinen Garten und die Nutzung ihres altmodischen und ziemlich baufälligen Gewächshauses zu erlauben, weil sie im Tausch dafür wöchentlich einen Korb mit den frischen Erzeugnissen bekamen.

»Wenn man die Schalen kocht, kriegt man tatsächlich ein unglaublich gutes Färbemittel«, erklärte Ethan, drückte seinen Daumennagel in die weiche, grüne Hülse, worauf ein Tropfen dunkler Flüssigkeit zum Vorschein kam. »Außerdem sondert der schwarze Walnussbaum ein Sekret namens Juglon ab, das fast alle nicht einheimischen Pflanzen in Wurzelnähe abtötet. Wusstet ihr das?«

»Klugscheißer«, zog Kai ihn auf.

»Und?«, fragte ich und betrachtete zweifelnd eine der knubbeligen Nüsse in meiner Hand. »Wie kommen wir jetzt an die Nuss selbst? Entfernen wir einfach die Schalen?«

»Zuerst geben wir sie in einen Sack und fahren ein paarmal mit dem Wagen darüber, um die grüne Außenschale loszuwerden«, erklärte Marta. »Dann müssen die holzigen Innenschalen trocknen. Und dann müssen wir diese einzeln mit dem Nussknacker öffnen. Ethan zwingt uns jedes Jahr dazu.«

»Gottverdammt!«, sagte ich. »Ehrlich, ich mag Walnüsse auch gern, aber ist es das wirklich wert?«

»Absolut«, bestätigte Ethan, beugte sich vor, um noch eine aufzusammeln, und gab mir mit dem Anblick seines Hinterns das Gefühl, eine alternde Frau mit unziemlichen Gedanken zu sein. »Eine frische, schwarze Walnuss schmeckt unvergleichlich, und den Rest lege ich ein und verwende ihn für das Ajil, das ich fürs Restaurant mache.«

»Ajil?«, fragte ich, kurzzeitig abgelenkt von seinem Knackarsch.

»Kommt aus dem Iran. Eine Mischung aus Trockenfrüchten und Nüssen, die jede persische Familie ihren Gästen anbietet. Fürs Restaurant mache ich mit eingelegten Walnüssen, getrockneten Maulbeeren, Kichererbsen und Sauerkirschen ein Amuse-Bouche daraus.«

»Das ist einfach legendär«, erklärte Marta. »Schmeckt unvergleichlich.«

»Außerdem habe ich noch ein paar neue Ideen für schwarze Walnüsse. Ich hab da diesen fantastischen roten Reis von einer Farm aus der Gegend –«

»Moment mal«, unterbrach ich ihn, »hier wird *Reis* angebaut?«

»Ja, es gibt eine Familie aus Gambia, die Reis auf traditionell gambische Art anbaut und erntet. Total faszinierend. Ich hab im Sommer ein Praktikum dort gemacht.«

»Na klar, was auch sonst«, murmelte Kai.

»Mittlerweile wird fast alles im Hudson Valley erzeugt«, fuhr Ethan fort. »Reis und Weizen und jedes Obst und Gemüse, das man sich nur vorstellen kann. Die Farmer hier sind einfach super. Bei ihren Erzeugnissen geht es um Geschmack, Nährwert, den Erhalt alter Sorten – und nicht um aufgeblähte, glänzende, seelenlose Produkte. Es ist wirklich eine Revolution.«

»Wie auch immer«, sagte Marta. »Ich glaube, wir haben jetzt alle.«

Ich sah mich um. Wir standen in einem kleinen Wäldchen

aus Walnussbäumen, die sicherlich über hundert Jahre alt waren. Sie waren groß und knorrig, und ihre zarten, fedrigen Blätter bildeten ein leuchtend gelbes Dach vor dem hellblauen Himmel. Als wir vor einer Stunde hier angekommen waren, hatten Hunderte von Nüssen den Boden bedeckt. Jetzt war der Rasen, abgesehen von ein paar faulenden, schwarzen Hülsen vollkommen leer.

»Glaube ich auch«, nickte ich.

Da summte Ethans Handy.

»Ach, Mist«, sagte er. »Das ist die Dritte im Service, die heute ausfällt. Die verdammte Grippe scheint sich zu einer Epidemie zu entwickeln. Wir werden krass unterbesetzt sein.« Er sah mich an. »Außer?«

Servieren ist nicht wie Fahrradfahren. Man kann nicht jahrelang aussetzen und sich dann einfach die Haare aufstecken, eine Schürze umbinden und dort weitermachen, wo man aufgehört hat. Es gibt tatsächlich Muskeln, die jeden Abend trainiert werden müssen. Muskeln, die ganz gleich, wie oft man Sport macht, erst dann genutzt werden, wenn man drei Teller auf dem Unterarm stapelt und mit Höchstgeschwindigkeit über einen feuchten Küchenboden schlittert.

Wir hatten erst seit einer Stunde geöffnet, und doch war ich bereits vollkommen überfordert. Zwei weitere Kellner hatten abgesagt, und ich betrieb Learning by doing in Reinform. Mir tat der Rücken weh, ich hatte die falschen Schuhe an und außerdem einen Tisch für sechs Personen mit einer umgekippten Karaffe Rotwein eingesaut, wobei keiner verschont blieb. Zudem hatte ich meine Brille nicht aufgesetzt und konnte daher in der Küche kaum lesen, was ich mir kurz zuvor am Tisch notiert hatte.

Zwar waren die anderen mir gegenüber geduldig, da ich nur aushalf, doch ich sah mehr als einmal hochgezogene Augenbrauen und genervte Mienen, während ich meinen Bestellungen immer mehr hinterherhinkte.

»Vier Perlhühner am Spieß für Tisch zwei«, sagte ich und starrte blinzelnd auf meinen Notizblock. »Mist! Ich meinte, zwei Perlhühner für Tisch vier! Scheiße! Tut mir leid.«

Ethan sah mich mit der Geduld eines Heiligen an. »Also was jetzt?«, fragte er. »Zwei für vier oder vier für zwei?«

»Vier für zwei – nein, zwei für vier! Zwei für vier!«

Ethan lachte. »Ich dachte, du hättest so was schon mal gemacht.«

»Ach, halt doch die Klappe«, gab ich zurück. »Du solltest dankbar sein, dass ich überhaupt hier bin. Eigentlich sollte ich hinschmeißen und gehen.«

»Dann wäre er besser dran!«, rief Kai von ihrem Arbeitsplatz.

»Sei nett, Kai«, sagte Marta, die eine Crème Brûlée mit einem Flambierbrenner karamellisierte. »Sonst kannst du an ihrer Stelle mit Tellern jonglieren.«

»Zwei Perlhühner!«, rief Ethan. Dann sah er mich an. »Äh, das Essen für Tisch sieben, Billy? Schon vergessen?«

»Ach ja. Bin schon dabei, Chef!«, sagte ich, schnappte mir die nächsten Teller und hastete aus der Küche.

Keine Angst, dachte ich erneut. In Ethans Küche herrschte keine Angst. Er verlor nie die Geduld, schien nie zu explodieren, und seine Angestellten schienen ihn trotz ihrer Späße und

Frotzeleien wirklich zu mögen und zu respektieren. So etwas war mir in einem Restaurant noch nie begegnet. Die meisten Köche, die ich kannte – vor allem die großartigen –, gingen mit ihren Angestellten brutal und gemein um, verlangten Perfektion, und wenn das nicht erreicht wurde, gaben sie ihnen das Gefühl, elende Versager zu sein. In vielen Küchen, in denen ich schon gearbeitet hatte, wurde behauptet, man wäre eine große Familie. Und vielleicht stimmte das auch – wenn man mit Familie eine inzestuöse, dysfunktionale Ansammlung von Menschen meinte, die alle Angst hatten vor der tyrannischen Vaterfigur. Aber Ethan behandelte seine Angestellten nicht wie Kinder, sondern wie Ebenbürtige.

Ein Stich durchzuckte meine Schulter, als ich über den Tisch griff, um eine mir entgegengehaltene Speisekarte zu nehmen, und ich erstarrte vor lauter Angst, mein ganzer Rücken würde sich verkrampfen. Aber kurz darauf ließ der Schmerz nach, und ich entspannte mich wieder. Bedauernd schüttelte ich den Kopf. Meine Tage als Kellnerin waren offensichtlich gezählt.

»Personaldrink, Billy!«, japste Marta, als sie zur Bar rannte. »Es ist Zeit für den Personaldrink!«

Ich zog die Augenbrauen hoch. Ethan konnte es sich bestimmt nicht leisten, kostenlose Drinks an seine Angestellten zu verteilen, aber offenbar hatte ihn das nicht davon abgehalten, diese Tradition ins Leben zu rufen. Jeden Abend nach dem Aufräumen durfte sich jeder einen Drink aufs Haus genehmigen, bevor alle aufbrachen. Wein. Schnaps. Long Drinks. Bier. Alle versammelten sich an der Bar und durften sich ein Getränk ihrer Wahl bestellen. Ich kannte ein paar Restaurants, wo es diese Tradition gab, aber die waren alle äußerst exklusiv gewesen und hatten viel Geld gemacht. Sie konnten es sich leisten.

Ich hätte es wissen müssen, dass es ein Fehler war, mit Leuten zu trinken, die nur halb so alt waren wie ich. Wahrscheinlich hätte ich einfach nur einen Kurzen kippen und nach Hause fahren sollen, aber ich gebe zu, dass ich mich in letzter Zeit etwas einsam fühlte. Brett hatte nach unserem trunkenen Telefonat nichts mehr von sich hören lassen – und ich verdrängte jeden Gedanken an ihn. Lucy war weiterhin verschollen. Lotta ging es mies, weil Omari in Deutschland war, und ihre einzigen Themen waren, wie sehr sie ihren Mann vermisste und wie gemein Sage sie behandelte. Und wenn ich Sarah ans Telefon bekam, dann klang sie immer durchgeknallter.

»Ich glaube, Brian hat eine Affäre«, hatte sie bei unserem letzten Telefonat in den Hörer geflüstert. »Er arbeitet in letzter Zeit fast täglich bis tief in die Nacht und hat mir gerade erzählt, er müsste auch dieses Wochenende in die Firma. Findest du das nicht verdächtig?«

»Hat er nicht schon immer Überstunden gemacht?«

Sie überlegte kurz. »Ja, schon. Aber meine Produzenten werden noch wahnsinnig. Schließlich ist er nie da, und man kann mich ja nicht endlos filmen, wie ich am Telefon ausflippe, verstehst du? Das wird langsam langweilig.«

»Sarah, manchmal frage ich mich, ob du dir nicht weniger Gedanken über deine Show und mehr Gedanken über dein Leben machen solltest.«

Sie seufzte entnervt. »Aber die Show *ist* doch mein Leben. Hörst du mir denn überhaupt nicht zu?«

Also beschäftigte ich mich damit, Essen und Rezepte zu hamstern, zu arbeiten und dann mit Leuten Mitte zwanzig abzuhängen, die mir das Gefühl gaben, wieder jung und gleichzeitig uralt zu sein.

Ethan tanzte. Jemand hatte die brillante Idee gehabt, sein iPhone ans Soundsystem des Restaurants anzuschließen, und ein paar andere hatten die Tische zusammengeschoben. Jetzt stand Ethan, offensichtlich etwas angetrunken, mitten im Raum, hatte die Augen geschlossen, die Arme gehoben und schnippte mit den Fingern. Angesichts seiner Miene wurde mir klar, dass ich nun entweder schnell austrank und ging oder aufstand und mich zu ihm gesellte.

Ich leerte meinen Drink und fragte mich, wo ich meinen Mantel gelassen hatte, doch noch bevor ich mein Glas abstellen konnte, war Kai schon hinter der Theke und beugte sich zu mir: »Soll ich dir einen Deckel machen?«

Ich sah mich um. Niemand hörte nach einem Drink auf. Und offenbar bezahlten alle.

Ah. Vielleicht ist der Junge doch nicht so dumm …

»Ja, okay«, sagte ich. »Mach mir noch einen Drink.«

Da ertönte Beyoncés ›Blow‹. Diese sexy Stimme, diese unterschwelligen Anzüglichkeiten …

Ethan leckte sich über die Lippen und lächelte – langsam und breit –, und dann blickte er mich direkt an und lockte mich mit seinem Finger zu sich.

»Komm schon, Billy!«, rief er lachend. »Ich liebe diesen Song, echt.«

Scheiß drauf, dachte ich, leerte meinen Drink und stand auf, um zu ihm zu gehen.

Ich hatte im Leben schon mit vielen Männern getanzt und konnte das eigentlich ziemlich gut, aber ehrlich: Als Ethan die Arme um mich schlang und anfing, mich über die Tanzfläche zu führen, war ich geschockt. Ich hatte mit albernem Herumgekasper gerechnet und nicht damit, buchstäblich von den Füßen gerissen zu werden.

»Wo zum Teufel hast du so tanzen gelernt?«, fragte ich, als ich wieder Luft bekam.

Er wirbelte mich herum. »Beim Ballett. Zehn Jahre.«

Ich lachte. »Im Ernst?«

»Yup. Meine Eltern versuchten es zuerst mit dem üblichen Jungensport: Fußball, Baseball, Basketball ... aber ich mochte dieses Konkurrenzgefühl nicht. Ich hasste es, ständig besser sein zu müssen als der andere. Dieses Alphamännchengehabe. Also stieg ich bei jeder Mannschaft wieder aus. Weigerte mich einfach, weiter hinzugehen. Da entschied meine Mom eines Tages, mich beim Ballett anzumelden, damit ich endlich wieder den Hintern hochbekam und nicht mehr den ganzen Tag Videospiele zockte. Natürlich wehrte ich mich mit Händen und Füßen. Schließlich war ich ein achtjähriger Junge. Aber als ich in meiner ersten Ballettstunde sah, dass es zwar eine Gruppe gab, aber ohne jeden Wettbewerb, und dass alle tatsächlich gemeinsam an einem Strang zogen, fand ich das toll. Natürlich schadete es auch nicht, dass ich einer der wenigen Jungen in der Klasse war und daher ziemlich viel Aufmerksamkeit von den Mädchen und den Lehrern bekam.«

»Warst du gut?«

Er zuckte die Achseln. »Professioneller Tänzer hätte ich nie werden können. Dazu habe ich mich nicht genug reingekniet.

Aber den einen oder anderen *Nussknacker* habe ich schon getanzt.«

Ich lachte und stellte mir Ethan als dunkelhaarigen Jungen mit großen, schräg gestellten Augen vor ... mit Ballettschläppchen und eng anliegender Hose ... Lächelnd schmiegte ich mich enger an ihn.

Da spürte ich einen leichten Stoß im Rücken.

»Alles klar, ihr zwei«, sagte Kai. »Schluss jetzt.«

Als ich den Kopf wandte, sah ich, dass sie uns finster anstarrte und die Hände in die Seiten gestemmt hatte. »Außer euch tanzt hier niemand«, erklärte sie. »Was soll die Show?«

Ich wollte mich schon von Ethan lösen, aber er zog mich enger an sich – und das mit überraschender Kraft. »Hau ab, Kai«, sagte er. Er war zwar freundlich, aber seine Stimme hatte einen stählernen Unterton.

Ihr Mund zuckte. »Ihr macht euch zum Affen. Alle gucken euch zu.«

Ethan erstarrte, ließ mich aber nicht los. »Was soll das?«, fragte er mit zornig aufblitzenden Augen.

Marta kam herbeigeeilt. »Hey, hey, ich hab euch allen noch einen Drink gemacht.« Sie drückte Kai ein Glas mit einer grellgrünen Flüssigkeit in die Hand. »Du hattest doch Tequila, oder? Den Milagro?«

Kai und ich standen einander gegenüber. Sie starrte mich an, und ihre hellen Augen glühten geradezu.

»Lass die Finger von ihm«, murmelte sie.

»Herrgott, Kai, was ist dein Problem?«

Als sie einen Schritt auf mich zutrat, begannen meine Schläfen zu pochen. Ich war mir ziemlich sicher, es mit ihr aufnehmen zu können, aber es war schon sehr lange her, dass ich in einer Bar jemanden niedergestarrt hatte.

»Du weißt ja gar nicht, was du anrichtest«, sagte sie.

»Bist du betrunken?«, erwiderte ich. »Wir haben doch nur getanzt. Seid ihr zwei zusammen, oder was?«

Sie verzog höhnisch den Mund, aber bevor sie antworten konnte, kam Marta erneut herbeigehastet. »Wir spielen alle *Kill, Fuck, Marry* an der Bar«, sagte sie atemlos. »Das ist unheimlich lustig. Kommt doch auch!«

»Nein, danke«, entgegnete ich. »Dazu sind wir nicht betrunken genug.«

»Aber sicher doch«, erwiderte Kai und leerte ihr Glas. »Spätestens in einer Minute.«

Als wir uns zu den anderen an die Bar gesellten, wurden wir mit lautem Gejohle empfangen. Marta reichte mir sofort einen weiteren Longdrink, und ich achtete darauf, Distanz zu Kai und Ethan zu halten. Eigentlich wäre ich am liebsten gegangen, aber mein zweiter Drink war stärker als erwartet gewesen, und ich wusste, dass ich schon viel zu angeschickert zum Fahren war.

»Bieber töten, Gosling vögeln, Clooney heiraten«, sagte Anissa, die hübsche Kellnerin mit den riesigen Tunneln im Ohr.

»Vollkommen bescheuert!«, rief Freddie, einer unserer Tellerwäscher. »Ich meine, klar, Bieber muss sterben, aber Clooney ist zum Vögeln und Gosling zum Heiraten.«

»Nein, weil Cooney alt ist und einen kaputten Rücken hat. Er würde einfach nur daliegen und hoffen, dass er keinen Bandscheibenvorfall kriegt. Das wäre reine Verschwendung«, entgegnete Anissa. »Außerdem ist er reicher als Gosling, also reißt man sich doch lieber die Villa am Comer See unter den Nagel, hab ich recht?«

»Lasst uns doch nur Leute nehmen, die wir persönlich kennen«, sagte Kai mit einem verschlagenen Lächeln. »Ich fang an.«

Zustimmendes Gejohle von den Angestellten, aber ich sah, dass sowohl Ethan als auch Marta besorgt wirkten.

»Okay, Kai«, sagte Anissa, offensichtlich entzückt, Öl ins Feuer zu gießen. »Marta, Ethan und Billy. Kill. Fuck. Marry.«

Kai grinste noch breiter. »Das ist leicht«, erklärte sie. »Ethan töten. Billy vögeln. Marta heiraten.«

Ich blinzelte verwirrt.

»Erklärung?«, fragte Anissa.

Kai trank einen Schluck von ihrem Drink und stellte dann langsam das Glas ab. »Tja, Billy zu ficken, liegt doch nahe.« Sie warf mir einen abschätzigen Blick zu. »Ich mein, ehrlich, fick dich, Billy.«

Ich hob mein Glas und prostete ihr sarkastisch zu.

Kai trank noch einen Schluck. »Marta heiraten, weil ich sie liebe und sie einfach hinreißend ist und ich sie vielleicht doch noch zu einer echten Lesbe bekehren kann, und Ethan – sorry, E –, Ethan bringe ich um, denn ehrlich: Was soll ich mit einem gottverdammten Penis?«

Tosendes Gelächter. Ich holte tief Luft. *Moment mal. Kai war lesbisch? Was zum Teufel sollte dann ihr Theater?*

»Okay, Marta«, sagte Kai. »Du bist dran.«

Daraufhin wurde Marta so verlegen, dass sie unter ihrer braunen Haut knallrot wurde. »Ich muss mal aufs Klo«, verkündete sie und eilte davon.

Ich stellte mein Glas ab und folgte ihr.

»Marta«, rief ich, als sie in einer Kabine verschwand.

»Ich hab keine Lust mitzuspielen, Billy!«, rief sie zurück.

»Ich auch nicht, verdammt! Aber jetzt erklär mir mal, was zum Teufel da eigentlich zwischen euch dreien abgeht!«

Sie seufzte. Dann öffnete sie die Kabinentür. Ihr blauer Irokese hatte Schlagseite, und ihre Augen waren gerötet.

»Tut mir leid, dass du da reingezogen wurdest«, sagte sie. »Das Ganze ist so ein Schlamassel. War es schon immer.«

»Das verstehe ich nicht«, erwiderte ich.

Sie biss sich auf die Unterlippe. »Kai, Ethan und ich haben uns schon immer sehr nahegestanden – seit der Ausbildung, weißt du?«

Ich nickte. »Er hat davon erzählt.«

»Kai und ich haben uns ein Zimmer geteilt, und wir drei hingen ständig miteinander ab und hatten schon seit jeher vor, gemeinsam ein Restaurant aufzumachen. Ethan sollte der Chefkoch sein, ich die Küchenkonditorin und Kai unsere Weinexpertin. Wir hatten alles genau geplant.«

»Und?«, fragte ich.

»Aber im letzten Monat der Ausbildung geriet alles aus den Fugen. Ich war total in Ethan verknallt – eigentlich, seit ich ihn kennengelernt hatte.«

»Oh.«

»Das ist nicht mehr so!«, fügte sie eilig hinzu. »War nur ’ne Kleinmädchenschwärmerei.«

Ich zog die Augenbrauen hoch. »Aha?«

»Aber dann, kurz vor dem Abschluss, in der Prüfungswoche, bat Ethan mich um ein Date – keine Ahnung, warum.«

»Das Picknick«, sagte ich, weil mir plötzlich wieder einfiel, was Ethan mir am Anleger über die Kabeljau-Kassava-Reibekuchen erzählt hatte. »Im Garten von Blithewood.«

Sie sah mich überrascht an. »Davon hat er dir erzählt?«

Ich nickte. »Ja. Ein bisschen. Aber red weiter.«

»Wir hatten einen unglaublichen Abend. Spektakulär. Zumindest dachte ich das. Aber danach rief er nicht mehr an. Kam auch nicht vorbei. Also dachte ich, er würde mich vielleicht doch nicht so mögen. Dass ich ihn falsch verstanden hätte.«

Ich biss mir auf die Zunge. Das war natürlich etwas ganz anderes als das, was Ethan mir erzählt hatte, aber ich hatte nicht die Absicht, mich da einzumischen. Also hielt ich den Mund.

»Ich versuchte, nicht enttäuscht zu sein«, fuhr sie fort. »War ja schließlich keine große Sache, oder? Jungs verhalten sich ständig blöd, aber dann erwischte mich Kai beim Weinen, und sie war so … so süß … und am Ende … schliefen wir zusammen.«

Ich unterdrückte ein Lächeln. *Gott, war ich froh, nicht mehr zwanzig zu sein!*

»Ah«, sagte ich. »Also war das ihr Ernst, als sie meinte, sie würde dich lieben.«

Marta nickte und drehte nervös den Wasserhahn auf und zu. »Jedenfalls, direkt danach kam Ethan zu mir und erklärte, unser Date sei wunderschön gewesen, aber er hätte sich danach zurückgehalten, weil ich nach der fast vermasselten Saucenprüfung so aufgebracht war, dass er dachte, ich bräuchte etwas Zeit. Also hatte er darauf gewartet, dass ich ihn anrief. Aber da hatte ich ja schon – das mit Kai gemacht, weißt du?«

Ich nickte. »Klar.«

»Und verstehst du, mit Kai war es echt richtig gut, und sie ist so schön und alles, außerdem glaube ich total daran, dass die Grenzen in der Sexualität fließend sind. Ich glaube nicht, dass man nur homo oder hetero ist, oder? Andererseits –«

»Hattest du Kai gegenüber nicht die gleichen Gefühle wie gegenüber Ethan.«

Sie nickte und hatte ihre großen, braunen Augen fragend aufgerissen. »Ist dir das auch schon mal passiert?«

Ich lachte. »Tatsächlich hatte ich auch meine Experimentierphase. Das haben viele Mädchen.«

»Also wollte ich Ethan nicht gestehen, dass ich kurz nach unserem Date mit Kai geschlafen hatte, und sagte nur, wir sollten es bis zum Abschluss vielleicht etwas langsamer angehen lassen. Dann ging ich zu Kai und erklärte, das mit uns sei vielleicht ein Fehler gewesen. Aber damit habe ich wohl beide verletzt. Vor allem Kai. Nach dem Abschluss jedenfalls ging sie sofort nach Europa. Sie meinte, sie wollte uns nicht mehr ständig um sich haben. Also eröffneten Ethan und ich das Restaurant, aber – verstehst du, wir haben so viel Geld und Arbeit investiert, dass es riskant schien, auch noch was miteinander anzufangen, also verlief das irgendwie im Sande. Und dann kam Kai zurück und sagte, sie würde mich immer noch lieben, obwohl sie wüsste, dass ich Ethan liebe, aber damit könnte sie leben – sie hätte uns beide vermisst und wollte wieder Teil unseres Lebens sein. Doch dann bist du aufgetaucht, und Ethan ist ganz offensichtlich an dir interessiert, was ich vollkommen okay finde, weil ich ihn nicht mehr liebe, aber Kai denkt, das stimmt nicht, und sie glaubt, Ethan würde mich auch lieben.

Deshalb mag sie dich nicht, besser gesagt, sie will nicht, dass du dich in Ethans Nähe aufhältst, weil sie Angst hat, ich könnte wieder verletzt werden. Das Ganze ist echt albern, aber so verhält es sich eben.«

Immer noch den Tränen nahe holte sie tief Luft.

Ich sah sie an. Betrachtete ihre ruinierte Frisur und ihre roten Augen, ihr unglaublich junges Gesicht, aus dem Aufrichtigkeit und Verwirrung sprachen. Und mit einem Mal kamen mir mein schmerzender Rücken, meine Plattfüße und meine blöden altersweitsichtigen Augen gar nicht mehr so schlimm vor.

Okay, sagte Lucy, *können wir jetzt endlich mit diesem Scheiß abschließen?*

Um nichts in der Welt, dachte ich, *um rein gar nichts wäre ich bereit, noch mal so verflucht jung und dumm zu sein.*

Kapitel 20

The Flower Shop
Manhattan

»Ehrlich«, verkündete Sarah und musterte den gebräunten, muskulösen Barkeeper, der seine Haare zu einem Knoten zusammengebunden hatte, »die Australier haben alles übernommen. Jetzt sieh dir doch diese Hipster von Down Under an!«

Lotta zuckte die Achseln. »Und was ist daran auszusetzen?«

»Zuerst müssten die alle mal zum Friseur«, schaltete sich James ein. »Wer zum Teufel trägt denn heutzutage noch Haarknoten?«

»Herrgott, James, wie kann es sein, dass du hetero bist und trotzdem derart schwule Attitüden hast?«

Da ich das Twenty-Something-Drama satthatte, war ich in den Bus nach Manhattan gesprungen und hatte mich mit Sarah und Lotta in einer neuen Bar namens *The Flower Shop* an der Lower East Side verabredet. Die Einrichtung erinnerte an den mittleren Westen: Holzpanele, falsche Familienporträts und Billardtische. Wir tranken Wodka mit Cranberry-Saft (außer Lotta, die Mineralwasser mit Limette hatte) und schaufelten eine Riesenbestellung Tartarbeefsteak mit Fritten ins uns hinein.

Lotta war in Manhattan, weil Omari sich immer noch in Deutschland befand. Ich war in Manhattan, weil ich es satthatte, mich immer als einzige Erwachsene im Raum zu fühlen, außerdem bestand weiterhin Funkstille zu Lucy, daher machte ich mir Sorgen und hoffte, jemand könnte mir sagen, wie es ihr ging.

Aber es schien, als würde sie mit keiner von uns mehr Kontakt haben. Sie war einfach abgetaucht.

Es war Sarahs Idee gewesen, James einzuladen – mit dem Hintergedanken, dass Lucy nie einen Friseurtermin verpasste und er daher vielleicht wusste, wieso sie vom Erdboden verschwunden war. Aber bislang hatte er uns mit keinerlei nützlichen Informationen dienen können.

»Sie ist diese Woche nicht mal zum Nachkolorieren gekommen«, erklärte er. »Ich habe keine Ahnung, was mit ihr los ist.« Er reckte den Kopf. »Du meine Güte, wieso gibt es hier keine Frauen? Ich sehe nur eine Million gottverdammte Chris-Hemsworth-Klone. Und wieso tragen alle diese riesigen Schlüsselringe an ihren Hosen? Wer braucht so viele Schlüssel? Wann ist das denn hip geworden?« Er wandte sich wieder zu uns. »Na gut, es sieht so aus, als wäret ihr drei heute Abend meine einzige Chance auf Spaß. Wer nimmt die Herausforderung an?«

Ich verdrehte die Augen, musste aber insgeheim daran denken, dass Lucy mir mal gesagt hatte, James küsse genauso, wie er Haare schneide: mit Präzision und Genie (wer Lucy kannte, wusste, dass dies eine lange Geschichte war). Daher spielte ich ganz kurz mit der Idee, den letzten Bus nach Kingston sausen zu lassen.

Aber James bedachte bereits Lotta mit einem prüfenden Blick, der ihre Erscheinung vom Scheitel bis zur Sohle erfasste. »Wie wär's, Eklund, was hast du später noch vor?«

Lotta nippte sittsam an ihrem Wasser. »Ich bin jetzt eine verheiratete Frau, James. Oder hast du das schon vergessen?«

Er runzelte die Stirn. »Tja, wenn ich zur Hochzeit eingeladen gewesen wäre …«

Lotta zuckte die Achseln. »Omari und ich hatten eine Abmachung: keiner, mit dem wir mal geschlafen haben, kommt auf die Gästeliste.«

Sarah und ich sahen uns erstaunt an. Das war ja ganz was Neues. Andererseits: Wenn ich an Lottas schlimmste Drogenzeit dachte – und da hatten sie und James in denselben Kreisen verkehrt –, hielt ich es durchaus für möglich, dass die beiden mal was miteinander gehabt hatten.

James wurde tatsächlich rot. »Ach, reden wir jetzt doch darüber?«, fragte er. »Keine großen, dunklen Geheimnisse mehr, Lotta?«

Sie breitete die Hände aus und schenkte ihm ein liebreizendes Lächeln. »Nein, ich bin jetzt wie ein offenes Buch, Schätzchen.«

James schnaubte. »Als Junkie hast du mir besser gefallen. Wenigstens konnte man da noch mit dir Spaß haben.«

»James!«, rief Sarah aus. »Wie kannst du das nur sagen!«

Lottas Lächeln gefror nur ein winziges bisschen. »Ich bin sicher, dass viele seiner Meinung sind.«

»Okay«, sagte ich, »das reicht jetzt, ihr zwei. Ich dachte, wir wären hier, um über Lucy zu reden.«

»Na gut«, meinte James und stand auf. »Dann bin ich raus.

Zu dieser Unterhaltung habe ich nichts mehr beizutragen. Jedenfalls war sie schon einen Monat nicht mehr da, um ihre Haare machen zu lassen. Wenn jemand was von ihr hört, kann er mir ja Bescheid sagen.«

»Aber James«, stieß Sarah hervor, als er ein paar Scheine auf den Tisch warf und ging.

Lotta winkte abschätzig mit der Hand. »Gut, dass wir den los sind!«

»Aber vielleicht hat er ja recht. Vielleicht gibt es gar nichts Neues über Lucy«, sagte Sarah. »Wahrscheinlich verleben sie und Titus nur irgendwo zweite Flitterwochen. Sie wird schon wieder auftauchen.«

»Das sind aber die längsten zweiten Flitterwochen aller Zeiten, verdammt noch mal«, murmelte ich.

»Und wenn er sie irgendwo eingesperrt hat?«, entgegnete Lotta. »Wenn er sie irgendwo an eine Heizung gekettet hat?«

»Hör auf«, befahl Sarah.

»Ich hoffe nur, dass es ihr gut geht.« Ich zerpflückte die Serviette in meiner Hand. »Denn ich finde das echt ziemlich komisch.«

»Ihr geht's bestimmt gut«, beschwichtigte Sarah. »Aber können wir jetzt mal kurz über meine Show reden?«

Lotta und ich starrten sie finster an.

»Was denn?«, rief sie. »Ich hab ehrlich echte Probleme!« Und dann stürzte sie sich in ein langes Lamento über ihre Produzenten, die einfach nicht das wollten, was sie wollte.

Während ihres Geplappers dachte ich an Lucy und fragte mich, ob sie mir überhaupt Bescheid sagen würde, wenn es ihr wirklich schlecht ging. Früher war das gar keine Frage gewesen – wir erzählten uns alles –, aber jetzt war das anders. Jetzt fragte ich mich, wie gut ich sie eigentlich kannte.

Ich winkte die Kellnerin zu uns und bestellte eine weitere Runde. »Nein, noch besser«, sagte ich, weil Sarah keine Anstalten machte, ihren Redefluss zu stoppen, »eine doppelte.«

Kapitel 21

River House
Kingston

Ich buk.

Und dies nicht besonders gut, möchte ich hinzufügen. Wie jeder Koch weiß, gibt es einen riesigen Unterschied zwischen Backen und Kochen. Kochen bedeutet Improvisation und basiert auf Zutaten und der entsprechenden Stimmung. Beim Kochen kann ein kleiner Fehler sogar inspirierend sein, aber beim Backen bewirkt er nur, dass der Brotteig nicht aufgeht, der Kuchen nach Salz und Backpulver schmeckt und die Plätzchen als weiche, geschmolzene Masse auf dem Blech enden. Backen ist vor allem Chemie und daher heikel. Backen verlangt Präzision.

Großartige Bäcker sind klüger als großartige Köche, so sehr es mir widerstrebt, das zuzugeben. Denn wer beim Backen improvisieren kann, muss ein Meister seines Fachs sein. Man muss sich so gut auskennen, dass man genau weiß, was passiert, wenn man nur eine einzige Komponente verändert. Ein Koch hingegen kann wie ein übermütiges Kleinkind mit den Zutaten herumspielen und am Ende wahrscheinlich doch noch etwas Leckeres zustande bringen. Aber wenn ein Bäcker nicht weiß, was er tut, ist alles ruiniert.

Ich konnte eindeutig besser kochen als backen. Aber als ich mich am Morgen unter meiner Bettdecke hervorgewagt hatte, war es erschreckend kalt im Haus gewesen. Die glorreichen goldenen Tage des Indian Summer waren vorüber – jetzt kam der echte Herbst. Chicken schnüffelte an meinen Füßen und schmiegte sich wärmesuchend an mich; und ich erschauerte, als ich alle Fenster schloss. Der wallende, graue Nebel, der vom Fluss herüberdriftete, weckte in mir die Sehnsucht nach etwas Warmem, Süßem zu der Kanne Assamtee, die ich mir zu kochen gedachte.

Also machte ich in der Küche Feuer, schlang ein weiches, kariertes Schultertuch über meinen Pyjama und stöberte in der Vorratskammer herum, bis ich ein paar getrocknete Aprikosen und eine kleine, fleckige Papiertüte mit geschälten schwarzen Walnüssen fand, die Ethan mir bei unserem letzten Treffen aufgedrängt hatte.

Seit meinem katastrophalen Kellnerabend war ich nicht mehr im *Huma* gewesen, konnte Ethan aber nicht gänzlich aus dem Weg gehen, da wir geplant hatten, mit dem Airstream auf dem großen Halloween-Festival im Rondout-Viertel in Kingston zu starten. Und bis dahin war es nur noch eine Woche.

Das hieß, dass ich dann auch wieder Marta und Kai treffen würde. Schließlich waren sie mein Team für den Foodtruck, und da Halloween dieses Jahr auf einen Montag fiel und im *Huma* Montag Ruhetag war, wollte Ethan sich ebenfalls zu uns gesellen.

Mir wurde ziemlich unbehaglich, wenn ich zu lange darüber nachdachte, wie wir vier uns in den Wohnwagen zwängen würden. Daher verdrängte ich es auch jetzt, während ich meine Zutaten zusammensuchte.

Muffins, dachte ich. Aber dann fiel mir ein, dass ich im Kühlschrank noch Sahne hatte, die ich aufbrauchen musste … *Nein, Moment: Scones.*

Ich suchte im mittlerweile zerlesenen Exemplar von *Freude am Kochen,* das meiner Mutter gehört hatte, nach dem Rezept: Es war einfach, lecker und bot Variationsmöglichkeiten. Als ich die Seite fand, fuhr ich mit dem Finger darüber und fragte mich, welche Butterflecken und Kleckse von ihr stammten und welche von mir.

Natürlich hatte meine Mutter nicht sehr oft gekocht. Häufig schaffte sie es nicht mal, ihr Bett zu verlassen, aber manchmal, an ihren besseren Tagen, stand sie vor mir auf und zündete Kerzen und die Öllampe auf dem Küchentisch an. Sie legte sanfte, klassische Musik auf, und dann fing sie an zu backen.

Jedes Mal, wenn mein Vater und ich zum Klang von Mozart oder Puccini aufwachten und den Duft von Butter und karamellisierendem Zucker rochen, das warme Aroma von Hefe oder den fettigen, satten Geruch nach backendem Teig, holten wir vor lauter Erleichterung tief Luft und waren glücklich, weil wir wussten, wir hatten wenigstens einen Tag vor uns, an dem es meiner Mutter gut ging.

Ich zog gerade die goldbraunen, duftenden Scones aus dem Ofen, als es an der Tür klingelte und Chicken wie wild zu bellen anfing. Ich erstarrte. Zunächst einmal, weil nur selten jemand ohne Vorwarnung bei mir vorbeikam. Meine Vermieterin Portia rief immer vorher an, wenn sie ins Haus wollte, und Ethan schickte stets eine SMS, bevor er auftauchte. Und selbst wenn doch mal jemand unangekündigt kam, benutzte er nie die Vordertür.

Ich stellte das Blech mit den Scones auf den Ofen. »Ganz ruhig«, beschwichtigte ich meinen kleinen Hund, weil er hin und her flitzte wie ein verrückt gewordenes Eichhörnchen.

Wieder läutete es an der Tür – lang und schrill.

»Moment!«, brüllte ich entnervt.

Bevor ich öffnete, zog ich mir das Tuch enger über die Schultern, weil mir plötzlich bewusst wurde, dass ich meinen alten, verwaschenen Schlafanzug anhatte, dazu nachgemachte, klobige Uggs mit Leopardenmuster, und meine immer noch pinken Haare mit einer billigen Plastikspange hochgeclipt waren.

Mist. Wahrscheinlich der UPS-Mann oder die Zeugen Jehovas …

Aber weder wurde mir Post gebracht, noch versuchte man, mich zu bekehren. Es war Titus. Auf meiner Frontveranda. Mit einem in Packpapier gewickelten Paket.

»Hallo, Billy«, begrüßte er mich.

Er sah wirklich schlecht aus. Blass und müde, und seine sonst immer so makellosen Haare waren zerzaust und flusig. Als Chicken sich kläffend auf seine Füße stürzte, zuckte er nicht mal zusammen.

Plötzlich durchfuhr mich eiskalte Angst. »Ist mit Lucy alles okay?«, fragte ich.

Er lächelte matt. »Darf ich reinkommen?«

Ich schnappte mir Chicken, der immer noch Titus' Knöchel attackierte, und trat einen Schritt beiseite. »Na klar. Okay. Ja. Natürlich.«

Ich führte ihn durch den Flur in die Küche und bemühte mich, den Drang zu unterdrücken, ihn an den Schultern zu packen und so lange zu schütteln, bis er verriet, was er hier wollte.

»Schönes Haus«, bemerkte er und betrachtete die Küche. Er schlenderte zum Fenster. »Großartige Aussicht. Könnte ich malen.«

»Titus«, sagte ich, viel zu panisch, um höflich zu sein. »Was zum Teufel machst du hier?«

Er lachte leise und ließ sich an der Kücheninsel nieder. Das Paket legte er vorsichtig auf die Arbeitsplatte und schob es zu mir. »Ich hab dir was mitgebracht.«

Einen Augenblick lang starrte ich stirnrunzelnd auf das Paket. »Was? Wieso?«

»Mach's einfach auf, Billy.«

Ungeduldig riss ich das Papier auf.

Aber dann verharrte ich.

Vielleicht habe ich es nicht deutlich genug gemacht, aber Titus war ein sehr berühmter Maler. Extrem berühmt. Ungefähr wie Picasso. Aber manchmal vergaß ich das. Denn normalerweise war er für mich nur ein Kerl, der meine beste Freundin in den letzten Jahren sowohl glücklich als auch sehr unglücklich gemacht hatte. Er war der Typ, der sie mir entrissen und in eine exklusive Welt aus Glamour, Geld und Ruhm entführt hatte, wo ich sie nur noch mit viel Mühe erreichen konnte. Ehrlich gesagt, mochte ich Titus nicht mal besonders, aber das war egal, denn Lucy liebte ihn, daher gehörte er zu meinem Leben, solange ich weiterhin zu Lucys Leben gehören wollte.

Aber manchmal, in Augenblicken wie diesen, fiel mir wieder ein, wer er war: nicht nur der manchmal nervende Mann meiner besten Freundin, den ich nur ihr zuliebe tolerierte, sondern ein einzigartiger Ausnahmekünstler.

Er hatte mir ein Bild mitgebracht. Ein Gemälde, das Lucy und mich als junge Mädchen zeigte. Ich wusste, welches Foto er dafür genommen hatte: Ein Abzug davon stand gerahmt auf meinem Schreibtisch, und ich wusste, dass Lucy es ebenfalls auf ihrem Kosmetiktisch stehen hatte.

Das Originalfoto war auf einer Poolparty geschossen worden. Im Sommer, als wir beide dreizehn wurden. Lucy posierte in einem Bikini mit winzigem Karomuster und bestand nur aus langen Beinen, weißen Zähnen, goldener Haut und einer perfekten, platinblonden Mähne, die ihr bis zu ihrem winzigen, kecken Po reichte. Sie sah aus wie eine Miniaturausgabe von Farrah Fawcett. Ich saß ein wenig abseits, mit einem dunkelgrünen T-Shirt in Übergröße, das ich meinem Dad geklaut hatte, um meinen langweiligen marineblauen Badeanzug zu verbergen. Mein Haar stand wie ein orangefarbener Lichthof um mein pummliges Gesicht, auf dem Schoß balancierte ich einen Teller mit einem grellblauen Tortenstück, und meine Miene zeigte mehr als deutlich, dass ich stocksauer war, extrem angepisst.

Ich liebte dieses Foto. Ich musste jedes Mal lachen, wenn ich es betrachtete – was fast täglich vorkam. Dieses Bild betete ich geradezu an. Aber das Gemälde vor mir zeigte noch viel, viel mehr als das Original.

Dieses Gemälde waren wir – beste Freundinnen auf dem Höhepunkt der Pubertät –, aber eben nicht nur ein lustiges kleines Bild mit zwei heranwachsenden Mädchen in den Achtzigern, sondern eine echte Charakterstudie. Das waren wir, für alle Ewigkeit festgehalten. Unsere Seelen in Öl und Leinwand. Titus hatte mein Teenagerelend mehr als deutlich herausgearbeitet – es war so gigantisch wie das verfluchte Stück Torte, das jetzt meinen ganzen Schoß bedeckte und auf meine dicken, weißen Schenkel tropfte. Das Gesicht war meins, hatte jedoch nicht mehr den witzigen, sauertöpfischen Ausdruck, sondern zeigte die Angst und den riesigen Verlust, an dem ich litt. Meine geballten Fäuste verrieten, wie enttäuscht ich bereits von der Welt war, wie wütend. Aber auch, dass ich bereit war, zu kämpfen.

Lucy hingegen wirkte mit ihrer Schönheit und erwachenden Erotik gleichzeitig wie ein Engel und ein Dämon, wissend und vollkommen unschuldig, und stand an dem furchterregenden Abgrund zwischen Kindheit und Erwachsensein. Titus hatte ihr ungeheures reifendes Talent herausgestellt und auf den Punkt gebracht, dass es für den Rest ihres Lebens Segen und Fluch zugleich sein würde.

Das Bild zeigte *uns*. Das waren wir. Es tat fast weh, es zu betrachten.

Ein Schluchzen entfuhr mir, als ich es wie gebannt anschaute.

Titus tätschelte mir die Hand. »Sie vermisst dich auch«, sagte er.

Da fing ich so heftig an zu weinen, dass ich kein Wort mehr herausbrachte. Ich wandte mich ab, mit tränenüberströmtem Gesicht, peinlich berührt wegen meines Gefühlsausbruchs, wegen des Schnodders, der mir aus der Nase lief, und der grässlichen keuchenden Geräusche, die ich von mir gab. Immer noch weinend legte ich ein Scone auf einen Teller, goss eine Tasse Tee ein, holte Zucker und Sahne heraus und schob Titus das Ganze zu. Ich schaffte es gerade noch, »ich – ich brauche eine Minute« hervorzustoßen, bevor ich mich die Treppe hinaufflüchtete, um mich zu beruhigen.

Am ganzen Körper zitternd stand ich an meinem Badezimmerfenster. In diesem Moment drängte mich alles danach, Lucy einfach anzurufen und zu fragen, ob es ihr gut ging. Aber Titus hatte mir gerade ein unschätzbar wertvolles Geschenk gemacht, auf das er offensichtlich viel Zeit verwandt hatte, und ich hatte das Gefühl, ich müsste ihm zumindest die Gelegenheit geben, sein Anliegen zu erklären, bevor ich alles in meine Hände nahm.

Daher wusch ich mir das Gesicht, entfernte die Spange aus meinen Haaren und puderte mir die rote Nase und die geschwollenen Augen. Ich tauschte meinen Schlafanzug gegen Jeans und Pulli, behielt aber mein kariertes Schultertuch um. Ich brauchte diese Extraschicht.

Titus hatte einmal vom Scone abgebissen, den Rest aber liegen gelassen. Sein Tee wurde ebenfalls kalt.

»Danke für das Bild«, sagte ich. »Es war wohl nicht zu übersehen, wie sehr es mich bewegt.«

Titus zog leicht ironisch einen Mundwinkel hoch. »Ich glaube, das ist das erste Mal, dass ich jemanden mit meiner Kunst zu Tränen gerührt habe.«

Ich schüttelte den Kopf. »Bestimmt nicht. Aber vielleicht bin ich die Erste, die in Anwesenheit des Künstlers einen Nervenzusammenbruch hatte.«

Wieder lächelte er.

»Doch jetzt erzähl mir, was mit Lucy los ist.«

Er nickte, schob mit seinen langen, eleganten Fingern den Teller hin und her, rührte aber nichts darauf an. »Ganz ehrlich? Ich mache mir Sorgen um sie. Natürlich hat sie mir erzählt, dass ihr beiden Streit hattet.« Er richtete seinen durchdringenden Blick auf mich. »Was du gesagt hast.«

»Ich hab's nicht so gemeint!«, verteidigte ich mich. »Außerdem habe ich mich schon tausendmal entschuldigt.«

Er nickte. »Ich weiß«, sagte er beschwichtigend. »Ich war auch überrascht, dass sie es so schwer nimmt. Aber du kennst Lucy ja: Bei ihr geht alles sehr tief. Du hast sie verletzt.«

Ich spürte, dass ich gleich wieder anfangen würde zu weinen. »Ich weiß nicht, wie ich das wiedergutmachen soll. Sie reagiert weder auf meine Anrufe noch auf meine SMS. Ich würde sie ja persönlich aufsuchen, bin aber ziemlich sicher, dass sie mir die Tür vor der Nase zuschlagen würde.«

»Tja, Billy«, sagte er sanft. »Du hast sie verlassen. Denk mal drüber nach. Ihr seid wie Schwestern und bislang nie wirklich getrennt gewesen. Als du dann verkündet hast, du würdest wegziehen –«

»Aber ich bin doch nur anderthalb Stunden entfernt!«, rief ich aus. »Sie könnte mich jederzeit besuchen.«

Titus schüttelte den Kopf. »Wie auch immer. Ich glaube, sie hat einfach ein bisschen Zeit benötigt, um ihre Wunden zu lecken, die Verletzung zu überwinden. Aber ich weiß auch, dass ihr beiden euch braucht.«

»Natürlich«, nickte ich. »Sie fehlt mir schrecklich.«

Er griff nach dem Scone, legte ihn aber wieder auf den Teller.

»Es gibt noch einen Grund, warum sie sich in letzter Zeit nicht gemeldet hat, Billy. Und ich gestehe nur ungern, dass ich damit zu tun habe. Ich weiß, es war schrecklich für euch beide. Weißt du –«, er schob den Teller von sich, »wir hatten wieder ein paar Probleme.«

Finster starrte ich ihn an. Mit einem Mal war mein schuldbeladenes Selbstmitleid zornigem Beschützerinstinkt gewichen. »Was zur Hölle hast du diesmal gemacht?«

»Ich habe gar nicht …« Er verstummte kurz, als suchte er nach Worten. »Ich war ihr gegenüber nicht fair. Und ich war selbstsüchtig. Und für sie war es besonders schwer, weil sie dich nicht hatte, auf die sie sich stützen konnte, als sie das alles durchmachen musste. Aber ich glaube, es geht langsam bergauf. Jedenfalls arbeiten wir daran. Bestimmt wird alles bald wieder besser. Und wenn, dann kommt sie sicher auch zu dir zurück. Vielleicht sogar zu uns beiden.«

Ich schüttelte den Kopf. »Titus, du bist so ein gottverdammter Idiot. Dabei bist du mit einer der schönsten Frauen der Welt verheiratet, und das ist keine Übertreibung. Ich habe nie jemanden kennengelernt, der so schön ist wie Lucy – und zwar äußerlich und innerlich. Außerdem betet sie dich an. Seit Jahren baut sie ihr ganzes Leben um dich herum. Wieso musst du da fremdgehen? Was kann dir eine andere Frau denn noch geben?«

Ein Schatten huschte über sein Gesicht, und einen Augenblick lang wirkte er nur … gebrochen. Alt, traurig und voller Reue. Er sah aus, als würde er sich aufrichtig schämen. Dann legte er die Hände mit den Handflächen nach oben auf den Tisch und lächelte leicht gequält.

»Ich wünschte, das wüsste ich«, sagte er. »Ich hab sie gar nicht verdient.«

»Tja, das kannst du laut sagen, verdammt noch mal«, bestätigte ich. Doch als ich seine elende Miene sah, wurde ich weicher. »Aber das Bild ist umwerfend, Titus. Wie hat es ihr denn gefallen?«

Wieder lächelte er – und wieder wirkte sein Lächeln irgendwie schief. »Ehrlich gesagt, hat sie es noch nicht gesehen. Du musst mir erzählen, was sie gesagt hat, nachdem du es ihr gezeigt hast.«

Kapitel 22

Stone Ridge, N. Y.
Halloween

Ich hatte mich in einem gottverdammten Maislabyrinth verlaufen. Schlimmer noch: Ich hatte mich in einem gottverdammten Maislabyrinth verlaufen und meinen Kaffee verschüttet.

Ich hörte Ethans Stimme: Er unterhielt sich laut rufend und lachend mit Kai und Marta.

Aber sie waren vorgelaufen und irgendwo abgebogen, ohne dass ich es mitgekriegt hätte.

Es kam mir so vor, als irrte ich schon stundenlang hier herum (dabei war es wahrscheinlich höchstens eine Viertelstunde). Langsam spürte ich, wie mich Platzangst befiel. Andererseits war es schon peinlich genug, dass ich mich verlaufen hatte – da wollte ich mir nicht noch die Demütigung antun, um Hilfe rufen zu müssen.

In diesem gottverdammten Maislabyrinth waren wir überhaupt erst gelandet, weil Ethan gestern eine SMS an uns drei geschickt hatte:

Hey, *Leftovers*-Crew!

Feiern wir Halloween! Saunderskill Farms in Stone Ridge

um 8 Uhr morgens. Ich kenne den Bäcker. Heißer Cidre und Donuts frisch aus der Pfanne! ☺☺☺

Scheiß drauf, dachte ich. Seit meiner Kellnernacht hatte ich die Mädchen nicht mehr gesehen. Vielleicht würden Donuts helfen.

Aber die Donuts hatten nicht geholfen, so lecker sie auch sein mochten (und sie waren richtig, richtig lecker!). Genauso wenig hatten die hübsche, weitläufige Farm mit den riesigen Kürbispyramiden, die Kutschfahrt mit den zwei weißen Pferden, die überquellenden Körbe und Töpfe voller lila Astern und herbstfarbenen Chrysanthemen geholfen … Nichts von all dem half. Alle außer Ethan – der offenbar von dem reinen, uneingeschränkten Bestreben befeuert wurde, uns glücklich zu machen – waren müde und gereizt. Für Angestellte eines Restaurants war acht Uhr morgens noch mitten in der Nacht (und ich hatte wegen der Vorbereitungen fürs Festival kaum geschlafen). Kai behandelte mich mehr als frostig, Marta plapperte nervös, und Ethan ertrug offenbar die Vorstellung nicht, dass sich sein Team nicht verstand. Deswegen hatte er die Sache mit dem Maislabyrinth vorgeschlagen.

»Das wird lustig!«, rief er, während er darauf zustrebte. »Kommt schon!«

Marta quiekte begeistert auf und rannte ihm nach. Kai und ich wechselten eisige Blicke, folgten ihnen aber langsam und umklammerten die Kaffeebecher in unserer Hand.

Ich allerdings verschüttete meinen Kaffee kurz darauf, als ich im schlammigen Boden über eine Wurzel stolperte. Kai blieb nicht mal stehen, sondern drehte sich nur flüchtig um, sah, dass ich mich wieder aufrappelte, und verschwand dann um eine Ecke.

Ich blieb einen Augenblick stehen und holte mein Handy hervor.

Ich stecke hier in einem verfluchten Maislabyrinth fest, voller Schlamm, ohne Kaffee – um 8 Uhr morgens!, simste ich an meine Mädels. *Und wo seid ihr?*

Natürlich im Bett, Schätzchen, simste Lotta zurück. *Wo jeder normale Mensch hingehört.*

Auf dem Weg zum SoulCycle, antwortete Sarah. *Deswegen fehlt ihr mir umso mehr! Später wird gefilmt. Wir überlegen, meine Eier aufzutauen!!!!*

Ich wartete noch eine Weile, ohne jede Hoffnung, dann steckte ich mein Handy wieder in die Tasche und stapfte weiter. Eigentlich hatte ich keine Reaktion von Lucy erwartet, aber seit Titus' Besuch hatte ich gedacht, dass vielleicht etwas Bewegung in die Sache käme.

Innerhalb einer Minute landete ich in einer Sackgasse. Als ich umkehrte, geriet ich in eine zweite.

Sind solche Labyrinthe nicht für Kinder?, spottete Lucy in meinem Kopf. *Dann kann's doch wohl nicht so schwer sein.*

Ich bog um eine Ecke und sah eine Vogelscheuche, dir mir bekannt vorkam. *Scheiße!*

Ich hörte auch niemanden mehr. Logisch besehen war mir klar, dass ich nicht für immer in diesem gottverdammten Maislabyrinth festsitzen würde. Ich wusste, irgendwann – und wahrscheinlich schon bald – würde ich den Ausgang finden und frei sein, aber das half nicht gegen die Panik, die langsam in mir aufstieg.

Ich kam zu einer Gabelung. Da ich vollkommen die Orientierung verloren hatte und nicht mehr sagen konnte, wo Ost und West war, entschied ich mich willkürlich für den linken Weg, der mich in einem Kreis genau dorthin zurückführte, wo ich gestartet war.

Scheiß drauf. Ich ließ mich einfach auf dem Boden nieder, ohne mich weiter am Schlamm zu stören, und schickte Ethan eine SMS: *Hab mich verlaufen. Such mich. Vorzugsweise allein.*

Zehn Minuten später hörte ich ihn durch die Maispflanzen pflügen, bevor ich ihn sah. »Billy?«, rief er.

Ich stand nicht mal auf. »Hier«, sagte ich nur.

Er tauchte genau an der Kurve auf, um die ich eben gebogen war. Und hatte einen Becher mit Kaffee dabei.

»Ach, komm schon!«, rief ich. »Wie ist das denn möglich? Genau dort bin ich auch entlanggelaufen. Da sind nur Sackgassen! Ist doch lächerlich!«

Er blickte auf mich herunter und gab mir den Kaffee. »Ich habe gehört, du hast deinen verschüttet.«

»Danke«, sagte ich mürrisch. »Den trinke ich jetzt erst, bevor ich aufstehe.«

Ohne Umstände ließ er sich neben mir nieder. »Oh«, sagte er und begutachtete seine dreckigen Hände. »Ist viel schlammiger, als ich dachte.«

Achselzuckend trank ich den heißen, bitteren Kaffee.

»So«, sagte er. »Kannst du mir jetzt mal erklären, was zwischen dir, Kai und Marta vorgeht? Sie wollen mir nichts sagen, aber irgendwas stimmt da eindeutig nicht zwischen euch.«

Ich schüttelte den Kopf. »Ist nicht an mir, die Geschichte zu erzählen.«

Er zog die Augenbrauen in die Höhe. »Also gibt es eine Geschichte?«

Ich sah ihn an. Die Sonne schien durch die Maispflanzen, und auf seinem Gesicht und seinen Schultern tanzten Schatten. Seine goldene Haut war makellos. Sein blauschwarzes Haar schimmerte, und seine Wimpern waren länger als meine, selbst mit drei Schichten Mascara.

Verdammt, verdammt, verdammt.

Ich konnte ihn auch riechen. Offenbar hatte er nicht geduscht, seit er am Vorabend aus dem Restaurant gekommen war, denn er roch salzig und grasig, und ein bisschen süßlich und moschusartig.

Ich schnüffelte. »Hast du gestern was mit den Concord-Trauben gemacht?«

Überrascht sah er mich blinzelnd an. »Woher weißt du das?«

Ich schnüffelte erneut und rückte ein bisschen näher an ihn heran. »Du riechst danach. Du riechst ... nach roten Trauben.«

Er wurde rot. »Verdammt. Du bist so sexy, Billy.«

Ich lachte. »Weil ich das Aroma von Concord-Trauben herausriechen kann?«

»Ja«, sagte er und beugte sich zu mir. »Deswegen, und aus einer Million anderer Gründe.«

Und dann küsste er mich. Ganz kurz dachte ich an die anderen: an Marta, Kai und Brett. Ich dachte daran, was Sarah, Lotta und vor allem Lucy dazu sagen würden.

Aber dann schloss ich die Augen und dachte an absolut nichts mehr außer daran, wie sich seine Lippen auf meinen anfühlten, wie seine Zähne an meine stießen, wie unser Atem sich miteinander verband.

All dem gab ich mich noch eine Weile hin, bis:

»Äh, Leute?«

Marta und Kai. Standen dort und sahen zu, wie wir wie zwei Teenager auf der Erde rumknutschten.

Abrupt löste ich mich von Ethan und stand mühsam auf.

Marta sah aus, als wäre sie am Boden zerstört. Kai hatte ihre steinerne Miene aufgesetzt, doch ihre Augen glitzerten, und sie hatte rote Flecken auf ihren Wangenknochen. Ethan jedoch sprang mit einem breiten Grinsen hinter mir auf.

»Erwischt«, verkündete er fröhlich. »Also, wer kennt jetzt den Weg hier raus?«

Als ich noch klein war, liebte ich Halloween. Weihnachten war in meiner Kindheit natürlich das reinste Minenfeld, dünnstes Eis, auf dem wir uns nur auf Zehenspitzen bewegen konnten. Nach dem Tod meiner Mutter besuchten wir an Thanksgiving immer meine Großtante in ihrem extrem deprimierenden Pflegeheim. Ostern und Heiligabend existierten für uns nicht. Aber Halloween gehörte mir. Ich brauchte keine Erwachsenen, um mir eine Augenklappe für fünfzig Cent aufzusetzen, meine Haare unter einem Kopftuch zu verstecken und zu erklären, ich wäre ein Pirat. Außerdem lebte ich im Mittleren Westen der Achtziger. Da trampelten Horden von Kindern durchs Viertel, denen ich mich einfach anschließen konnte. Kein Erwachsener musste auf uns aufpassen.

Ich fand es natürlich auch toll, einen Abend lang jemand anderer zu sein und mich hinter einer Verkleidung zu verstecken. Ich empfand eine ungeheuere Erleichterung dabei, mir ein ganz anderes Leben, eine ganz andere Version meiner selbst vorzustellen.

Außerdem waren da noch die Süßigkeiten.

In Kingston gab es ein Kostümgeschäft: Columbia Costumes. Im Gegensatz zu anderen billigen Kostümläden, die im September wie Pilze aus dem Boden schossen und am ersten November wieder verschwanden, war dieses Geschäft das ganze Jahr über geöffnet. Es war ein Wahrzeichen des Ortes und existierte bereits seit knapp fünfzig Jahren. Es gab dort eine riesige Auswahl an Perücken und Schminke, und wenn jemand aus welchem Grund auch immer ein Gorillakostüm brauchte oder die Herzkönigin oder ein fliegender blauer Affe aus dem *Zauberer von Oz* sein wollte, dann war man bei Columbia Costumes richtig.

Kurz nach meinem Umzug entdeckte ich diesen Laden. Ich schlenderte durch die Stadt und versuchte mich zu orientieren, da kam ich an einem Schaufenster voller Puppen vorbei, die als Zombies verkleidet waren und so aussahen, als wollten sie sich auf ein schlafendes Kind stürzen.

Entzückt betrat ich den Laden. Er war groß, erstreckte sich über zwei Etagen und war vollgestopft mit allen Kostümen, die man sich nur wünschen konnte. Hier konnte ich hundert verschiedene Rollen spielen. Vielleicht sogar tausend.

Ich verbrachte eine ganze Stunde dort und erwog die verschiedenen Möglichkeiten, bis ich mich schließlich für ein paar Teufelshörner entschied. Sie waren klein und sahen aus, als wären sie aus schwarzen Knochen geschnitzt. Sie waren an einem schmalen, durchsichtigen Haarband befestigt, das in meinen lockigen Haaren vollkommen verschwand. Ich kaufte die Teufelshörner und dazu einen scharfzinkigen Dreizack aus Metall sowie einen roten Schwanz, der laut Herstellerangabe an jedem Stoff angebracht werden konnte.

Und das trug ich am Abend des Festivals: meine weiße Kochkluft mit dem Teufelsschwanz, der sich unter meiner Jacke hervorschlängelte. Die kleinen Hörner lugten, erst auf den zweiten Blick sichtbar, unter meiner Kochmütze hervor, und meinen Dreizack hatte ich irgendwo abgestellt, weil ich natürlich beide Hände brauchte.

Wir machten Pho und Borschtsch. Ethan hatte mir die Knochen und Fleischabfälle der Woche gegeben, die ich auf zwei Backbleche warf – jedes mit einem halben Dutzend gehackter Zwiebeln inklusive Schalen, die Ethan für mich aufbewahrt hatte. Auf ein Blech kamen noch große Stücke Ingwer, während das andere mit Lorbeerblättern und Knoblauchknollen bestückt wurde, die ich vorher kurz angeschnitten und in Öl getränkt hatte. Das alles ließ ich im Ofen schmoren, bis mein Haus so wunderbar duftete, dass Chicken seine kleine Schnauze hob und ein verzweifeltes Heulen anstimmte, weil er von dem Geruch fast verrückt wurde.

Währenddessen röstete ich eine Handvoll Sternanis, Zimtstangen, Nelken und ganze Kardamomkapseln in einer schmiedeeisernen Pfanne und sog dabei mit geschlossenen Augen das süße, intensive und tröstliche Aroma ein. Dann rieb ich Rüben (Ethan hatte sich die Haare gerauft vor Verzweiflung, weil er eine riesige Menge an Rüben hatte, die er nicht verarbeiten konnte), Möhren, klein geschnittene Kartoffeln und Weißkohl.

Nachdem das fertig war, kam der Inhalt der Backbleche in

zwei riesige Suppentöpfe, die ich mit Wasser auffüllte und dann stundenlang köcheln ließ, bis sie zu einer sämig blubbernden und aromatischen Flüssigkeit reduziert waren. Ich seihte beide durch und würzte die eine mit braunem Kandis, Salz und Fischsauce und die andere nur mit Salz und Pfeffer. Dann fuhr ich mit den beiden Riesentöpfen vorsichtig zum *Huma* (das bereits geschlossen war, aber Ethan hatte mir einen Schlüssel überlassen) und stellte sie in den Kühlraum.

Dieses Jahr sollte es an Halloween kalt werden, daher schienen mir schlichte, heiße, aromatische und tröstende Suppen genau das Richtige für betrunkene Collegestudenten und müde Eltern, die den ganzen Abend hinter der Halloweenparade und danach hinter ihren Kindern hermarschiert waren, die von Tür zu Tür rannten, um Süßigkeiten zu sammeln.

Marta, die eine Pelzkappe mit Ohren und einen Eichhörnchenschwanz zu ihrer Kochkluft trug, wich hartnäckig meinem Blick aus und machte sich still an den Brötchen aus Kartoffeln zu schaffen, in die Fledermaus- und Kürbisgesichter gepresst wurden und die zum Borschtsch gereicht werden sollten. Außerdem bereitete sie winzige Kürbis- und Apfeltörtchen vor: Momentan quoll der Bauernmarkt von frischen Ernteprodukten über, und Ethan hatte sich überkauft.

Kai (eine äußerst missgestimmt wirkende Hermine Granger mit Hogwartstalar, krauser Mähne und Zauberstab) kümmerte sich um die Toppings für die Pho: Limetten, Sprossen und hauchdünn geschnittenes, rohes Rindfleisch. Ethan (als hinreißender, umwerfend hübscher Prinz aus dem *Nussknacker*, mit roter, goldbetresster Uniformjacke und allem Drum und Dran – »Unser Gespräch neulich hat mich inspiriert«, sagte er grinsend) hatte mir gezeigt, wie man die schmelzenden Gelatinewürfel aus Kräutern machte, die ich zum ersten Mal auf Lottas Hochzeit in der Melonensuppe gekostet hatte. Nur waren sie diesmal aus Basilikum und Koriander für die Pho, und Dill und Petersilie für den Borschtsch.

»Aber es ist nicht hundertprozentig regional«, hatte Ethan bemerkt, als ich ihm ein paar Tage zuvor das Menu vorgestellt hatte.

»Ich weiß«, sagte ich. »Aber man kann dafür ganz viele Reste aus dem *Huma* verwenden, und abgesehen von den Limetten, ein paar Gewürzen und der Fischsauce –«

»Und den Reisnudeln«, fügte er hinzu und hatte gelächelt.

Aber jetzt lächelte er nicht. Wir vier zwängten uns in den Airstream, und alle guten Gefühle, die wir im Maislabyrinth füreinander empfunden hatten, waren verpufft. Den ganzen Nachmittag hatte ich mit den Vorbereitungen für den Foodtruck zu tun gehabt und dabei Scheingefechte mit Lucy in meinem Kopf geführt. Ich war überzeugt, dass Kai – oder sogar Marta – auf Ethan losgegangen war, als ich zum Umziehen nach Hause fuhr. Was auch immer passiert war, hatte dafür gesorgt, dass wir vier mürrisch, schlecht gelaunt und fast feindselig waren.

Draußen marschierten Kinder und Erwachsene als Clowns und Monster, Fledermäuse und Wölfe, Feen und Kobolde die Straße hinunter. Eine zusammengewürfelte Kapelle führte die Parade an und spielte die Titelmelodie von *Addams Family.* Dabei wurden sie von winkenden und lachenden Zuschauern am Straßenrand bejubelt. Die Schaufenster waren mit Heuballen, Maiskolben und flackernden Kürbislaternen dekoriert.

Kinder hüpften von Tür zu Tür und sammelten ihre Süßigkeiten ein. Zwar hatten wir noch nicht geöffnet, dennoch bildete sich langsam eine kleine Schlange aus Passanten vor dem Airstream, die die vielen Bonbons und Schokoriegel mit einer soliden Grundlage versehen wollten.

»Wir hätten uns mit den Kostümen wirklich besser abstimmen sollen«, bemerkte Ethan. »Wir passen ja überhaupt nicht zusammen.«

»Das kannst du laut sagen!«, zischte Kai und hackte wütend auf den Koriander ein.

Ich schwankte zwischen meiner Sorge um das Essen – prüfte ständig den Geschmack, begutachtete jede winzigste Zutat – und meiner Erinnerung an seinen Kuss.

Es war nicht der beste Kuss, den ich je bekommen hatte. Wahrscheinlich war er nicht mal unter den Top Five, weil Ethan noch jung und ein bisschen zaghaft war. Ich merkte, dass ich ihn einschüchterte. Aber er hatte etwas Süßes an sich gehabt, ein gewisses Versprechen, als könnte er sich noch zu etwas Großartigem entwickeln.

Ich könnte es ihm beibringen, dachte ich verträumt, während ich Kohl, Rüben und Karotten in die Suppen gab. *Das würde Spaß machen.*

Doch meine Fantasien verblassten, sobald ich an Martas Gesichtsausdruck dachte, als sie uns entdeckt hatte. Sie war noch nicht über ihn hinweg. Natürlich war sie noch nicht über ihn hinweg, das wusste ich schon, bevor ich mich von ihm küssen ließ. Und Kai, die hinter Marta mit ihren traurigen Augen stand: der glühende Zorn in ihrem Blick …

Ich schüttelte den Kopf. So albern und übertrieben ich die

ganze Geschichte auch fand, so war auch ich einmal fünfundzwanzig gewesen. Ich erinnerte mich noch an die Intensität dieser Zeit, an die Bedürftigkeit und die überwältigenden Gefühle; daran, wie ich mich unbewusst von Männern hatte benutzen lassen und im Gegenzug sie benutzt hatte. An die dummen, irrwitzigen Fehler, die ich immer und immer und immer wieder begangen hatte.

Ich hatte Marta wehgetan. Das sah ich. Und auch Kai konnte ich ihr Verhalten nicht mehr verübeln, wusste ich jetzt doch, dass ein Großteil ihrer Gemeinheiten daher rührte, dass sie ihre Freundin mit aller Kraft beschützen wollte. Außerdem hatte sie *recht*. Ich war eine Bedrohung für Martas Glück.

Möglicherweise auch für Ethans Glück, dachte ich, als ich zusah, wie er sich routiniert einer Aufgabe nach der nächsten zuwandte. Da es im Wohnwagen heiß war, hatte er seine Uniformjacke ausgezogen und trug nur ein schwarzes T-Shirt, eng anliegende Leggins, hohe Lederstiefel und eine Schürze. Sein Gesicht war gerötet und sein Haar aus der Stirn gestrichen. Er sah fast lächerlich hübsch aus.

Aber was, wenn ich ihn wirklich wollte? Wenn ich mich auf ihn einließ, um zu sehen, wohin das führte? Konnte es denn wirklich mehr als eine Affäre werden?

Ich dachte an Lucy und Titus: Selbst bei ihrer wesentlich konventionelleren Kombination aus älterem Mann und jüngerer Frau, da sie Mitte vierzig und er Ende sechzig war, konnte ich die Probleme sehen, die zwischen ihnen aufkamen. Ich war überzeugt, einer der Hauptgründe, warum Titus ständig fremdgehen musste, war der, sich – und ihr – beweisen zu müssen, dass er unverändert stark und männlich war und in keiner

Weise abbaute. Und doch konnte jeder, der ihn schon länger kannte, sehen, dass er immer weicher, schwächer und langsamer wurde. Er trank zu viel und bewegte sich zu wenig. Er arbeitete zu hart und aß nur nach Lust und Laune. In gewisser Weise war er ein Vielfraß. Lucy hatte mir mal erzählt, dass er sich weigerte, zum Arzt zu gehen, sogar Angst davor hatte. Daher wusste niemand, wie es wirklich um seine Gesundheit bestellt war.

Lucy hatte sich langsam von seiner Muse in seine Assistentin verwandelt. Sie sorgte jetzt schon seit Jahren für ihn: hielt ihm den ganzen lästigen Alltagskram vom Hals, damit er kreativ sein konnte. Aber das, womit sie sich in naher Zukunft konfrontiert sah, wäre noch mal etwas ganz anderes. In den nächsten zehn, zwanzig Jahren würde es wahrscheinlich nicht mehr um Leidenschaft oder Zusammenarbeit gehen, sondern darum, ganz konkret gegen den Verfall seines Körpers und Geistes zu kämpfen.

Und das Mindesthaltbarkeitsdatum war bei einer älteren Frau, die einen jüngeren Freund hatte, noch kürzer. Ich konnte ja nicht mal zugeben, dass ich eine Lesebrille brauchte – wie sollte ich dann die Menopause mit einem Freund durchstehen, der gerade mal dreißig war? Ich stellte mich mir mit sechzig vor: Da wäre er vierzig, in den besten Jahren also. Ich schüttelte den Kopf. War einer der Vorteile einer Beziehung mit einem Gleichaltrigen nicht der, gemeinsam alt zu werden? Nicht nur jemanden zu haben, der *zusah*, wie man alt wurde?

Tja, Brett ist nur zwei Jahre älter als du, hörte ich Lucys Stimme in meinem Kopf.

»Billy?«, fragte Ethan. »Billy, die Parade ist vorbei. Sind wir bereit?«

Abrupt kehrte ich in die Wirklichkeit zurück. »Ja. Alles klar. Seid ihr so weit?«

»Ja, Chef«, kam es einstimmig zurück.

»Dann öffnen wir jetzt.«

Was auch sein mochte: Wir waren Profis, ausgebildet und routiniert. Also öffneten wir die Thekenklappe, lächelten unsere Kunden an und setzten die vorher besprochenen Abläufe in Gang.

Ethan übernahm die Kunden, begrüßte jeden in der Schlange einzeln, beantwortete Fragen, erklärte ausführlich die Speisen und das Konzept des Foodtrucks und nahm dann die Bestellung entgegen. Kai kümmerte sich um die Suppen, sorgte dafür, dass sie heiß blieben, dass jeder wiederverwertbare Pappbecher mit genau der richtigen Menge Nudeln und Brühe für die Pho und der korrekten Aufteilung von Gemüse und Fleisch für den Borschtsch gefüllt war. Ich kümmerte mich um die Details: garnierte die Pho mit Fleisch und Gemüse, versah den Borschtsch mit einem Klacks Crème Fraîche, die ich aus Sahne hergestellt hatte, deren Haltbarkeit nur noch kurz dauerte, und fügte dann den entsprechenden Kräuterwürfel zu jeder Suppe hinzu. Marta ihrerseits kümmerte sich um ihre frischen, heißen Brötchen und die kleinen Törtchen, die alle nur handtellergroß waren.

Die Schlange war groß, und wir mussten schnell arbeiten, aber ich wollte sicherstellen, dass jede Bestellung sorgfältig ausgeführt wurde, dass die Suppe hübsch aussah, dass sie heiß genug war, dass die Brötchen einen hübschen Klacks Butter bekamen und dass alles mit einem freundlichen Lächeln überreicht wurde. Ich wollte, in aller Bescheidenheit, dass es perfekt war.

Eifrig spähte ich aus dem hinteren Fenster und beobachtete die Kunden, die sich mit ihren Suppenbechern wieder unter die Menge mischten. Ich entdeckte eine Mom mittleren Alters mit schiefem Hexenhut, die ihre zwei kleinen, als pummlige Gespenster verkleideten Kinder vor sich herscheuchte. Mit der einen Hand umklammerte sie den roten Pappbecher mit Borschtsch, während sie gleichzeitig versuchte, mit der anderen ihre Kinder – die in zwei entgegengesetzte Richtungen zu streben schienen – sicher über die Straße zu führen.

Ich sah zu, wie sie gedankenlos den Becher zum Mund führte, weil sie nicht mal den Bambuslöffel benutzen konnte, den wir ihr mitgegeben hatten, und ein paar Schlucke daraus trank, während sie sich durch die Menge drängte.

Und dann blieb sie plötzlich stehen und betrachtete mit überraschter Miene den Inhalt ihres Bechers.

Ich sah, wie sie noch einen Schluck daraus trank, die Augen schloss und lächelte.

Es dauerte nur einen Augenblick, den Bruchteil einer Sekunde. Noch bevor ich überhaupt reagieren konnte, wandte sie sich schon ab und eilte ihren Kindern nach. Es war nicht wie damals, als mein Vater wegen des Schokoladenpuddings weinte, oder als Ethan mein Tomatensandwich aß – aber es war ein Anfang. Das süße Gefühl, jemandem etwas zu essen gegeben zu haben, der es wirklich wertschätzen konnte. Die Freude darüber, den Tag eines anderen zum Besseren gewendet zu haben, und sei es nur ein bisschen.

»Sie mögen es«, sagte ich leise.

»Na klar mögen sie es«, fauchte Marta. »Wieso denn auch nicht? Was bleibt ihnen denn anderes übrig?«

Überrascht von ihrem Ton drehte ich mich zu ihr um. Das war das erste Mal an diesem Abend, dass sie mich direkt ansprach. »Was?«, fragte ich.

Mit erhobenem Kinn sah sie mich an, und ihr sonst so fröhliches Gesicht glühte vor Zorn. »Ich meine, schließlich ist es gute Suppe. Wirklich gute, fast unwiderstehliche Suppe. Suppe, die neu und geheimnisvoll und wie aus dem Nichts aufgetaucht ist und alles verändert hat, verdammt noch mal, ohne auch nur um Erlaubnis zu fragen. Es ist eine hinreißende, coole und aufregende Suppe, die umwerfend in Miniröcken aussieht und sich einfach nimmt, was sie will, ohne sich einen Scheißdreck um andere zu kümmern! Na klar mögen sie sie!«

»Wir reden jetzt aber nicht mehr über die Suppe«, bemerkte ich.

»Ach was!«, zischte mich Kai von der anderen Seite an.

»Natürlich reden wir nicht über die Suppe!«, stieß Marta hervor.

Mein Handy klingelte in meiner Tasche, aber ich ignorierte es. »Marta –«, setzte ich an.

»Alles in Ordnung?«, rief Ethan von der Essensausgabe.

»Nein, es ist nicht alles in Ordnung, Chef!«, brüllte Marta. »Du hast Billy im Maislabyrinth geküsst, verdammt noch mal!«

»Was?«, fragte Ethan und wirkte wirklich verblüfft. »Und?«

»Du bist so ein Arschloch, Ethan«, rief Kai. »Tu doch nicht so, als wüsstest du nicht, wieso sie so aufgebracht ist.«

»Aber das weiß ich wirklich nicht«, sagte Ethan. »Ehrlich!«

Wieder klingelte mein Handy, und wieder ignorierte ich es. Ich legte die Schöpfkelle weg. »Ach, scheiß doch auf alles«, sagte ich. »Ethan, Marta ist noch in dich verliebt. Das war sie immer, aber weil du sie nach eurer Verabredung nicht schnell genug angerufen hast, hat sie mit Kai geschlafen und sich danach geschämt. Deswegen hat sie zu dir gesagt, sie wollte dich nicht mehr treffen, weil sie sich Sorgen wegen ihrer Saucenprüfung machte. Aber die Sache mit Kai war nur ein Experiment und hatte eigentlich keine Bedeutung.«

»Oh, vielen Dank«, sagte Kai bissig.

»Hey!«, rief Marta. »Das habe ich dir im Vertrauen erzählt.«

»Moment mal, was?«, fragte Ethan. »Was?«

»Und Marta, Ethan ist immer noch vollkommen verrückt nach dir. Er hat zwei Stunden gebraucht, um mir bis ins letzte Detail deine Reibekuchen zu beschreiben, und hat gesagt, du wärst die eine, die er nie bekommen hat. Zwar glaubt er, er wäre an mir interessiert, aber eigentlich bin ich nur eine total dämliche Ablenkung, damit er nicht ständig daran denken muss, dass er Tag und Nacht mit einer Frau zusammenarbeitet, die er wahnsinnig liebt, die er aber scheinbar nicht kriegen kann.«

»Wirklich?«, fragte Marta. »Stimmt das?«

»Stimmt das?«, wiederholte Ethan.

»Und Kai«, sagte ich und wandte mich ihr zu, »die Loyalität gegenüber deinen Freunden ist bewundernswert, aber auch du musst endlich mal weitermachen. Geh aus und triff ein paar neue Leute. Such dir eine Freundin. Oder ein Hobby. Es ist nicht deine verdammte Aufgabe, immer alles zu richten. Du musst nicht dein ganzes Leben damit zubringen, Marta zu beschützen. Und du musst auch nicht ständig so ein Miststück sein.«

»Ach, fick dich doch, Billy«, erwiderte Kai.

»Sie hat gar nicht so unrecht«, sagte Marta.

»Dann fick dich auch, Marta«, konterte Kai.

»Es tut mir leid, dass ich Ethan geküsst habe«, sagte ich. »Das war weder professionell noch klug. Ethan ist ein großartiger Chefkoch –«

»Danke«, warf Ethan ein.

»Aber«, fuhr ich fort, ohne ihn zu beachten, »ich möchte nicht in die Wechseljahre kommen, wenn Ethan auf dem Höhepunkt seiner Potenz ist. Eine Freundin von mir behauptet, ich würde mich selbst sabotieren, und ich glaube, sie hat recht. Es gibt da einen anderen Mann – einen Mann, den ich vielleicht sogar –«

Wieder klingelte das Handy. Hartnäckig.

»Mist, Mist, Mist! Wer ruft da ständig an?«, rief ich und riss es aus meiner Tasche.

Ich starrte aufs Display.

Lucy.

»Hallo?«, meldete ich mich. »Lucy? Hallo?«

»Billy?« Ihre Stimme klang zittrig und schwach und ganz weit weg. »Billy? Ich brauche dich. Es geht um Titus. Er ist …«

Kapitel 23

Manhattan

Bei meiner Ankunft waren Lotta und Sarah schon da. Sie waren schnurstracks von Heidi Klums alljährlicher Halloweenparty gekommen und hatten genau wie ich immer noch ihr Kostüm an.

Lotta war als Pippi Langstrumpf verkleidet, mit künstlichen Sommersprossen auf der Nase und zwei langen, schief geflochtenen Zöpfen, die von zwei roten Helium-Luftballons hochgehalten wurden. Gerade neigte sie sich zu Lucy und legte ihr die Hand auf die Schulter. Lucy saß am Küchentisch und hatte den Kopf in den Händen vergraben.

Sarah stand in einem rosa Playboyhäschen-Kostüm mit Netzstrümpfen, Puschelschwanz und flauschigen Ohren am Herd und kochte Tee.

Ich blieb einen Augenblick auf der Schwelle zur Küche stehen, weil ich nicht wusste, ob ich willkommen war. Es kam mir vor, als läge unser Streit in Brooklyn eine Ewigkeit zurück. Ganz kurz fragte ich mich, ob Lucy mich wirklich bei sich haben wollte. Schließlich schienen Lotta und Sarah alles im Griff zu haben.

Aber dann schaute Lucy auf, unsere Blicke trafen sich, und

schon sprang sie hoch, stürzte in meine Arme und klammerte sich schluchzend wie ein Kind an mich. »Er ist tot, Billy«, stieß sie mit erstickter Stimme hervor. »Er ist tot. Er ist tot.«

»Prostatakrebs«, erklärte Lotta. »Offenbar hat er vor drei Monaten die Diagnose bekommen. Fortgeschrittenes Stadium, aber behandelbar.«

»Nur wollte er sich nicht behandeln lassen«, ergänzte Sarah.

Wir drei saßen am Küchentisch und tranken Tee. Lucy war untröstlich gewesen, daher hatten wir ihr ein paar Xanax gegeben, sie ins Bett gesteckt und gewartet, bis sie eingeschlafen war, bevor wir in die Küche zurückgingen.

»Wieso denn nicht?«, fragte ich. »Wieso wollte er sich nicht behandeln lassen?«

Lotta zuckte die Achseln. »Wegen der Nebenwirkungen. Inkontinenz. Impotenz. Du weißt doch, was für ein verdammter Macho er war. Sein Stolz ließ das einfach nicht zu.«

»Außerdem hatte er schreckliche Angst vor Ärzten«, fügte Sarah hinzu.

»Aber warum hat sie uns denn nicht angerufen? Ihr wusstet es doch auch nicht, oder?«

Lotta schüttelte den Kopf. »Wir haben es erst erfahren, als du uns heute Abend angerufen hast.«

»Und was war jetzt genau? Hat sie ihm beim Sterben geholfen?«

»Nein«, sagte Sarah. »Ich glaube, das hat sie selbst überrascht. Sie erzählte, sie hätte ihn in seinem Atelier gefunden, aber da war er schon tot. Schlaftabletten. Abschiedsbrief. Ich glaube, damit hat sie überhaupt nicht gerechnet.«

»Was für ein Arschloch«, sagte ich. »Ich fasse es einfach nicht, dass er ihr das angetan hat.«

»Ich schon«, entgegnete Sarah. »Er war schon immer ein egoistisches Schwein.«

Lotta biss sich auf die Unterlippe. »Ich weiß nicht. In gewisser Hinsicht hat er es ihr leicht gemacht, findet ihr nicht? Hat ihr das Schlimmste erspart.«

»Lotta?«, sagte ich. »Würdest du bitte diese verdammten Luftballons von deinen Zöpfen entfernen? Die sind jetzt wirklich unpassend.«

Lotta lächelte grimmig und band die Luftballons los, sodass ihre langen Zöpfe ihr über die Schultern fielen. Eine Weile sagten wir nichts, sondern beobachteten nur, wie die roten Ballons langsam immer höher schwebten und dann sanft gegen die Decke stießen.

»Tja«, sagte Sarah schließlich. »Was nun? Wir dürfen sie nicht allein lassen.«

»Ich bleibe hier«, antwortete ich sofort. »Kein Problem.«

Ich legte mich auf die riesige Ledercouch im Wohnzimmer, kam aber nicht zur Ruhe. Zwar gab es ein Gästezimmer, aber ich wollte auf jeden Fall mitbekommen, wenn Lucy aufstand. Lotta war noch am gleichen Abend mit ihrem Chauffeur in die Hamptons zurückgefahren. Sie hatte Angst, Sage zu lange im Cottage allein zu lassen. Sarah war wieder in ihre Wohnung zurückgekehrt, weil sie am nächsten Morgen Aufnahmen hatte. Aber beide hatten versprochen, so schnell wie möglich wiederzukommen.

Ich dachte an Titus. An das Bild, das er mir gebracht hatte.

An unser letztes Gespräch. Er hatte die losen Enden verknüpft. Dafür gesorgt, dass ich für Lucy da war, wenn es nötig wurde.

Meine Mutter hatte nicht so elegant Vorkehrungen getroffen, geschweige denn ein großartiges letztes Meisterwerk oder auch nur einen schlichten Zettel mit einer Erklärung hinterlassen. Wahrscheinlich hatte sie das Gefühl, mein Vater und ich bräuchten keinen Abschiedsbrief, um es zu verstehen. Schließlich hatten wir lange genug mit ihr gelebt.

Sie hatte es in der Garage gemacht. Hatte sich dorthin geschlichen, nachdem alle eingeschlafen waren, einen Lappen in den Auspuff des Wagens gestopft und den Motor laufen lassen, bis mein Vater sie am nächsten Morgen fand. Als ich verschlafen nach unten stolperte, mir die Augen rieb und mich fragte, wieso niemand mich geweckt hatte, stand mein Vater gerade am Telefon und gab der Notrufleitstelle benommen unsere Adresse durch.

Er schaute zu mir hoch, mit trübem, abwesendem Blick. »Bleib hier. Geh nicht in die Garage, Cricket.« Und dann hatte er die Küche verlassen.

Ich spürte instinktiv, dass etwas Schlimmes passiert war. Das hatte ich an der Miene meines Vaters gesehen. Ich war mir aber nicht sicher, ob ich wissen wollte, was genau geschehen war. Daher machte ihr mir sorgfältig mein Frühstück. Cornflakes. Milch. Zwei gehäufte Löffel Zucker, die auf den Cornflakes sofort durchsichtig grau wurden, als sie sich mit Milch vollsogen. Ich setzte mich an den Küchentisch, aß langsam einen Löffel nach dem nächsten, immer wieder, bis ich mit dem Löffel über den Boden der Schale schabte und das letzte bisschen Süße zusammenkratzte, nur um das, was kommen musste, noch etwas aufzuschieben.

Am nächsten Morgen schrak ich auf und war im ersten Moment orientierungslos. Ich konnte mich nicht erinnern, wo ich war, und dann hörte ich über mir etwas krachen. Ich sprang von der Couch und rannte die Treppe hinauf, aber Lucys Bett war leer.

Wieder krachte es, immer noch über mir.

Im zweiten Stock stand Lucy in Titus' Atelier. Sie hatte nur ein knappes weißes Nachthemd an, und ihre langen blonden Haare wehten im Luftzug vom Fenster. Um sie herum lagen zerbrochene Gefäße mit Ölfarbe, die eine grellbunte Pfütze um ihre Füße bildete. Eine große Staffelei lag umgekippt auf dem Boden. Mit zornesrotem Gesicht trat sie auf sie ein.

»Luce?« Noch nie hatte ich sie so wütend gesehen.

Mit wildem Blick wirbelte sie keuchend zu mir herum.

»Lucy«, sagte ich sanft, »komm, lass uns nach unten gehen, ja?«

»Einen Moment noch«, sagte sie seltsam ruhig. Dann drehte sie sich wieder um und trat so lange gegen die Staffelei, bis sie mit dem Fuß durch ein halbfertiges Bild stieß.

Sie drehte sich zu mir um. »Okay.« Dann folgte sie mir fügsam nach unten und ließ sich am Küchentisch nieder.

»Hast du Hunger?«, fragte ich.

Sie lachte. »Die meisten würden sich nach meinem Befinden erkundigen, aber du fragst, ob ich Hunger habe. Mein Gott, habe ich dich vermisst!«

»Wie fühlst du dich denn?«

Wieder lachte sie. »Was glaubst du denn?«

»Blutet dein Fuß?«, fragte ich. »Oder ist das nur Farbe?«

Sie bückte sich und begutachtete die Bescherung. »Beides, glaube ich.«

Ich machte ein sauberes Spültuch nass. »Drück das da drauf.«

Sie presste das Tuch gegen ihre Fußsohle, hob den Kopf und sah mich direkt an. »Ich musste ihm versprechen, niemandem davon zu erzählen«, erklärte sie. »Er hat es mir vor ein paar Monaten gesagt und gemeint, wir würden das ganz allein hinkriegen. Er würde sich behandeln lassen, er würde wieder gesund werden, und niemand müsste davon erfahren.«

»Aber er ließ sich nicht behandeln.«

Sie schüttelte den Kopf. »Er hatte Angst. Er war dumm. Fing mit tausend alternativen Heilmethoden an. Kräuter, Nahrungsergänzungsmittel …« Sie verdrehte die Augen und blinzelte, um ihre Tränen zu vertreiben. »Letzten Monat sind wir sogar nach Brasilien geflogen, um diesen Schamanen aufzusuchen, der angeblich jeden Krebs einfach wegchanten kann …«

»Du warst in Brasilien und hast mir nichts davon erzählt?«

Sie zuckte die Achseln. »Ich hatte Angst, musste ihm aber doch versprechen, alles geheim zu halten. Und ich wusste, wenn ich dir nur ein Bruchstück erzählen würde, käme alles raus.«

Ich füllte den Wasserkessel. Holte eine Pfanne heraus.

»Ich habe keinen Hunger, Billy«, sagte sie rasch.

Achselzuckend erwiderte ich: »Dann nur eine Tasse Tee. Vielleicht ein bisschen Toast.«

Sie schüttelte den Kopf. »Ich krieg nichts runter.«

Trotzdem stellte ich den Kessel auf.

»Wir hatten eine Abmachung«, fuhr sie fort. »Er würde sich noch mal untersuchen lassen, und wenn der Krebs gewachsen wäre, würde er sich operieren lassen. Letzte Woche war dann die Untersuchung.«

Ich sah sie an. »Und?«

»Er hatte gestreut. Aber der Arzt meinte, man könnte immer noch operieren. Also machten wir einen Termin, planten alles, und dann ...« Sie verstummte. Als sie mich wieder ansah, war ihr Gesicht gerötet, und ihre Augen glitzerten vor Tränen. Sie zischte: »Ich bin so wütend auf ihn, Billy. Ich bin so gottverdammt sauer!«

»Das solltest du auch«, nickte ich. »Du hast jedes Recht dazu.« Ich holte zwei Becher aus dem Schrank und fand in einer Schublade zwei Beutel Kamillentee.

»Die ganze zweite Hälfte unserer Ehe hat er sich hinter Arbeit, hinter anderen Frauen und seinem überdimensionalen Ehrgeiz verschanzt. Und auf einmal hieß es ... er wollte zu mir zurückkommen und alles wiedergutmachen. Er hat ständig Spielchen gespielt. Aus allem wurde ein ganz großes Spektakel. Aber ich frage mich ... Er muss doch gewusst haben, dass er krank ist, noch bevor er mit mir geredet hat. Ich meine, vielleicht war es sein sechster Sinn, vielleicht hat er gespürt, dass da etwas auf ihn zukam, aber ich habe den Verdacht, er könnte vielleicht nur deshalb zu mir zurückgekommen sein, weil er wusste, dass er Hilfe brauchen würde. Vielleicht wollte er mich nur zurück, damit ich ihn –«

Wieder verstummte sie und starrte in den dampfenden Teebecher, den ich ihr hingestellt hatte.

»Ich habe all deine SMS bekommen. All deine Nachrichten«, sagte sie. »Du hast mir unheimlich gefehlt.«

»Du mir auch«, erwiderte ich.

Plötzlich lachte sie auf und sah mich an. »Hat Lotta sich wirklich für zweihunderttausend Dollar ein Pferd gekauft?«

Die Trauerfeier fand im engsten Kreis statt. Lucy stand es schweigend, blass und verschlossen durch, als verschiedene Freunde zum Podium gingen und von Titus' Genie und Großzügigkeit erzählten. Er wurde eingeäschert. Die Pressemitteilung war kurz und knapp, versetzte die Kunstwelt in Schock und löste eine Flut von Anrufen und E-Mails aus. Man wollte eine Trauerfeier für die große Öffentlichkeit, aber Lucy teilte Titus' Agenten mit, sie brauche ein bisschen Zeit, man könne in ein paar Monaten darüber nachdenken.

Lucys Mom Cheri kam, direkt nachdem sie die Nachricht gehört hatte, aus Spanien eingeflogen, wo sie mit einem Freund Urlaub gemacht hatte. Doch nach der Bestattung hatte sie Erschöpfung vorgeschützt und war zu sich nach Hause gegangen.

»Sie denkt nicht gern an den Tod«, erklärte Lucy trocken, als sie sah, wie ihre Mutter, angeblich mit schrecklichen Kopfschmerzen, geradezu davonrannte. »Titus war nur ein kleines bisschen jünger als sie, weißt du?«

Ich hatte auch Brett auf der Feier getroffen. Er war zu Lucy gekommen, hatte sie umarmt und sein Beileid ausgesprochen, und dann hatte er sich zu mir gewandt.

Als ich mich in seine Arme schmiegte und seinen Geruch einatmete, fühlte ich mich sicherer, besser und glücklicher als seit Tagen.

»Wenn du irgendwas brauchst, Billy«, sagte er, »du oder Lucy, dann musst du nur anrufen. Jederzeit.«

Bleib, hätte ich am liebsten gesagt. *Bitte, bleib.* Aber hinter ihm warteten noch viele andere, die mit Lucy reden wollten. Es war nicht der richtige Zeitpunkt gewesen.

Jetzt saßen wir im Wohnzimmer: Lotta, Sarah und ich. Omari war noch in Deutschland, und Brian war nach der Feier wieder zur Arbeit gefahren.

Lucy kam mit ausdrucksloser Miene ins Zimmer und ließ sich neben mir auf der Couch nieder. »Wisst ihr was?«, fragte sie. Ihre Stimme zitterte. »Ich habe gerade mit Titus' Anwalt telefoniert und erfahren, dass ich so gut wie pleite bin.«

»Was? Wie ist das möglich?« fragte Sarah.

»Seine Bilder erzielen doch schon seit Jahren Höchstpreise!«, rief Lotta aus.

Lucy zuckte hilflos die Achseln. »Er wollte seine Bilder nicht um sich haben. Kaum war eins fertig, sollte es aus dem Haus. Er meinte, sonst könnte er nicht mit dem nächsten anfangen, also fand ich es nie merkwürdig, dass er alles schon verkaufte, noch bevor die Farbe trocken war.«

Sein Reichtum war ebenfalls nur Show gewesen. Offenbar hatte er seine Bilder oft gegen etwas anderes eingetauscht, in der Hoffnung, so die Steuer zu umgehen. Zum Beispiel für unbegrenztes Essen in exklusiven Restaurants. Oder als Bezahlung seiner Assistentin. Wenn er Bargeld brauchte, hatte er das Stadthaus immer wieder mit Hypotheken belastet, ohne Lucy davon zu erzählen. Er hatte zahlreiche Kreditkarten und mehrere Kredite bei unterschiedlichen Banken. Ihr Schmuck, ihre Kleider, die Möbel in ihrem Haus waren alle mit Plastikgeld gekauft worden.

Das Einzige, was Lucy noch blieb, war das Geld, das sie vor etlichen Jahren als Model verdient hatte. Es lagerte auf einem Konto unter ihrem eigenen Namen. Das war unangetastet, doch lange konnte man davon auch nicht leben.

Mit bleichem Gesicht und glitzernden Augen sah sie sich um. »Ich muss hier raus«, erklärte sie. »Ich halte es nicht mehr aus. Er ist hier überall zu spüren, und jetzt stellt sich raus, dass das Haus nicht mal mir gehört. Ich muss hier weg.«

Kapitel 24

River House
Kingston

Lucy wollte nichts essen.

Ansonsten wirkte sie, als ginge es ihr gut. Natürlich war sie traurig und wütend und immer noch geschockt. Sie wandelte durch mein Haus wie ein verdammtes Flussgespenst, war aber immer noch die alte Lucy: klug, witzig und angenervt von Chicken, der sich schon wieder als treulos erwies und sich sofort an sie hängte, als wäre er immer noch ein Streuner und Lucy trüge ein Steak in ihrer Tasche.

Aber ich tischte ihr eine Mahlzeit nach der nächsten auf – lauter gute Sachen, die sie sonst gemocht hatte: jeden Morgen exakt richtig gekochte Eier, raffiniert komponierte Salate mit pochiertem Lachs zum Mittagessen und abends Nudeln mit Meeresfrüchten oder Brathühnchen … Aber sie lächelte nur höflich, bedankte sich herzlich und versuchte einen oder zwei Bissen. Dann jedoch saß sie einfach nur da und sah mir beim Essen zu, bis ihr eigenes kalt, geronnen und fade war und ich kapitulierte und es abräumte.

Aber sie trank. Sie trank den Wein, den ich ihr gab, und unzählige Tassen Tee, ab und an einen nicht besonders starken

Cocktail und manchmal sogar etwas so Gesundes wie ein Glas Milch. Nur essen wollte sie nichts.

Ich probierte etwas anderes. Da sie behauptete, noch zu angegriffen zu sein, um sich in die Öffentlichkeit zu wagen, konnte ich weder mit ihr ins *Huma* gehen noch ihr die Stadt zeigen, aber in der Hoffnung, körperliche Betätigung würde ihren Appetit wecken, zwang ich sie, ihre Sportschuhe anzuziehen und täglich mit mir ein Stück zu walken.

Die Laufstrecke war immer leer. Die meisten joggten nicht mehr, weil es bereits zu kalt und zu schlammig geworden war. Die schönsten Herbstfarben waren verblasst, die Astern und Goldruten verwelkt. Das hohe Gras, das den Laufpfad säumte, war nicht mehr dunkelgrün, sondern braun und vertrocknet. Aber durch die nackten Äste fiel das fahle Licht des Spätherbsts, die Klippen und Felswände ragten über uns empor, und hin und wieder kreuzte ein Reh oder ein dickes, graues Eichhörnchen unseren Weg.

»Ist jetzt nicht Jagdsaison?«, fragte Lucy, als sie einer Pfütze auswich. »Sollten wir da nicht irgendwas leuchtend Rotes oder Oranges tragen?«

Ich zuckte die Achseln. »Kann sein.« Ich ließ Chicken von der Leine, der freudig vorausstürmte und durch den Schlamm sprang. »Aber wahrscheinlich erwischt es Chicken als Ersten.«

Lucy lachte. »Er ist unsere Vorhut. Dann ist er wenigstens zu irgendwas gut.«

Manchmal wollte Lucy reden. Manchmal war sie eine Frau, die eine lange, komplizierte Ehe hinter sich hatte. Manchmal war sie wütend und verbittert. Manchmal wollte sie Dampf ablassen, alles verarbeiten oder einfach nur auf Titus schimpfen. Dann marschierten wir Seite an Seite, und sie spuckte jede seiner Verfehlungen aus, alles, was er ihr je angetan, jede Verletzung, die er ihr zugefügt hatte. Manchmal aber war sie wieder das junge Mädchen, das den großen Maler kennengelernt hatte. Dann schwärmte sie davon, wie attraktiv er gewesen war, wie charmant. Wie er ihr eine ganz neue Welt eröffnet hatte. Was er ihr beigebracht hatte. Wie witzig er gewesen war.

Meistens jedoch schwiegen wir auf unseren Märschen und lauschten auf die Vögel, die Insekten und den Wind in den Bäumen. Manchmal, wenn ich sie ansah, strömten ihr Tränen übers Gesicht, doch ich hatte rasch gelernt, dass sie dann nicht unbedingt meinen Trost wünschte oder brauchte. Es war in Ordnung und vielleicht sogar notwendig, sie einfach weinen zu lassen.

Wir verbrachten auch viel Zeit auf dem Anleger hinter meinem Haus. Dann zogen wir uns dick an, schnappten uns eine Flasche Wein und bahnten uns unseren Weg hinunter zum Fluss. Da es mittlerweile zu kalt war, um auf dem Boden zu sitzen, hatte ich am Ende des Anlegers zwei kleine Klappstühle aufgestellt. Dort ließen wir uns nieder, reichten den Wein hin und her und tranken direkt aus der Flasche. Der Fluss schien Lucy zu faszinieren. Sie sagte, sie könnte ihn stundenlang betrachten. Am besten gefiele er ihr an grauen, bewölkten Tagen, dann sähe er aus wie geschmolzener Stahl mit kleinen Mulden und Wellen. Und sie liebte es, wenn am gegenüberliegenden Ufer ein Zug vorbeifuhr.

»Für mich gibt es kein Geräusch, das schöner und einsamer klingt«, sagte sie, als das leise Pfeifen zwischen den Uferböschungen hin und her geworfen wurde.

Sie ließ sich treiben. Schlenderte im Haus von Fenster zu

Fenster und starrte auf den Fluss auf der einen und den Wald auf der anderen Seite. Sie unternahm lange Spaziergänge am Ufer und kam mit Taschen voller bunt funkelnder Strandscherben oder seltsamer kleiner Samenkapseln zurück, die aussahen wie schwarze Urzeithörner und so scharf waren, dass sie ohne Weiteres auch durch Schuhsohlen drangen.

Sie schlief viel. Ging früh ins Bett und stand spät auf. Machte zwischendurch lange Nickerchen, aus denen ich sie kaum wecken konnte. Sie behauptete, sie wäre immer müde.

Sie sagte, sie könnte weder lesen noch schreiben oder fernsehen – ihr fehlte einfach die Konzentration. »Ich fühle mich wie unter Wasser«, erklärte sie eines Tages, als wir in der Küche vor dem Kamin saßen.

Da es zu kalt war, um zum Anleger zu gehen, beobachteten wir durchs Fenster einen Blaureiher. Er stand am Ufer, hatte eines seiner langen Beine gehoben, den Kopf mit der Federhaube zum Wasser gerichtet, und war genauso reglos und still wie der Sand und die Steine um ihn herum.

Ich hatte Lucy ein Butterbrot gemacht: dunkelbraunes Brot, gute gesalzene Butter, Räucherlachs mit Gürkchen, das Ganze mit Crème Fraîche und Dill verziert.

Aber sie ließ es liegen, wie üblich.

»Oder als wäre da zwischen mir und der Welt eine Eisschicht. Ich sehe zwar das Feuer, spüre aber seine Wärme nicht. Ich kann das Holz dieser Theke berühren, spüre aber nicht die Maserung. Und wenn ich dieses Essen ansehe –« Sie wies zum Butterbrot, – »dann weiß ich, ich sollte Hunger haben, aber … ich habe einfach keinen.«

Seufzend räumte ich den Teller weg.

»Ich fühle mich, als würde ich mit einem magersüchtigen Teenager zusammenleben, verdammt noch mal«, beklagte ich mich bei Kai, Marta und Ethan.

Ethan hatte mich gebeten, sie auf ihrem allwöchentlichen Ausflug zum Bauernmarkt zu begleiten, damit, falls ich eine Idee für den Foodtruck hätte, er es gleich mitkaufen konnte.

»Ist doch wieder so 'ne Reichenkrankheit. Meine Mom würde mich einfach zwingen, was zu essen«, erklärte Marta. »Ich durfte erst vom Tisch aufstehen, wenn mein Teller leer war.«

»Und bei mir hat es keinen interessiert, ob ich aß oder nicht«, bekräftigte Kai. »Nachlässige Hausangestellte. Arbeitender Vater. Tote Mutter.«

»Meine Eltern konnten beide ausgezeichnet kochen, ich hatte ständig Hunger und kann mich nicht erinnern, dass ich jemals *nicht* essen wollte«, fügte Ethan hinzu.

Obwohl oder vielleicht auch weil ich an Halloween die Bombe hatte platzen lassen, gingen Ethan und Marta immer noch scheu und zurückhaltend miteinander um, und Kai war wie eh und je bissig und missmutig.

Ich hatte Ethan direkt danach beiseitegenommen, um mich zu vergewissern, dass der Kuss nicht unser professionelles Verhältnis vergiftete.

»Nein, ich schätze, ich hab dir zu danken«, sagte er, noch bevor ich meine patentierte sanfte Abfuhr abspulen konnte.

Ich runzelte die Stirn. »Wofür denn?«

»Weil du zwischen mir und Marta die Atmosphäre gereinigt hast. Ich dachte nur, sie stünde nicht auf mich, weißt du?«

»Tja, offensichtlich doch«, erwiderte ich. »Also wirst du was unternehmen?«

Er biss sich auf die Unterlippe. »Ja, schon. Oder sie macht den ersten Schritt. Ich weiß es nicht. Wir haben geredet. Es ist kompliziert. Gut, aber auch kompliziert. Jedenfalls wollte ich dir danken und dir außerdem sagen, dass mir der Kuss schon was bedeutete.« Nervös sah ich ihn an.

»Keine Angst«, grinste er. »Ich versuche nicht, noch einen von dir zu erhaschen. Ich weiß, du siehst dich gerne als einsamen Wolf und bist nicht auf der Suche. Außerdem gibt es jetzt ja Marta, daher … Aber du sollst wissen, dass ich dich nicht nur einfach so geküsst habe. Sondern weil ich es wirklich wollte.«

»Ah.« Ich schluckte. »Okay. Gut zu wissen.«

Er schlug mir leicht auf die Schulter. »Schön. Dann ist ja alles geklärt.« Und er wandte sich wieder zu seinem Platz in der Küche, während ich ihm verblüfft nachstarrte.

Ob schön oder nicht: Es kam noch anderes in Gang. Der Airstream wurde immer häufiger gebucht, und die Presse wurde auf uns aufmerksam. Ethan hatte dem Lokalsender ein Interview gegeben, in dem er unser Konzept mit den Küchenresten erklärte, und die *Chronogram*, eine Zeitschrift aus dem Hudson Valley, hatte einen langen Artikel über verschiedene Food Trucks gebracht, in dem unser *Leftovers* als besonders gut herausgestellt wurde.

»Was gibst du ihr denn zu essen?«, erkundigte sich Ethan, während er Brokkoli an einem der Stände begutachtete.

Ich zuckte die Achseln. »Alles, was sie mag. Alles, was sie in New York gerne gegessen hat.«

Er zog die Augenbrauen hoch. »Vielleicht ist das das Problem. Mit unserem Geschmack sind Erinnerungen verbunden. Alles, was wir je gegessen haben, ist mit Gefühlen und Assoziationen verknüpft. Vielleicht erinnert sie das, was du ihr gibst, zu sehr an ihren Mann.«

Ich blieb stehen. Genau deshalb war es so schwer, Ethan einfach als unreifen Jungspund abzutun. Jedes Mal, wenn ich befand, er wäre halt fünfundzwanzig und mehr steckte nicht dahinter, kam er mit etwas Brillantem wie dieser Erklärung um die Ecke.

»Du meine Güte«, sagte ich. »Da könntest du recht haben.« Ich wurde ganz aufgeregt. »Zum Beispiel mache ich ihr jeden Morgen Eier, weil ich weiß, dass Titus und sie die zum Frühstück hatten. Weil sie behauptete, sie könnte nur Eier kochen, wollte Titus zum Frühstück nichts anderes haben. Aber vielleicht hast du recht: Vielleicht muss sie dadurch an ihn denken. Und dann hat sie natürlich keinen Appetit!«

Ethan lächelte und legte den Brokkoli weg. »Möglicherweise braucht sie ja etwas ganz Neues.«

Ich sah erst ihn an und dann Marta und Kai, die sich Kopfsalat aus Hydrokultur anschauten. »Ey, Leute«, fragte ich, »wollt ihr mal für sie kochen?«

Um Lucy nicht zu verscheuchen, warnte ich sie nicht vor, dass ich die anderen mit nach Hause brachte. Als wir mit den Händen voller Tüten vom Markt in die Küche platzten, saß sie gerade an der Kücheninsel und hatte nur eine Unterhose, ein Riesensweatshirt und heruntergerutschte Kniestrümpfe an.

»Huch«, rief sie aus, sprang auf und zupfte hektisch am Saum ihres Sweatshirts. »Ich komm gleich wieder, ich muss nur, äh, mir eine Hose anziehen.« Damit huschte sie durch den Flur Richtung Treppe.

»Verdammt«, sagte Marta, während alle drei ihr nachschauten. »Wieso sehen all deine Freundinnen wie Supermodels aus?«

Ich schnaubte. »Weil Lucy tatsächlich eins war.«

Kai verdrehte die Augen. »Na klar. Was denn sonst?«

»Tja, aber selbst Supermodels müssen essen«, verkündete Ethan und fing an, die Tüten auszupacken.

Kurz darauf kehrte Lucy zurück. Sie hatte sich eine Jeans angezogen und das Sweatshirt gegen ein schöneres T-Shirt getauscht. Mir fiel auf, dass sie sich sogar gekämmt und einen Hauch Lippenstift aufgetragen hatte. Das betrachtete ich als gutes Zeichen.

»Lucy«, setzte ich an, »dies sind Marta, Kai und Ethan. Sie gehören zu den besten Köchen, die ich kenne, und sie werden dir Mittagessen machen.«

Darauf verblasste Lucys höfliches Lächeln, und sie runzelte die Stirn. »Oh, wow. Vielen Dank, aber das kann ich doch nicht verlangen. Das ist wirklich nicht notwendig.«

»Billy hat gesagt, du hättest seit Tagen nichts mehr gegessen«, erwiderte Marta. »Also ist es vielleicht doch notwendig.«

»Ich esse noch«, protestierte Lucy. »Nur nicht so viel.«

Kai musterte sie von oben bis unten und schürzte die Lippen. »Aber du könntest ganz eindeutig mehr essen.«

Daraufhin wurde Lucy rot und setzte sich. »Ich werde es versuchen, Leute«, sagte sie. »Ich geb mein Bestes, aber –«

»Wie wär's mit Wein?«, fragte Kai.

»Oder was Stärkerem?«, fügte Marta hinzu und holte ihre E-Zigarette heraus. »Damit du Appetit bekommst?«

Lucy schüttelte den Kopf. »Nein, ich glaube, ich käme nicht damit klar, wenn ich mich jetzt bekiffen würde. Zu –«

»Heikel?«, soufflierte Kai. Und Lucy nickte.

»Billy?«, bot Marta mir die E-Zigarette an.

»Nein danke«, sagte ich. »Ich bin zufrieden.«

»Aber ihr habt doch nichts dagegen, wenn wir was rauchen, oder?«, fragte Ethan.

Ich zuckte die Achseln. »Nur zu. Kann ich was helfen?«

Ethan zeigte auf den leeren Stuhl neben Lucy. »Nimm Platz und entspann dich. Wir kümmern uns um alles.«

»Also, Wein?«, fragte Kai.

Ich zeigte zur Vorratskammer. »Ganz unten ist ein kleines Weinregal.«

Während Ethan und Marta sich den Joint teilten, ging Kai zur Vorratskammer und hockte sich vor das Regal, um die Flaschen zu begutachten, die ich gekauft hatte. »Schöne Auswahl«, sagte sie schließlich.

Meine Augenbrauen schossen in die Höhe. »Ich glaube, das ist das erste Kompliment, das ich je von ihr bekommen habe«, flüsterte ich Lucy zu.

»Oh, krass, abgesehen von diesem Pinotage. Welcher verdammte Idiot hat den denn gekauft?«

Ich lachte. »Da ist ja wieder die gute, alte Kai.«

Kai kam mit einem australischen Shiraz zurück. »Der hier ist gut«, sagte sie. »So tröstlich.«

Sie öffnete die Flasche, holte zwei Wassergläser aus meinem Schrank und goss jedem von uns ein paar Fingerbreit ein.

Lucy biss sich auf die Unterlippe. »Danke«, sagte sie.

»Es gibt Lamm«, verkündete Ethan. »Mein Vater hat früher

persischen Kräutereintopf namens Ghormeh Sabzi gemacht, aber das würde den ganzen Tag dauern. Dies hier ist meine abgespeckte Version.«

»Ethans Vater ist Iraner«, erklärte ich Lucy.

»Aus Isfahan«, sagte er und warf Lammstücke in die rauchende Pfanne.

»Und zum Nachtisch gibt es warmen Reispudding«, fügte Marta hinzu. »Mit Pistazien. Und dazu vielleicht ein paar schöne Rosenwasser-Madeleines.«

»Gut! Passt zur persischen Küche«, freute sich Ethan und hob die Hand zu einer High Five.

Marta klatschte seine Hand ab, doch bevor sie ihre von seiner lösen konnte, verschränkte er seine Finger mit ihren und hielt sie einen kurzen, bedeutsamen Moment lang fest, bis sie rot wurde und sich von ihm löste.

Zugegeben, ich spürte schon einen kleinen Stich der Eifersucht, als ich sah, was da zwischen ihnen wiedererwachte.

Als könnte sie meine Gedanken lesen, fragte Lucy: »Hast du in letzter Zeit mal was von Brett gehört?«

Ich schüttelte den Kopf.

»Oooh, Brett«, sagte Marta. Sie wirkte froh, das Thema wechseln zu können. »Er war traumhaft. So sexy, nicht wahr, Kai?«

Kai zuckte die Achseln. »Mein Typ war er natürlich nicht.«

»Wer ist Brett?«, fragte Ethan.

»Billys perfekter Freund«, erklärte Lucy.

»Er ist nicht mein Freund«, protestierte ich sofort.

»Sollte er aber sein«, erwiderte Lucy. »Könnte er auch. Wollte er auch.«

»Halt«, sagte Kai. »Also hat Billy, obwohl sie den perfekten Freund hat, trotzdem mit Ethan rumgemacht?«

Lucy riss die Augen auf. »Du hast mit Ethan rumgemacht? Das hast du mir gar nicht gesimst.«

»Wir haben auch nicht rumgemacht«, wehrte ich ab. »Es war nur ein Kuss.«

»Also«, schaltete sich Ethan ein, »es war schon mehr als einer.«

»Aber«, meldete sich jetzt Marta, »das hatte keine Bedeutung, weil Ethan *mich* liebt.« Sie starrte ihn herausfordernd an. »Stimmt doch, oder, Ethan?«

Ethan blinzelte kurz, dann lächelte er. »Ja«, sagte er sanft. »Ja, das stimmt wohl.« Er streckte die Hand aus und küsste sie auf die Stirn. Sie strahlte ihn an.

»Herrgott noch mal«, murrte Kai. »Kümmer dich um das verdammte Lamm.«

»Was genau passiert hier gerade?«, flüsterte Lucy mir völlig verwirrt zu.

»Später«, antwortete ich und schüttelte den Kopf.

Das Lamm war exquisit. Zarte, kleine Stückchen, die außen karamellisiert waren und innen rosa, süß und saftig. Ethan hatte sie auf Nestern aus geriebenen Kartoffeln gebettet und das Ganze mit einer grünen Sauce aus getrockneten Kräutern und Lammfond beträufelt.

»Limone«, sagte ich und schnupperte. »Da ist eindeutig Limone drin. Und das ist nicht regional, Chef.«

Ethan schüttelte den Kopf. »Es ist eingelegte Limone, die der Konservenmann am Bauernmarkt verkauft – kann also noch als regional gelten.«

Wir wandten uns alle zu Lucy. Die starrte mit eindeutigem Widerwillen auf das wunderschön arrangierte Essen vor ihr.

»Luce?«, fragte ich.

»Tut mir echt leid, Leute«, flüsterte sie. »Ethan, es ist sicher köstlich, aber ich kann einfach nicht –« Sie schob so abrupt ihren Stuhl zurück, dass er über den Boden schrappte, sprang auf und rannte praktisch auf die Frontveranda.

Seufzend schaute ich auf meinen eigenen Teller, schob ihn dann aber von mir. »Fangt schon mal an«, sagte ich und folgte ihr aus dem Haus.

Sie saß zusammengekauert auf einem Korbstuhl und hatte die Hände in die Achselhöhlen geschoben.

»Tut mir leid, Billy«, empfing sie mich. »Das war unheimlich süß von ihnen, doch wenn ich das Essen sehe, weiß ich, ich sollte Hunger haben, kriege aber einfach nichts runter. Ich fühle mich, als hätte ich einen großen, bitteren Klumpen Traurigkeit in meinem Bauch. So als hätte ich meine Trauer verschluckt.«

»Nein«, entgegnete ich, »mir tut es leid. Ich hätte sie dir nicht so aufdrängen sollen. Ich hatte nur die dumme Idee, du bräuchtest vielleicht mal was anderes zu essen. Etwas, das nicht von mir stammt.«

Überrascht sah sie mich an. »Aber du weißt doch, wie sehr ich dein Essen liebe.«

Seufzend ließ ich mich auf den Stuhl neben ihr sinken. »Ich weiß. Ich mach mir nur Sorgen um dich.«

Sie nickte.

Eine Weile starrten wir auf den Fluss.

»Luce«, sagte ich schließlich, »du hättest es mir sagen sollen. Ich weiß, er war dein Mann, schon klar. Aber du hättest das niemals allein durchstehen sollen. Wenn ich all das gewusst hätte, wäre ich doch nie im Leben umgezogen.«

Sie biss sich auf die Unterlippe. »Er konnte so ein Egoist sein«, meinte sie.

»Ich wusste nicht, wieso du nicht mit mir reden wolltest. Er behauptete, es läge an unserem Streit. Ich dachte, du würdest dich vielleicht nie mehr –«

»Ich weiß«, unterbrach sie mich. »Es tut mir leid«, fügte sie hinzu, »du hast mir unheimlich gefehlt.«

»Und du weißt, dass mir bewusst ist, wie hart du gearbeitet hast? Dass dir nicht alles in den Schoß fällt, bloß weil du so schön bist?«

»Ja«, seufzte sie. »Obwohl ich mich in letzter Zeit alles andere als schön fühle.«

Ich lachte. »Kai ist da sicher anderer Meinung.«

Sie warf mir einen Blick zu. »Zwischen deinen Freunden fühle ich mich echt alt«, gestand sie.

»Ich trage seit einem Jahr eine Lesebrille«, brach es aus mir hervor. »Aber nur heimlich.«

Sie lachte. »Meine Schamhaare werden grau.«

Mit hochgezogenen Augenbrauen sah ich sie an. »Seit wann hast du Schamhaare?«

Sie wehrte ab. »Waxing stand in letzter Zeit nicht mehr auf meiner Prioritätenliste.«

Sie senkte den Blick. »Was mache ich denn jetzt, Billy?«, fragte sie mit dünner Stimme. »Ich hab das Gefühl, mein Leben wäre vorbei.«

Ich nahm ihre Hand und drückte sie. »Zuerst wirst du was essen. Danach überlegen wir uns alles andere.«

Da drückte auch sie meine Hand.

Abends im Bett dachte ich über das nach, was Ethan über die Verknüpfung von Essen mit Geschmackserinnerungen gesagt hatte.

Meine Mutter hatte vor ihrem Tod einen Topf Chili gekocht. Ich werde nie erfahren, ob das nur reiner Zufall war oder ob sie den Wunsch hatte, zumindest noch für ein paar warme Mahlzeiten zu sorgen, bevor sie sich endgültig verabschiedete.

Nach der Trauerfeier, als alle Nachbarn, Mitarbeiter und Verwandten gegangen waren, ließ mein Vater die Eintöpfe und Aufläufe im Kühlschrank unbeachtet, die wohlmeinende Freunde und Gemeindemitglieder mitgebracht hatten, und wärmte das Chili auf.

Zwar war ich noch jung, aber nicht dumm. Ich starrte auf den dampfenden Teller, den er vor mich hingestellt hatte, und erinnerte mich daran, dass mir mein letztes Chili von meiner Mutter persönlich serviert worden war.

»Aber«, sagte ich und schob den Teller weg, »sie ist *tot,* Dad. Das ist Essen von einer Toten!«

Mein Vater hatte mich traurig angeschaut und den Kopf geschüttelt. »Dies«, erwiderte er und schob den Teller sanft wieder zu mir, »ist die letzte Gelegenheit, etwas zu essen, das deine Mutter für dich gekocht hat, Schatz. Sie hat das hier für dich gemacht. Weil sie wusste, dass du das gerne isst.« Er schob den Teller noch näher zu mir. »Sie würde sich wünschen, dass du es isst.«

Einen Augenblick starrte ich ihn an, dann blickte ich auf das Chili. Mein Vater hatte einen Klacks Sauercreme und orangefarbenen, geriebenen Cheddar dazugegeben, der jetzt zu einer Kruste schmolz.

Unsicher kostete ich einen Löffel. Das Chili war köstlich, mit weichen Kidneybohnen und großen Stücken Fleisch; hier und da erwischte ich Tomatenstückchen, deren Geschmack nach Sonne in meinem Mund explodierte. Es war ein bisschen scharf, aber die Sauercreme in meinem Mund war kühl und cremig, sodass es nicht zu sehr brannte.

»Schmeckt lecker«, sagte ich zu meinem Vater.

Er nickte und probierte selbst einen Löffel.

Schweigend saßen wir einander gegenüber und aßen. Mit jedem Bissen spürte ich etwas Trost, so als sei etwas von ihr bei mir.

Aber dann war mein Teller leer, und es war vorbei.

Für immer.

Da weinte ich zum ersten Mal seit ihrem Tod.

Eine Weile lag ich in der Dunkelheit, dann stand ich auf und zog mich wieder an. Es war weit nach Mitternacht, und ich ging davon aus, dass Lucy schon schlief. Trotzdem hinterließ ich ihr eine Nachricht, ich wäre gleich wieder da. Nur für den Fall, dass sie aufwachte.

Als ich in Hannaford ankam, war es praktisch ausgestorben. In dem großen, strahlend hellen, menschenleeren Supermarkt saßen nur ein paar müde Angestellte an ihren Kassen. An meinem Wagen quietschte laut ein Rad, als ich ihn durch die Gänge schob. Ich hatte eine Liste mit allem zusammengestellt, was ich brauchte, und das meiste davon fand ich in der Tiefkühlabteilung.

Ich kaufte Lebensmittel, die ich seit Jahren weder gegessen noch gekocht hatte. Campbells Pilzcremesuppe und amerikanischen Schmelzkäse in Scheiben. Eine Packung gemischtes Tiefkühlgemüse (eine Erinnerung blitzte auf, wie meine Mutter diese spezielle Mischung aus Mais, grünen Bohnen, Karottenwürfeln und Limabohnen immer als ›magisches Gemüse‹ bezeichnet hatte, wenn sie es mir servierte), ein Pfund Hackfleisch und einen Beutel Kroketten.

Was ich kaufte, war weder saisonal noch regional oder auch nur besonders lecker. Obwohl ich sicher bin, dass dies der Kassiererin völlig egal war, starrte ich sie trotzig an, während sie mich abkassierte. Ich hatte nicht die geringste Lust auf irgendeinen Kommentar über meine billigen 08/15-Einkäufe.

Bei meiner Rückkehr war das Haus dunkel und still. Chicken, der mittlerweile in Lucys Bett schlief, machte keinen Mucks, als ich hereinkam.

Leise summend zog ich den Mantel aus, leerte die Einkaufstüte, schenkte mir ein Glas Pinot Grigio ein und holte meine altehrwürdige schmiedeeiserne Pfanne heraus. Während ein paar Esslöffel Butter darin schmolzen, schnitt ich eine Zwiebel klein, die ich darin glasig briet. Danach gab ich das Hackfleisch dazu und rührte es so lange, bis es im Haus roch wie am Taco-Abend meines Vaters.

Ich gab Hackfleisch und Zwiebeln in eine Auflaufform und bedeckte sie mit dem angetauten ›magischen Gemüse‹. Darauf kamen zwei Dosen unverdünnte Pilzsuppe, dann zehn Scheiben Schmelzkäse und darauf der ganze Beutel Tiefkühlkroketten.

All das machte ich ganz automatisch, ohne googeln oder in einem Kochbuch nachschauen zu müssen. Es steckte in meinen Mittlerer-Westen-Knochen.

Das Ganze kam für eine Stunde bei 180 °C in den Ofen. Währenddessen lud ich die Filme *Teen Lover, Annies Männer* und *Sodbrennen* herunter.

Als endlich alles fertig war, klemmte ich mir meinen Laptop unter den Arm, zog Backhandschuhe an und trug die Auflaufform mit zwei darin steckenden Gabeln hinauf zu Lucys Zimmer.

»Lucy«, flüsterte ich.

In der Dunkelheit konnte ich schemenhaft sehen, wie Chicken sich aufsetzte und seine kleine Nase zuckte.

»Luuuucy«, versuchte ich es noch einmal und schaltete ihre Nachttischlampe ein. »Wach auf.«

Sie drehte sich zu mir um und öffnete langsam die Augen. »Was zum Teufel soll das, Billy?« Sie gähnte. »Wie viel Uhr ist es?«

»Zeit aufzustehen«, erwiderte ich. »Zeit für einen Mitternachtsfilm und Essen.«

Sie setzte sich auf. Als sie die Auflaufform in meinen Händen sah, wurden ihre Augen groß. »Ist es das, was ich vermute?«

Ich nickte eifrig. Dies war eines unserer liebsten Kindheitsrituale gewesen. Lucys Mutter Cheri war, milde ausgedrückt, eine sehr lässige Mutter mit großem Bekanntenkreis gewesen. Was hieß, dass Lucy ab ihrem zehnten Lebensjahr praktisch jedes Wochenende zwanzig Dollar in die Hand gedrückt bekam, damit sie sich selbst versorgte, während ihre Mutter mit ihren diversen Liebhabern unterwegs war.

Zuerst war Lucy wütend darüber. Sie verschloss alle Türen und Fenster doppelt und dreifach, damit auch ja niemand hereinkam. Die ganze Nacht behielt sie Fernseher und Radio an, um etwaige unheimliche Geräusche zu übertönen. Sie verließ niemals das Haus, sondern sparte die zwanzig Dollar und lebte nur von Milch und Frühstücksflocken, bis ihre Mutter endlich zurückkam.

Aber nachdem wir Freunde wurden, bildete der schlechte Erziehungsstil ihrer Mutter einen Quell steter Freude für uns. Ich musste meinem Dad nur sagen, ich würde das Wochenende bei Lucy verbringen – da er mir vertraute und viel zu sehr mit sich selbst beschäftigt war, kam ihm nie in den Sinn nachzufragen, ob Lucys Mutter denn auch da wäre.

Wir fingen klein an. Nippten an Cheris Rumflasche. Spielten Jungs, die wir mochten, Telefonstreiche. Genossen den Kick, wenn wir eine Pizza bestellten … Dann verwendeten wir die zwanzig Dollar dafür, Zutaten für all das zu kaufen, was ich kochen lernen wollte. Lucy war mein Versuchskaninchen. Je älter wir wurden, desto kühner wurden wir auch. Es gab Bierpartys und Bongs, unbeholfene Dinnerpartys mit Jungs, Nacktbaden in Cheris Whirlpool und einen tollkühnen LSD-Trip, bei dem ich irgendwie dachte, ich könnte meinen Geist mit dem meiner Katze verschmelzen.

Doch ganz gleich, was wir machten, ganz gleich wie verkatert, erschöpft oder fertig wir waren, ganz gleich, welch aufwendiges, kompliziertes Essen ich für uns zubereitet hatte, so bestand Lucy doch immer auf dem gleichen Ritual am Ende jedes Samstagabends: Krokettenauflauf und Blockbuster aus dem Videoverleih im Ort. Das war ihr heilig. Es war unser Ritual und bestand bis zu dem Tag, an dem Cheri und Lucy nach New York zogen.

Jetzt setzte ich mich auf Lucys Bett. »Rutsch rüber«, befahl ich, manövrierte mich unter die Decke und stellte die warme Auflaufform zwischen uns. »Das hätte mir schon vor Tagen einfallen müssen.«

Skeptisch beäugte sie den Auflauf. »Ich weiß nicht«, sagte sie. »Man kann die Vergangenheit nicht wieder zurückholen, Billy.«

»Scheiß doch drauf«, erwiderte ich, gab ihr eine Gabel und startete den ersten Film. »Probier diesen gottverdammten Krokettenauflauf, werte Freundin.«

Das tat sie.

Und als wir uns dann zurücklehnten und Tim Robbins nackten Arsch in der Anfangsszene von *Annies Männer* bewunderten, aß sie noch einen Happen. Und noch einen. Und bevor ich mich's versah, tanzte Kevin Costner in Susan Sarandons Kimono, die Hälfte des Auflaufs war aufgegessen, der Rest beiseitegeschoben, und Lucy schlief zusammengerollt neben mir, drückte ihre Wange an meinen Arm, und ihr Atem roch ganz leicht nach Schmelzkäse und Kroketten.

Kapitel 25

River House
Kingston

Zwei Tage später tauchten Sarah, Lotta und Sage auf. Alle zusammen.

»Brian hat mich verlassen«, verkündete Sarah, als sie ins Haus geplatzt kam. »Das heißt: Zuerst hat er seinen Job verloren, genau gesagt, vor zwei Monaten, aber das wollte er mir nicht sagen. Als er es mir dann doch gestand, meinte ich, das wär doch in Ordnung, man könnte das auch positiv sehen, das wäre ein großartiger Plot für die Sendung – *da* hat er mich verlassen. Er sagte, er wollte nicht ins Fernsehen. Er hätte nicht die Absicht, seine Fehler öffentlich zu zeigen, damit sich das Publikum darüber amüsieren kann. Er meinte sogar, er würde mich nicht mehr wiedererkennen, und dann ließ er mich einfach stehen. Ich glaube, er wohnt jetzt im Hotel W am Union Square.«

Ich warf Lotta einen hilflosen Blick zu, aber die starrte nur mit schockierter Miene zurück. »Ich dachte, wir würden uns einfach zum Lunch im *Wagamama* treffen«, flüsterte sie mir zu. »Aber jetzt, voilà, sind wir hier gelandet.«

»Wollt ihr alle bleiben?«, erkundigte ich mich mit Blick auf den Haufen Gepäck an der Haustür.

Lotta hob hilflos die Hände. »Omari kommt bald wieder nach Hause.« Sie sah sich um. »Aber dein Haus gefällt mir wirklich sehr. Vielleicht kann er ja auch kommen und hierbleiben?«

»Äh, hi, Sage?«, sagte ich zu Lottas Stieftochter, die ihr Handy hervorgeholt hatte und damit herumfuchtelte.

»Habt ihr hier keinen Empfang?«, erwiderte sie nur.

»Ich konnte sie doch nicht allein in den Hamptons lassen«, flüsterte Lotta mir zu. »Sie hat einen grässlichen neuen Freund. Es wird ihr ganz guttun, mal eine Weile von ihm getrennt zu sein.«

»Billy?«, rief Lucy aus der Küche. »Sarah sagt, sie braucht was zu essen, und zwar auf der Stelle.«

Ich drehte mich um und versuchte, mich zu sammeln.

»Alles klar. Äh. Okay. Oben gibt es drei Gästeschlafzimmer. Lucy hat schon das mit Blick auf den Fluss, aber Lotta und Sarah können die anderen nehmen. Sage, würde es dir was ausmachen, auf einem Ausziehsofa im Wohnzimmer zu schlafen?«

»Hat das Wohnzimmer eine Tür, die ich abschließen kann?«

»Zumindest eine, die man zumachen kann. Und einen Fernseher mit Flachbildschirm.«

Sie verzog das Gesicht, nickte aber. »Na dann gut.«

»Okay, tja, das wäre dann den Flur runter auf der linken Seite. Der Empfang ist draußen auf der Veranda besser!«, rief ich ihr nach, als sie ihre Koffer durch den Flur zog.

»Billy!«, brüllte Sarah. »Ich verhungere gleich!«

»Ich bin nicht traurig«, erklärte Sarah, während sie sich Nachos und Salsa in den Mund schaufelte. »Sondern wütend und leicht durch den Wind. Aber nicht traurig.«

»*Ich* bin traurig«, meldete Lucy. »Und wütend. Und zwar beides immer noch ziemlich heftig.«

Wir saßen an meiner Kücheninsel, und ich war damit beschäftigt, praktisch meinen ganzen Kühlschrank vor Sarah auszuräumen: Oliven, Hummus, frischen Mozzarella, eine halbe Tupperdose mit Pilzpastete, ein Glas mit eingelegten Karotten, die Ethan gemacht hatte, kaltes Hühnchen, ein Stück Entenwurst …

»Was wird jetzt mit der Sendung, Sarah?«, fragte ich.

Sie zuckte die Achseln und biss gierig in eine Hühnerkeule. »Mein Agent meint, wenn wir erst mal überlegt haben, was wir mit Brian machen, könnte es sich als große Chance erweisen. Damit würde ich vom Miststück der Saison zum It-Girl der Saison.«

»Moment mal, du warst das Miststück der Saison?«, fragte Lotta. »Seit wann denn das?«

Sarah schwenkte die Hühnerkeule vor Lottas Gesicht. »Darüber will ich nicht reden.«

»Halt«, meldete sich Lucy, »soll das heißen, dein Agent ist froh, dass du abserviert wurdest?«

»Weil es gut für die Sendung ist. Dadurch wirke ich menschlicher. Er meint, der Plot ist besser als der mit dem Baby.«

»Aber«, sagte ich, »wolltest du nicht *wirklich* ein Baby?«

Statt einer Antwort stopfte sich Sarah eine eingelegte Karotte in den Mund.

»Wein?«, fragte Lucy.

»Wein«, nickte ich. »Oder nein, wisst ihr was? Ich hab noch eine Flasche Tequila. Hol den Tequila!«

»Vielleicht sollten wir heute Abend ausgehen?«, sagte Lotta mit Blick auf ihre Stieftochter, die sich mit wütender Miene auf meinem Wohnzimmersofa fläzte und immer noch mit dem Handy in der Luft herumfuchtelte. »Oder die Mädchen für Sage einladen? Wie hießen sie noch? Tai und Mary?«

»Kai und Marta«, berichtigte ich. »Und die müssen heute Abend arbeiten. Wir könnten zwar ausgehen, aber ich glaube nicht, dass Lucy oder Sarah dazu in der Lage wären.«

Lotta schüttelte den Kopf. »Ich fasse es immer noch nicht, dass Brian doch endlich noch den Mumm hatte, sie zu verlassen. Aber er wird schon bald wieder angekrochen kommen, oder? Das ist doch nichts Dauerhaftes …«

»Weiß ich nicht«, erwiderte ich. »Ich hab schon lange mit so was gerechnet. Die Sendung ging ihm von Anfang an gegen den Strich.«

»*Mir* geht sie auch gegen den Strich«, nickte Lotta. »Weißt du, dass sie tatsächlich nachgefragt hat, ob sie uns mit der Filmcrew in den Flitterwochen besuchen darf?«

Ich lachte. »Und du hast abgelehnt? Was bist du doch für ein Miststück, Lotta!«

»Wie geht es Lucy?«

Ich zuckte die Achseln. »Sie hat gute und schlechte Tage. Ich meine: Wie lang soll man auch trauern, wenn sich der eigene Mann umbringt? Das kann man schlecht festmachen.«

Lotta nickte gedankenverloren. »Ich finde, früher war es einfacher«, erklärte sie. »Der Umgang mit dem Tod zum Beispiel. Es gab Rituale. Totenwachen, Aufbahrungen und Trauerkleidung. Die Menschen respektierten es, wenn man in Trauer war. Man durfte sich so viel Zeit nehmen, wie man brauchte. Es wurde nicht von einem erwartet, dass man sich nur ein Wochenende für die Trauerfeier freinahm und dann ein Beruhigungsmittel einschmiss, um ganz normal weiterzumachen.«

»Das verlangt auch jetzt niemand von ihr«, wandte ich ein.

»Ich weiß«, sagte Lotta. »Aber irgendwie habe ich das Gefühl, Lucy wird mehr Zeit als die meisten brauchen. Titus war ein großer Mann, der auf großem Fuß lebte. Sie muss sich doch fühlen, als wäre die Sonne für immer untergegangen.«

»Kann sein«, erwiderte ich. »Vielleicht fühlt sie sich aber auch befreit.«

Überrascht sah Lotta mich an.

»Ach Lo, er konnte ein echtes Arschloch sein. Und das weißt du auch.«

Achselzuckend entgegnete sie: »Er war Künstler. Ich habe noch nie einen Künstler kennengelernt, der kein selbstsüchtiges Arschloch war. Zumindest bis zu einem gewissen Grad. Aber er hat sie wirklich geliebt, Billy. Das kannst du nicht abstreiten.«

»Ja, ja, sich umzubringen ist eine tolle Methode, seine Liebe zu zeigen«, konterte ich.

Lotta drückte meine Hand. »Ich hab ganz vergessen, dass du deine eigenen Erfahrungen mit Selbstmord hast.«

»Lotta«, jammerte Sage. »Wie lang wollen wir hierbleiben? Mein Handy funktioniert nicht, und ich verpasse total wichtige Nachrichten!«

Lotta verdrehte die Augen und senkte die Stimme. »Mit total wichtigen Nachrichten meint sie wohl die von dem Pizzajungen, mit dem sie sich jetzt trifft. Oder vielleicht die von ihrem Dealer. Ich muss das Mädchen mal vor die Tür zwingen. Ich glaube, sie hat sich schon seit dem Morgen nicht mehr von der Couch bewegt.«

»Ich wollte gerade mal auf einen Sprung ins *Huma*. Da könnte ich sie mitnehmen«, bot ich ihr an.

Erfreut wandte Lotta sich zu mir. »Oh, ja. Hauptsache, sie bewegt sich ein bisschen. Danke.« Sie blickte zu Sage hinüber. »Sage, Schätzchen, hättest du nicht Lust, die netten Mädchen zu sehen, die wir am Wochenende der Strandparty kennengelernt haben? Martha und Di?«

»Marta und Kai«, korrigierte ich sie erneut.

Sage sah ihre Stiefmutter an. »Ich bin kein Kleinkind mehr, Lotta. Du musst mir keine Spielkameraden suchen.«

»Ich würde dich gerne mitnehmen«, bot ich ihr an.

Sage warf einen angewiderten Blick auf ihr nutzloses Handy. »Na gut, ich hab sowieso nichts Besseres zu tun.«

»Okay, dann gib mir ein paar Minuten, um mich fertig zu machen«, sagte ich.

Allerdings ging ich nicht sofort auf mein Zimmer. Stattdessen trat ich hinaus auf die Veranda und holte mein Handy hervor. Seit ich Brett bei der Trauerfeier gesehen hatte, dachte ich mehr an ihn, als ich mir eingestehen wollte, und hoffte ständig auf einen Anruf von ihm. Aber jetzt fand ich eine SMS von Ethan, in der er mich informierte, dass er mir zum Rosendale-Food-Truck-Fest Nacken und Brust vom Lamm, Steckrüben, Karotten und Kartoffeln mitgeben konnte. Außerdem hatte mir Sarah eine SMS geschrieben, offenbar von meinem Bad aus; sie fragte, ob ich irgendwo noch ein besseres Shampoo hatte oder ob sie tatsächlich das eklige Biozeug auf meiner Badewanne benutzen musste.

Scotch-Bouillon?, simste ich Ethan. *Wir könnten auch Mini-Shepherd's Pie machen.*

Und an Sarah: *Kauf dir dein eigenes Shampoo, wenn dir meins nicht passt!*

Einen Moment lang schwebte mein Finger über dem Display, weil ich Bretts Nummer antippen wollte, doch dann zögerte ich und steckte schließlich das Handy wieder weg. Ich wusste, ich sollte einfach zu ihm nach New York fahren. Denn das war etwas, das nur im persönlichen Gespräch geklärt werden konnte. Aber da ich nun meine Mädels im Haus hatte, musste das wohl warten.

Ich ging in mein Zimmer hinauf und zog das Sweatshirt und T-Shirt aus, die ich den ganzen Tag getragen hatte. Außer Lotta waren wir alle verkatert aufgewacht und hatten uns entsprechend benommen: Ich hatte ein riesiges Frühstück mit viel Fett zubereitet, das alle (auch Lucy, wie ich glücklich bemerkte) gierig verschlangen, und seitdem lag Sarah in der Wanne, Lucy machte ein Nickerchen und Lotta und ich verbrachten den Morgen an der Kücheninsel, wo ich literweise Kaffee trank und Lotta Sage beim Kampf mit ihrem Handy beobachtete.

»Bist du fertig?«, fragte ich Sage, die nickte und von der Couch aufstand.

»Viel Spaß!«, rief Lotta uns trällernd nach.

»Jetzt dürfte der Empfang besser sein«, erklärte ich auf dem Weg in den Ort. »Normalerweise komme ich ab hier wieder durch.«

Sofort holte Sage ihr Handy heraus und fing an zu scrollen. »Ja!«, rief sie glücklich. »Viel besser. O Mann, ich hab mindestens zehn Nachrichten verpasst.«

»Von deinem Freund?«, fragte ich.

»Könnte man so sagen. Das heißt, ich hoffe es jedenfalls. Er ist echt cool.«

Komischerweise benahm sich Sage in Lottas Abwesenheit nicht mehr wie ein aufmüpfiger Teenager, sondern fast schon wie ein normales menschliches Wesen.

»Und, bist du jetzt mit der Schule durch?«, erkundigte ich mich.

Sie blickte von ihrem Handy auf. »Was? Tut mir leid. Ich hab gerade eine Antwort geschrieben.«

»Ich sagte: Bist du jetzt mit der Schule durch?«

Sie legte ihr Handy in den Schoß. »Ich glaube schon. Ich fand die Schule total scheiße, aber wahrscheinlich muss ich mir erst was anderes überlegen, bevor ich sie völlig abschreibe, oder?«

»Willst du wirklich meine Meinung dazu hören?«

Sie legte den Kopf schräg und sah mich an. »Ja, klar. Will ich. Lotta hat gesagt, du wärst auch nicht aufs College gegangen und hättest schon deinen Lebensunterhalt verdient, als du noch ganz jung warst.«

»Das stimmt. War aber nicht meine Entscheidung. Ich wäre auf jeden Fall aufs College oder wenigstens auf eine Kochschule gegangen, wenn ich die Wahl gehabt hätte. Ich hatte nur nicht das Geld.«

»Ach, Geld!«, wehrte Sage abschätzig ab. »Das ist kein Problem.«

»Was dann?«, fragte ich.

Sie zuckte die Achseln, und ihr hübsches Gesicht verdüsterte sich. »Das klingt vielleicht jetzt blöd, aber es ist mir schon immer schwergefallen, Freunde zu finden.«

Darüber dachte ich nach. Mir fiel wieder ein, wie schnell Sage Kai und Marta Drogen angeboten hatte und wie die älteren Mädchen sie später wegen ihrer Unverträglichkeiten aufgezogen hatten. Sie war ein schönes, reiches und eindeutig kluges Mädchen, sehnte sich aber ein bisschen zu sehr danach, gemocht zu werden.

»Also warst du einsam«, sagte ich.

»Ich hab meinem Dad gesagt, ich bräuchte eine Assistentin. Nur um jemanden zu haben, mit dem ich reden kann«, antwortete sie.

Ich sah sie an. Es überraschte mich, wie offen sie war. »Und hast du eine bekommen?«, fragte ich.

Sie schüttelte den Kopf. »Nein, er meinte, ich sollte mich in der Volleyballmannschaft anmelden. Also hab ich die Schule sausen lassen.«

»Ich dachte, du bist wegen deiner Noten geflogen.«

»Ist ja auch schwer zu lernen, wenn man Abend für Abend allein im Zimmer sitzt und sich selbst leidtut.«

»Also hast du lieber bei deinem Dad und Lotta gewohnt, anstatt die Schule durchzuziehen.«

»Da waren nur Arschlöcher«, erklärte sie. »Ein Haufen reicher Snobs.«

Ich warf ihr einen Blick von der Seite zu.

Sie lachte. »Nein, Dad und ich waren nicht immer so reich, weißt du? Das ist eher neu.«

»Ehrlich?«, erwiderte ich. »Das wusste ich gar nicht.«

»Und so schlimm ist Lotta auch nicht.«

»Oh, wow«, bemerkte ich. »Sie wäre begeistert, wenn sie das von dir hören würde.«

»O mein Gott: Wag es ja nicht, ihr das zu verraten.«

Ich lachte. »Warum machst du es ihr denn so schwer?«

Sie senkte kurz den Blick und spielte mit ihrem Handy. »Weiß ich nicht«, sagte sie schließlich. »Hat Lotta dir je von meiner Mom erzählt?«

Nur dass sie ein echter Alptraum ist.

»Nicht viel«, antwortete ich ausweichend.

»Sie ist verrückt«, sagte Sage knapp. »So richtig verrückt. Mit Diagnose.«

»Ach«, erwiderte ich. »So eine hatte ich auch.«

»Ehrlich?«

»Ja«, nickte ich. »Das war nicht leicht.«

»Aber meine Mom war nicht immer so, verstehst du? Zugegeben, ganz normal war sie nie, aber früher ging es ihr noch ziemlich okay, weißt du? Und ich glaube, mein Dad hat sich wirklich bemüht, sich um sie zu kümmern. Weil er sie echt geliebt hat. Das weiß ich. Aber dann ging es ihr schlechter, und zwar viel schlechter. Und sie weigerte sich, ihre Medikamente zu nehmen oder zum Psychiater zu gehen. Für meinen Dad war das die Hölle. Manchmal wusste ich nicht, um wen ich mir mehr Sorgen machen sollte. Am Ende schaffte er es einfach nicht mehr und ließ sich scheiden. Und dann lernte er Lotta kennen …«

»Aber was ist denn dagegen einzuwenden? Die beiden wirken doch richtig glücklich.«

Frustriert schüttelte sie den Kopf. »Nein. Ich meine, ich weiß, dass sie glücklich sind. Nur … Also, mir ist schon klar, dass Lotta ziemlich normal wirkt, aber ich hab gehört, dass sie früher ziemlich durchgeknallt war. Schließlich kann man ja jeden problemlos googeln. Sie musste in eine Klinik, oder? Sie wäre fast gestorben. Sie war durchgedreht.«

»Aber nicht, weil … Ich meine, Lotta ist normal –«

»Meine Mom war früher auch ziemlich normal. Ich weiß, das klingt blöd, aber was ist, wenn Lotta wie meine Mom wird? Wenn sie auch krank wird? Ich glaube, das könnte mein Dad nicht noch mal verkraften.«

»Oh«, sagte ich. »Ach so. Nein. Hör mal, Lotta musste in eine Klinik, um einen Entzug zu machen. Sie war süchtig und musste clean werden. Aber sie ist nicht psychisch krank.«

»Na gut, aber was ist, wenn sie wieder Drogen nimmt? Das wäre genauso schlimm.«

Ich dachte an Lotta und ihren 98-Prozent-trocken-Plan; dann fiel mir ein, wie sie von Omari und Sage sprach. »Ich glaube nicht, dass das passiert«, erklärte ich. »Ich habe den Eindruck, dass sie fest entschlossen ist, dagegen anzukämpfen.«

Sage lehnte sich auf ihrem Sitz zurück und biss sich auf die Unterlippe. »Kann sein«, sagte ich. »Wenigstens hoffe ich das. Die meiste Zeit ist sie ja auch ziemlich okay. Manchmal sogar cool, oder?«

»Außer, wenn sie auf einem Pferd sitzt«, warf ich ein.

Sie lachte. »Das kannst du laut sagen.«

An diesem Tag war im *Huma* nicht viel zu tun. Es war Dienstag, und da kamen kaum Gäste. Ethan meinte, das wäre knapp vor den Feiertagen oft so. Niemand machte mal frei, niemand wollte sein Geld in einem schönen Restaurant ausgeben, die Touristen waren schon abgezogen …

Marta, Kai, Sage und ich saßen hinten im Vorratsraum,

tranken Bier und warteten auf Kundschaft. Ich hatte alles mit Ethan geplant, und er arbeitete wieder in der Küche an einer Spezialität, die er am nächsten Tag anbieten wollte. Eigentlich waren wir nur noch hier, weil Sage so glücklich wirkte, mal mit anderen jungen Frauen reden zu können.

Jetzt starrte sie mit gerunzelter Stirn auf ihr Handy.

»Der Möchtegernfreund?«, fragte ich.

Sie nickte und blickte auf. »Ist Porno normal?«, fragte sie.

»Was meinst du damit?«, erkundigte sich Marta.

»Ist es normal, wenn ein Typ dir Pornobilder schickt?«

»Na klar«, nickte Marta. »Total normal.«

»Sicher«, bestätigte Kai. »Sogar ich krieg manchmal welche.«

»Äh«, sagte ich. »Warte mal, Sage, eigentlich seid ihr doch noch nicht zusammen, oder?«

Sie zog die Nase kraus. »Nicht richtig.«

»Dann bin ich anderer Meinung. Ich finde es nicht normal.«

»Also, ist das normal?«, fragte sie, schob mir ein verschwommenes Bild von einem Schwanz direkt vor die Nase und zeigte es dann den anderen.

»Iiih«, sagte Kai. »Nicht unbedingt.«

»Ist auch keine gute Aufnahme«, fügte ich hinzu.

Marta verdrehte die Augen. »Hör nicht auf sie. Die eine ist lesbisch, die andere ist alt. Heutzutage zeigen sich alle Schwanzbilder. So kommunizieren Männer eben.«

»Halt mal«, protestierte Kai. »Kommuniziert Ethan etwa auch so?«

»Na gut«, räumte Marta ein. »Die meisten Männer.«

»Das stimmt nicht!«, wandte ich ein. »Oder wenn doch,

dann ist das echt verdammt traurig. Denn es gibt eine Million bessere Möglichkeiten, um zu kommunizieren.«

»Ach, welche denn?«, fragte Marta.

»Ja, habt ihr denn noch nie einen echten Liebesbrief bekommen?«

»Was?«, fragte Sage, »so ein altmodisches Ding, handschriftlich und auf Papier?«

Ich starrte sie an. »Wie bitte: altmodisch? Bei dir hört sich das an, als würden wir über den ersten Oldtimer reden.«

»Ist doch auch so«, bemerkte Kai. »Kein Mensch schreibt noch Briefe. Selbst Anrufe sind out. Entweder man simst, oder man schickt Nachrichten über Whatsapp. In zehn Jahren kommuniziert man wahrscheinlich nur noch über Emojis.«

»Es gibt schon noch Leute, die anrufen«, widersprach ich.

»Ach, Leute wie Brett zum Beispiel?«, sagte Marta provozierend. »Dein super Nichtfreund?«

»Also, ja«, antwortete ich, verblüfft, dass mir das nicht schon früher aufgefallen war. »Er schreibt fast nie SMS, sondern ruft an. Oder ich rufe ihn an.«

»Klingt schrecklich«, murmelte Kai. »Wer unterhält sich denn noch am Telefon?«

»Aber das ist schön«, sagte ich versonnen. »Er hat eine schöne Stimme. Ich höre sie so gerne.«

»Er hat eine schöne Stimme«, äffte Kai mich nach.

Ich ignorierte sie. »Also: keine Briefe? Keine Anrufe? Ehrlich gesagt, tut ihr mir leid. Ihr wisst ja gar nicht, was euch entgeht.«

»Tja, wenigstens hab ich das hier!«, quiekte Sage auf und hielt mir das Foto eines haarigen männlichen Hinterns vor die Nase.

»Igitt!«, rief ich aus. »Aber jetzt wirst du doch nicht mehr mit dem Typen ausgehen, oder?«

»Nein, nicht nachdem ich das gesehen habe«, sagte Sage. »Ehrlich gesagt, könnte er mir damit für alle Zeiten weiße Jungs verdorben haben. Wer zum Teufel will sich denn so was vorstellen? Das kann unmöglich der Weg zum Herzen eines Mädchens sein.«

»Ach, ich weiß nicht«, bemerkte Kai achselzuckend. »Hängt vom Mädchen ab, würde ich sagen.«

Als wir zurückkamen, entdeckten wir im Wohnzimmer Omari und Lotta, die auf dem Sofa herumknutschten. Er war von dem Rückflug aus Deutschland mit seinem Privatjet direkt am Flughafen von Newburgh gelandet und dann hierhergefahren.

»Daddy!«, rief Sage und zwängte sich sofort zwischen Omari und Lotta. Lotta verdrehte zwar die Augen, machte aber gutmütig Platz.

»Hattest du einen guten Flug, Omari?«, erkundigte ich mich.

»Ja, danke. Ich hoffe, es geht in Ordnung, dass ich einfach hier hereingeplatzt bin. Wo bei euch allen so viel los ist, wollte Lotta unbedingt in eurer Nähe bleiben, aber wir können auch in Rhinebeck oder Mohonk ins Hotel gehen, wenn das einfacher für dich ist.«

»Nein, nein, hier ist genug Platz. Und es tut Lucy und Sarah momentan sehr gut, unter Leuten zu sein. Wo sind die beiden eigentlich?«

»Draußen auf der Veranda«, erklärte Lotta. »Ich glaube, sie spielen Karten.«

Ich lächelte bei der Vorstellung, dass meine zwei glamourösen Freundinnen, denen das Herz gebrochen wurde, draußen dick eingepackt Gin Rommée spielten.

»Habt ihr schon gegessen?«

»Noch nicht«, antwortete Lotta.

»Na, dann kommt mit in die Küche«, sagte ich und winkte alle zu mir. »Ich koche uns Abendessen.«

»Billy?«

Ich schlug die Augen auf. Vor mir, im grauen Licht der Morgendämmerung, stand Sarah.

»Sarah?«

»Tut mir leid, dich zu wecken, aber ich krieg deinen Herd nicht an. Und ich brauche dringend Kaffee.«

Gähnend machte ich Licht. »Wie viel Uhr ist es?«

Zumindest hatte Sarah den Anstand, leicht beschämt zu wirken. »Fünf.«

»Meine Güte, so früh! Warum bist du denn schon auf?«

Sie zuckte die Achseln. »Ich bin einfach aufgewacht und konnte nicht mehr einschlafen.«

Ich warf die Decke zurück und kletterte aus dem Bett. »Na gut, warte kurz. Ich komme gleich runter.«

Als ich in die Küche hinunterging, zeigte sich schon goldenes Licht über dem Fluss. Sarah saß in einem schwarzseidenen Morgenmantel an der Kücheninsel und aß einen Apfel.

»An diesem Herd musst du tatsächlich Feuer machen«, erklärte ich und hielt ein brennendes Streichholz an die Gasdüse. »Ist nicht die modernste Technologie.«

Sarah rümpfte die Nase. »Kommt mir gefährlich vor. Wieso kaufst du keinen neuen?«

Ich füllte den Kessel mit Wasser. »Ich mag diese kleine Explosion, wenn ich die Flamme ans Gas halte.«

»So was würde Brian auch sagen. Bei uns hat immer Brian den Kaffee gemacht. Aber eigentlich kann keiner von uns kochen. Nur den Kaffee, den hat er gemacht.«

Ich sah sie an. Sie hatte den Apfel weggelegt und kaute an einer ihrer langen, dunklen Extensionsträhnen. »Vermisst du ihn?«, fragte ich.

Sie schüttelte den Kopf. »Nein.«

»Nicht mal ein bisschen?«

Sie zuckte die Achseln. »Eigentlich hat sich nichts geändert. Auch als er noch mit mir zusammenwohnte, war er nie da. Im Grunde hat er sich schon vor einer ganzen Weile verabschiedet.«

Ich gab Kaffeebohnen in die Mühle. »Aber was hat er denn gemacht? Ich meine, wo war er jeden Tag? Hat er einen neuen Job gesucht?«

Sie griff wieder nach ihrem Apfel. »Weiß ich nicht. Kann sein. Aber ich glaube, er hat in seinem alten Job ziemlich Mist gebaut. Es hörte sich so an, als hätte er jede Menge Geld verloren.«

Ich zog die Augenbrauen hoch. »Dein Geld?«

Sie schüttelte den Kopf. »Wir hatten getrennte Konten. Er war nicht mein Finanzverwalter, sondern …« Sie sah mich an »… Brett. Er ist ziemlich gut.«

»Kann ich mir vorstellen.« Ich schaltete die Kaffeemühle ein.

Sarah wartete, bis ich fertig war. »Wir wollten es gerade mit *in vitro* versuchen, weißt du das? Ich konnte nicht normal schwanger werden.«

»Ich dachte, ihr hättet nicht mal mehr Sex gehabt?«

Sie wedelte mit der Hand durch die Luft, als wollte sie eine Fliege abwehren. »Jedenfalls reichte es, um zu merken, dass es auf normalem Weg nicht klappt.«

»Ach.« Ich löffelte den Kaffee in einen Filter und goss das kochende Wasser darüber. »Scheiße. Tut mir leid.«

Sie zuckte die Achseln. »Vielleicht lag es an ihm. Jedenfalls wollten wir es *in vitro* versuchen. Genau gesagt heute. Aber jetzt, wo er weg ist …«

Ich goss noch einmal Wasser durch den Filter. »Du könntest es immer noch ohne ihn versuchen.«

Sie schüttelte den Kopf. »Auf gar keinen Fall werde ich alleinerziehende Mutter. Außerdem würde das meinen Produzenten gar nicht gefallen. Wir reden gerade über ein ganz neues Image für mich: das des Partygirls auf der Jagd. Tinder. Match.com. Die ganzen Dating-Apps.«

Ich stellte einen Becher mit Kaffee vor ihr ab. »Aber willst du das denn auch?«

Sie nahm den Becher und blies hinein. »Ist eine quotenträchtige Idee.«

Kapitel 26

Nach nur wenigen Tagen fanden wir in eine Routine. Sarah und Lucy standen immer früh auf, deshalb unternahmen sie Spaziergänge am Fluss, während wir anderen weiterschliefen. Meine innere Uhr war immer noch weitestgehend auf Restaurantzeiten eingestellt, und Sage schlief wie ein Teenager: mindestens neun bis zehn Stunden am Stück. Lotta und Omari blieben gern länger im Bett, um dort Dinge zu tun, die ich lieber verdrängte, aber gegen zehn fanden wir uns alle in der Küche ein. Dann machte ich Frühstück.

Manchmal bereitete ich etwas Gesundes zu: Haferbrei mit Kürbiskernen, Mandeln, getrockneten Kirschen und frischen Orangenstückchen, gewürzt mit Zimt und Honig. Dazu selbst gemachten Joghurt und kannenweise dampfenden grünen Tee … Aber es gab auch Tage, an denen ich fette Schweinewürstchen aus der Region briet, die Ethan mir zum Kosten vorbeigebracht hatte, oder dicke Sandwiches aus Weißbrot mit Butter, Bacon, Rühreiern und gegrillten Tomaten machte. Ich buk Süßkartoffelpfannkuchen mit dicken Stückchen Bitterschokolade oder zauberte einen Brotauflauf, an den ich Unmengen Sahne gegeben hatte.

Alle freuten sich, und alle aßen, und dann halfen zumindest Omari und Lucy beim Abwasch. Sarah, Lotta und Sage kamen wohl nie auf den Gedanken, dass Geschirr nicht wieder von selbst sauber wurde.

Nach dem Frühstück machte jeder seins. Ich joggte ein paar Meilen und bereitete den Airstream auf das bevorstehende Foodtruck-Festival in Rosendale vor. Der Sender hatte Sarah Urlaub verordnet, bis man entschieden hatte, wie man ihre Rolle entwickeln sollte, nachdem Brian seinen Vertrag gelöst hatte und nichts mehr mit dem Fernsehen zu tun haben wollte. Ihr gesamter Plot war hinfällig, da er sich weigerte, gefilmt zu werden. Daher verbrachte Sarah den ganzen Morgen mit E-Mails, die zwischen ihr, den Produzenten und ihrem Agenten hin und her gingen und die zukünftige Ausrichtung der Sendung behandelten.

Lotta und Omari erkundeten die Gegend. Lotta meinte, sie wollten auf der anderen Flussseite vielleicht eine auf Dressur spezialisierte Pferdefarm kaufen. (Sage rollte entnervt und spöttisch zugleich mit den Augen.) Sie hingegen half im *Huma* aus. Ethan hatte angerufen, weil einer seiner Hilfskellner plötzlich gekündigt und Marta Sage empfohlen hatte.

»Das ist ihr allererster Job«, hatte Lotta mir zugeflüstert, während sie und Omari zusahen, wie Sage ihre Sachen zusammensuchte, um zur Arbeit zu gehen. »Ich fasse es nicht, dass sie das wirklich tun will.«

»Es ist eine gute Küche«, erwiderte ich. »Sie wird das Gefühl haben, Teil eines größeren Ganzen zu sein.«

Lucy ließ sich immer noch treiben. Vielleicht nicht mehr so stark wie am Anfang, aber sie lebte nach wie vor in ihrer eigenen Welt. Zwar schlief sie nicht mehr so viel, verbrachte aber unverändert viel Zeit auf der Veranda oder unten am Anleger.

Und wenn sie nicht am Wasser war, blieb sie normalerweise in ihrem Zimmer.

Ums Mittagessen kümmerte sich jeder selbst (obwohl ich dafür sorgte, dass der Kühlschrank immer gut gefüllt war), aber zum Abendessen kamen alle wieder zusammen.

Ich entdeckte, dass ich es liebte, für viele Personen einzukaufen und zu kochen. Natürlich war das etwas ganz anderes, als nur für einen zu kochen, aber es unterschied sich auch von der Arbeit im Foodtruck.

Meistens kochte ich Hausmannskost. Suppen, Schmortöpfe und Braten, große Auflaufformen mit überbackener Pasta, japanische Nudeln und gegrilltes Gemüse, riesige gemischte Salate, etwas aus der Mode gekommene Gerichte wie Spaghetti Bolognese, Knoblauchbrot, Hackbraten und Brathähnchen. Desserts machte ich natürlich auch. Riesige Bleche Schokoladenkuchen, Apfelkringel, Zitronentörtchen, Reispudding mit Rosinen und Mandeln, Erdnussbuttercookies und selbst gemachte Eiscreme.

Alle sagten *Ah* und *Oh* und stöhnten genüsslich auf und beschwerten sich dann, sie würden durch mein Essen noch fett, aber alle, selbst Lucy, langten kräftig zu.

Nach dem Essen sahen wir uns Filme an, wobei jeder mal entscheiden durfte, was heruntergeladen wurde. Hin und wieder spielte Omari auf dem leicht verstimmten Klavier im Wohnzimmer, und wir sangen dazu. Sage hatte wie ihr Vater eine wunderschöne Stimme, und Lotta überraschte uns mit einem rauchigen Alt, aber Sarah, Lucy und ich sangen einfach nur laut und falsch.

Dies hier war als Heim für eine Familie gedacht, hatte Portia bei meinem ersten Besuch in diesem Haus gesagt.

Und das entsprach der Wahrheit, denn das Haus nahm mühelos seine vielen Bewohner auf. Ich hatte nie das Gefühl, es wäre zu voll oder ich hätte zu wenig Platz für mich, wenn ich mal Freiraum brauchte. Vielleicht lag es an der Aufteilung, daran, dass es nach allen Seiten Ausblicke bot, überall gemütliche Fensterbänke und kleine Nischen hatte, die wirkten wie kleine separate Räume innerhalb der großen Zimmer. Und dann gab es natürlich noch die Veranda, die immer einer nutzte, ganz gleich, wie das Wetter war.

Aber das Haus war voll und wirkte, als wäre es glücklich darüber.

Eines Nachmittags kam Lucy zu mir in die Küche und wollte das Porträt sehen, das Titus mir geschenkt hatte.

Natürlich hatte ich ihr sofort nach ihrer Ankunft davon erzählt, wie er mich besucht und was er gesagt hatte. Aber als ich ihr das Bild zeigen wollte, hatte sie sich gesperrt.

»Du hast ja gesehen, was ich mit dem Bild im Atelier gemacht habe, an dem er zuletzt arbeitete«, hatte sie mit grimmigem Lächeln geantwortet. »Ich hab immer noch eine Narbe am Fuß.«

Aber jetzt erklärte sie, sie sei dazu bereit. »Er hat mir einen Brief hinterlassen«, sagte sie. »Aber der war schrecklich. Nüchtern und sachlich, vor allem Anweisungen, was ich mit seinem Besitz machen, wen ich benachrichtigen und was ich tun soll.« Sie schüttelte den Kopf. »Mit Bildern konnte er sich schon immer besser ausdrücken als mit Worten. Vielleicht hilft es mir, sein Bild zu sehen.«

Ich ging mir ihr in mein Zimmer hinauf und holte es aus

dem Schrank, wo ich es aufbewahrt hatte. Auch ich war noch nicht bereit, es ständig vor Augen zu haben.

Das Gemälde erschien mir jetzt noch bedeutsamer. Mit dem Wissen, dass Titus es unter der Last seiner Krankheit und seines nahen Todes gemalt hatte, wirkten die Gefühle darin anders. Der Ausdruck unserer Gesichter, der doch eigentlich nur für uns zwei charakteristisch war, wirkte nun universeller. Ich hatte nicht nur wegen des Tods meiner Mutter die Fäuste geballt.

Eine lange Zeit starrte Lucy es nur an. Mit Tränen in den Augen.

»Ich schätze, das ist wohl seine Form, sich zu entschuldigen«, sagte sie schließlich.

Ich nickte. »Das glaube ich auch.«

»Es ist ziemlich viel Geld wert, weißt du? Vor allem, weil es sein letztes vollendetes Werk ist.«

»Ich würde es nicht verkaufen, Lu«, sagte ich schnell.

Sie schüttelte den Kopf. »Kannst du aber, wenn du willst. Mir ist es egal.« Sie setzte sich aufs Bett, ohne den Blick von dem Gemälde zu lösen. »Als wir zusammenkamen, hat er mich anfangs ständig gemalt. Gott, irgendwo da draußen gibt es eine ganze Serie von mir – natürlich meist Aktbilder. Ich, wie ich einen Apfel esse. Ich, wie ich mich auf einem Perserteppich räkle. Ich, wie ich einen ausgestopften Fuchs halte. Es gibt ungefähr fünf Versionen von mir mit diesem Hut mit Schleier, von dem er absolut besessen war. Ich weiß nicht, wer diese Bilder jetzt besitzt. Sie sind schon lange weg. Wahrscheinlich hat er sie gegen eine Kiste Wein, ein Glas Kaviar oder sonst was Blödes eingetauscht. Aber nach unserer Hochzeit hat er mich nie mehr gemalt. Dazu hatte er Modelle, unzählige. Eine nach der anderen. Und ich bin sicher, mit einigen hat er auch gevögelt. Aber er hat mich nie mehr gebeten, für ihn Modell zu sitzen. Dieser Teil unserer Liebesgeschichte war abgeschlossen. Jetzt war ich dazu da, sein Leben zu organisieren, sein Frühstück zu machen und ihn zu begleiten, wenn er ausging. Er scherzte immer, ich wäre eins der wenigen Dinge, die sowohl schön als auch nützlich wären. Wie ein Stuhl von Eames. Aber ich glaube, er wollte mich einfach nicht mehr genauer anschauen. Er sah mich lieber, wie ich war, als wir uns kennenlernten: als naives siebzehnjähriges Dummchen in einem Flugzeug.«

Sie stand auf, betrachtete noch einen Moment das Bild und wandte sich dann achselzuckend ab. »Vielleicht kann ich jetzt, da er tot ist, endlich erwachsen werden.«

Kapitel 27

Rosendale, N. Y.
Foodtruck-Festival

»Dieses Rosendale ist so idyllisch!«, sagte Sarah, als sie ihren Kopf in den Airstream steckte. »Wieso hast du mir nichts von diesem paradiesischen Fleckchen Erde erzählt? Das ist eine Schande.«

Es stimmte: Rosendale war idyllisch. Und winzig. Die Hauptstraße, die sich oberhalb des Rondout Creek entlangzog, bestand aus nur fünf Blocks *Painted Ladies* – alten, mehrfarbig gestrichenen Villen – sowie Läden und Lokalen, die zu einer kleinen, mittlerweile zur Bibliothek umfunktionierten Kirche führte und am anderen Ende von den Stahlstreben einer alten Eisenbahnbrücke begrenzt wurde, die nun Teil des Wanderwegs auf der stillgelegten Bahntrasse war.

Vor dem Kino hatten sich etwa zehn Foodtrucks aufgestellt, und es gab verschiedene Livebands, die sich auf der Bühne abwechselten. Wegen des Festivals war die Main Street für den Verkehr gesperrt worden, sodass die Besucher, dick eingepackt mit Mänteln, Mützen, Handschuhen, Schals und Stiefeln langsam von Truck zu Truck und von Laden zu Laden schlendern konnten.

»Das hier ist die ›Volksrepublik Rosendale‹, bemerkte Kai. »Hier sind alle entweder Künstler oder Anarchisten.«

»Ich glaube, es sind auch ein paar Leute aus Brooklyn da«, wandte Marta ein.

»Es sieht überhaupt nicht aus wie ein Kommunistennest, sondern eher wie eine pittoreske viktorianische Postkarte«, sagte Sarah. »Mir gefallen die vielen rosa und lila Häuser.«

»Was gibt's denn heute bei dir, B?«, erkundigte sich Lucy.

Dies war das erste Mal, dass Lucy sich an die Öffentlichkeit wagte, nachdem sie New York verlassen hatte. Ich wusste, dass sie sich unbehaglich fühlte. Sie hatte mir gestanden, sie hätte vor allem Angst, aus unerfindlichen Gründen in Tränen auszubrechen. Sie wusste nie vorher, wann sie weinen musste. Mittlerweile kam sie sich vor, als würde sie mit einem tropfenden Herzen in der Brust herumlaufen. Und es gab keine Möglichkeit, das zu verhindern.

Aber Lotta und Sarah hatten versprochen, sich während ihres Ausflugs immer in ihrer Nähe zu halten. Omari hatte ihr angeboten, sie beim ersten Anblick einer Träne sofort in seinen Wagen zu packen und zum River House zurückzufahren.

»Ich werfe dich über die Schulter«, hatte er gesagt. »Und renne mit dir los. Du musst wissen, dass ich früher in der Highschool der Quarterback unseres Footballteams war.«

Also hatte Lucy sich bereit erklärt, mitzukommen, aber als sie jetzt durch die Klappe des Airstreams lugte, wirkte sie unsicher und zerbrechlich.

»Mini-Sheperd's-Pie«, sagte ich und zeigte auf unsere Tafel. »Mit Lammfleisch oder mit pikanter Füllung aus Blumenkohl und Süßkartoffeln.«

»In der Volksrepublik Rosendale muss es auch immer eine vegetarische Alternative geben«, erklärte Kai.

»Und ich mache Cupcakes mit warmer, geschmolzener Schokolade, Pflaumenkompott und Schlagsahne«, fügte Marta hinzu.

»Wow«, sagte Omari. »Davon will ich sofort einen.«

»Du hattest doch gerade erst ein Brownie, Dad«, tadelte Sage.

»Stimmt, aber der war glutenfrei. Also kann ich noch einen Cupcake essen.«

Marta reichte ihm einen noch warmen Minikuchen.

Mittlerweile waren Marta, Kai und ich ein gut eingespieltes Team. Seit Halloween hatten wir bereits ein paar Jobs hinter uns und versuchten nun, mit dem Airstream mindestens zweimal pro Woche in unterschiedlichen Orten Mittagessen anzubieten.

Und es funktionierte. In jeglicher Hinsicht. Wir verbrauchten nur Küchenreste aus dem *Huma*. Bei jedem unserer Auftritte verkauften wir fast alles, was wir vorbereitet hatten, und der Airstream begann sich rumzusprechen.

Eigentlich hätte ich zufrieden sein müssen. Es fühlte sich gut an, glücklichen Kunden mein Essen anzubieten. Es fühlte sich gut an, dass Marta und Kai mich ›Chef‹ nannten. Wir hatten bereits ein paar Stammgäste, die uns über die kleine Webseite, die Ethan eingerichtet hatte, von Ort zu Ort folgten. Es lief genau so, wie ich es mir erhofft hatte.

»Wie findest du die?«, fragte ich Lucy, nachdem ich ihr eine Portion Sheperd's Pie mit Lammfüllung gegeben hatte.

Die Pie sah gut aus. Ich hatte jede Portion sorgfältig mit

Fleisch und/oder Gemüse und Kartoffelbrei geschichtet und am Schluss mit einer Lage sorgfältig onduliertem Kartoffelbrei abgeschlossen. Ich hatte sie gebacken und mithilfe eines Küchenbrenners mit einer schönen, goldbraunen Kruste versehen. Zum Abschluss hatte ich ein frittiertes, knuspriges Salbeiblatt in die Kruste gedrückt. Ich wusste auch, dass sie großartig schmeckten, weil ich während der ganzen Prozedur immer wieder gekostet und gewürzt hatte.

Lucy probierte ein Stück und schluckte dann nachdenklich.

»Gut«, sagte sie. »Die sind echt gut, Billy.«

»Aber? Sag mir die Wahrheit«, verlangte ich.

Sie kostete ein weiteres Stück. »Nein, ehrlich, die sind gut. Nur –«

»Was?«

»Nicht so gut wie das, was du zu Hause machst.«

Ich sah sie blinzelnd an. »Was meinst du damit?«

Hilflos schüttelte sie den Kopf. »Ich kann es nicht genau erklären. Es ist, wie schon gesagt, köstlich. Wirklich. Es kommt mir nur ein bisschen … irgendwie gewöhnlicher vor. Das, was du uns zum Frühstück und Abendessen machst, ist – ist einfach besser.«

»Wegen der Zutaten?«

Sie schürzte die Lippen. »Nein«, sagte sie langsam. »Ich glaube nicht, dass es daran liegt. Das Lammfleisch ist super.«

»Dann wegen der Zubereitung? Oder ist es der Ort? Weil du es auf der Straße isst, von einem Pappteller, statt an einem Tisch mit Blick auf den Fluss?«

Sie schüttelte den Kopf. »Nein, daran liegt es wohl auch nicht.«

Ich sah sie mit gerunzelter Stirn an.

Sie erwiderte finster meinen Blick. »Jetzt sei nicht sauer, Billy. Du hast gesagt, du wolltest die Wahrheit hören. Ich sag ja nicht, dass es schlecht ist. Nur, dass es nicht *so* gut ist.«

Ich schüttelte den Kopf. »Aber was soll ich mit dieser Information anfangen? Wie kann ich etwas besser machen, wenn du mir nicht sagen kannst, was genau ich besser machen soll?«

Sie aß einen weiteren Bissen und zuckte hilflos die Schultern.

Kai stieß mich mit dem Ellbogen an. »Hinter ihr wartet schon eine ziemlich lange Schlange, Chef. Vielleicht solltest du aufhören, dir Sorgen zu machen, und einfach dein verdammtes Essen verkaufen.«

Am nächsten Tag setzte ich mich in meine Küche, sichtete meine alten Kochbücher, las und dachte nach.

Ich dachte über die besten Gerichte nach, die ich je gekocht hatte. Die leckersten Speisen, die ich je gegessen hatte. Ich dachte an die Küchenchefs, unter denen ich gearbeitet hatte und die mich geprägt hatten.

Mir fiel ein Gericht ein, das einer meiner Ex-Freunde mir beigebracht hatte. Von dem Mann selbst wusste ich nur noch, dass er Engländer war, aber ich erinnerte mich noch genau, wie er mir »Eggs and Soldiers« gemacht hatte: weich gekochte Eier mit abgeschlagener Spitze, in die Streifen frisch getoastetes Brot getunkt wurden. Das Spielerische daran, die typisch englische Exzentrik, die Möglichkeit, damit ein trotziges Kind zum Essen zu bringen – all das hatte nostalgische Gefühle nach einer Kindheit geweckt, die ich nie gehabt hatte.

Große Köche reden viel über Erinnerungen und Inspirationen. Sie betrachten sich als Künstler. Sie unterhalten sich gerne darüber, woher ihre Kreativität und Motivation stammen. Ich hatte mehr als einen Koch getroffen, der stundenlang darüber reden konnte, wie er als Kind im Wald gespielt hatte, in welch großartiger Landschaft er aufgewachsen war, wie die Bäche voller Forellen waren und die Wälder voller Beeren und Pilze. Wie ihre Mutter oder Großmutter ihnen mit eigenen, wunderschönen, arthritischen Händen das Brotbacken oder Gärtnern beigebracht hatte.

Ich fragte mich, was das für mich bedeutete. Als vernachlässigtes Kind aus einer Vorstadt im mittleren Westen hatte ich keine murmelnden Bäche und keine tiefen, dunklen Wälder gehabt. Ich kannte Einkaufszentren und Sackgassen. Mir waren weder kulinarische Geheimnisse noch handgeschriebene Rezepte vererbt worden, nur das wilde Verlangen, abzuhauen und nie mehr zurückzukehren.

Als mein Vater starb, überwältigte mich eine beschämende Erleichterung. Nicht, weil ich ihn nicht geliebt hatte oder froh war, dass er fort war, sondern weil ich wusste, nun musste ich nie mehr *zurück*.

Es gab keinen Grund mehr, immer wieder in das Haus zu fahren, wo sie sich umgebracht hatte. Ich wollte nie mehr durch die Tür gehen, durch die ihre mit einem Laken abgedeckte Leiche getragen worden war. Ich wollte auch nicht mehr in die Zimmer, in denen sie jeden einzelnen Tag meiner endlosen, einsamen und hungrigen Kindheit gespukt hatte. Wenn ich kochte, dann nicht, um etwas von den friedlichen Tagen meiner Vergangenheit heraufzubeschwören, sondern um so viel

Abstand wie möglich zwischen mich und meine verkorkste Kindheit zu bringen.

Als Sage vom Restaurant heimkam, entdeckte sie mich in der Küche, wo ich mir am Tisch Notizen aus einem alten Exemplar von Gene Leones *Italian Cookbook* machte, das ich in einem Antiquariat in New Paltz gefunden hatte.

»Hey«, sagte sie.

Ich sah auf, ohne meine Lesebrille abzunehmen. »Hi. Du siehst fertig aus. Kann ich dir was machen? Tee vielleicht?«

Sie nickte und ließ sich an der Theke nieder. »Ich bin so erschöpft«, erklärte sie. »Mir tut alles weh, außerdem stinke ich. Ich weiß, das Beste wäre, ich würde sofort duschen und dann ins Bett. Aber ich möchte lieber wie ein nasser Sack hier hocken, nur ganz kurz.«

»Gefällt dir der Job?«, fragte ich, während ich den Kessel füllte.

Sie lächelte. »Und wie! Ist das nicht komisch? Die Arbeit ist vollkommen hirnlos. Ich muss die schlimmsten Aufgaben erledigen. Aber das stört mich nicht, im Gegenteil, es macht Spaß.«

»Das ist manchmal so«, sagte ich, »wenn man am richtigen Ort arbeitet.«

»Und meine Unverträglichkeiten ... Komischerweise kann ich alle Gerichte essen, die Ethan kocht, von keinem bekomme ich Ausschlag oder Übelkeit.«

Ich verbiss mir ein Lächeln. »Tja, er ist ja auch ein großartiger Koch. Und seine Zutaten sind spitzenklasse.«

Sie legte einen Moment lang den Kopf auf die Arbeitsfläche. »Irgendwie möchte ich mich gerne bei ihnen bedanken«, sagte sie im Schutz ihrer verschränkten Arme. »Du weißt schon, weil sie mich bei sich arbeiten lassen. Ich kenne mich überhaupt nicht aus, aber sie sind trotzdem unheimlich nett.«

»Tja«, sagte ich, »übermorgen ist ihr Ruhetag. Da könntest du sie hierher zum Abendessen einladen.«

Sie hob den Kopf. »Aber ich kann doch nicht kochen! Ich würde mich bis auf die Knochen blamieren.«

»Das Kochen übernehme ich«, sagte ich. »Wir machen etwas ganz Einfaches. Und du hilfst mir.«

»Eine Dinnerparty?«, fragte Sarah zweifelnd, als ich am nächsten Morgen beim Frühstück davon erzählte. »Mit diesen Junghipstern?«

»Das wird lustig«, erwiderte Sage. »Sie sind so cool.«

Sarah verzog den Mund. »Ganz genau.«

»Also, ich finde das toll«, strahlte Lotta. »Omari und ich besorgen den Wein.«

»Sehr gerne«, nickte Omari.

»Ich kümmere mich um die Blumen«, bot Lucy an.

»Es wird keine große Sache«, erklärte ich. »Ich dachte an Chicken Pot Pie.«

»O Mann, das klingt gut«, sagte Omari.

»Du hast doch gerade was gegessen«, warf Sage ein.

»Deswegen kann ich doch immer noch hungrig sein«, entgegnete Omari achselzuckend.

»Ich kann doch einen Nachtisch kaufen?«, fragte Sarah.

Sage schüttelte den Kopf. »Ich bin sicher, Marta wird uns was mitbringen wollen.«

»Und was soll ich dann machen?«

»Du kannst den Tisch decken«, sagte ich.

»Apropos Tisch, was machen wir eigentlich an Thanksgiving?«, erkundigte sich Lotta. »Bis dahin ist es nicht mehr lang. Wir feiern doch hier, oder?«

Ich sah sie an und versuchte zu verbergen, wie sehr ich mich über den Vorschlag freute. »Habt ihr keine anderen Verpflichtungen?«

Als ich Lucy ansah, lachte sie. »Ich hab nichts und niemanden mehr außer euch.«

Sarah presste die Lippen zusammen. »Tja, ich muss mich sicher irgendwann mal wieder um meine Sendung kümmern. Aber momentan kann ich hierbleiben.«

Lotta sah Omari an. »Nein«, sagte er, »bei uns geht es auch.«

»Aber Sage würde vielleicht lieber mit ihrer Mom feiern?«, regte Lotta vorsichtig an. Sie wandte sich zu ihrer Stieftochter. »Natürlich hätte ich dich sehr gerne bei uns, aber wenn du das besser fändest, könnten wir dich ohne Probleme zu ihr fliegen lassen.«

Ich sah, wie Sage die nackte Sehnsucht in Lottas Miene wahrnahm. »Nein«, sagte sie langsam. »Mom hat einen neuen Freund. Ich glaube, es wäre schön, Thanksgiving mit meinem Dad zu verbringen … und mit dir, Lotta.« Sie wandte den Blick ab und murmelte: »Das könnte cool werden.«

Lotta glühte vor Freude.

»Na, dann ist ja alles klar«, verkündete ich. »Thanksgiving findet hier statt. Wieso auch nicht?«

Plötzlich schoss Sage vom Stuhl. »O mein Gott, wie viel Uhr ist es? Ich hab versprochen, heute früher zu kommen. Marta will mir beibringen, Pastetenteig zu machen. Ach nein! Ich hab vergessen, meine Küchenuniform zu waschen!«

Lotta winkte ab. »Das hab ich übernommen«, sagte sie. »Sie liegt gefaltet auf deinem Bett.«

Sage blieb abrupt stehen und sah Lotta an. »Ach … Wow! Danke. Das hilft mir sehr, Lotta.«

Vor lauter Freude wurde Lotta leicht rosa. »Ach, nichts zu danken«, sagte sie. »Ich musste ohnehin Dessous waschen.«

Sage rümpfte die Nase. »Ilh. So viel wollte ich gar nicht hören!« Damit rannte sie aus dem Zimmer.

Omari legte seine Hand auf Lottas. »Du wirst eine wunderbare Mutter werden. Wenn du dieses Mädchen für dich gewinnen kannst, wird die Sache mit dem Baby ein Klacks.«

Schlagartig wurde es still.

»Was?«, stieß Sarah hervor. Sie war leichenblass. »Was hast du gesagt?«

»Lotta?«, fragte ich langsam. »Was zum Teufel …«

»Ach, Mist«, sagte Omari. »Ich sollte doch nichts verraten. Aber ich war so aufgewühlt wegen Sage. Verdammt. Das tut mir leid.«

Jetzt war Lotta knallrot. »So solltet ihr das nicht erfahren, Leute.« Mit leuchtenden Augen sah sie sich um. »Glaubt mir, wir waren genauso verblüfft wie ihr.«

»Moment mal«, sagte Sarah, »soll das heißen, ihr habt es nicht mal drauf angelegt? Wie hast du das – ich meine: Du bist achtundvierzig, Lotta!«

»Das ist mir durchaus bewusst, Sarah, vielen Dank«, entgegnete Lotta. »Ich schätze, es ist einfach so passiert. Das kommt schon mal vor. Hier sind sicher alle mit dem Vorgang vertraut.«

Sarah stand auf. »Tja, dann meine Glückwünsche«, sagte sie

steif. »Das freut mich sehr für euch.« Damit marschierte sie aus dem Zimmer.

Ich blickte auf ihren Teller. »Sie hat nicht mal ihre Wurst aufgegessen.«

»Dann schieb sie rüber«, sagte Omari. »Ich muss Kraft sammeln. Schließlich werde ich bald noch mal Daddy.«

Kapitel 28

Ich fing mit den Speckwürfeln an. In Saugerties gab es eine Räucherei. Zwar dauerte die Fahrt dahin eine Dreiviertelstunde, aber das war es wert. Ich mochte ihre dicken Scheiben doppelt geräucherten Speck.

Dann fügte ich halbierte Schalotten und geschälte Knoblauchzehen hinzu; das zerteilte Hühnchen von Jack's, noch mit Knochen, weil es dann immer süßer wird; ganze Zuchtchampignons und Würfel von Karotten und Pastinaken. Dazu kam frischer Thymian und goldene, gelatinierte Hühnerbrühe, die ich gekocht und eingefroren hatte, als Ethan mir beim letzten Mal Hühnerknochen überließ.

Das Ganze köchelte ein paar Stunden vor sich hin, dann ließ ich es abkühlen, schöpfte das Fett ab und ließ Sage die Fleischstücke häuten und das Fleisch von den Knochen zupfen.

»Aber sorgfältig«, mahnte ich, und warf Chicken, der schon begierig wartete, ein Stück Schmalz zu. »Nichts ist schlimmer als zufällig auf ein Stück Knochen oder labbrige Haut zu beißen.«

Als Nächstes machten wir den Teig und verwendeten dazu sowohl Schweineschmalz als auch Butter und arbeiteten Thymian unter, als wir ihn ausrollten. Das Teigstück wurde so groß wie ein Backblech.

»Das sieht so hübsch aus«, sagte Sage, als ich die Ränder des Teigdeckels fältelte und ihn mit Teigblättern dekorierte.

Beginnen wollten wir mit gerösteten und gewürzten Cashewkernen. Dazu hatte ich eine riesige Schüssel bitter-süßen Salat mit Radicchio, Fenchel und Orangen gemacht und einen Topf Grünkohl mit Sahne gekocht. Marta hatte versprochen, ihre allerbesten und üppigsten Brownies mitzubringen.

Das Esszimmer benutzten wir nicht oft. In der Küche war die Aussicht viel besser, aber da wir nicht alle Platz an der Kücheninsel hatten, zogen wir den runden Tisch mit den Klauenfüßen aus und breiteten ein schweres, weißes Tischtuch darüber. Zu meinem Entzücken bemerkte ich, dass der Kristalllüster wie eine Diskokugel Lichtreflexe über die Wände und die Decke tanzen ließ.

Sarah war einkaufen gegangen und mit Tüten voller Teelichter und Kerzenhalter zurückgekehrt. Die stellte sie nicht nur im Esszimmer, sondern im ganzen Haus auf. Sie deckte den Tisch mit gutem, weißen Porzellan und einer leicht angelaufenen Silberplatte, und Lucy fügte ein rundes Tablett mit Sukkulenten und Moos hinzu, das sie zusammengestellt hatte. Kai wollte eigene Gläser mitbringen, weil sie, wie sie erklärte, es satthatte, uns Wein aus Wassergläsern trinken zu sehen.

Es war ein kalter, regnerischer Abend, und der Nebel waberte vom Fluss herüber, daher machte Omari in jedem der Kamine Feuer und schaltete seine persönliche Playlist für Dinnerpartys an. Und dann war alles bereit.

»Für die Youngster ist das alles wie Perlen vor die Säue geworfen«, verkündete Sarah. »Wir hätten stattdessen Pizza bestellen und Coors Alkoholfrei anbieten sollen, als kleinen Scherz.«

Wir gingen alle nach oben, um uns umzuziehen, aber noch bevor ich das schlichte schwarze Kleid überstreifen konnte, das ich schon herausgelegt hatte, kamen Lotta, Lucy und Sarah in mein Zimmer, und jede hatte etwas für mein Outfit dabei.

Ich schüttelte den Kopf. »Ehrlich, ich muss mir nichts mehr von euch leihen«, sagte ich.

»Das sind Geschenke«, erwiderte Lucy, als sie mir ein dunkelblaues Kaschmirkleid gab. »Weil du es mit uns aushältst.«

Lotta warf mir ein Paar Stiefeletten von Ferragamo zu, und Sarah schenkte mir Kreolen aus schwerem Silber und eine Strumpfhose von Wolford.

»Ach Leute«, sagte ich. »Das war doch nicht nötig.«

»Zieh's einfach an«, sagte Sarah. »Selbst diese Junghipster verdienen was Besseres als dieses traurige Ding von Gap, das du anziehen wolltest.«

Sie kamen eine Dreiviertelstunde zu spät. Da Kai vergessen hatte, ihre Gläser mitzubringen, musste sie zusehen, wie wir Omaris sorgfältig ausgesuchten Wein aus zusammengewürfelten Gläsern tranken. Ethan brachte Reibekuchen aus Blumenkohl mit, die sicher besser schmecken würden als alles von mir. Und Martas berühmte Brownies erwiesen sich als noch ›magischer‹ als ursprünglich angenommen.

»Wir können sie jetzt probieren oder erst nach dem Essen«, sagte Marta.

»Warten wir noch ein bisschen«, erwiderte ich.

»Du siehst toll aus, das Haus sieht toll aus«, sagte Kai zu mir. Vor lauter Verblüffung klappte mir der Mund auf.

»Ich hab ihr befohlen, das zu sagen«, erklärte Marta.

Kai trug eine eng anliegende Karohose und ein schwarzes T-Shirt mit V-Ausschnitt, Marta erschien in Minifaltenrock mit Jeansjacke, und Sage hatte ein rotes Etuikleid angezogen. Sie alle sahen unfassbar gut, cool und jung aus.

»Wein!«, trällerte Lotta. »Wein für alle!«

»Für dich nicht«, bemerkte Sage. Lotta und Omari hatten ihr am Tag zuvor von dem Baby erzählt. Sie hatte sich unglaublich gefreut.

»Aber in Europa dürfen Schwangere ein, zwei Gläschen trinken«, wandte Lotta ein.

»Wir sind hier nicht in Europa«, erwiderte Sage und entriss Lotta die Weinflasche.

»Dann trinke ich ihren Anteil«, verkündete Sarah und hielt Sage ihr Glas entgegen.

Zuerst war die Unterhaltung etwas steif, doch nach dem zweiten Glas (dem dritten für Sarah) begaben wir uns alle ins Esszimmer und ließen uns am Tisch nieder. Alle bewunderten den Pie und den schön gedeckten Tisch, und dann brachte Sage einen Toast auf ihre Freunde aus.

»Ich wollte mich nur bei euch bedanken, dass ihr mich im *Huma* abhängen lasst, dass ihr mich nicht anschreit, wenn ich Mist baue, und dass ihr mir das Gefühl gebt, dass ich vielleicht doch zu was nutze bin.« Sie hob ihr Glas. »Also danke! Und lasst euch den Chicken Pot Pie schmecken!«

Ich reichte den Salat und den Grünkohl herum, schnitt den pikanten Pie in quadratische Stücke und verteilte ihn. Andächtiges Schweigen senkte sich über den Tisch, als alle zulangten.

»Billy«, sagte Ethan kurz darauf. »Ich bin hin und weg. Das ist das Beste, was du je gemacht hast.«

»Unglaublich«, nickte Marta. »So köstlich!«

»Warum bietest du das nicht im *Leftovers* an?«, fragte Kai. »Wieso hast du damit hinterm Berg gehalten?«

»Sage hat mir geholfen«, sagte ich.

»Nur als Küchenhilfe«, entgegnete Sage. »Das ist allein Billys Verdienst.«

»So was kocht sie jeden Abend«, erklärte Lucy. »Ehrlich, Leute. Das ist das Niveau, auf dem sie täglich für uns kocht.«

Ich schüttelte den Kopf. »Aber das ist doch nichts Besonderes. Nur Hausmannskost. Für das Essen im Foodtruck betreibe ich wesentlich mehr Aufwand.«

Ethan warf mir einen neugierigen Blick zu, aß aber weiter.

Sarah schenkte sich ein weiteres Glas Wein ein und leerte es in einem Zug. »Habt ihr schon von Lottas Baby gehört?«, fragte sie ein bisschen zu laut und griff erneut nach der Weinflasche.

Marta, Kai und Ethan wandten sich zu ihr.

»Wow«, sagte Kai. »Ich meine, wie alt bist du denn?«

»Achtundvierzig«, rief Sarah aus und trank ihren Wein. »Sie ist achtundvierzig, und sie haben *einfach* ein Baby gemacht, ohne sich auch nur zu bemühen! Wenn das nicht verrückt ist?«

»Sarah«, murmelte Lucy mahnend.

»Tja«, sagte Ethan. »Meinen Glückwunsch. Das ist toll.«

»Danke«, erwiderte Lotta. »Wir sind sehr aufgeregt.«

»Ich bin erst zweiundvierzig«, verkündete Sarah. »Aber ich bin nicht schwanger geworden, obwohl ich es versucht habe.«

»Sarah«, mahnte Lucy ein bisschen lauter.

Sarah drehte sich zu ihr. »Was denn? Bloß weil dein Mann sich umgebracht hat, heißt das nicht, dass du alle rumschikanieren musst.«

»Sarah!«, rief ich entsetzt.

»Ich hab auch meinen Mann verloren, wisst ihr! Und er war wesentlich netter als Titus! Titus war ein Arschloch!«

Sie schenkte sich noch ein Glas Wein ein.

»Ach du lieber Gott«, bemerkte Lotta. »Vielleicht sollte ihr mal jemand den Wein wegnehmen.«

Sarah starrte sie mit trübem Blick an. »Ich darf so viel trinken, wie ich will. Ich bin ja nicht schwanger.«

Lotta seufzte. »Hör mal, Sarah, es tut leid, wenn das schwer für dich ist –«

»Schwer? Wieso sollte das schwer für mich sein? Ist doch großartig! Ein modernes Wunder! Eine uralte Frau kriegt ein ungewünschtes Baby!«

»Hey«, meldete sich Omari. »Dieses Baby ist höchst erwünscht.«

»Und so alt bin ich auch nicht«, fügte Lotta hinzu.

»Äh«, sagte Kai und verzog das Gesicht. »Du bist ziemlich alt.«

Sarah wandte sich zu ihr. »Seht ihr?« Sie drehte sich wieder zu uns. »Seht ihr, sie hat's kapiert. Di-«

»Kai«, korrigierte Kai.

»Kai kapiert es.«

»Wer will Brownies?«, trällerte Marta. Sie klang leicht verzweifelt.

»Ich«, trällerte Sarah zurück. »Her damit!«

Vielleicht war es ein Fehler, aber am Ende aßen alle außer Lotta ein Brownie. Ich weiß nicht, warum sich alle eins nahmen, aber ich für meinen Teil dachte, ich bräuchte ein bisschen chemische

Hilfe, wenn ich den ganzen Abend mit dem Gemotze von Sarah und Kai und mit Lottas und Omaris strahlender Vorfreude aushalten sollte – und dem Gefummel von Marta und Ethan (was ich leider sah, als ich versehentlich eine Gabel fallen ließ und wieder aufheben musste).

Außerdem vermisste ich Brett.

Ich hatte ihn den ganzen Abend schon vermisst. Er liebte Dinnerpartys, hatte mir sogar einmal gestanden, dass seine liebsten Familienerinnerungen die von den Dinnerpartys seiner Eltern waren. Mindestens einmal im Monat mussten sein Bruder und er frühzeitig zu Abend essen und durften dann im Schlafanzug im Hobbyraum fernsehen, während die Erwachsenen sich an den großen Esstisch setzten, um zu reden, zu lachen, zu essen und zu trinken. Den Nachtisch durften sie mit ihnen zusammen essen, und dann brachte seine Mutter ihn und seinen Bruder ins Bett, wo sie zum Lachen und Stimmengewirr der Erwachsenen einschliefen. Brett sagte, er habe es gar nicht *erwarten* können, alt genug zu werden, um ebenfalls teilnehmen zu dürfen, aber allein schon zuzuhören, habe ihn unheimlich glücklich gemacht.

Die Brownies entfalteten erst nach einer Weile ihre Wirkung, aber Brett vermisste ich immer noch.

Ich wandte mich zu Lucy. »Ich glaube, ich rufe jetzt Brett an. Sollte ich ihn anrufen?«

»Nein!«, antwortete Lucy und blinzelte eulenhaft mit den Augen. »Oder besser, ich glaube nicht. Oder doch? Ich weiß nicht.«

»Lotta? Sollte ich Brett anrufen?«

»Aber hallo!«, rief Sarah.

»Nein, Schatz, tu das nicht«, sagte Lotta gleichzeitig.

Ich blickte zwischen ihnen hin und her. »Tja, jetzt weiß ich nicht, auf wen ich hören soll. Omari, was meinst du?«

Omari stand auf. »Ich spiel jetzt Klavier«, verkündete er und verließ das Zimmer.

»Wisst ihr«, sagte Marta todernst, »das ist Omari Scott, der jetzt Klavier spielen wird. Er ist ein berühmter Musiker.«

»Wir sollten ihm zuschauen«, erwiderte Ethan und stand schwankend auf.

»Wir sollten ihn auf unseren Handys aufnehmen, dann könnten wir ihn bei YouTube einstellen, damit jeder ihn sehen kann«, nickte Marta.

»Nein!«, sagte Lotta und folgte ihnen. »Lasst das! Gebt mir eure Handys!«

Sarah sah Kai an. »Du bist sehr hübsch. Billy hat erzählt, du wärst lesbisch. Stimmt das?«

Kai grinste sie an. »So ist es.«

»Ich war auch mal lesbisch«, verkündete Sarah. »Im Vorstudium.«

Kai nickte. »Das waren fast alle.«

»Willst du mit mir tanzen, während Omari Scott Klavier spielt?«, fragte Sarah. »Er ist sehr berühmt, weißt du?«

Kai sah Sarah an, und ihre normalerweise so kühl blitzenden blauen Augen wurden ein bisschen weicher. »Na gut«, sagte sie. »Gern.« Sie bot Sarah ihre Hand und zog sie vom Stuhl.

Und dann saßen nur noch Lucy und ich vor den Resten am Tisch.

»Willst du noch was von dem Pie?«, fragte ich sie.

»Mist. Meine Hände sind so groß«, gab sie zur Antwort.

»Tja«, sagte ich und bediente mich von dem Pie, »das alles ist verflucht merkwürdig.«

Lucy lachte und schüttelte den Kopf. »Was genau meinst du? Dass ich eine mittellose Witwe bin? Dass Sarah die Lesbe in sich entdeckt? Oder Lotta ein Baby kriegt oder wir uns alle mit ein paar Halbwüchsigen bekiffen?«

»Was du willst«, sagte ich, »alles davon.«

Lucy betrachtete erneut ihre Hände. »Weißt du noch, wie wir Lotta aus jeder Bar in Manhattan holen mussten? Wie wir uns gefragt haben, wie viel Zeit ihr noch bleibt? Und jetzt bekommt sie ein Baby! Wer hätte gedacht, dass sie die Einzige ist, die ihr Leben auf die Reihe kriegt?«

»Hey!«, wandte ich gekränkt ein. »Sie ist nicht die Einzige. Ich glaube, ich kriege mein Leben auch auf die Reihe.«

Lucy lachte. »Momentan bist du vollkommen zugedröhnt.«

»Ja, aber abgesehen davon.«

Lucy blinzelte und sagte versonnen: »Nein, du hast recht. Du machst es auch richtig. Du hast deinen Foodtruck, dein Kochen, deinen grässlichen Hund und deine Junghipster-Freunde … Du hast ein Haus am Fluss, das offen ist für all die Elenden und Gebeutelten … Anscheinend läuft alles gut für dich.« Sie tauchte einen Finger in ihr Champagnerglas und steckte ihn sich in den Mund. »Komisch, eigentlich dachte ich immer, du würdest unweigerlich scheitern, wenn du ohne mich Entscheidungen treffen würdest.«

»Tja, wenn das nicht co-abhängig ist …«

»Und weißt du was? Ich dachte außerdem, ich wäre der Mittelpunkt unserer kleinen Clique, aber wie sich herausstellt, bist du das.«

»Aber du hast uns alle zusammengebracht«, entgegnete ich.

»Vielleicht am Anfang. Aber jetzt nicht mehr. Du bist jetzt die Chefin, Billy.«

Traurig stocherte sie in dem Moos der Tischdekoration. »Wahrscheinlich brauchst du mich gar nicht mehr.«

Ich schüttelte den Kopf. »Natürlich brauche ich dich noch, Lulu. Als wir keinen Kontakt miteinander hatten, ging es mir die ganze Zeit schlecht. Ehrlich gesagt, habe ich mich die Hälfte der Zeit gefragt, was du wohl an meiner Stelle tun würdest. Im Kopf habe ich ständig mit dir geredet.«

Sie lächelte. »Ich auch. Ich hab auch mit dir geredet. Und selbst in meinem Kopf hast du kein Blatt vor den Mund genommen, Billy.«

Ich drückte ihre Hand. »Aber es ist viel besser, dich wieder bei mir zu haben, als nur im Kopf mit dir zu reden.«

»Komm, gucken wir den anderen beim Tanzen zu«, sagte sie lachend. »Ich hab gehört, Omari Scott ist sehr berühmt.«

»Ach du meine Güte«, hauchte Lucy, als wir ins Wohnzimmer spähten. »Was macht Sarah denn da?«

»Tanzen?«, erwiderte ich. »Allerdings kann ich mich nicht erinnern, schon mal so was von ihr gesehen zu haben.«

»Glaubst du, sie war im Vorstudium eine Stripperin?«, fragte Lucy.

Sarah klammerte sich an Kai und rieb sich am Bein der Jüngeren: Sie hatte ihren Busen vorgeschoben und den Oberkörper so weit zurückgelehnt, dass ihre Haare ihren Poansatz berührten.

Lotta kam zu uns. »Ich gehe ins Bett. Ich bin nüchtern,

schwanger, todmüde und absolut nicht bereit, die ganze Nacht für euch den Babysitter zu spielen. Tut mir leid. Achtet darauf, dass Sage nicht noch Schlimmeres macht als das hier, okay? Und verbietet diesen Kindern, nach Hause zu fahren. Vielleicht könnt ihr Sarah auch noch von diesem armen Mädchen loseisen, bevor sie sich was bricht?«

»Oh«, kicherte Lucy. »Ich weiß nicht, ob das geht.«

Lotta seufzte. »Nun, wie heißt es so schön: Ist nicht mein Bier. Gute Nacht, Mädels. Es war eine super Party.«

»Lotta geht früh zu Bett«, flüsterte Lucy. »Also ist sie wirklich schwanger.«

»Sollte ich Brett jetzt anrufen?«, fragte ich statt einer Antwort.

Die Nacht war ungewöhnlich mild, daher betteten Lucy und ich uns mit Daunendecken auf die Liegestühle der Veranda und schliefen schließlich ein. Es regnete immer noch, und das Prasseln war auf dem Metalldach besonders laut. Marta schlief auf der Couch und Ethan neben ihr auf dem Boden. Sarah und Kai endeten zusammen in Sarahs Bett, aber wie Sarah uns später erzählte, meinte sie, sich daran zu erinnern, dass sie *nicht* besonders viel gemacht hätten. Höchstens ein bisschen fummeln. Sage schaffte es bis in ihr eigenes Bett, und Omari fand seinen Weg hinauf zu Lotta.

Eigentlich hätte es schön sein können, auf der Veranda aufzuwachen. Die Sonne ging über dem Fluss auf, und die Luft war nach einer verregneten Nacht klar und hell, aber ich hatte höllische Rückenschmerzen und war total verkatert.

Am nächsten Morgen herrschte bei allen Katerstimmung.

Ich bot an, etwas heilsam Fettiges zu kochen, aber Kai, Marta und Ethan mussten das Restaurant aufmachen und konnten nicht zum Frühstück bleiben.

»Danke, Billy«, sagte Marta zum Abschied. »Das war ein toller Abend!«

»Ja, danke«, rief Ethan. »Wir haben uns großartig amüsiert!«

Selbst Kai bedankte sich leise grummelnd. Danach gab sie Sarah einen Abschiedskuss.

»Sie war irgendwie süß, oder?«, fragte Sarah, während sie Kai nachsah.

»Ich bin sicher, das ist das erste Mal in ihrem Leben, dass jemand sie ›süß‹ nennt«, bemerkte ich.

»Mann«, sagte Omari, während wir ihnen durchs Fenster zusahen, wie sie zu Ethans Wagen gingen. »Man müsste noch mal fünfundzwanzig sein. Die hatten heute Morgen keinerlei Nachwirkungen von gestern, oder?«

»Ich glaube, das war gestern ein ganz normaler Dienstagabend für sie«, erwiderte Lucy.

»Auf keinen Fall möchte ich noch mal so alt sein wie sie«, bemerkte Lotta mit Nachdruck, als ihr Wagen losfuhr. »Nicht für alles Geld der Welt.«

Kapitel 29

»Mir ist neulich klar geworden«, sagte Ethan, als wir über die Kingston-Rhinecliff-Brücke fuhren, »dass du noch nie im *Huma* gegessen hast.«

»Was?« Ich blickte auf den Fluss unter uns, der sich glitzernd durch die Landschaft schlängelte und fast perfekt die Farbe des Himmels spiegelte.

»Billy, du hast noch nie im *Huma* gegessen.«

Ich sah ihn an. »Doch, natürlich. Bei meinem allerersten Besuch.«

»Du meinst, als wir die Pfifferlinge gesammelt haben?«

»Ach, ja. Nein, ich schätze, das zählt nicht. Aber ich meine die unzähligen Personalessen.«

Er schüttelte den Kopf. »Nein, die zählen auch nicht.«

Ich dachte kurz nach. »Na dann hast du wohl recht. Komisch.«

»Das muss sofort geändert werden. Komm morgen Abend, wir haben nicht viele Reservierungen. Wir essen das Degustationsmenü. Nur fünf Gänge.«

»Ach, ich weiß nicht, ob das geht. Omari und Lotta haben Tickets für Levon Helms Studio in Woodstock, und ich glaube, Sarah und Lucy planen einen TV-Marathon mit *Orange Is The New Black*.«

Ethan lächelte. »Ich lade auch nicht sie ein, sondern nur dich.«

Ich lachte. »Oh, wie exklusiv. Na gut, wenn du meinst, Chef.«

Wir befanden uns auf dem Rückweg von Germantown, einem Ort im Dutchess County auf der anderen Flussseite. Dort gab es eine Farm namens Turkana, wo Ossabaw-Island-Schweine gezüchtet wurden. Ethan hatte gehofft, sie dort direkt für sein Restaurant kaufen zu können.

Die Farm war wunderbar gewesen. Sie wurde von zwei ehemaligen New Yorkern namens Peter und Mark geführt, und wie sich herausstellte, hatten sie noch viel mehr als eine Schweinezucht auf die Beine gestellt. Ihre Ställe wimmelten von alten Nutztierrassen wie Royal-Palm-Truthähnen, Toulouser Gänsen, British-White-Rindern …

Sie hatten uns mit etlichen Proben aus ihrem Kühlraum versehen, Ethan freute sich bereits darauf, alles Mögliche auszuprobieren.

»Weißt du, ich hab mal ein Buch über eine Kooperative gelesen, die Essex-Farm«, hatte er gesagt, als wir die Farm verließen. »Dort wird alles produziert, was die Mitglieder das ganze Jahr über brauchen: Fleisch, Milchprodukte, Obst und Gemüse. Auch Getreide und Honig. Sie machen vieles auf alle möglichen Arten haltbar und haben sogar einen Rübenkeller. Ihre Mitglieder kommen jede Woche und bekommen ihren Anteil an saisonalen Erzeugnissen und Fleisch. Traumhaft, findest du nicht? Wenn man alles fürs Restaurant von einer eigenen Farm bekäme?«

»Klingt nach verdammt viel Arbeit«, erwiderte ich. »Wie

willst du dich denn gleichzeitig um die Farm und das Restaurant kümmern?«

Er nickte. »Ja, stimmt schon. Manchmal wünschte ich, ich könnte mich verzehnfachen. Aber Dan Barber schafft das doch auch, oder? Mit Blue Hill?«

Ich schüttelte den Kopf. »Er bekommt nicht alles nur von seiner eigenen Farm, sondern kauft auch von regionalen Anbietern. Und ganz sicher macht er nicht die ganze Arbeit allein. Dazu hat er ein Heer von Angestellten.«

Ethan schob sich eine Haarsträhne aus dem Gesicht. »Das stimmt. Wahrscheinlich kann ich daraus was lernen. Ich meine, genau dann weiß man doch, dass man es als Koch wirklich geschafft hat, oder nicht? Wenn alle anderen kochen und man ihnen nur über die Schulter guckt und sagt, was sie falsch machen.«

Ich lächelte. »Irgendwie kann ich mir das bei dir nicht vorstellen.«

»Die besten Köche haben eine Vision«, erklärte er, »aber auch Vertrauen. Schließlich ist Kochen eine Gemeinschaftskunst. Selbst wenn man alles selbst einkauft und kocht, muss man vorher doch die Zutaten von jemand anderem bekommen und jemanden haben, für den man kocht. Der Prozess ist erst vollendet, wenn das Essen gegessen ist. Im *Huma* koche ich auch nie wirklich allein. Selbst wenn ich das Menü bestimme, trägt doch jeder der Köche dazu bei.«

»Stimmt«, nickte ich.

»Es geht um die Verbindung«, fuhr er fort, als er vor einer Ampel hielt. »Nicht nur zwischen den Köchen in der Küche, sondern auch zu den Farmern, die die Zutaten produzieren, den Menschen, von denen sie das gelernt haben, der Erde, in der alles wächst, den Tieren, die wir verzehren, den Gästen, die essen. In einem Vakuum kann man kein Koch sein.«

»Tja, da hast du wohl recht«, sagte ich. »Das liegt irgendwie im Wesen eines Restaurants. Aber das Zentrum der meisten großartigen Restaurants ist der Chefkoch.«

»Nein, das ist nur das, was wir Köche glauben wollen. Dass sich alles um uns dreht. Nur um unser Genie, unsere Vision. Wir beschäftigen nur die, die am genauesten unsere Anweisungen befolgen. Aber das *Huma* ist nicht nur der Ausdruck meines persönlichen Egos. Sondern mein Zuhause. Und meine Angestellten sind meine Familie. Eine Familie besteht aber aus mehr als nur einer Person. Ich muss jedem einzelnen Mitarbeiter in der Küche vertrauen, damit das alles möglich wird.«

»Und wie ist das mit Marta, nun, da ihr zusammen seid?« Es war mir nicht ganz wohl dabei, das zur Sprache zu bringen. Andererseits war ich neugierig. Seine Worte berührten etwas in mir, das ich noch nicht näher benennen konnte.

Er schwieg eine Weile und dachte nach. »Also, weißt du, wir haben ja das Restaurant zusammen eröffnet. Davon haben wir schon geträumt, noch bevor etwas zwischen uns lief. Und es war schon immer genauso ihr Restaurant wie meins.«

Er fuhr zum River House hinauf und bremste vor der Haustür, machte den Motor aber nicht aus.

»Als ich das erste Mal für Marta gekocht habe, hatten wir uns erst ein paar Tage zuvor in einem Grundkurs Backen kennengelernt. Wir sollten paarweise einen einfachen Schokoladenkuchen backen. Aber sie konnte schon viel, viel besser backen als ich, ehrlich. Sie war Spitzenklasse. Ständig sah sie sich das Rezept an und fragte: ›Wir wär's, wenn wir das hier ein bisschen änderten? Was würde dann passieren?‹ Die ganze Zeit korrigierte sie das Rezept und versuchte, es ein bisschen aufregender zu machen. Ein bisschen spezieller. Das brachte unseren Lehrer auf die Palme, weil der nur wollte, dass sie sich ans Basisrezept hielt. Aber sie befand sich schon auf einem ganz anderen Niveau.«

Er trommelte mit den Händen aufs Lenkrad.

»Jedenfalls mochte ich sie von Anfang an. Wahrscheinlich war ich ein bisschen in meinem männlichen Stolz gekränkt, weil sie im Backkurs so viel besser war als ich, also lud ich sie zu mir ein, damit ich was für sie kochen konnte. Ich wollte ihr zeigen, dass ich von Kuchen vielleicht nichts verstand, aber andere Sachen ziemlich gut konnte, verstehst du?«

Ich lächelte, weil ich mir vorstellte, wie ein noch jüngerer Ethan die blutjunge Marta zu beeindrucken versuchte.

»Ich wohnte abseits vom Campus in einem Apartment mit Küche, was ziemlich toll war, denn im Wohnheim musste man sich die Küche mit den anderen teilen, und alle kämpften um Platz und stritten sich wegen des Aufräumens. Das war echte Folter. Daher kamen sie und Kai zu mir. Kai kannte ich vorher noch nicht. Ich kochte Artischockeneintopf, ein echtes Gericht aus dem Iran, genau so, wie mein Vater es immer gekocht hatte. Als Kind hatte ich das immer geliebt. Wahrscheinlich war mein Eintopf nicht so gut, weil ich die Zutaten im Supermarkt gekauft hatte, hauptsächlich aus der Tiefkühltruhe, und, ehrlich gesagt, damals noch nicht besonders gut kochen konnte. Aber ich hatte Heimweh nach meinen Leuten, nach L. A. und Little Persia, und irgendwie kamen all meine Gefühle mit in den Eintopf. Ich servierte ihn in bunt zusammengewürfelten Tellern und wartete ab, was passieren würde.«

»Lass mich raten«, sagte ich. »Kai hat es gehasst.«

Er lachte. »Allerdings. Sie rümpfte nur die Nase. Ihr Dad war Diplomat, und sie war in reichen, exklusiven Kreisen aufgewachsen und hatte wahrscheinlich schon den besten Artischockeneintopf aller Zeiten irgendwo in der Küche einer Großmutter in Teheran gegessen. Sie war bereits ein totaler Essenssnob. Mit meinem erbärmlichen Eintopf konnte ich sie nicht beeindrucken. Aber Marta ...« Er hielt inne und lächelte bei der Erinnerung. »Marta aß den ganzen Teller leer, bat um Nachschlag und sagte dann: ›Ich bin keine Iranerin oder so, aber das hier schmeckt wie zu Hause.‹«

Ich schloss ganz kurz die Augen. Mir tat das Herz weh. »Also ist das *Huma* nicht nur deine Familie, sondern auch deine Liebesgeschichte.«

»Ja«, sagte er leise. »Und unser Zuhause, nicht nur meins. Ihres auch.«

Wir vier Mädels wanderten gemeinsam über den Laufpfad. Das Gras war bedeckt mit Raureif, es war niedergedrückt und spröde und glitzerte wie Glas. Die nackte Erde war steinhart gefroren. Die Wälder schwiegen, da alles Summen, Brummen, Rascheln und Quaken beim ersten Frost verstummt war. Nur hier und da sah man einen Kardinal oder Blauhäher durch die Luft flattern. Der Himmel hing voller schwerer, schiefergrauer Wolken. Eine dünne Eisschicht hatte sich auf dem träge dahinströmenden Fluss gebildet, an den der Pfad grenzte. Wir konnten unsere Atemwolken sehen.

Chicken rannte voraus. Er trug den kleinen, roten Pullover, den Lucy ihm gekauft hatte, und seine Pfoten klickten auf dem gefrorenen Boden, als er kühn jeden abgebrochenen Ast und jeden verdächtig aussehenden Felsen beschnüffelte.

Lucy, Lotta und ich hatten richtige Winterstiefel an, Sarah hingegen trug nur ihre leichten Laufschuhe und trottete jammernd hinter uns her, weil ihre Füße kalt wurden.

»Wenn du ein bisschen schneller gehen würdest, würden sie auch warm werden«, entgegnete ich und verdrehte die Augen.

»Ich kann nicht schneller«, quengelte sie. »Mir ist zu kalt.«

»Was haltet ihr von dem Namen Alfhild für ein Mädchen?«, fragte Lotta.

»Alf-was?«, gab ich zurück.

»Er bedeutet ›Schlacht der Elfen‹. Omari ist es egal, aber ich finde das sehr poetisch. Oder Hjalmar für einen Jungen? Das bedeutet ›Helmkämpfer‹.«

»Ich wusste gar nicht, dass Schweden so blutrünstig sind«, bemerkte ich.

»Ich habe ein Angebot für das Haus in New York«, äußerte Lucy unvermittelt.

Verblüfft wandten wir uns alle zu ihr.

»Ich wusste gar nicht, dass es schon zum Verkauf steht«, sagte Lotta.

Lucy zuckte die Schultern. »Eine Immobilienmaklerin als Mutter kann schon nützlich sein.«

»Ist es ein gutes Angebot?«, fragte ich.

Sie nickte. »Ein besseres werde ich wahrscheinlich nicht kriegen. Zwar wird davon nichts übrig bleiben, aber damit könnte ich alle Schulden tilgen.«

Ich sah sie an. »Also wirst du es annehmen?«

Sie biss sich auf die Oberlippe. »Was bleibt mir anderes übrig?«

»Und dann?«, erkundigte sich Sarah.

Kopfschüttelnd erklärte Lucy: »Von meinen Artikeln kann ich nicht leben. Zumindest jetzt noch nicht. Und niemand wird ein vierundvierzigjähriges Model buchen, ganz gleich wie gut erhalten. Zwar habe ich mein gespartes Geld, aber das würde nur für ein, zwei Jahre reichen – wahrscheinlich nicht mal, weil ich ja eine neue Wohnung mieten müsste –, und dann hätte ich keine Rücklagen mehr … Ich könnte natürlich auch wieder zu meiner Mom ziehen …«

Wir alle schwiegen und stellten uns vor, wie Lucy und Cheri wieder zusammenwohnen würden.

»Tja, du kannst hierbleiben, so lange du willst«, sagte ich schließlich. »Wie du weißt, habe ich viel Platz.«

»Omari und ich könnten dir Geld leihen«, bot Lotta an. »So viel, wie du brauchst. Und mit der Rückzahlung eilt es nicht.«

»Ich habe ein Gästezimmer in meiner Wohnung«, fügte Sarah hinzu. »Und ganz ehrlich finde ich die Aussicht schrecklich, allein in die leere Wohnung zurückzukehren. Du würdest mir also einen Gefallen tun.«

Lucy lächelte mit Tränen in den Augen. »Danke, Mädels. Ich denke darüber nach. Aber keine Sorge, ich finde schon eine Lösung.« Sie zögerte kurz. »Vielleicht sollte ich nach Brooklyn ziehen?«

Alle brachen in Gelächter aus.

»Ich hab gehört, da ist der Alkohol unglaublich billig, und es wimmelt von bärtigen Männern«, bemerkte ich.

»Ich hab gehört, dass man ständig Matt Damon über den Weg läuft«, sagte Lotta.

»Die Wohnung in Ditmas Park war echt schön«, seufzte Sarah. »Erinnert ihr euch noch an den Garten?«

Wir marschierten weiter.

Eine Schneeflocke fiel.

Und dann noch eine.

In jener Nacht wurde es stürmisch. Der erste Schneesturm der Saison kam über den Fluss gewütet, trommelte gegen die Fenster, wirbelte winzige, eiskalte Schneeflocken durch die Luft und überzog alles mit glänzendem Raureif.

Wir wappneten uns mit Kaminfeuer und Kerzen gegen die Kälte. Ich kochte einen Topf Bohnensuppe, machte dazu Maisbrot und einen großen Salat mit Spinat, Ziegenkäse, kandierten Pekannüssen und gerösteter roter Paprika, und dann aßen wir alle vor dem Küchenkamin, tranken dazu Valpolicella und sahen zu, wie sich die Landschaft draußen von herbstlich in winterlich verwandelte.

Danach begaben wir uns ins Wohnzimmer und machten es uns gemütlich. Omari spielte Klavier, aber niemand sang. Sage setzte sich quer in einen großen Sessel in der Ecke und beschäftigte sich mit ihrem Laptop. Ich blätterte durch ein altes Exemplar von *Gourmet* und erinnerte mich an die glorreichen Zeiten von Ruth Reichl. Sarah und Lucy lagerten vor dem Kamin und lieferten sich ein hitziges Gin-Rommée-Gefecht. Lotta saß auf einem Kissen am Boden, lehnte ihren Kopf an Omaris Knie und hatte unbewusst ihre Hand auf den Bauch gelegt.

Als sich der Sturm schließlich legte, zogen wir uns Mäntel

und Stiefel an und gingen hinaus in den Garten, der vollkommen verschneit war. Omari und Sage versuchten, Schneebälle zu formen, aber der Schnee war zu fein und klebte nicht richtig. Wenn man einen warf, löste er sich auf und hinterließ eine glitzernde Kristallwolke in der Luft.

Wir bahnten uns einen Weg hinunter zum Anleger, schlitterten durch den jungfräulichen Schnee und trampelten einen Pfad fest. Der Anleger schwebte wie ein Eisberg auf dem schwarzen Fluss. Mit eisigen Füßen standen wir am Wasser. Der Himmel über uns war jetzt vollkommen klar und voller funkelnder Sterne. Der Pulverschnee um uns herum reflektierte ihr glitzerndes Licht. Wir atmeten die kalte, scharfe Luft und betrachteten die Welt, die sich innerhalb weniger Stunden vollkommen verwandelt hatte.

Kapitel 30

Seit meinem ersten Besuch hatte das *Huma* sich verändert. Zwar begrüßte mich am Empfang immer noch Anissa mit ihren großen Ohrtunneln und führte mich zum Tisch, doch die blauen Keramikvasen waren durch kleine silberne Väschen mit gelben und roten Beerenzweigen ersetzt worden. Das Besteck war massiv und solide, die Gläser passten zueinander, und die Tische waren abgeschmirgelt und versiegelt worden, wie ich bemerkte, als ich mit der Hand darüber fuhr.

Keine Splitter mehr.

Das Restaurant war fast leer. Nur ein einsames Pärchen saß in einer Ecke und teilte sich einen Teller Pasta.

Kai kam mit einem Glas in der Hand hinter der Theke hervor.

»Einen Kingston«, sagte sie und stellte ihn vor mir ab.

Ich blinzelte. »Hat Ethan dir aufgetragen, den zu bringen?«

Achselzuckend und mit einem leisten Lächeln ging sie zur Bar zurück. »Nö. Wusste ich noch.«

Ich nippte an dem hellen, zitronigen Drink, als der gut aussehende Kellner – der, wie ich jetzt wusste, Chuck hieß – mir die Karte brachte.

»Von Chefkoch Rahimi«, bemerkte er mit leicht übertriebener Verneigung.

Ich begutachtete sie. Wie ich sah, war sie wie bei ersten Mal in der gedrängten, unordentlichen Schrift abgefasst.

Mit einem Blick auf den attraktiven Kellner seufzte ich, holte meine Lesebrille hervor und setzte sie auf.

Humas Degustationsmenü:
Für Billy Sitwell

1) Die Hochzeit
Persische Melone, blanchierte Mandeln, Harissa und Gurkensuppe, dazu Kräuterwürfel aus Basilikum, Minze und Liebstöckel

Die kannte ich natürlich schon. Die kalte, schwer zu definierende Suppe und die herrliche Überraschung der schmelzenden Kräuter in meinem Mund. Das war mir nicht mehr neu. Ethan hatte mir schon gezeigt, wie sie zubereitet wurde, alle Zutaten aufgelistet, die Melonen präsentiert, die gekreuzt wurden, und die Geschichte erzählt, die ihn dazu inspiriert hatte. Diese Suppe war entmystifiziert. Aber als ich sie dieses Mal aß, dachte ich nicht bei jedem Löffel darüber nach, wie sie wohl gemacht wurde, sondern über den Tag, an dem ich sie zum ersten Mal gekostet hatte. Ich dachte daran, wie mich diese Suppe vom Stuhl getrieben hatte, um den Koch zu suchen, der sie kreiert hatte. Ich erinnerte mich daran, wie wir vier Kaviar gegessen, Negroni getrunken und auf Lottas Hochzeit angestoßen hatten. Wie umwerfend Lotta in ihrem blauen Kleid ausgesehen hatte. Wie Titus Lucy auf seinen Schoß gezogen hatte. Wie Sarah davon erzählte, eventuell nach Brooklyn zu ziehen.

Und dass Brian schon damals wie ein Mann auf der Flucht gewirkt hatte. Wie Brett gelacht und die Augen verdreht hatte, als ich sein Hilfsangebot so bissig zurückgewiesen hatte. An die Arbeitsküche. Ethan mit den Armen voller Rosen. Marta, die ihn fröhlich ausgeschimpft hatte. Den ganzen Tag hatte ich wieder klar vor Augen.

2) Billy kriegt den Job
Sauce aus Ochsenherztomaten mit Cipollini an Zitronen-Knoblauch-Tagliatelle mit doppelt geräucherten Schinkenstückchen

Ich lächelte, weil ich mich daran erinnerte, dass Ethan zu meinem Sandwich nur noch Schinken hinzugefügt hätte.

3) Verlaufen im Labyrinth
In Kaffee eingelegter Braten vom British White-Rind
Selbst gemachter Maisbrei
Püree aus Concord-Trauben

Es war mir fast zu peinlich, das zu essen, so intim kam es mir vor. Als ich in das saftig-aromatische Fleisch biss, tauchte sein Gesicht vor mir auf wie an dem Tag, als die Schatten auf seiner Haut getanzt hatten. Ich kostete den üppigen, erdigen Maisbrei und schmeckte getrockneten Mais und Schlamm, spürte wieder, wie sein Becher Kaffee meine kalten Finger gewärmt hatte. Dann kam das süßsäuerliche Traubenpüree, und ich hatte den Geruch seiner Haut auf der Zunge, den Geschmack seines Mundes, bitter und cremig, erinnerte mich daran, wie seine

Hände über meine Rippen bis zu meiner Taille geglitten waren.

Er hatte recht, was den Kuss betraf. Vielleicht war es nicht richtig gewesen, aber er hatte etwas bedeutet. Etwas, das wir antesten mussten. Es hatte uns beide zu Größerem geführt.

4) Chicken Pot Pie
Doppelt geräucherter Speck, Schenkel und Brühe von Krempl-Farm-Hühnchen, Zuchtchampignons, Schalotten, Knoblauch, Karotten, Pastinaken, Thymian, hausgemachtes Schweineschmalz, Butter und Thymian-Pastetenteig

Ich rümpfte die Nase, als dieses Gericht vor mich gestellt wurde. Was machte meine Hausmannskost in diesem Haute-Cuisine-Menü?

Selbstverständlich hatte er es neu interpretiert. Es sah anders aus. Das Hühnchen, die Pilze und das Gemüse waren in wenigen, perfekten Happen arrangiert, beträufelt mit Sauce und dekoriert mit zerbröselter Pastete.

Ich versuchte einen Bissen und war überzeugt, er würde es aufgepeppt haben, vielleicht mit Trüffeln oder irgendeinem wunderbaren Kniff beim Pastetenteig. Vielleicht sah es nur aus wie mein Chicken Pot Pie, würde aber ganz anders schmecken.

Aber es war ganz genau mein Rezept. Er hatte nichts daran geändert. Es schmeckte exakt wie meins.

Nachdenklich hielt ich einen Moment inne. Dann führte ich die Gabel mit geschlossenen Augen an den Mund und versuchte, herauszuschmecken, was er mir sagen wollte.

Die Pastete zerbröselte in meinem Mund. Ich spürte, wie das

Fett und das Mehl Lufttaschen gebildet hatten, wie die üppige Butter und das erdige Schweineschmalz meinen Mund fetteten. Ich kaute auf einem Stück Speck und schmeckte das Räucheraroma. Das Hühnchen war saftig-würzig und zerging mir auf der Zunge. Die Sauce umschmeichelte sämig meinen Mund. Ich schmeckte Thymian heraus, die Süße gerösteter Zwiebeln, den unverkennbaren Eigengeschmack der Pilze …

Nichts davon war neu. Das Rezept war vor vielen, vielen Jahren von jemand anderem entworfen worden. Es war weder überraschend noch geheimnisvoll. Aber dies war vielleicht die beste Version genau dieser Aromen und Texturen, die ich je gegessen hatte. Nichts daran hätte ich ändern wollen.

Und es war in dieser wunderbaren Speisefolge keineswegs fehl am Platz.

5) Wir reden nicht über die Suppe
Kürbis- und Apfeltörtchen mit Crème fraîche

Ich lachte, als ich Martas Beitrag sah, und erinnerte mich daran, wie sie mir eine Strafpredigt gehalten hatte, wie ihr normalerweise so freundliches Gesicht knallrot vor Zorn gewesen war. Wie all die kleinen Gespenster und Monster um uns herum gewimmelt waren. An die gehetzte Mutter, die mitten auf der Straße Borschtsch getrunken hatte.

Aber an jenem Tag hatte ich Martas Törtchen nicht gekostet. Nach meinem Telefonat mit Lucy hatte ich mein Handy ausgeschaltet und mit trockenem Mund zu Ethan, Kai und Marta geschaut, während eine Welle aus Schock und Sorge über mich hereinbrach.

»Ich muss zurück nach New York«, hatte ich geflüstert. »Und ich weiß nicht, wann ich zurückkomme.«

Mehr musste ich gar nicht sagen. Erklärungen waren überflüssig. Sie hatten nur genickt und versprochen, sich um alles zu kümmern und den Airstream wohlbehalten zurückzubringen.

»Brauchst du jemanden, der auf Chicken aufpasst?«, hatte Marta gefragt, als ich hastig meine Sachen zusammensuchte.

»Wir können den kleinen Scheißer doch mit zu uns nehmen, oder E?«, hatte Kai hinzugefügt.

Und erst da waren mir die Tränen gekommen. Ich hatte jeden meiner neuen, jungen Freunde fest umarmt und war dann losgestürzt, um Lucy beizustehen.

Kai brachte mir ein Glas Sauternes, und nachdem der Nachtisch abgeräumt war, saß ich noch lange da. Ich war viel zu gerührt, zu bewegt, zu ergriffen, um zu Ethan und Marta zu gehen.

An jenem Abend war ich der letzte Gast, der bleibt, bis die Kerzen ausgeblasen, die Lichter angeschaltet und die Stühle auf die Tische gestellt werden, um den Tag zu beenden.

In jener Nacht dachte ich allein in meinem Zimmer darüber nach, wie sich das alles wohl entwickeln würde.

Ich hatte eine Art Familie hier in diesem Haus und eine im *Huma*, und beides fühlte sich richtig an. Doch natürlich blieb zu hoffen, dass Lucy und Sarah sich irgendwann erholen und ihr Leben weiterleben konnten. Und Lotta, Omari und Sage würden nach Hause zurückkehren, um alles für die Ankunft des Babys vorzubereiten. Ich würde lernen, was es von Ethan, Marta und sogar Kai zu lernen gab, und dann würden wir wieder getrennte Wege gehen.

Doch was dann? Mädelsabende? SMS und E-Mails und Austausch über Instagram und Facebook? Würden wir nur noch aus der Distanz am Leben der anderen teilnehmen?

Meine Mutter war in ihrer eigenen Familie einsam gewesen. Ihre Krankheit hatte sie isoliert. Als sie die Einsamkeit nicht mehr ertrug, hatte sie sich für den Ausweg entschieden, der ihr der einzig mögliche erschien. Und ich hatte geglaubt, mich würde dasselbe Schicksal ereilen.

Aber ich war nicht so krank wie sie. Zumindest hatte ich bessere Methoden im Kampf gegen diese Krankheit. Wenn ich isoliert und einsam war, dann, weil ich mich dafür entschieden hatte.

Ich musste nicht allein sein.

Ich machte Licht, stieg aus dem Bett und wühlte zitternd vor Kälte in dem kleinen Schreibtisch am Fenster, um mir Stift und Papier zu suchen.

B.

Hi.

Hallo.

Es ist schon ein Weilchen her.

Neulich hat Lucy gesagt, dass das Essen, das ich zu Hause koche, besser schmeckt als das, was ich professionell zubereite.

Jetzt wirst du wohl sagen: »Na und, was soll's, Billy?« Wir haben seit Wochen keinen Kontakt mehr (oder sind es bereits Monate? Jedenfalls fühlt es sich so an), und nun, da ich mich endlich bei dir melde, jammere ich, weil Lucy gemein zu mir war?

Aber hab bitte noch etwas Geduld. Noch mag es nicht so aussehen, aber dies hier ist ein Liebesbrief. (Und das verrate ich dir nur, damit du ihn nicht angewidert zerreißt, bevor es wirklich interessant wird. Ich schwöre, es wird noch interessant. Es gibt einen Kern aus geschmolzener Schokolade! Einen Preis am Boden der Cornflakes-Schachtel!

Wie gesagt: Lucy meinte, zu Hause würde ich besser kochen als für meinen Beruf, und dafür hätte ich sie am liebsten erwürgt. Aber da sie jetzt Witwe ist und ich kein Arschloch bin, das arme Witwen angreift, habe ich es gelassen. Dennoch habe ich mich nach dieser Bemerkung elend lang in meine Küche gesetzt, wütend vor mich hingemurmelt und über eine Möglichkeit nachgedacht, ihr das Gegenteil zu beweisen.

Denn sie musste einfach unrecht haben, Brett. Unbedingt. Ich bin so sorgfältig bei der Zubereitung des Essens für den Foodtruck. Ich plane jedes Detail. Ich nutze jede Technik. Ich hab sogar einen Küchenbrenner benutzt! Wie konnte sie also behaupten, meine lächerlichen Alltagsnudeln und Suppen wären irgendwie besser als die ausgeklügelten Rezepte für die Arbeit?

Und dann war ich mit dem Koch unterwegs, mit dem ich gerade zusammenarbeite, und der sagte, um ein richtig guter Koch zu sein, müsse man etwas von Verbindungen verstehen. Er ließ sich darüber aus, dass man in der Lage sein müsse, sich mit den Angestellten, den Lieferanten und den Farmern zu verbinden, die einen mit den Zutaten versorgen. Vor allem aber müsse man sich mit den Leuten verbinden, für die man das Essen mache.

(Ja, es ist immer noch ein Liebesbrief, ich schwöre es bei Gott. Noch ein bisschen Geduld.)

Was er sagte, weckte zwar nicht per se Widerstand in mir, ließ mich aber irgendwie innehalten. Denn … wahrscheinlich liegt er da nicht ganz falsch. Plötzlich begriff ich auch, wieso Lucy recht haben könnte. Denn die Menschen, für die ich hier koche, sind die einzigen, die ich mir seit Moms Tod zu lieben erlaubt habe.

Tut mir leid, dass ich das Tote-Mutter-As aus dem Ärmel ziehe, aber ich habe schon ziemlich früh auf die harte Tour gelernt, dass man, wenn man eine Verbindung zu einem anderen Menschen zulässt, Gefahr läuft, die Verbindung unfreiwillig wieder zu verlieren. Also beschränkte ich mich auf einige wenige. Lotta, Sarah und vor allem Lucy sind die Familie, die ich mir zugestehe. Und wenn ich für sie koche, dann weiß ich, wie ich sie glücklich machen kann. Ich weiß, was sie brauchen. Ich weiß, wie ich mich mit ihnen verbinde.

Aber diese drei sind auch etwas ganz Besonderes, nicht wahr? Ich kann mit ihnen in Verbindung treten, weil ich sie kenne und liebe. Doch wie soll ich dieses Prinzip auf viele, viele fremde Gäste übertragen? Wie soll ich diese Verbindung, diese Liebe für jeden aufbringen, den ich bekoche, für jeden Gast, der durch meine Tür kommt?

Mir ist schon klar, dass das alles wie mystischer Quatsch klingt. Wahrscheinlich sollte ich einfach meine dämlichen Sheperd's Pies und Tomatensandwiches machen, sie verkaufen und basta. Aber ich muss zugeben, ein Teil von mir tief in meinem Innern weiß, dass ich genau diese Sache lösen muss, bevor ich wirklich die Köchin werden kann, die ich sein möchte.

Heute Nacht lag ich im Bett und dachte an dich (Siehst du: Liebesbrief. Jetzt kommt's!). Ich dachte daran, wie ich dich vermisse. Wie sehr ich wünschte, du wärest hier. Und plötzlich erkannte ich, dass ich vielleicht einen Weg weiß, das Problem mit dem Kochen zu lösen.

Was wäre, wenn ich beim Kochen an dich denken würde?

Ich habe gegen unsere Verbindung angekämpft, Brett. Ich hab alles genauso gemacht, wie du geschildert hast. Ich hab dich auf Abstand gehalten. Ich habe dich zurückgewiesen. Ich habe mich geweigert anzuerkennen, dass da zwischen uns etwas läuft. Denn ich dachte (und hier kommt wieder meine tote Mutter ins Spiel), wenn ich mich dagegen sperrte, würde ich mich keinem Risiko aussetzen. Aber wenn ich mir eingestehen würde, wie viel du mir bedeutest, würde ich mutterseelenallein sein, wenn du mich verließest – was unweigerlich passieren würde.

Aber die Wahrheit ist: In deinen Armen war ich glücklich. Selbst wenn alle anderen Gefühle in mir schal und abgestumpft waren. Wenn wir eng umschlungen im Bett lagen und ich mit meiner Zunge deine Haut berührte, das Salz von deinem Schweiß schmeckte, die Süße deiner Küsse, dann wusste ich tief im Innern, dass du mir so viel bedeutest wie sonst niemand. Dass du mir wichtiger bist als alle anderen. Wir waren – wir sind – miteinander verbunden.

Also, was wäre, wenn ich für dich kochte, Brett? Wenn du der Mensch wärest, an den ich denke, wenn ich Salz, Zucker und Pfeffer hinzufüge? Wenn du für mich am Anfang und Ende jeder Mahlzeit stündest? Wenn jedes Gericht aus meinen Händen mit dir verbunden wäre und alles, was ich machte, mit dem Gedanken an dich zustande käme? Dann könnte ich nur mit Leib und Seele kochen, aus ganzem Herzen. Ich wäre verbunden. Und jeder, der etwas von mir essen würde, würde diese Verbindung ebenfalls spüren.

Ich glaube, nur so kann ich die Köchin werden, die ich sein möchte. Davon bin ich wirklich überzeugt. Denn du bist meine Familie. Du bist der Mann, den ich liebe, und diese Liebe macht mich zu einer besseren Köchin.

Es tut mir sehr leid, dass ich so verdammt lange gebraucht habe, dir dies zu sagen. Ich hoffe, es ist noch nicht zu spät. Ich weiß, du warst sehr geduldig. Ich weiß, ich habe dich länger warten lassen, als man jemandem zumuten sollte.

Aber … komm zu mir zurück, Brett. Komm zurück in mein Bett. In meine Arme. Und in meine Küche.

Ich verspreche, ich werde dich nähren. Mit Butter, Honig und Granatapfelkernen. Mit Knochenmark und reifen Feigen und Artischockenherzen. Mit Veilchen, frischer Sahne und, ja, Borschtsch und Pho. Ich werde dich mit Leib und Seele nähren, mit meinem ganzen Herzen, mit all meiner Liebe. Gib mir nur die Chance dazu.

Komm zurück und lass mich für dich kochen.

Immer die deine

–B.

Kapitel 31

River House
Kingston
Am Abend vor Thanksgiving

Mitternacht war schon vorbei, da schob ich den letzten Pie in den Ofen.

»Äpfel, Schokolade, Pekannüsse, Kürbis, Quitten, Buttermilch«, zählte ich auf.

Es duftete nach Zimt und Nelken, nach gerösteten Nüssen, geschmolzener Butter und karamellisierenden Früchten. Die Küche bildete eine Insel aus Licht in der Dunkelheit des schlafenden Hauses. Im Kamin leuchtete nur noch die Glut, und alle waren längst zu Bett gegangen, aber ich wollte unbedingt noch die Pies fertig machen. Sonst bekäme ich mit meinem kleinen Herd nicht alles andere rechtzeitig zubereitet.

Ich wusste, ich hätte auch die Küche vom *Huma* nutzen oder Marta bitten können, den Nachtisch mitzubringen. Ich hätte die Pies auch in einer der exzellenten Bäckereien der Gegend kaufen können. Aber ich wollte das alles selbst machen.

Ich war eine zweiundvierzigjährige Köchin und hatte noch nie ein Dinner zu Thanksgiving zubereitet. In New York war meine Küche zu klein dafür gewesen, und normalerweise hatte ich mit Lucy und Titus im *Craft* oder *Union Square Café* gefeiert. In meiner Jugend hätte ich es gerne mal versucht, aber mein Vater bestand darauf, seine alte Tante im Pflegeheim zu besuchen, weil sie sonst allein gewesen wäre.

Ich persönlich glaube, Großtante Dot hätte das nicht gekümmert. In den ersten Jahren hatte sie die meiste Zeit vor ihrem Kantinenessen gesessen, mich angestarrt, langsam den Kopf geschüttelt und mit ihrer brüchigen, mädchenhaften Stimme gewispert: »Aber jetzt sag mir doch mal, wer *ist* die Kleine und was *will* sie hier?« In späteren Jahren hatte sie gar nichts mehr gesagt, sondern nur vor sich hin gestarrt, während wir uns mit dem schleimigen Truthahn, der Tütensauce und dem Instant-Kartoffelbrei quälten.

Ich kannte den wahren Grund, warum mein Vater mich nicht für Thanksgiving hatte kochen lassen wollen. Weil das *ihr* Feiertag gewesen war. Der eine Tag im Jahr, an dem wir uns darauf verlassen konnten, dass es meiner Mutter gut ging.

Thanksgiving war der Lieblingsfeiertag meiner Mutter, weil es dabei weder um Geschenke noch um Süßigkeiten oder gar Religion ging. Es ging um Familie. Und Liebe. Und Dankbarkeit. Und Truthahn und Pie.

Am Vortag war sie immer bis spät in die Nacht auf gewesen und hatte mindestens ein Dutzend unterschiedliche Pies gebacken. Und jedes Mal, wenn ich am Morgen von Thanksgiving hinunter in die Küche kam, stand sie bereits am Herd, schmorte Zwiebeln und Äpfel für die Füllung in ihrem riesigen schmiedeeisernen Topf, und alle Pies waren ordentlich auf der Küchentheke aufgereiht.

»Du bist schon fast groß genug«, bemerkte sie jedes Jahr und schob mich geschickt beiseite, bevor ich irgendwas ruinieren konnte, indem ich meine Finger dorthin steckte, wo sie nicht hingehörten. »Vielleicht darfst du nächstes Jahr aufbleiben und mir helfen, Wilhelmina.«

Sie war der einzige Mensch auf Erden, der mich bei meinem vollen Namen nannte.

Um vier wurde gegessen, und die Gäste waren immer eine bunt gemischte Truppe. Meine Mutter hatte keine Freunde, und ihre Familie lebte im Süden, doch sie lud gern einsame Kassierer und alte Jungfern aus einem Café ein, eigentlich jeden, der ihr kurz vor dem Feiertag auffiel. Wir hatten immer ein volles Haus.

Gerade schrillte die Eieruhr, worauf ich den Applepie herausholte und ihn durch die zwei Kürbispies ersetzte (ein großer Kürbis ergibt immer zwei Pies).

Ich stellte die Eieruhr, setzte mich an die Kücheninsel und ging noch mal das Menü für den nächsten Tag durch. Ich hatte etwas Schlichtes, Elegantes geplant, doch dann hatte ich den Fehler begangen, jeden Gast zu fragen, ob er noch etwas Besonderes haben wollte. Ethan meinte, er würde Ajil mitbringen, und Marta wünschte sich Reis und Bohnen. Kai musste ich versprechen, dass sie den Wein aussuchen durfte. Omari bat um eine Thymian-Pilz-Füllung. Lotta wollte sowohl Möhrenpüree als auch Süßkartoffelbrei (»Das Baby will es, Billy!«). Sarah hatte von mir die Kartoffelbrötchen nach dem Rezept ihrer Mutter verlangt, und Sage sagte, sie wollte mindestens eine Dose Cranberries, und zwar noch in Dosenform – »nichts von diesem selbstgemachten Quatsch«. Und Lucy hatte um einen Grüne-Bohnen-Auflauf gebeten, mit Sauce aus Pilzcremesuppe und frittierten Zwiebeln.

Brett wollte Knochenmark und Veilchen, hatte dann aber gelacht und gesagt, er wünschte sich nur Kartoffelpüree und Bratensauce.

Ich seufzte glücklich, als ich mir das Menü anschaute, und versuchte, die Verbindung zwischen den Gerichten zu erkennen. Zwar saßen an meinem Tisch nicht lauter Fremde, die zufällig zusammengefunden hatten, aber offenbar war mein Tisch voller zufällig ausgewählter Gerichte. Dennoch meinte ich, die Geschichte zu erkennen, die sie erzählten.

»Backst du immer noch?«, fragte Lucy, die in die Küche kam. Sie war barfuß und trug nur einen Schlafanzug und meinen Karoschal. Ihre Augen glänzten, und sie lächelte, als hätte sie ein Geheimnis.

»Ich dachte, du schläfst schon«, erwiderte ich.

Sie schüttelte den Kopf. »Konnte ich nicht. Ich hab nur im Bett gelegen und nachgedacht.«

»Ach ja?«, fragte ich abgelenkt und studierte noch mal das Menü. »Worüber denn?«

»Billy«, sagte sie, und etwas in ihrer Stimme ließ mich wieder aufschauen. »Ich weiß, was ich als Nächstes tun möchte.«

Epilog

East Village, Manhattan
Café Wilhelmina
Ein Jahr später

»Sage, mach die Pilzsuppe heiß«, rief ich über meine Schulter hinweg, während ich das Knäuel aus frittiertem Thymian und Rosmarin aus dem heißen Öl holte und es über die beiden Truthahnbraten verteilte, die auf der Arbeitsfläche warteten.

»*Oui*, Chef«, rief sie.

Ich verdrehte die Augen. »Hoffentlich ist das nicht das Einzige, was du in Paris gelernt hast«, brummte ich.

Sie grinste mich spöttisch an. »*Non,* Chef!«

»Billy!« rief Lucy aus dem Speiseraum. »Kommst du jetzt? Sie sind da.«

Ich zog meine Kochmütze vom Kopf und versuchte, meine Haare in Form zu drücken, während ich mich an den Angestellten vorbei aus der Küche schob.

An der Schwelle zu dem winzigen Gästeraum hielt ich einen Augenblick inne, um die Dekoration für Thanksgiving zu bewundern. Alle Zweier- und Vierertische waren von der Wand gezogen und in der Mitte zu einer langen Tafel aufgebaut worden. Hier und dort standen Väschen mit kurzen, orangefarbenen Tulpen, und dazwischen schmückten flackernde Teelichte, winzige Zuckerbirnen und kleine Bündel Champagnertrauben mit goldschimmernder Haut den Tisch. An den Plätzen flossen überdimensionale silbriggraue Servietten von massivem, weißen Porzellan, und es gab genug raffinierte Wein- und Wassergläser, korrekt arrangiert in einem Dreieck, um Kais hohen Ansprüchen zu genügen.

Lucy fungierte an diesem Abend als Gastgeberin, etwas, was sie sich vorbehielt, wenn ihr danach war.

»Ich wüsste nicht, wieso ich das mit der ›stillen Teilhaberschaft‹ allzu wörtlich nehmen sollte«, erklärte sie immer.

Sie sah reizend aus, als sie die Tür für Cheri öffnete und sie willkommen hieß. Ihre langen, blonden Haare flossen ihr über den Rücken, und ein strahlendes Lächeln erhellte ihr Gesicht, als sie ihrer Mutter einen Begrüßungskuss gab.

Ich fand, dass sie in letzter Zeit immer öfter so aussah. Glücklich. Ehrlich gesagt, glücklicher als seit Jahren. Wenn sie nicht im Restaurant war, arbeitete sie an ihren Memoiren über das Leben mit Titus – sie hatte gesagt, sie wüsste nicht mal, ob sie sie veröffentlichen wollte. Aber irgendwie fühlte sie sich gezwungen, sie zu schreiben.

Manchmal ertappte ich sie dabei, wie sie das Bild von uns betrachtete. Es hatte einen Ehrenplatz an der Wand über der Bar. Wir hatten lange darüber beraten, ob und wo wir es aufhängen sollten, doch am Ende beschlossen wir, es zum Mittelpunkt des Gästeraums zu machen. Schließlich zeigte es eine ehrliche und wunderschöne Version von uns. Es erzählte unsere Geschichte. Oder zumindest einen wichtigen Teil davon.

Lotta und Omari hatten den Empfangsraum betreten, zogen

ihre Mäntel aus und sortierten ihre Taschen. Omari streifte ihrer pausbackigen Tochter Juni Rose den Schneeanzug ab. Die heulte laut auf, als sich der Ärmel an ihrem Fäustchen verhakte.

»Oh, schschsch, Kleine«, sagte Lotta, befreite ihr Händchen und drückte ihr einen Kuss auf die Wange.

Sarah saß mit Kai an der Bar, die beiden steckten über einem Glas Wein die Köpfe zusammen, sodass sich ihre dunklen beziehungsweise hellen Haare fast berührten. Sarah war ein wenig früher durch den Hintereingang gekommen, um die Paparazzi zu umgehen, die vor dem Café warteten, um zu sehen, wen sie zum Essen mitbringen würde. Die neue Partygirlversion von Sarah war ein riesiger Erfolg: selbst wenn (oder weil) sie die neue Böse in der Sendung war. Ihre Produzenten verpassten ihr eine nie enden wollende Reihe jüngerer Männer, und die Zuschauer brannten darauf zu erfahren, welche wilden Eskapaden Sarah als Nächstes einfielen. Momentan sollte sie mit einem dreiundzwanzigjährigen Hockeyspieler ausgehen, aber angesichts des Blicks, mit dem sie Kai bedachte, glaubte ich, dass der Hockeyspieler wahrscheinlich Pech hatte.

Marta und Ethan kamen gemeinsam. Martas Haare waren nicht mehr blau, sondern lila, und sie war noch runder als sonst, da sie durch die Schwangerschaft mit ihrem Bauch fast die Mantelknöpfe sprengte. Ethan zog seine Strickmütze vom Kopf, sah sich um und betrachtete das winzige Schmuckkästchen, an dem Lucy und ich so lange und sorgfältig gearbeitet hatten.

Das *Huma* hatte im Laufe des Jahres immer mehr Erfolg gehabt. Omari hatte es erwähnt, als er für die *New York Times* ein Interview über sein neuestes Projekt gab. Er und Lotta bauten in der Nähe von Woodstock, inspiriert von Levon Helms

Studio und seinen Midnight-Ramble-Konzerten, eine Pferdefarm kombiniert mit einem Aufnahmestudio. Seitdem war das *Huma* eine Pilgerstätte für Gourmets. Ethan und Marta hatten mittlerweile ein zweites Restaurant in Rondout, in dem es einfacheres, hausgemachtes persisches Essen gab, und Kai hatte meinen Airstream übernommen und ihn in eine mobile Weinbar verwandelt.

Wie ich gehört hatte, war das Baby nicht geplant gewesen. Geplant hingegen war eine Hochzeit im Frühjahr.

Als Ethans dunkle Augen kurz zu mir wanderten, überkam mich ein Anflug von Nervosität. Schließlich sah er das *Wilhelmina* zum ersten Mal seit der Eröffnung.

Doch dann lächelte er und küsste anerkennend seine Fingerspitzen. »Perfekt«, sagte er stumm.

Sage stürzte mit einem kleinen Freudenschrei aus der Küche, schnappte sich ihre kleine Schwester aus Lottas Armen und wirbelte sie so stürmisch herum, dass Juni Rosc cntzückt gluckste.

»Sage! Sage! Ist die Suppe fertig?«, rief ich.

»*Oui,* Chef!«, lachte sie.

»Sind alle da?«, fragte Brett, als er von hinten an mich herantrat und mir den Arm um die Taille schlang.

Ich lehnte mich nickend an ihn, dachte aber an all die, die nicht da waren.

Wenn man ein Restaurant hat, weiß man nie, wer das *Geöffnet*-Schild als Einladung betrachtet. Ein Restaurant hat immer eine offene Tür. Auch wenn New York eine große Stadt ist, so bleibt die Welt dennoch klein. Ich rechnete ständig damit, das Gesicht eines Ex-Freunds oder eines fast schon vergessenen Gastronomen zu sehen, mit dem ich etwas zu tun gehabt hatte.

Ich war stets bereit, ein Lächeln aufzusetzen und zu verbergen, dass ich vergessen hatte, wie jemand hieß.

Und manchmal ließ ich meiner Fantasie freien Lauf. Dann setzte ich meinen Vater und Titus an die Bar, wo sie sich Drink für Drink eine Geschichte nach der anderen erzählten. Meine Großtante Dot kam dabei an den Ecktisch – und zwar gesund und munter – und wurde mit einem Martini und einem Gespräch mit meiner witzigsten Kellnerin versorgt.

Und selbstverständlich war *sie* immer da: meine Mutter. So wie sie mich seit dem Tag ihres Todes begleitet hatte. Sie stand neben mir am Arbeitsplatz und flüsterte mir bei meinen Vorbereitungen ins Ohr. Sie führte meine Hand, wenn ich rührte, würzte und abschmeckte. Sie stand hinter mir, wenn ich meine Gäste begrüßte und ihre Komplimente über mein Essen entgegennahm. Sie begleitete mich bis zum Ende des Abends, wenn ich die Böden wischte und meine Schneidbretter mit viel Salz abschrubbte.

Ihre Gegenwart war nicht immer tröstlich. Sie war nicht immer warmherzig, weise oder auch nur willkommen. Aber in meinen wildesten Fantasien, in der perfektesten meiner Welten war sie zumindest immer da.

Noch einmal lehnte ich mich an Brett und spürte seine Wärme, während ich den Raum mit all den Menschen betrachtete, die ich liebte. Sie lachten, redeten und tranken, waren glücklich, an diesem wunderschönen Ort zu sein, glücklich, sich zu sehen und sich auf ein köstliches Essen zu freuen, mit dem ich sie versorgen würde.

Und dann straffte ich mich, setzte wieder die Kochmütze auf und begab mich zurück in die Küche.

Dank

Ich danke meiner wunderbaren Agentin Emma Parry, die mich immer unterstützt und mir dieses neue Leben geschenkt hat, das ich so liebe. Luke Janklow danke ich, weil ich mich durch seine Augen sehen kann. Er erlaubt mir, ich selbst zu sein, und ich bin unendlich stolz darauf, wohin mich das geführt hat.

Dank an Alison Callahan, die für Bücher aufgeschlossen war, in denen es um die Stimmen und Themen von Frauen geht. Frauen gehört die Zukunft!

Ich danke Tyler Burrow dafür, mir das *Café Medi* gezeigt zu haben. Mein Dank gilt auch Vincent Chirico, der mir vor Augen geführt hat, wie poetisch es ist, Fisch aufzuschlitzen, und mir erlaubte, ihm und seiner fabelhaften Truppe bei der Arbeit über die Schulter zu schauen. Ich danke Jared Boles, dem geschäftsführenden Partner von Beauty&Essex, und Cadi, die mir beibrachte, an ihrer Bar in Brooklyn zu arbeiten und der Comic Relief für die Comics in Billyburg zu sein. Ich habe viel darüber gelernt, wie man Bier zapft und dabei seine Converses sauber behält. Dank an die Köche Marc Murphy, Jake Spitz und Pam Murphy, weil sie mich im *Landmarc* unglaublich gastfreundlich empfangen haben. Ich fasse es nicht, dass ich meine eigene Pasta und ein wunderbares Mittagessen für meine Tochter zubereitet habe! Dank an die Köche Jon Feshan,

Simon Huck und an die Besitzer des *Kola House* Eric Marx und Lisle Richards. Ich war unheimlich aufgeregt, mit euch zu kochen, und so geschmeichelt, mich in einem Raum mit Jon befinden zu dürfen. Seine Truppe ist umwerfend, und meine Oberschenkel wurden trotz des vielen Essens nur nicht überdimensional, weil ich endlos SoulCycle-Kurse mit Stacey G., Akin und Sam Y. besuchte.

Dank an Maia Rossini, die mich gelehrt hat, mich selbst zu lieben, und mir die Augen für eine Welt geöffnet hat, die mir bis dato unbekannt war. Ihre Begeisterung ist ansteckend, und ich fühle mich geehrt, mit einer so erfolgreichen Autorin zusammenarbeiten zu dürfen. Jede Woche, in der ich mich weiter in die Welt der Gastfreundschaft vorwagte, wurden mir aufs Neue die Augen geöffnet. Ich sah Leidenschaft und Mitgefühl in einem Maße, wie es nur Billy beschreiben kann.

Dank an meine wunderbare rechte Hand Kevin M. Barba, der mich zuerst bei *A dangerous Age* und jetzt bei *Das Rezept unserer Freundschaft* begleitet hat. Ich habe gerade erst angefangen, also denk nicht mal ans Aufhören! Ich danke auch Capezio für ihre fantastischen Bodysuits. Ich habe die Ballerina von der Bühne genommen und sie monatelang mit schwarzer Jeans von Rag&Bone oder FRAME und schwarzen Converses in die Küche gesteckt.

»Frag nicht, was du für dein Land tun kannst. Frag, was es zum Mittagessen gibt.«

WAS GIBT'S ZUM MITTAGESSEN?